全国医学院校高职高专规划教材

供护理、助产及其他相关专业使用

社区护理学

SHEQU HULIXUE

（第 2 版）

U0133206

主　编　陈佩云　周恒忠

副主编　廖晓春　邢颖娜　张　孟

编　者　（以姓氏笔画为序）

　　　　邓兰萍　江西宜春职业技术学院
　　　　吕　颖　盐城卫生职业技术学院
　　　　孙晓嘉　南方医科大学护理学院
　　　　邢颖娜　廊坊卫生技术职业学院
　　　　张　孟　巢湖职业技术学院
　　　　陈佩云　南方医科大学护理学院
　　　　周恒忠　淄博职业学院医学技术学院
　　　　贾　茜　泰山护理职业学院
　　　　钱念渝　佛山科学技术学院医学院
　　　　廖晓春　九江学院护理学院

人民军医出版社

PEOPLE'S MILITARY MEDICAL PRESS

北 京

图书在版编目(CIP)数据

社区护理学/陈佩云,周恒忠主编. —2 版. —北京:人民军医出版社,2012.1
全国医学院校高职高专规划教材
ISBN 978-7-5091-5287-4

Ⅰ.①社… Ⅱ.①陈…②周… Ⅲ.①社区—护理学—高等职业教育—教材 Ⅳ.①R473.2

中国版本图书馆 CIP 数据核字(2011)第 229083 号

策划编辑:徐卓立   文字编辑:贾春伶 高 磊   责任审读:陈晓平
出 版 人:石 虹
出版发行:人民军医出版社   经销:新华书店
通信地址:北京市 100036 信箱 188 分箱   邮编:100036
质量反馈电话:(010)51927290;(010)51927283
邮购电话:(010)51927252
策划编辑电话:(010)51927300—8743
网址:www.pmmp.com.cn

印刷:京南印刷厂   装订:桃园装订有限公司
开本:787mm×1092mm   1/16
印张:12.75 字数:301 千字
版、印次:2012 年 1 月第 2 版第 1 次印刷
印数:0001—6000
定价:25.00 元

全国医学院校高职高专规划教材（护理、助产专业·第2版）

编审委员会

全国医学院校高职高专规划教材（护理、助产专业·第2版）

教材书目

1. 信息技术应用基础
2. 职业生涯与发展规划
3. 就业与创业指导
4. 医用化学基础
5. 人体解剖学
6. 组织学与胚胎学
7. 生理学
8. 生物化学
9. 病理学
10. 病理生理学
11. 病原生物学与免疫学基础
12. 医学遗传与优生
13. 护理药物学
14. 营养与膳食
15. 预防医学(含卫生统计)
16. 护理学导论
17. 基础护理学
18. 健康评估
19. 社区护理学
20. 内科护理学
21. 外科护理学
22. 妇产科护理学
23. 儿科护理学
24. 传染病护理学
25. 眼耳鼻咽喉口腔科护理学
26. 精神科护理学
27. 皮肤病与性病护理学
28. 中医护理学
29. 急危重症护理学
30. 康复护理学
31. 老年护理学
32. 护理美学
33. 护理心理学
34. 护理管理学
35. 护理礼仪与人际沟通
36. 护理伦理学
37. 卫生法律法规

出 版 说 明

人民军医出版社4年前组织全国各地近50所医学院校编写出版了《全国医学院校高职高专规划教材(护理、助产专业)》第1版。全套教材出版后在几十家院校应用,先后多次重印,有的学科重印10余次,逐步成为医学教育领域中的一套优质品牌教材,为我国高等医学职业教育和专科教育事业作出了贡献。

随着我国医疗卫生事业的发展和进步、国家大力促进医疗体制改革、加快卫生职业教育步伐、加强社会主义新农村和社区医疗建设,进一步提高基层医疗卫生水平成为日渐迫切的需求;为各级卫生机构大量输送既有良好职业素质和沟通技巧,又有精湛专业技术和实践能力的医护人员,是当前医学教育的重要目标。人民军医出版社有60年的医学专业出版历史,出版了大批优秀学术著作和教材,具有较强的出版力和影响力。按照国家教育部、卫生部的有关文件精神,人民军医出版社广泛征求各院校的意见,决定组织《全国医学院校高职高专规划教材(护理、助产专业)》的修订再版。

修订再版工作从2011年年初开始,组成第2版教材编委会,召开主编会议及各本教材的编审会议,确定教材的编写思路,按规定进度完成教材的编写出版工作。

本套教材秉承科学严谨、特色鲜明、质量一流的传统,坚持精理论强实践、精基础强临床、培养实用技能型人才的核心思想,遵循"三基""五性"原则,结合当前医学模式的变化和整体化护理的进程,针对新的需要,注重与国家护士执业考试新大纲接轨,突出护理专业实践技能培养,紧贴高职高专这一层次的人才培养目标,满足"双证上岗"的需求。

本版教材的书目调整为37本,保留了第1版教材的精华,补充了近年来的新知识新发展,改进了部分章节的讲授方式,修改删除了原教材中部分不够实用的内容。本版教材淡化学科界限,围绕"基础课为专业课解惑、专业课渗透人文关怀、体现先进护理理念"的主线展开。第2版教材经过精简、融合、重组、优化的精心打造,内容更加充实,更适用于技能型人才的培养模式,更能促进校内的理论和实践教学与临床实际工作相结合,也更符合当前医疗卫生事业的发展需求。

本套教材涉及面广,起点较高,涵盖了护理、助产专业的基础课、专业基础课、专业课和人文课4个领域,可供高职高专护理、助产以及其他相关专业的学生使用,基本满足了多数院校的教学要求。欢迎各高等医学专科学校、职业技术学院以及有高职高专培养需求的医学院校选用本套教材并对教材存在的不足提出宝贵意见。

前　言

　　近年来随着社区卫生服务的不断发展,我国社区护理服务有了长足的进步,突出表现在社区卫生服务的进一步规范。本版《社区护理学》正是为了适应新形势,在第 1 版的基础上对教材框架、内容做了较大修订。全书共分 10 章,包括社区护理概述、社区中的健康教育、家庭访视、社区儿童保健、社区妇女保健、社区老年人保健、慢性病社区护理与管理、常见传染病的社区护理与管理、社区精神卫生服务及社区康复护理。

　　本教材与第 1 版比较,更强调了社区卫生服务的基本功能,突出对重点人群的社区卫生保健服务,进一步体现以预防保健为主,服务人群健康的社区护理理念;内容的更新则主要结合国家最新颁布的基本公共卫生服务规范化管理的要求。考虑到护理专业高职高专层次的培养目标,我们在内容安排上力求实用,除提供必要的基本知识和理论外,重点在健康教育、家庭访视、重点人群保健、社区康复等方面提供了具体的可操作技术,以便学生掌握。此外,本教材尽可能将公共卫生学和护理学的理论与技术融合,使教材从观念、理论到技术更符合社区护理的要求和特点。

　　本教材适用于护理、助产及其他相关专业高职高专层次,以及护理专业成人教育专科层次教学使用,也可作为社区护理自学考试、执业考试和护理人员继续教育参考书。

　　该书的编写得到了人民军医出版社、各参编单位领导和专家的大力支持,在此深表感谢。鉴于编者水平所限,教材的疏漏和不当之处恳请使用本教材的教师、学生和护理界同仁提出宝贵意见。

编　者

2011 年 12 月

目 录

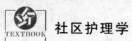

第 1 章

社区护理概述

我国社区护理是社区卫生服务的一个重要组成部分,它以社区人群为服务对象,为个人、家庭及社区提供促进健康、保护健康、预防疾病及康复等服务。社区护理的工作地点、护理服务的对象、护理工作的目标、社区护士的角色及作用等与医院护理都有不同之处。提高对社区、社区卫生服务及社区护理的认识,明确社区护士的角色及职责,树立社区护理服务的基本理念,是社区护理学的重要任务之一。

第一节 社 区

一、社区的概念

一直以来,人们对社区概念的认识尚不一致,表述多种多样。最早使用"社区"术语的是德国社会学家藤尼思(1855—1936)。他在 1887 年出版了英译本为"Community and Society"一书,中文译名为《社区与社会》。藤尼思眼里的"社区"是传统乡村地域的代表,是由同质人口组成的关系密切、守望相助、疾病相抚、富有人情味的社会团体。美国学者查尔斯·罗密斯将藤尼思的"社区"译成英文"Community",其含义是生活、工作的人的共同体。1933 年,费孝通首次将社区一词引入中国,他认为:社区是由若干社会群体(家庭、氏族)或社会组织(机关、团体)聚集在某一地域里所形成的一个生活上相互关联的大集体。目前,在我国社区建设中对社区的概念有了明确的界定。

社区是指聚居在一定地域范围内的人们所组成的社会生活共同体。具体而言,社区是在一定地域内发生各种社会关系和社会交往、有特定的生活方式、并具有成员归属感的人群所组成的一个相对独立的社会实体。目前我国城市社区的范围,一般是指经过社区体制改革后做了规模调整的居民委员会辖区,农村社区一般指乡、镇、村。

二、社区的类型

社区类型有多种不同的分类方法,通常分为三类。

(一)地域性社区

地域性社区指按地理界限来划分的社区,如城市中的居委会,农村中的乡、镇、村。社区的范围可大可小。我国目前开展的社区卫生服务中的社区主要是指地域性社区。地域性社区有利于社区健康评估研究及开展健康教育等卫生保健服务。

(二)共同目标社区

共同目标社区又称功能性社区,是指分散在不同地域的人们因共同的兴趣或目标而联系在一起,形成一个团体组织,共同分享其功能或利益,如社会团体、企事业单位等。共同目标社区成员有共同的兴趣和目标,是改变现状的力量。

(三)解决问题社区

解决问题社区指围绕解决某项涉及面广泛的重大问题而形成的社会组织。有些问题严重危害人们生活或健康,问题出现的范围已经超越某个社区的地域,涉及几个社区,无法在某个地域社区解决此问题。这时,为了便于解决问题,人们把处于该问题地域中的人们以及为了解决该问题所组织起来的人们当作社区整体来对待。例如,河流污染问题,可能涉及几个县、市或乡镇的周边地区,为了彻底解决河流污染问题,必须设置专门机构和人员,因而可以把受该河流污染地域的人们和治理该河流的组织机构人员全部归入"某河流治污"社区中。

另外,按社区的结构、功能、人口状况、组织程度等综合因素,把社区分成城市社区和农村社区两大基本类型。我国现阶段城市社区的划分有 3 种主要类型:一种是地缘型社区,以主要街巷、道路为界,比较完整;另一种是单元型社区,指由开发商开发的完整的住宅小区;第三种是单位型社区,一个工作单位所形成的社区。

三、社区的基本要素

尽管人们对社区概念的描述各异,但对社区基本内涵(即基本要素)的分析则大体相同。社区具备以下 5 个基本要素。

(一)人

居民是社区的第一要素,是社区形成发展的先决条件和主题。要认识和研究社区必须先了解居民、研究居民。社区人口通常涉及 3 个要素:人口数量、人口构成和人口分布。人口数量指社区内人口的多少;人口构成指社区内不同类型人口的特点,如性别、年龄、种族、职业、文化水平等,社区不同的人口构成可以表现出不同的社区面貌;人口分布指社区人口在社区范围内的空间分布及人口密度等。

(二)地域

地域是社区的基本要素之一,是社区成员生存的地理位置和自然环境,包括地形、地貌、生态环境、居住模式、气候,也包括社区的交通、各类公共设施及各类企、事业单位等资源。在社区地域内,人们生活在一起,产生人群的互动;在社区区位优越的地点,通常形成社区的综合服务和活动中心及行政中心。社区的地域往往有明确的边界。

(三)文化

文化是社区最主要的因素。每个社区都有自身的文化特征,这种文化特征主要表现在:社区居民共同的生活方式、价值观念、宗教信仰、伦理道德、行为方式、组织制度、语言文字、风俗习惯、居住区建筑形态等。上述诸多文化内涵的有机组合构成一个社区的特定文化形态。由于人群在特定社区里长期共同生活,拥有某些共同的利益,具有某些共同的需要,面临某些共同的问题,因而会产生一种对社区的认同心理和共同的社区意识,这些共同性将社区居民联结起来,形成社区文化及传统的维系动力。

(四)设施

社区具有维持社区居民物质文化生活的经济基础和服务设施,如住房、学校、卫生服务网点、生产设施、文化娱乐、商业网点、交通通讯等。这些设施及运行的完善程度是衡量社区发达程度的标志。

(五)组织

组织即社区的社会组织。每个社区都有相应的能代表社区居民共同关系(即共同需要、共同利益)的社会组织,如街道办事处、居委会、派出所、各种社团组织等。社区组织可以是正式的,也可以是非正式的,但都是为了解决社区的共同问题,对社区进行自我管理,实现社区的共同目标。

上述 5 个要素的有机结合,构成社区的本质内涵。在不同的社区,存在着不同的要素之间复杂的互动和组合关系,从而形成人类社会丰富多彩、多种类型的基层社会生活共同体——社区。

四、社区的功能

社区功能是指社区工作在不断满足社会需求的进程中所发挥的作用,其基本功能有 5 个方面。

(一)自治功能

自治功能主要体现在社区组织和社区成员通过自我教育、自我管理、自我服务和自我约束,加强对社区公共事务和公益事业的管理和服务。

(二)整合功能

整合功能主要体现在通过对社会利益的调整和社区资源的整合,满足社区成员的物质和精神需要,融洽社区和谐的人际关系,增强社区居民对社区的亲和力和归属感。

(三)服务功能

服务功能主要体现在为社区居民各方面的生活需求提供服务和资源,包括生活服务、医疗服务、教育服务、咨询服务等。

(四)保障功能

保障功能也称稳定功能,主要体现在通过挖掘社区资源和实行社会互助,协助政府承担社会保障的具体事务。

(五)监督功能

监督功能主要体现在社区居民对社区自身日常工作的监督和对政府部门及其派出机构的监督,监督的目的是为了增强社区组织及其工作人员的自我约束力,促进政府部门工作的务实、规范、廉洁、高效,更好地为社区居民服务。

社区护士应对所负责的社区做深入了解,以便更好地开展工作。尽管社区都是由 5 个要素组成,但不同的社区 5 要素的内容各不相同,而不同的社区在发挥其社区功能上也不尽相同。社区不同的经济、文化、机构和人力资源给社区健康带来不同的影响。因此,社区护士要熟悉并尽可能地调动社区自身的功能,使之更好地为维持和促进本社区居民的健康服务。

第二节 社区卫生服务

一、社区卫生服务的概念

(一)社区卫生服务的定义

社区卫生是以确定和满足社区居民的健康照顾需要为主要目的的人群卫生保健活动。

1999年,卫生部等十部委局在联合印发的《关于发展城市社区卫生服务的若干意见》中明确指出:社区卫生服务是社区建设的重要组成部分,是在政府领导、社区参与、上级卫生机构指导下,以基层卫生机构为主体,全科医师为骨干,合理使用社区资源和适宜技术,以人的健康为中心、家庭为单位、社区为范围、需求为导向,以妇女、儿童、老年人、慢性病患者、残疾人等为重点,以解决社区主要卫生问题,满足基本卫生服务需求为目的,融预防、医疗、保健、康复、健康教育、计划生育技术服务为一体的,有效、经济、方便、综合、连续的基层卫生服务。即"六位一体"的基层卫生服务。

社区卫生服务为居民提供方便、经济、快捷的基层卫生服务,把广大居民的常见健康问题解决在基层,并以不断提高居民的健康水平为目标。由于我国社会人口老龄化、疾病谱变化、家庭结构小型化等问题,发展社区卫生服务意义重大。

(二)社区卫生服务的特色

1.公益性更明显 社区卫生服务除了基本医疗服务以外,还有许多公共卫生服务,公共卫生是公共产品,公益性比大医院更加明显。

2.服务更主动 大医院的就诊模式是医护人员等患者上门,而社区卫生服务是主动性服务,经常深入服务对象生活工作的场所,提供上门服务、家庭病床服务等。

3.服务对象更广泛 大医院主要为患者提供服务,而社区卫生服务为社区全体居民提供服务。社区卫生服务对象除了患者以外,还包括亚健康人群和健康人群,以增进人群健康并使亚健康人群转化为健康人群。

4.提供综合性服务 大医院主要是医疗,且分科很细,而社区卫生服务是多位一体的服务,除了基本医疗以外,还包括预防、保健、康复、健康教育、计划生育技术指导,还可以加上其他的服务,并涉及生理、心理和社会文化等各个方面,是一种综合性的服务。

5.提供连续性服务 大医院是一病一看,病情好转者大部分都未进行回访追踪,但社区卫生服务对所管辖社区居民的健康负长期、相对固定式责任。社区医护人员主动关心社区内所有成员的健康问题,从出生到临终,人生每个阶段无论新、旧疾病,急性或慢性疾病,从健康危险因素监测、最初功能失调到疾病的发生、发展、演变、康复各阶段,包括住院、出院或请专科医师会诊等不同时期都提供服务,以确保服务的连续性。

6.提供可及性服务 可及性服务是指居民能够得到的服务。社区卫生服务是可及的,主要表现在:其一,方便到达。社区卫生服务办在社区,地理位置接近,范围2km内或步行15~20min可以到达。其二,价格低廉。社区卫生服务提供的是基本医疗服务,使用基本药品、适宜技术,价格比大医院要低,居民能够承担得起。其三,具有心理亲密性。社区医护人员既是医疗卫生服务提供者,也是服务对象的朋友,由于心理上的接近,使居民更加容易得到专业服务。

二、社区卫生服务的基本内容

社区卫生服务是融预防、医疗、保健、康复、健康教育和计划生育技术服务为一体的基层卫生服务。主要服务功能有两大方面,即公共卫生服务和基本医疗服务。

(一)公共卫生服务

1.卫生信息管理　根据国家规定收集、报告辖区有关卫生信息,开展社区卫生诊断,建立和管理居民健康档案,向辖区街道办事处及有关单位和部门提出改进社区公共卫生状况的建议。

2.健康教育　普及卫生保健常识,实施重点人群及重点场所健康教育,帮助居民逐步形成利于维护和增进健康的行为方式。

3.传染病、地方病、寄生虫病预防控制　负责疫情报告和监测,协助开展结核病、性病、获得性免疫缺陷综合征(艾滋病)、其他常见传染病以及地方病、寄生虫病的预防控制,实施预防接种,配合开展爱国卫生工作。

4.慢性病预防控制　开展高危人群和重点慢性病筛查,实施高危人群和重点慢性病病例管理。

5.精神卫生服务　实施精神病社区管理,为社区居民提供心理健康指导。

6.妇女保健　提供婚前保健、孕前保健、孕产期保健、更年期保健,开展妇女常见病预防和筛查。

7.儿童保健　开展新生儿保健、婴幼儿及学龄前儿童保健,协助对辖区内托幼机构进行卫生保健指导。

8.老年保健　指导老年人进行疾病预防和自我保健,进行家庭访视,提供针对性的健康指导。

9.残疾人保健　残疾康复指导和康复训练。

10.计划生育指导　计划生育技术咨询指导并发放避孕药具。

11.协助社区相关工作　协助处置辖区内的突发公共卫生事件。

12.其他　政府卫生行政部门规定的其他公共卫生服务。

(二)基本医疗服务

1.一般常见病、多发病诊疗、护理和诊断明确的慢性病治疗。

2.社区现场应急救护。

3.家庭出诊、家庭护理、家庭病床等家庭医疗服务。

4.转诊服务。

5.康复医疗服务。

6.政府卫生行政部门批准的其他适宜医疗服务。

三、社区卫生服务的机构

城市社区卫生服务的机构是在城市范围内设置的社区卫生服务中心和社区卫生服务站。这些机构的设置,必须经区(市、县)级政府卫生行政部门登记注册并取得《医疗机构执业许可证》。

(一)社区卫生服务中心

社区卫生服务中心原则上按街道办事处范围设置,一个街道一个社区卫生服务中心,以政府举办为主。在人口较多、服务半径较大、社区卫生服务中心难以覆盖的社区,可适当设置社区卫生服务站或增设社区卫生服务中心。人口规模＞10万人的街道办事处,应增设社区卫生服务中心。人口规模＜3万人的街道办事处,其社区卫生服务机构的设置由区(市、县)政府卫生行政部门确定。要求如下。

1.床位　根据服务范围和人口合理配置,至少设日间观察床5张;根据当地医疗机构设置规划,可设一定数量的以护理康复为主要功能的病床,但不得超过50张。

2.科室设置　至少设有以下科室。

(1)临床科室:全科诊室、中医诊室、康复治疗室、抢救室、预检分诊室(台)。

(2)预防保健科室:预防接种室、儿童保健室、妇女保健与计划生育指导室、健康教育室。

(3)医技及其他科室:检验室、B超室、心电图室、药房、治疗室、处置室、观察室、健康信息管理室、消毒间。

3.人员

(1)至少有6名执业范围为全科医学专业的临床类别、中医类别执业医师,9名注册护士。

(2)至少有1名副高级以上任职资格的执业医师;至少有1名中级以上任职资格的中医类别执业医师;至少有1名公共卫生执业医师。

(3)每名执业医师至少配备1名注册护士,其中至少具有1名中级以上任职资格的注册护士。

(4)设病床的,每5张病床至少增加配备1名执业医师、1名注册护士。

(5)其他人员按需配备。

4.房屋　建筑面积不少于1000m²,布局合理,充分体现保护病人隐私、无障碍设计要求,并符合国家卫生学标准。设病床的,每设1个床位至少增加30m²建筑面积。

5.设备　包括基本诊疗设备、基本辅助检查设备、预防保健设备、健康教育及其他设备。设病床的,配备与之相应的病床单元设施。

社区卫生服务中心有责任必须提供相关的一系列公共卫生服务和基本医疗服务。

(二)社区卫生服务站

在街道办事处范围内,中心覆盖不到的地方,可设置社区卫生服务站。主要设置有:

1.床位不设病床但至少设日间观察床1张。

2.至少设有以下科室:全科诊室、治疗室、处置室、预防保健室、健康信息管理室。

3.人员配备。

(1)至少配备2名执业范围为全科医学专业的临床类别、中医类别执业医师。

(2)至少有1名中级以上任职资格的执业医师;至少有1名能够提供中医药服务的执业医师。

(3)每名执业医师至少配备1名注册护士。

(4)其他人员按需配备。

4.房屋建筑面积不少于150m²,布局合理,充分体现保护病人隐私、无障碍设计要求,并符合国家卫生学标准。

5.设备包括基本设备及与开展工作相应的其他设备。基本设备包括:诊断床、听诊器、血压计、体温计、心电图机、观片灯、体重计、身高计、血糖仪、出诊箱、治疗推车、急救箱、供氧设备、电冰箱、脉枕、针灸器具、火罐、必要的消毒灭菌设施、药品柜、档案柜、电脑及打印设备、电话等通讯设备、健康教育影像设备。

城市社区卫生服务站也有责任按照国家有关规定提供社区基本公共卫生服务和社区基本医疗服务。

第三节　社 区 护 理

一、社区护理的概念

各国对社区护理有不同的定义。

美国公共卫生护理组对社区护理的定义为"社区护理是护理工作的一部分,它是护士应用护理及相关的知识和技巧,解决社区、家庭及个人的健康问题或满足他们的健康需要"。

加拿大公共卫生学会认为"社区卫生护理是专业性的护理工作,经由有组织的社会力量间的合作来开展工作,社区护理工作的重点是家庭、学校或生活环境中的人群。社区护士除照顾病人及残疾人之外,还应致力于预防疾病或延缓疾病的发生,以减少疾病对人群的影响。同时对居家患者及有健康问题的患者提供熟练的护理,帮助那些面临危机情况者,使他们获得健康。为个人、家庭、社会团体及整个社区提供知识,并鼓励他们建立有利于健康的生活习惯"。

目前,我国的社区护理是社区卫生服务的一个重要组成部分,我们认为:社区护理是将公共卫生学及护理学的理论和技术相结合,以人的健康为中心,需求为导向,服务对象为个人、家庭和整个社区,以妇女、儿童、老年人、慢性病患者、残疾人、贫困居民等为重点,以解决社区主要卫生问题,满足基本卫生服务需求为目的,融预防、保健、医疗护理、康复、健康教育、计划生育技术服务为一体的,有效、经济、方便、综合、连续的基层护理服务。

二、社区护理的特点

(一)以预防保健为主

社区护理服务的宗旨是提高社区人群的健康水平,以预防疾病,促进健康为主要工作目标。通过一级预防途径,如卫生防疫、意外事故防范、提供安全的工作环境、健康教育等,达到促进健康、维持健康的目的。相对医院护理工作而言,社区护理服务更侧重于积极主动的预防,通过运用公共卫生学及护理学的专业理论、技术和方法,促进社区健康,降低社区人群的发病率。

(二)关注群体健康

社区护理是以社区整体人群为服务对象,以家庭及社区为基本服务单位。社区护理工作需要收集和分析社区人群的健康状况,发现和解决社区存在的主要健康问题,而不是单纯只照顾一个人或一个家庭。

(三)服务的综合性

由于影响人群健康的因素是多方面的,要求社区护士的服务除了预防疾病、维护健康、促进健康等基本内容外,还要从整体全面的观念出发,从卫生管理、社会支持、家庭和个人保护、咨询等方面为社区人群、家庭、个人开展综合服务。这种服务涉及各个年龄阶段、各种疾病类型;服务范畴"六位一体",体现生理、心理、社会整体。由此可见,社区护理的面很广、有一定难度,需要护理人员有较高的、较全面的知识水平和护理技能。

（四）服务场所的分散性

社区护理服务是一种以社区为范围的主动的上门服务，在所服务的社区范围内，护士要走街串巷，深入居民的生活场所提供服务。

（五）服务的长期性

社区卫生护理服务连续、综合性服务的特点，决定了社区护理服务的长期性。

（六）服务的协调性

社区护理是团队工作。为了实现健康社区的目标，社区护士除了需与医疗、保健人员密切配合外，还要与社区的行政、福利、教育、厂矿、机关等各种机构的人员合作，才能完成工作。也需要利用社区的各种组织力量，如家政学习班、社区事业促进委员会，准父母学习班等，加上公众的参与来开展工作。因此，社区护士需要与个人、家庭、团体或社区积极合作，与多部门协同工作。

（七）具有较高的自主性与独立性

社区护士服务的内容综合、服务场所分散，需要经常深入社区，走进居民家中，社区护士需要独立面对突发性问题，做出判断和处理。因此，社区护士比医院护士具有更高的自主性和独立性。

三、社区护士的职责

目前，对社区护士职责的规定，主要来自卫生部《关于社区护理管理的指导意见（试行）》（2002年）。指导意见中对护士社区职责的规定如下。

1. 参与社区诊断工作，负责辖区内人群护理信息的收集、整理及统计分析。了解社区人群健康状况及分布情况，注意发现社区人群的健康问题和影响因素，参与对影响人群健康不良因素的监测工作。

2. 参与对社区人群的健康教育与咨询、行为干预和筛查、建立健康档案、高危人群监测和规范管理工作。

3. 参与社区传染病预防与控制工作，参与预防传染病的知识培训，提供一般消毒、隔离技术等护理技术指导与咨询。

4. 参与完成社区儿童计划免疫任务。

5. 参与社区康复、精神卫生、慢性病防治与管理、营养指导工作。重点对老年病人、慢性病人、残疾人、婴幼儿、围生期妇女提供康复及护理服务。

6. 承担诊断明确的居家病人的访视、护理工作，提供基础或专科护理服务，配合医生进行病情观察与治疗，为病人与家属提供健康教育、护理指导与咨询服务。

7. 承担就诊病人的护理工作。

8. 为临终病人提供临终关怀护理服务。

9. 参与计划生育技术服务的宣传教育与咨询。

四、社区护士的角色

社区卫生服务的性质决定了社区护士角色的多样性，要求社区护士适时地扮演好不同角色。

（一）健康咨询者与教育者

社区护理服务的主要任务之一是预防保健,健康教育是预防保健的一个重要手段。因此,社区护士要做健康咨询者和教育者,运用各种方法,唤醒和提高社区人群的健康意识,促使人们积极主动地寻求医疗保健,改变不良的生活习惯及健康观念,以促进健康和预防疾病,提高居民健康水平。

（二）照顾者

照顾者是护士的基本角色。社区护士要为有需要的人群提供护理照顾。如为病人测量生命体征、实施静脉输液、肌内注射、换药、缝合、导尿、灌肠、测血糖（尿糖）、临终关怀等。

（三）社区卫生代言人

社区护士需了解国家有关的卫生政策及法律,并对威胁社区居民健康的环境等问题（如噪声、空气污染、水质污染等）,上报有关部门,积极争取及时、有效的解决措施,以维护社区居民的健康利益。

（四）协调者与合作者

社区卫生服务是一种团队合作的工作,在这个团队中,有医生、护士、康复治疗师、心理医生、药剂师、防保人员、社区护理员、社区自愿者等。在社区中的患者通常从各种不同的社会及卫生机构中得到服务,但社区护士与社区人群接触最多,熟悉社区内的各种资源,如卫生保健人员、政府行政管理部门、教育、福利、厂矿、其他社会团体等组织,了解社区居民的社会文化背景、身体及心理状态。因此,社区护士不仅要与各方面人员一起工作,而且更要协调各种资源为社区卫生保健工作服务。

（五）组织管理者

社区护士不论在何种社区卫生服务机构工作,她首先是个案管理者,社区护士要充分利用社区资源,为个案计划完整、连续性的服务提供信息,协助个案选择和决定最适合其使用的健康服务;对慢性病及重点人群进行健康管理;另外,根据需要可能涉及对社区医疗机构物资的管理及各种活动的组织协调,特别是社区健康教育,对社区有关人员进行培训,如居家护理员培训、社区居民自救互救基本技能培训等。

（六）研究者

护士在社区工作也和在医院工作一样,需要能够确认工作中遇到的问题,用科学的方法解决问题。尤其在现阶段,社区护理模式、社区护理方式方法、社区护理各种管理制度以及在社区卫生服务"六位一体"功能中如何更好地发挥作用等诸多方面都有待进一步完善,社区护士要有以发展社区护理服务为己任的责任感,不断探索。

五、社区护士的素质与任职条件

（一）社区护士的素质

社区护理的工作性质与医院不尽相同,因此,对社区护士的素质特别是家庭访视护士有一些特殊的要求。社区护士除了应具有护士的基本素质要求外,还特别强调以下素质:

1. 具有以促进社区健康为己任的责任感　社区护理以社区健康为目标,虽说护理人员并非惟一提供社区健康服务的人员,但社区护士必须要具有以促进社区健康为己任的责任感,才能拥有热忱的服务态度,积极为社区健康奔走,不辞辛劳,通力合作,获取最大的效益。

2. 较强的人际沟通能力　这是一个非常重要的能力。社区护士作为教育者、咨询者、协调管理者、社区卫生的代言人等角色，都要求社区护士与各方面的人员进行沟通。社区护士除了需与服务对象建立良好的关系外，还要与社会各种管理和服务机构，如居委会、派出所、物业管理公司、学校、福利、卫生管理部门等其他有关人员协调工作，和他们一起共同维持和促进整个社区人群的健康。开展这些工作需要较强的人际沟通能力。

3. 独立解决问题的能力　社区护理服务内容综合，要提供预防、保健、医疗、健康教育、康复等多方面的服务且服务对象广泛，包括健康人群、亚健康人群、高危人群、重点保健人群和患者。工作性质相对独立，需要进行独立地观察判断，独立地采取有效措施解决问题。因此，要求社区护士应具有丰富的护理知识和经验，不仅要具有护理学的理论和技术，还必须具有一定的公共卫生学理论和技术，能了解各种疾病的临床转归及预后，熟悉流行病学、统计学等知识，并对疾病的流行等情况保持高度的敏感性，还要有比较丰富的临床工作经验和熟练的护理评估技能，能够在独立工作的条件下，及时发现问题，采取适当的措施。

4. 自我防护能力　由于社区护士通常在非医疗机构场所提供有风险的护理服务，因此，一方面，需要加强法律法规学习，树立证据意识，能及时、准确、完整地做好各项护理记录；另一方面，护士在不同居民区及家庭提供服务时，在往返路途及服务对象家中，都需要采取安全防范措施，确保个人安全。

(二)社区护士的任职条件

社区护士是指在社区卫生服务机构及其他有关机构从事社区护理工作的护理专业技术人员。根据卫生部《关于社区护理管理的指导意见(试行)》的规定，目前社区护士的任职条件如下。

1. 具有国家护士执业资格并经注册。

2. 通过地(市)以上卫生行政部门规定的社区护士岗位培训。

3. 独立从事家庭访视护理的护士，应具有在医疗机构从事临床护理 5 年以上的工作经历。

六、社区护理的发展

(一)国外社区护理的发展

国外社区护理的发展分为 3 个阶段。

1. 地段护理阶段(1860—1900 年)　此阶段的护理服务主要以为贫病的个人提供治疗为主。最初的经费来源主要是捐款救助，访视者大多是未经过正规护理教育的一般妇女，直到 1893 年才开始提供专业的护理服务。

2. 公共卫生护理阶段(1900—1970 年)　此阶段的护理服务以为一般社区居民提供服务为主。服务对象和业务范围扩大，护理业务从个人、家庭开始走入社区。有了学校卫生护士、职业卫生护理专业、流行病护理及妇幼卫生等相关专业及人才，有保险公司给付被保险人所需的家庭访视等费用。

3. 社区卫生护理阶段(1970 年至今)　随着各级政府组织对公共卫生护理的关注、护理业务的扩展以及其他专业人员(如社工人员)的加入，公共卫生护理界的先驱们开始警觉到需要整合在社区中的护理业务，提供以社区整体为导向的护理，因而开始有了"社区卫生护理"一词(表 1-1)。

表 1-1　国外社区护理的发展

护理阶段及时间	服务对象	护理类型	服务重点	组织结构
地段护理 （1860—1900 年）	贫病者	以个体为导向	治疗，开始注意预防	自愿团体，一些政府机构
公共卫生护理 （1900—1970 年）	需要的居民	以家庭为导向	治疗，预防	政府机构，少数自愿团体
社区卫生护理 （1970 年至今）	整个社区	以人群为导向	健康促进，疾病预防	政府机构，自愿团体，独立开业团体

（二）我国社区护理的发展

新中国成立前，我国尚有一定数量的公共卫生护士，如我国护理界的老前辈，第 32 届南丁格尔奖章获得者林菊英先生，1937 年就读燕京大学护预系，1941 年，她毕业于北平协和医学院高等护士学校，毕业后任公共卫生护士。新中国成立后，护理教育中没有公共卫生或社区护理课程，参加预防保健的护士也寥寥无几，直到 20 世纪 90 年代中后期，社区护理才又逐渐成为热点。

我国社区护理伴随社区卫生服务一起成长，从 1997 年至今，有了长足发展，采取各种措施培养社区护理人才，卫生部印发了社区护士岗位培训大纲，各地广泛开展社区护士岗位培训；国家举办了社区护理专业大专和本科的自学考试；各级护理教育中都设置了社区护理课程，2007 年天津医科大学护理学院招收社区护理专业方向本科生。各级护理学会相继成立了社区护理学分会，并积极开展社区护理继续教育和经验交流活动；2006 年 9 月，在北京召开了"首届全国社区护理学术交流会"。国家制定了相关政策，为规范和加强社区护理提供保障，例如已出台政策要采取有效措施吸引和稳定社区卫生人才队伍，凡到社区卫生服务机构工作的医师和护师，可以提前 1 年参加全国卫生技术中级资格考试。当前，在社区护理实践中，社区护士扮演着照顾者、健康教育者及慢性病管理者的角色，同时也在计划免疫、重点人群保健等领域中逐渐发挥更大的作用。

截至 2009 年，我国社区卫生服务中心（站）有注册护士 7.97 万人。社区护理以促进和保护人群健康为目标，服务对象和工作领域更加广泛，工作的复杂性增加。因此，社区护理是具有挑战性的领域，是护士更好地发挥个人聪明才智的一片沃土，社区护理领域大有可为。

第四节　社区护理的基本理念

一、发展的健康观

健康观是人们对健康的看法，是在一定医学发展阶段对健康与疾病本质的认识。社区护理是以人的健康为中心的基层护理服务，社区护士需要正确认识健康，注重维护和促进健康。随着人们对健康认识的不断深入，健康观念也在不断发展。发展的健康观是对健康的内涵及维护健康的更全面、更深入的一种认识观念。发展的健康观包含两个方面，其一，对健康认识的发展；其二，对维护健康认识的发展。

（一）对健康认识的发展

1. 健康具有多维性　1948 年，世界卫生组织（WHO）提出的健康定义是："健康不仅是没有疾病或虚弱,而是身体、心理和社会方面的完满状态"。30年后的1978年,国际初级卫生保健大会在《阿拉木图宣言》中又重申"健康不仅是疾病与体弱的匿迹,而是身心健康、社会幸福的总体状态"。进入21世纪以来,人们对健康的理解又有了新的发展,不少学者把道德修养纳入了健康的范畴,提出"健康不仅仅是身体健康,而且还是心理健康、社会适应良好和道德健康"。

> **链接** 道德健康指健康者不以损害他人的利益来满足自己的需要,具有辨别真与伪、善与恶、美与丑、荣与辱等是非观念,能按照社会行为的规范准则来约束自己及支配自己的思想和行为。

2.健康具有相对性 健康是相对的,健康和疾病是一个连续体,一端是最佳健康,另一端是疾病,甚至死亡,两端之间存在着中间状态,如良好、亚健康、亚临床、疾病等状态,反映了人的健康有水平的差异,人的整个生命过程在这个连续体中动态移动。社区护理的重要任务之一就是要采取各种综合措施促使个体向连续体健康的一端趋近,引导人们向更高健康水平的方向发展。

> **链接** "亚健康"状态是指机体虽无明确的疾病,却表现出活力降低,适应能力减退等,是介于健康与疾病之间的一种生理状态。"亚临床"状态又称"无症状疾病",通常患者没有临床症状,但机体组织有病理变化,并在临床检测中可发现证据。

3.健康具有主、客观两面性 健康有主观的健康和客观的健康两个方面。从主观方面看,健康是一种个人的感觉。一个健康的个体通常主观感觉良好,处于一种有活力、积极的状态。但人的自我感觉受多种因素的影响,且是在不断变化的,因此,这种自我感觉上的健康不一定就是真正的健康。而健康的客观性方面,如机体组织是否有病理改变、机体功能是否失调等都是身体健康状况的客观表现。处于不同健康水平的人,可能会因人而表现出主、客观健康状态的差异。因此,针对每一个体的健康,需要结合主、客观两方面进行判断,才能对其健康有更清楚的认识。

4.关注家庭和社区健康 以上述及的都是个体的健康,但社区护理对健康的认识不仅仅局限在个人健康,还关注家庭健康和社区健康。家庭健康反映的是家庭单位的特点,通常指具有正常家庭功能的家庭或能有效运作的家庭,是家庭系统的一种完好的、动态平衡状态。这种家庭其成员间能互爱互助,并能积极交流,共享时光,同时家庭有能力应对压力和处理危机。社区健康目前还没有一个统一的定义,但亦可从主客观两方面判断,一个健康社区,从主观上看,如居民的健康意识强,有社区归属感、安全感;从客观上看,如社区秩序井然、社区环境和社区资源能满足社区发展需要等。反之,如果一个社区中居民没有安全感、资源缺乏、秩序混乱、饮食卫生不良等,那么该社区就是一个不健康社区。社区健康的实现要靠社区中的相关组织、群体和个人共同努力。

(二)对维护健康认识的发展

维护健康单靠个人和医疗卫生人员的作用还不够,必须依靠全社会的力量,要"健康为人人,人人为健康"。当代医学已发生了"四个扩大"转变,即从治疗扩大到预防保健,从生理扩大到心理,从院内扩大到社区,从技术扩大到产业。卫生事业与社会经济发展同步,社会各系统把健康和幸福作为共同的目标。初级卫生保健、健康促进是维护健康的重要策略。社区卫生服务是初级卫生保健的载体,社区护理的内容是初级卫生保健的要求,社区护士是初级卫生保健的执行者之一,是初级卫生保健的重要力量。因此,社区护士有必要了解初级卫生保健。

1.初级卫生保健的定义　初级卫生保健(primary health care ,PHC),也称基本卫生保健,是指最基本的、人人都能享受到的、体现社会平等权利的、人民群众和政府都能负担得起的卫生保健服务。其目标是"人人享有卫生保健"。初级卫生保健是一项全球性的卫生战略。

2.初级卫生保健的内容　根据《阿拉木图宣言》及 1981 年第 34 届世界卫生大会的精神,初级卫生保健工作可分为 4 个方面,9 项内容。

(1)初级卫生保健的 4 个方面①健康促进:包括健康教育、保护环境、合理营养、饮用安全卫生水,改善卫生设施,开展体育锻炼,促进心理卫生、养成良好生活方式等。② 预防保健:在研究社会人群健康和疾病的客观规律及它们和人群所处的内外环境、人类社会活动的相互关系的基础上,采取积极有效的措施,预防各种疾病的发生、发展和流行。③合理治疗:及时发现疾病,及时提供医疗服务和有效药品,以避免疾病的发展与恶化,促使早日好转痊愈,防止带菌(虫)和向慢性发展。④社区康复:对丧失了正常功能或功能上有缺陷的残疾者,通过医学的、教育的、职业的和社会的措施,尽量恢复其功能,使他们重新获得生活、学习和参加社会活动的能力。

(2)初级卫生保健的内容:①对当前主要卫生问题及其预防和控制方法的健康教育;②改善食品供应和合理营养;③供应足够的安全卫生水和基本环境卫生设施;④妇幼保健和计划生育;⑤主要传染病的预防接种;⑥预防和控制地方病;⑦常见病和外伤的合理治疗;⑧提供基本药物;⑨使用一切可能的方法,通过影响生活方式、控制自然和社会心理环境来预防和控制非传染疾病和促进精神卫生。

3.初级卫生保健的基本原则

(1)预防为主:其重点是预防疾病、促进健康和社区康复,而不是治疗疾病。

(2)面向基层,社区参与:初级卫生保健是在人们能负担的基础上提供最基本的卫生保健服务,并主要动员及依靠社区居民参与保健活动,提高自我保健能力。

(3)综合措施:除提供相应的卫生保健服务外,还要注意环境、营养、饮水、垃圾处理、住房等方面对健康有影响的问题。因此,需要卫生、行政等各方面的共同努力。

(4)资源的合理分配及有效利用:将有限的资源应用到预防保健工作中,使每个公民都能得到最基本的卫生保健服务。

(5)适当的技术:初级卫生保健是最基本的卫生保健,因此,在具体的操作要求上要具有一定的科学性及普及性,以便能及时推广,使公众接受。

(6)建立健全的转诊体制:安全的转诊体制能够确保每一位社区居民都能得到及时安全的卫生保健服务。

二、三级预防观

以预防保健为主是社区护理在工作内容和方式上区别于临床护理的一个重要特征。三级预防观念指社区护士要正确理解和运用疾病预防策略和预防措施,具有预防的观念,尤其是三级预防的观念。三级预防是指针对疾病的不同阶段开展疾病预防,它是一种预防策略,也是预防医学的核心策略。它以健康为目标,以预防疾病为中心,体现了对个体及群体在疾病发生前后各个阶段的全方位预防。三级预防是实现"人人享有卫生保健"这一医学目标的重要条件。

危险因素和高危人群的研究对预防医学探索病因和制定防治策略具有重要的理论和实践意义。预防为主的观念就是要求我们充分认识影响健康的危险因素，以便在保健工作中控制、避免、消除危险因素。

（一）基本概念

1. **危险因素** 危险因素是指增加疾病或死亡发生的可能性的因素。危险因素在慢性疾病病因研究中具有较大的现实意义，因为许多因素与慢性病有一定程度的相关性，但大多危险因素与慢性病的关系都是非特异性的，它们不像病原体和传染病之间那样有着明确的因果联系，故而称之为危险因素。尽管危险因素与慢性病之间不一定是直接的因果关系，但实践证明认真地控制危险因素（如控制吸烟、合理饮食、适量运动等因素），采取健康教育等综合措施，可降低慢性病的发病率和死亡率。

2. **高危人群** 高危人群是指对环境危害因素易感并具有较高患病危险性的人群。高危人群包括：①处于危险环境之中的人群，如接触有毒物质的工人，容易发生中毒，属于高危险环境中的人群；②对环境有高危险反应的人群，如青霉素或花粉过敏的人群属于对环境有高危险反应的人群；③具有高危险行为的人群，如 A 型行为是发生冠心病的高危险行为，C 型行为是发生肿瘤的高危险行为，有这些行为的人群属于有高危险行为的人群。A 型行为又叫"冠心病易发性行为"，主要特点为行为急促，有时间紧迫感，个性争强好胜，有竞争意识，事业心强，为成功而努力奋斗，情绪容易激动。C 型行为又称"肿瘤易发性行为"，主要特点为情绪过分压抑和自我克制，过分忍耐和回避矛盾，表面上处处顺从谦和忍让，情绪易于愤怒却不能正确地表达，易生闷气，易焦虑、抑郁。发现高危人群，对他们进行保护是社区卫生服务的一项重点工作。

（二）疾病的自然发展史

为了更好地理解疾病预防策略和三级预防措施，有必要先了解疾病的自然发展过程。一般说来，疾病的出现有一个发生、发展的过程，人们大多将这一过程分为 4 个期：

1. **疾病前期** 或称易感染期，该阶段并未形成疾病，但个体有危险因素存在。如某人没有高血压，但存在遗传、高盐饮食、超重等危险因素。

2. **疾病早期** 或称临床前期，此阶段尚无典型的临床症状出现，但个体已有明显的生理、心理上的病理改变。如某人无不适感觉，但多次测量血压时血压值都偏高。

3. **症状期** 或称临床期，此阶段个体有病理或功能上的改变，具有符合疾病诊断的症状和体征。例如某人血压高，同时伴有头晕、头胀、耳鸣等不适。

4. **康复期** 或称残障期，此期疾病进一步发展，给患者造成不同程度的残障，导致患者生活能力及生活质量下降；或最终疾病恶化，导致死亡。如某人长期血压高未治疗，出现脑血管意外致偏瘫等。

对疾病的分期是人为的，疾病的发生发展并非都按顺序进行。有的疾病在症状期可以自愈，不发展到下一阶段；有的疾病在康复期经治疗而得到恢复。疾病的三级预防就是要针对疾病的不同阶段采取预防措施。

（三）疾病三级预防措施

1. **第一级预防** 也称病因预防。主要针对疾病前期，目的是针对疾病发生的生理、心理、物理、化学、社会因素提出综合性预防措施，增进人群健康，消除和控制危害健康的因素，防止各种致病因素对人体的危害。这是一级预防的主要任务，也是预防医学的最终奋斗目标。一级预防包括两方面内容：①促进健康：是通过创造促进健康的环境使人们避免或减少对致病因子的暴露,改变机体的易感性,保护健康人免于发病。可采取健康教育、自我保健、环境保护和监测等形式。②保护健康:健康保护是对有明确病因(危险因素)或具备特异预防手段的疾病所采取的措施,在预防和消除病因上起主要作用。如长期供应碘盐来预防地方性甲状腺肿;增加饮水中的氟含量来预防儿童龋齿的发生;改进工艺流程,保护环境不受有害粉尘的侵袭,以减少肺癌和尘肺的发生;通过孕妇保健咨询及禁止近亲婚配来预防先天性畸形及部分遗传性疾病等。

2. 第二级预防 又称临床前期预防或疾病早期预防。主要措施是"五早",即早发现、早诊断、早报告、早隔离、早治疗,以预防疾病的发展和恶化,防止复发和转变为慢性病等。对于致病因素不完全明确或致病因素经过长期作用而发生的慢性病,如肿瘤、心血管疾病等,应以二级预防为重点。达到"五早"的根本方法是向群众宣传、提高医务人员诊断水平及开发微量、敏感、实用的诊断方法和技术。如某些疾病普查、高危人群筛检、特定人群的定期健康体检等是二级预防的有效措施。

3. 第三级预防 也称疾病的临床预防。主要是对已患病者进行及时治疗,防止病情恶化,预防并发症和伤残,促进康复等恢复劳动和生活能力的预防措施。疾病的自然史和三级预防措施,见图1-1。

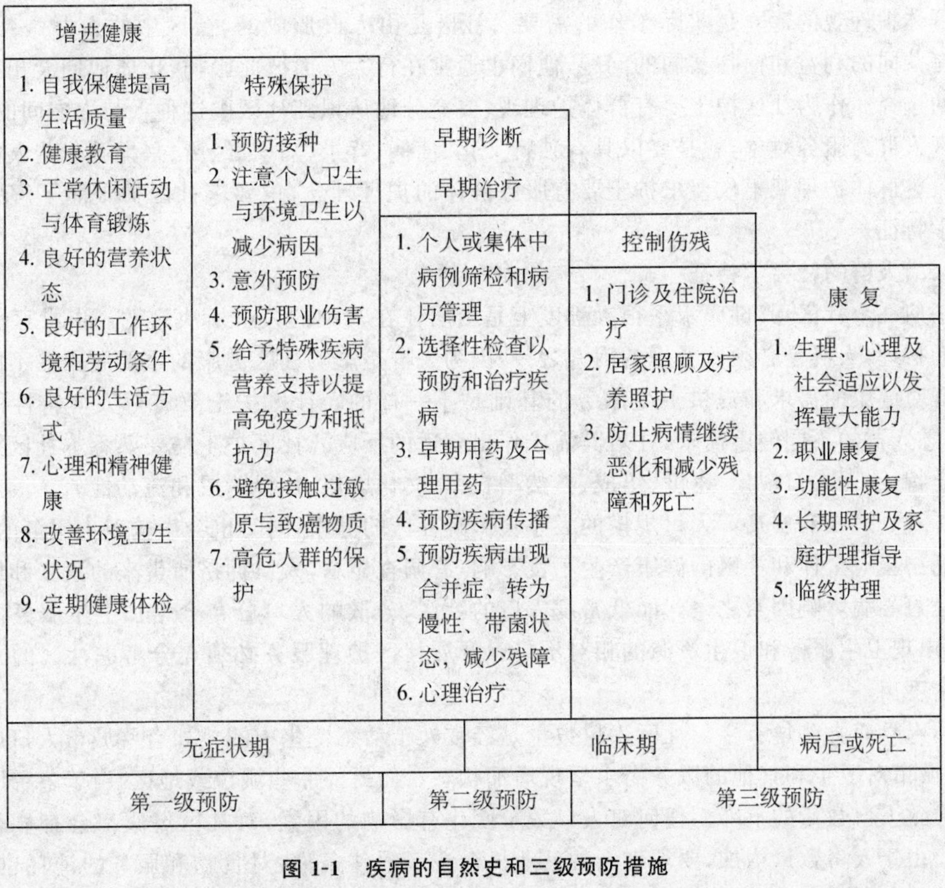

增进健康			
1. 自我保健提高生活质量 2. 健康教育 3. 正常休闲活动与体育锻炼 4. 良好的营养状态 5. 良好的工作环境和劳动条件 6. 良好的生活方式 7. 心理和精神健康 8. 改善环境卫生状况 9. 定期健康体检	特殊保护		
	1. 预防接种 2. 注意个人卫生与环境卫生以减少病因 3. 意外预防 4. 预防职业伤害 5. 给予特殊疾病营养支持以提高免疫力和抵抗力 6. 避免接触过敏原与致癌物质 7. 高危人群的保护	早期诊断 早期治疗	
		1. 个人或集体中病例筛检和病历管理 2. 选择性检查以预防和治疗疾病 3. 早期用药及合理用药 4. 预防疾病传播 5. 预防疾病出现合并症、转为慢性、带菌状态,减少残障 6. 心理治疗	控制伤残
			1. 门诊及住院治疗 2. 居家照顾及疗养照护 3. 防止病情继续恶化和减少残障和死亡
			康复 1. 生理、心理及社会适应以发挥最大能力 2. 职业康复 3. 功能性康复 4. 长期照护及家庭护理指导 5. 临终护理
无症状期		临床期	病后或死亡
第一级预防		第二级预防	第三级预防

图 1-1 疾病的自然史和三级预防措施

引自杨延芬. 公共卫生护理学. 台北:华腾文化股份有限公司,2003

预防为主,是降低人群发病率、死亡率和提高人民健康水平的最有效、最经济的战略措施。我国医学很重视预防,早有"未病先防,已病防变,病后防复"及"上医不治已病治未病"的预防思想。社区护士只想成为一名合格的救护者是不够的,三级预防观要求必须重视预防保健。

三、群体护理观

(一)群体护理观的概念

群体护理观,即服务群体的护理理念。社区护理服务是以社区人群为服务对象,以促进健康为服务目标,这就要求社区护士要站在人群的角度去认识健康问题、处理健康问题,遇到任何个人健康问题,能立即考虑相关的人群而非只考虑眼前的个体。

群体护理观是从预防的角度出发的,体现了以预防保健为主的护理特点。如对社区高血压的护理,护理对象不仅仅是某一个高血压患者,而是相关的人群,包括社区内高血压患者、高血压高危人群和健康人群,需要针对不同人群采取不同的护理和管理措施,以达到预防和控制社区高血压的目的。又如当一个社区出现了1例"非典"患者时,对患者进行诊断和治疗,促进患者个体的康复十分重要,但也需要尽快查明该患者在人群中的"来龙去脉",如病人的传染源是什么?可能的传播方式是怎样的?他的密切接触者是哪些人?只有通过对人群的调查,才能认识疾病的流行规律,防止人群中新病例的出现,控制疾病的继续传播和流行。

群体护理观的建立是实际工作的需要。社区是由人群形成的,社区中的人群是互动的。他们有共同的利益和面临共同的问题,他们也通常在行为方面彼此影响,比如他们会相互推荐食物的选择。作为社区护士要有群体护理观,要充分地认识到社区中这种人与人之间的互动,以社区人群为服务对象,就是要以具有独特文化、信仰、背景、知识、经历、兴趣等一些人群为服务对象。群体护理观不仅要求护士要有服务群体的护理理念,也要求社区护士能了解人群的社会学特征。

(二)人群的社会学特征

任何一个社区,其健康水平很大程度上是由居住在其中的人群所决定的。以社区为服务对象的护理,人群是必须要考虑的因素之一,因为人群是影响社区健康的重要原因。不同特征的人群对健康的需求和提供卫生服务的基础是不一样的。社区护士要有对人群特性的敏感性,熟悉人群的不同健康需求,并对其需求作出合适的反应。社区护士需要熟悉本社区人群的社会学特征,即人口规模、密度、组成、自然增长率、文化风俗、社会阶层和流动性。

1.人口规模和密度 人口规模的大小会影响社区的健康,同时也会影响卫生服务的需求。人口拥挤会对个体和社区的健康产生不良影响,有调查显示,人口拥挤所带来的紧张和压力被认为是冠心病影响因素之一。而低密度人口的社区、分散的人口分布会增加卫生服务提供的难度,出现卫生服务和卫生资源的相对不足。开展社区护理服务必须充分考虑社区的人口规模和密度。

2.人口的自然增长率 社区人口数量是经常处于动态变化中的。如有些城市人口迅速膨胀,该城市对卫生和其他的服务需求呈现增加状态。而另外一些城市或地区,由于各种原因可能会导致人口数量的下降。任何对人口数量变化有影响的因素,对社区健康都会有显著性的影响。由于人口数量增加,要求有新的就业机会或者居住条件,对食物和服务的消耗也增加,必然给社区健康带来影响,同时也会给社区的安全带来压力。

3.人口构成 社区中人口构成不同对医疗保健的需求有所不同。一个老年社区与一个儿童人口比例占多数的社区相比,他们所关注的健康问题就会有很大的不同。比如,老龄化社区中老年病和慢性病的服务需求占社区服务资源的比例会增加。因此,社区护士应充分考虑人口的年龄、性别、婚姻、职业、经济和信仰等的不同,为其提供适合的保健护理。

4.文化特征　每个社区都有自身的文化特征,在一些边远的农村社区有可能是由单一文化背景的人群组成,但一些大城市社区,多数是由多元文化背景的人群组成。来自不同文化背景的人群,由于文化的差异,可能会与社区的资源和服务产生冲突,从而影响社区的健康。社区护士要意识到这些文化的差异,促进不同文化背景人群的交流和理解,尊重各民族的文化习俗,提供适宜的护理服务。

5.社会经济阶层和教育水平　社会阶层是由经济收入、教育、职业、信任度等因素决定的。尽管社会阶层没有明确的定义,但职业、教育、收入是最基本的影响因素。很显然,社会阶层不同,健康问题将有所不同,对卫生的需求和利用率也会不同。教育水平高的社区人群,常能较快地理解和接受建议,能较好地与卫生服务人员合作,但他们可能存在工作压力较大、生活节奏较快等影响健康的因素;也有调查显示,经济收入和教育水平较高的人群中,特别是青年人群,有忽视自身健康问题的现象,这些因素都对健康产生潜在影响。而教育水平低的人群,通常经济收入低,社会层次也低,他们获得信息的能力较低,这些因素可能会制约他们较好地利用卫生服务资源。另外,有一些社区人群滥用社区卫生服务资源,这些也与社会阶层和经济水平有一定的关系。社区护士要意识到社区人群的经济和社区阶层的差别,以不同人群的需求为导向提供适宜的护理服务。

6.流动性　随着经济的发展和社会的进步,人口的流动性在我国乃至全球都在不断地增加。人们可能为求学、寻找新的工作机会、退休后移居到更适合的生活环境等原因而流动。人口的流动对社区健康有直接的影响。首先影响到社区卫生服务的连续性;其次,由于农村人口向城市流动以及旅游业、大学教育等因素,给城市社区卫生服务带来一定的压力。社区护士要了解这些流动人口的特征和特殊卫生需求,不但要对他们的特殊健康需求有所了解,还要充分认识到他们给社区卫生服务带来的压力,并采取恰当的应对策略。

四、以人为本观

(一)以人为本观的含义

所谓"人本"就是以人为根本,医学实践活动的对象是人,生命是人的根本,健康是生命的基础。人类的医疗实践及与之相关联的一切活动,都应以人的健康和生命为最终目的,所有的实践活动都要以人的健康和生命为标准而实施。以人为本护理观是指在围绕人的生命和健康所进行的护理实践活动,以及在这一实践活动中所形成的护理观念。

以人为本的护理又可称为"以人为中心""个体化"或"人格化"的护理,其实质内容是要让居民充分知情,积极参与;对居民的愿望和需求应答准确迅速;加强护患双方的交流;为居民提供有效咨询与帮助;维护个体的尊严;鼓励居民反馈信息并认真听取他们的意见;当不良行为发生时需直言相告等。

以人为本护理观要求护士从全人的观点来看待自己的服务对象,从生理、心理及社会等各方面充分了解服务对象,熟悉其生活、工作、社会背景和个性类型;提供服务时,要坚持一切从人的需要出发,以调动和激发人的积极性和创造性为根本手段。例如,当社区护士面对一位糖尿病患者时,不仅要处理高血糖这一病理问题,还要把患者看成像是一个有家庭、职业、社会责任以及有着各种困惑情绪、有特定健康信念的人;处理中不仅要指导患者服用降糖药物及控制饮食,还必须考虑食物结构的改变对患者和家庭可能造成的冲击、治疗的价格能否被接受、是否知道有合并症或存在恐惧、是否了解遗传的危害等,特别要注意其健康信念是否有利于生活方式的改变和情绪控制,以及其家庭功能是否有利于该病的康复,是否需要就上述问题进行协调与干预,制订并实施干预计划时是否需要动用家庭资源和其他社区卫生服务资源等。

(二)以人为本的社区护理服务特点

1. **重视人的健康** 人是社区的第一要素,人的健康是整个社区健康的基础。以人为本的社区护理服务重视社区居民的健康需求,针对居民的不同护理需求来提供不同的护理服务,若服务对象是患者,则主要进行治疗和康复护理,以促进患者的康复为目标;对于处于亚健康状态的个体和健康人则提供相关的保健知识和技能,以维持和促进其健康,从而达到提高社区人群健康的目标。

2. **强调人的整体性** 在社区护理服务过程中,护士要全面、整体地看待个体,认识到每个接受社区护理服务的居民都受生理、心理和社会文化因素影响,维护人的健康必须从生理、心理和社会三方面着手,分析服务对象存在的健康问题也要从生理、心理和社会因素进行综合考虑。比如了解个体的健康状况、健康危险因素、对健康的理解、关心程度及所处的环境等,为个体提供全方位的护理服务。

3. **关注人的独特性** 正如世界上没有相同的两片树叶一样,世界上也没有完全相同的两个人。对于不同的人,我们需要采取不同的护理措施,也就是要提供个性化的护理服务。患有相同疾病的个体有着不同的生理、心理及社会背景特点,同一种疾患对不同的患者有不同的意义,表现出不同的患病行为。因此,要深入了解健康问题对个人生活的影响和意义,全面地理解个体的行为,给个体提供满意的高质量的护理服务。

五、自我护理观

自我护理是指个人为了维持生命、健康和幸福,确保自身功能健全和发展而采取的自我健康管理行动。自我护理观是指坚信护理的目标是最大限度地维持和促进服务对象的自理。

在正常情况下,成年人都是自理者,能自己驾驭自己的日常生活而不需要依靠他人的帮助。根据奥瑞姆的自我护理理论,个体有一般性的自我护理需要(即日常生活需要)、发展性的自我护理需要和健康不佳时的自我护理需要。自我护理的能力因年龄、性别、个体发展情况、社会文化环境、家庭系统、健康状况以及可得到的条件不同而异。

作为社区护士,因服务对象是社区内的全体居民,以预防保健和健康教育为工作重点,所以,坚持自我护理观就是要通过采取多种形式的教育及活动,培养居民的自我保健意识、指导居民建立健康生活方式、协助早期发现和早期治疗、教会居民应对和处理疾病及健康问题的基本知识和技能,不断提高居民自我健康管理的能力,增进居民的健康水平。

(陈佩云)

思 考 题

1. 简述社区的基本要素。
2. 何谓社区护理？它有何特点？
3. 简述社区护理的基本理念。

第 2 章

社区中的健康教育

社区健康教育是社区卫生服务"六位一体"的重要内容,是普及健康相关知识,促进社区居民健康的重要和必要手段。开展社区健康教育可以使社区卫生工作者更加贴近社区居民日常生活,有助于建立和谐友好、合作互信的关系,同时,可以使社区卫生工作者更加了解社区,为其他工作的开展奠定基础。与人们对健康的高需求相对应的是健康知识知晓率和健康行为形成率低水平,特别是在贫困、边远农村地区。在此形势下,健康教育作为普及健康知识、倡导健康文明的生活方式的重要途径,其作用日益突出,成为促进社区居民健康的重要基石。

第一节 概　　述

一、社区健康教育的概念

(一)健康教育

1. 健康教育的概念　健康教育是通过信息传播和行为干预,帮助个人和群体掌握卫生保健知识,树立健康观念,自愿采取有利于健康的行为和生活方式的教育活动与过程。其目的是消除或减轻影响健康的危险因素,预防疾病,促进健康和提高生活质量。

2. 健康教育的干预方法　健康教育涉及信息传播和行为干预,两者是开展健康教育的主要干预方法,也是开展健康教育的重要策略。

(1)信息传播:传播是一种社会性传递信息的行为,是人与人之间、人与社会之间,通过有意义的符号进行信息传递、信息接受或信息反馈活动的总称(图 2-1)。信息是指被传递和交换的消息、事实、意见、信号、新闻、数据等。健康教育所传播的信息是健康信息,泛指一切有关人的身体、心理、社会适应能力的知识、技术、观念和行为模式。要从根本上解决影响人们健康的各类问题,就必须通过各种传播渠道普及健康相关知识和技能,使人们摒弃固有偏见,树立正确的健康观和积极的态度,从而对自身的行为进行正确判别,改变不利于健康的行为和生活方式,自觉采纳有利于健康的行为和生活方式。

(2)行为干预:行为干预是健康教育的核心,是通过具体的知识和技能训练,帮助并促使接受健康教育者实现特定行为和生活方式的改变。行为干预的措施可以包括政策支持、环境支持、媒体宣传、行为矫正、树立典范、执法部门检查等,下面分别介绍主要内容。

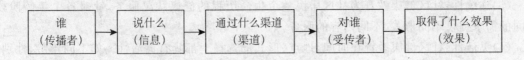

图 2-1　传播过程

政策支持：是指政府部门制定一些有利于行为形成的政策性、导向性的干预措施，对有利于健康的行为进行鼓励，对不利于健康的行为进行劝诫和禁止。如"公共场所禁止吸烟规定"和"禁止未成年人进入营业性网吧的规定"等。

环境支持：创造有利于行为改变的环境，包括服务设施、人际关系和社会氛围等。如参与无烟单位的创建，制定控烟的奖惩方法，成立戒烟小组，有利于戒烟的开展；家人、朋友、同事等对吸烟的抵制和不赞成可以对戒烟起到促进作用；社区卫生服务中心为居民提供免费测血压的服务，就会促使更多居民去测量血压。

媒体宣传：通过各种渠道和媒介，传播健康知识和技能，普及医疗、卫生保健知识从而促进行为的形成和改变。如电视台播放各类与健康有关的公益广告，杜绝烟草广告，组织科普讲座等措施。

（二）社区健康教育

1.概念　社区健康教育是指以社区为单位，以社区人群为教育对象，以促进社区居民健康为目标，有组织、有计划的健康教育活动。其目的是组织和发动社区人群参与健康教育计划，普及医药卫生知识，树立健康意识，养成健康行为，消除危险因素，以提高社区居民的自我保健能力和健康水平。我国宪法明确规定：鼓励和支持农村集体经济组织、国家企业事业组织和街道组织设置各种医疗卫生设施，开展群众性的卫生活动，保护人民健康。

2.对象　社区健康教育的对象十分广泛，包括辖区内不同年龄段、不同行业、不同身体状况的所有居民。

（1）一般人群。①社区家庭成员：这一群体在社区内占的比例最大，属于社区常住居民，其中妇女、儿童、青少年及老年人需要特别关注；②社区集体户成员：社区辖区内的学校、机关、企业等。

（2）重点人群。①基础群体：学龄前儿童和中、小学在校生。因为孩子是国家的基础和未来，孩子的行为习惯具有极大的可塑性，从小养成良好的行为和生活习惯将受益一生；②弱势群体：包括妊娠和围生期妇女、老年人、家庭中的伤残人员、慢性病患者和高危人群、社区医疗康复机构的伤病人员；③重要群体：包括从事饮食、食品、服务行业及公共场所的职工和与毒物、粉尘有长期接触的工作者。

3.特点　社区是社会的缩影，因此社区健康教育具有对象复杂、内容广泛，时间和地点灵活的特征。

（1）以健康为中心：社区健康教育是围绕健康而不是疾病开展的，接受健康教育的社区居民大多数为健康人群。

（2）广泛性：社区健康教育的对象可能是个人，也可能是具有某些共性的群体；可能是无业人员也可能是各行业的脑力或体力劳动者；可能是各年龄段的男性或女性；可能是健康人群或患病人群。

（3）连续性：社区健康教育为社区居民整个生命历程的健康状况服务，针对各个年龄阶段不同的需求提供不同形式、不同内容的服务。

（4）灵活性：社区健康教育在时间、地点、形式的选择上都具有灵活性。如不同年龄、性别、职业的人可能具有相同的行为和生活方式，这就要求健康教育的形式灵活多变。

4. 原则　遵循一定的原则是社区健康教育效果和质量的保证，也是工作人员良好工作效率的保证，必须贯穿健康教育活动的全过程。

（1）科学性与思想性统一的原则：社区健康教育所传播的知识要有科学依据，应该是社会公认的先进科学成果。同时社区健康教育要改变居民传统落后的观念，抵御庸俗或伪科学的干扰。社区健康教育要体现时代特色，鼓励人们以良好的精神面貌与健康危险因素做斗争，寓思想教育于健康教育之中。

（2）理论联系实际原则：不同社区有不同的实际情况，不能完全按照宣传资料或教科书来开展健康教育。社区健康教育要以调查研究和信息总结为基础，要与社区居民的实际需求相适应，做到有的放矢。

（3）直观性原则：充分应用模型、挂图、实物演示、多媒体、现场参观等教学方法，使健康教育的内容更加深入人心，做到通俗化、大众化、形象化，以群众喜闻乐见的形式来提高社区居民参与程度。

（4）启发性原则：以社区健康教育作为引导，启发和鼓励居民自觉思考，继而充分领会健康教育内容对健康的重要性。

（5）可及性原则：可及性是社区居民对医疗卫生服务的基本要求。社区健康教育者要具备相应的素质和知识，宣传材料的数量和质量能够满足社区需求，在时间、地点和教育形式的选择上要考虑社区居民的接受力，确保尽可能多的居民参与健康教育活动。

（6）循序渐进原则：社区健康教育要遵循由浅入深、由易到难、由近及远、由简到繁的规律，确保居民能够理解和掌握。

（7）因材施教原则：针对不同身心特点，不同的健康需求、不同的知识水平、不同职业的人群，因时、因地、因人而异地选择社区健康教育的内容、方法。

二、社区健康教育的内容

（一）一般内容

《国家基本公共卫生服务规范（2011 年版）》对健康教育的内容做了明确规定：

1. 宣传普及《中国公民健康素养-基本知识与技能（试行）》。配合有关部门开展公民健康素养促进行动。

2. 对青少年、妇女、老年人、残疾人、0~6 岁儿童家长、农民工等人群进行健康教育。

3. 开展合理膳食、控制体重、适当运动、心理平衡、改善睡眠、限盐、控烟、限酒、控制药物依赖、戒毒等健康生活方式和可干预危险因素的健康教育。

4. 开展高血压、糖尿病、冠心病、哮喘、乳腺癌和宫颈癌、结核病、肝炎、艾滋病、流感、手足口病和狂犬病等重点疾病健康教育。

5. 开展食品安全、职业卫生、放射卫生、环境卫生、饮水卫生、计划生育、学校卫生等公共卫生问题健康教育。

6. 开展应对突发公共卫生事件应急处置、防灾减灾、家庭急救等健康教育。

7.宣传普及医疗卫生法律法规及相关政策。

(二)社区重点场所健康教育的内容

1.**托幼机构** 托幼机构是社区学龄前儿童聚集的场所，是开展健康教育的重要阵地。学龄前儿童模仿力强，易受到周围环境的影响，是接受健康教育的最佳时机。托幼机构健康教育的对象包括学龄前儿童、家长、幼教工作者及其他与儿童教养关系密切的人，健康教育的主要内容包括以下几个方面。

(1)行为习惯的养成：包括饮食习惯、睡眠习惯、学习习惯、娱乐休息习惯、公共卫生习惯、个人卫生习惯等。

(2)饮食营养教育：学龄前儿童常常是营养不良的主要受害者，因此应该针对家长、幼教工作者、托幼机构炊事员等进行健康教育，普及营养相关知识，从而改善儿童营养状况。

(3)安全意识教育：完善安全设施，如暖气管道裸露、插座安装过低、电源漏电等；树立安全意识，教会儿童掌握一些安全的常识和技能，使他们能够识别危险，提高自我保护能力，如熟悉交通规则，熟记求救电话的号码等。

(4)疾病防治教育：包括口腔卫生、用眼卫生、传染病的预防知识、疫苗接种知识和卫生习惯训练等内容。

(5)发展智力教育：早期智力教育有助于培养儿童的记忆力、观察力、注意力、思维和想象力，有助于提高儿童社会适应能力，有助于良好行为习惯的养成。

2.**学校** 学校是开展健康教育的最佳场所。社区中、小学校人员比较集中，有利于健康教育的组织。由于处于相同的年龄阶段，中小学生经常面临相同或相似的健康问题。针对学生开展健康教育可以从根本上提高国民健康水平。

(1)健康行为养成教育：如不随地吐痰，不共用毛巾，合理用眼、预防近视，避免被动吸烟，树立食品卫生意识，养成良好饮食习惯等。

(2)心理健康教育：了解心理健康与疾病的关系；学会调节情绪，保持心态平衡；学会正确处理人际关系；学会正确消除紧张和焦虑情绪。

(3)疾病预防：如水痘、流感、腮腺炎、麻疹、蛔虫等学校常见病的防治知识。

(4)生长发育和青春期保健：了解生命的孕育和生老病死的历程，了解人体各器官的功能，了解青春期生长发育特点和青春期卫生知识。

(5)安全应急与避险：如游泳、滑冰和骑车的安全常识，火灾地震的逃生和求助，动物咬伤和抓伤的应急处理，轻微外伤的处理，合理用药常识等。

3.**工矿企业** 工矿企业人员流动性强，受到不良作业环境的影响，健康教育任务艰巨。

(1)劳动生理和劳动心理教育：以不同工种所接触的不同作业环境和不同劳动性质、强度而引起的不同生理、心理变化为主要内容。预防因劳动强度过大、紧张、压力过大而导致高血压、溃疡、心律不齐、神经性头痛等疾病，保持生产劳动中的最佳生理和心理状态。

(2)防治职业病：向工人及管理人员传播职业病的防治知识，包括肺尘埃沉着病、高温中暑、生产性噪声、振动病、辐射、职业性肿瘤、职业性外伤等，减少和控制职业伤害、职业病及职业相关疾病。同时，开展《职业病防治法》中相关内容的培训和学习。

(3)防治职业性中毒：以职工所在企业可能接触到的有毒有害物质为主要内容，包括毒物的产生，进入体内的途径，对人体的危害等。职业环境中常见的毒物有铅、汞、镉等金属，苯、甲苯、二甲苯等有机溶剂，农药等。

4.餐饮业　餐饮业是社区中最常见、与居民健康关系最密切的服务行业。针对餐饮业开展健康教育可以规范食品制作,提高饮食卫生管理水平,减少和控制食物中毒和食源性疾病的发生和流行,保证社区居民饮食安全。主要内容包括:①餐饮服务业相关的卫生法律法规及食物制作标准操作规范,如《食品安全法》《餐饮业饮食卫生管理办法》等;②膳食营养知识、肠道疾病及食物中毒预防知识;③职业道德与服务意识;④饮食卫生管理知识,如设备、设施的卫生要求,餐具消毒,食物仓贮等;⑤服务人员个人卫生要求,如衣帽、头发等。

三、健康促进的概念与策略

(一)健康促进的概念

1986年世界卫生组织召开了第1届健康促进大会,发表了著名的《渥太华宪章》,宪章指出:"健康促进是促进人们维护和改善自身健康的全过程,是协调人类和环境的战略,规定个人和社会对健康各自所负的责任。"

(二)健康促进的基本策略

1.倡导　以有利的证据影响政府和各团体,促进维护健康的环境氛围的建立。

(1)倡导政策支持:从政策上积极主动争取各级领导对健康活动的支持,争取立法,从经济上争取各级政府提供健康教育所必须的卫生资源,并作为经济和政治的一部分。

(2)倡导社会支持:倡导建立社会支持环境,以利于群众作出抉择。积极争取社会各界对健康措施的认同,激发社会关注和群众参与,从而创造有利健康的社会经济、文化与环境条件。

(3)倡导卫生部门服务方向的调整:卫生部门充分认识到健康促进的重要作用,积极配合健康教育和健康促进工作,从单一为疾病服务调整到为居民健康服务。

2.赋权　帮助群众具备正确的观念、科学的知识、可行的技能,激发其朝向完全健康的潜力,使群众获得更大控制影响自身健康的决策和行动的能力的过程。通过各种手段和方法,改变群众的态度,提高其知识和技能水平,促进他们能明智、有效地解决个人或群体的健康问题,从而有助于保障人人享有卫生保健及资源的平等机会。

3.协调　是指让利益冲突各方围绕促进和保护健康而妥协的过程。争取各方的支持与合作,使各方明确自身在健康促进中承担的任务及要达成的目标,建立强大的健康促进联盟和支持系统,建立有利于健康促进顺利开展的协调关系,从而产生有效的社会和政治氛围,以保证全面实现健康目标,促进健康的生活方式成为普遍接受的社会规范。

(三)健康促进的活动领域

《渥太华宪章》中指出,健康教育涉及5大活动领域。

1.制定促进健康的公共卫生政策　健康促进的含义已超出了卫生保健的范畴,它把健康问题作为各级政府、各级组织与各个部门应该共同关心的系统工程。促进行为改变的动机、愿望,以及与之相关的技能和资源的发展通常与各种法律、政治、环境状况有关,有时,他们并不是通过直接的健康教育方法所能解决的,而是在很大程度上受现有的政策、规章制度与某种组织行为的制约。因此,为确保健康促进工程顺利有效地开展,必须促使政策与规章向有利于支持健康促进的方向改变。

2.营造支持性的环境　根据行为学原理,环境对行为有着强烈的制约作用。良好的环境条件,将促使行为动机得以实现,并能促进新行为形成和巩固,确保各种对健康产生影响的危险因素得以控制。相反,恶劣的环境条件将刺激各种危险因素的滋长。健康促进必须创建安全的、满意的、并且是愉快的生活和工作环境,系统地评估快速变化的环境对健康的影响,以保证我们的社会和自然环境有利于健康的发展。

3.加强社区的行动　健康促进的重点是社区,充分发动社区的力量,开发社区的资源,积极有效地参与卫生保健计划的制定和执行。帮助社区人群认识自己的健康问题,并进一步帮助社区提出解决问题的办法。社区所具有的组织形式,对个人的行动和生活方式有着巨大的影响。良好的健康行为,通常在社区某些小人群中形成,通过社区的影响,逐步扩大到全社区人群并形成社区的行为规范。

4.发展个人技能　个人技能是指合适的与正向的行为能力,可促使个体有效地处理其日常生活的需求与挑战。尽管影响健康的许多因素超出个人的控制范围,但个人对行为和生活方式的选择会影响到个人、家庭、社区,甚至社会。

(1)通过社区动员和社区活动,提高人群对健康促进的主动参与。

(2)通过健康教育,帮助社区居民掌握健康相关信息,树立达到健康的愿望,培养做出健康选择的技能,获得更好地控制自己的健康和环境的能力,有准备地应对人生各个阶段可能出现的各种健康问题,并很好地应对慢性非传染性疾病和意外伤害等。

(3)运用示范、实际操作等技巧,指导社区参与个人与集体健康问题的实践,掌握促进健康的各种方法与技巧。

5.调整卫生服务方向　促进卫生服务向以健康为重,以社区为基础,与社区居民密切联系的方向转变,卫生部门的作用不仅仅是提供临床和治疗服务,还必须坚持健康促进的方向;所有卫生工作者将不再是单纯的治疗疾病,而是以完整的人的需求为服务目标,以较大的力度直接参与健康知识的教育、行为改变的指导;预防工作的内涵不再局限于单纯的生物性危险因素,应该延伸到倡导环境和政策支持,促进维护健康的环境氛围的建立,健康意识、价值观、心理与行为等领域。

> **链接**　SARS防治工作是健康促进的成功实践。包括①制定促进健康的公共卫生政策:突发性传染病应急条例、免费医疗;②营造支持性的环境:消毒、洗手、通风、环境卫生,全社会、各机构对SARS的重视;③加强社区的行动:隔离、检疫、口罩、测体温、全民参与;④发展个人技能:防护知识和技能的家喻户晓;⑤调整卫生服务方向的卫生服务:定点医院和发热门诊。

(四)健康教育与健康促进

1.区别

(1)健康教育侧重于调动人们的主观能动作用,健康促进侧重于将健康教育、环境支持和行为干预融为一体,既注重主观能动作用,又注重客观推动力量。

(2)健康教育要解决的是帮助人们改变不健康的行为和建立健康的行为与生活方式,提高保健技能等问题。健康促进的重点则是解决社会动员、社会倡导和相关机构间的协调问题。

2.联系

(1)健康教育在健康促进中起主导作用,健康促进需要健康教育来推动和落实。

(2)健康促进为健康教育提供政策支持和服务平台。政府的承诺、政策、法规、组织和环境的支持及群众的参与是健康教育强有力的支持。

(3)健康教育与健康促进之间,不是后者对前者的取代,而是为了适应卫生事业的发展,在内容上的深化、范围上的拓展和功能上的扩充,二者有不可分割的内在联系。

四、护士在社区健康教育中的作用

卫生部《关于社区护理管理的指导意见(试行)》中明确规定,开展健康教育是社区护理的重要任务;参与对社区人群的健康教育与咨询、行为干预是社区护士的职责。

(一)护士开展社区健康教育的优势

1.护士工作是一个高尚的职业,与社区居民接触较多,容易获得社区居民的信任和尊重。

2.由于职业特点所决定,造就了护士具备良好的心理素质,较强的观察、沟通、组织与协调能力。

3.社区护士接受过专业教育,具有丰富的健康相关知识和良好的职业卫生习惯,可以给社区居民起到典范的作用。

4.护士大多数为女性,具有细致、耐心、体贴和认真负责等从事教育工作的先天有利条件。

(二)护士在社区健康教育中的作用

1.**桥梁作用** 健康教育是一种特殊的教学活动,社区护士在这个教学活动中不仅要传授健康相关的知识,而且还要关注学习者的行为,在不健康行为与健康行为之间架起一座传播知识、矫正态度的桥梁,最终促进健康行为的建立。

2.**组织作用** 护士参与健康教育计划的制定,是社区健康教育具体组织者。

(1)社区护士经常深入社区开展调查研究,充分掌握社区的基本情况,了解人们对健康的需求,易于找出居民不健康生活习惯和行为,确定影响社区健康的危险因素,根据社区居民不同的文化、习惯和要求制定详细的健康教育计划,使健康教育具有针对性。

(2)社区健康教育计划的制定,教育内容、教育方法的选择和教学进度的调控都由护士来策划和决定。有目的、有计划、有评价的教育活动就是通过护士的组织来实现的。因此,护士必须掌握健康教育的基本知识和基本技能。

(3)社区护士要对社区内具备开展健康教育的各种人力、物力资源及能力进行分析,从而决定所能开展的健康教育项目。

(4)社区护士将健康教育工作融入护理实践中,为社区居民提供大量有关健康的信息和健康咨询,指导进行自我护理,帮助做出健康选择。

3.**协调作用** 社区健康教育是一个完整的教育系统,虽然健康教育计划可由护士来制定,但在实施过程中,需要各类人员的密切配合。护士在与各类人员的组织协调中处于十分重要的位置,扮演着举足轻重的角色。社区护士作为联络者应担负起与政府、医院、学校等机构,社区领导、医生、专职教育人员、营养师、物理治疗师、社区居民等相关人员的协调作用,以满足不同对象对健康教育的需求。

4.**研究作用** 社区护士是健康教育第一线的工作人员,在从事健康教育的过程中更能做到理论与实践相结合,因此,更容易发现新问题、提出新措施、总结新观点。

社区护士担负着对社区家庭、个人提供健康与保健知识的重任,应走进社区、家庭,进行健康教育,鼓励居民培养良好的卫生、生活习惯等,将健康教育融入医疗、保健、预防、康复和计划生育技术的社区服务之中,推动社区健康教育与健康促进的发展。

第二节　健康相关行为及其改变模式

一、健康相关行为

健康相关行为是指个体或团体存在的,与健康和疾病相关的行为,可以分为促进健康行为和危害健康行为。世界卫生组织2002年估计,全球1/3以上的死亡可归因于吸烟、酗酒、不健康饮食等10种行为危险因素。

(一)促进健康行为

1.概念　促进健康的行为是个体或团体表现出的,客观上有利于自身、他人和社会健康的一组行为。

2.特点　促进健康的行为有以下5个基本特征,这些特征也可以作为衡量促进健康行为的标准。

(1)有利性:行为表现有利于自己、他人和社会,如拒绝毒品、戒烟限酒、合理营养、适量运动等。

(2)规律性:行为表现有恒常的规律,不是一时性的、偶发的行为。如规律作息、定期体检、坚持锻炼等。

(3)和谐性:个体的行为表现既有自己的鲜明个性,又能根据整体环境随时调整。如,生命在于运动,运动在于坚持,但是坚持运动要根据环境变化加以调整,如雷雨天气暂停户外运动。

(4)一致性:人的行为可分为外显和内在行为,外显行为是可以被他人直接观察到的行为,如言谈举止;而内在行为则是不能被他人直接观察到的行为,如意识、思维活动等。一致性是指外显的行为和内在思维、情绪协调一致,没有冲突。

(5)适宜性:行为强度有理性控制,没有明显对抗和冲突。如适量运动。

3.分类　促进健康行为又可具体分为以下6类。

(1)基本健康行为:指日常生活中一切有益于健康的行为,如规律的三餐、充足的睡眠、合理营养、积极锻炼等。

(2)保健行为:指正确、合理地利用卫生保健资源,以维护自身健康的行为,如定期体检、预防接种等。

(3)避免有害环境行为:以积极或消极的方式避开对健康有害的各种环境因素所致的危害,如避免居住在新装修的房子里、积极应对引起心理应激的生活事件等。

(4)戒除不良嗜好:指自觉地抵制或戒除日常生活中对健康有危害的个人偏好的行为,如戒烟、戒网瘾等。

(5)预警行为:指预防事故发生及正确处理已发生事故的行为,如驾驶时系好安全带、避免儿童接近危险水域、发生车祸后能进行自救或他救等。

(6)遵医行为:指患病后积极配合医护人员、服从治疗、接受护理的行为。如及时就诊、按照医嘱用药,定期复查等。

(二)危害健康行为

1.概念　危害健康行为是个体或群体在偏离个人、他人、社会健康期望方向上的一组行为。

2.特点　危害健康的行为具有以下共同特点:①对自己、他人或社会的健康产生直接或间接的危害;②对健康的危害有相对稳定性,有一定的作用强度和持续时间,蓄意自伤和自杀行为除外;③危害健康的行为都是后天获得的行为,与遗传和本能无关。

3.分类　危害健康行为可具体分为以下6种。

(1)偏离正常生理需要的行为:不健康的饮食行为、性乱、性变态行为。

(2)与正常生理需要没有密切关系的行为:吸烟、酗酒、吸毒、高危体育活动、赌博行为。

(3)对健康的忽视:不讲究日常卫生、不卫生的性行为、缺乏运动。

(4)不正确的保健行为:瞒病行为、迷信行为、恐惧行为、自暴自弃行为、滥用保健品和治疗药物。

(5)致病性行为模式:A型行为和C型行为。

(6)蓄意自伤和自杀行为:蓄意自伤是一种非致死性的有意伤害自己身体的行动,个体在此行动中蓄意自伤或服用超过任何处方或一般认为是治疗剂量的药物。自杀是一种蓄意的有致命性后果的行为,实施者知道或希望其行为有致命性后果。

二、知信行模式

知信行模式是行为改变的最常用的理论,该理论将人类行为的改变分为获取知识、产生信念及形成行为3个连续过程(图2-2)。人们只有了解了相关的健康知识,才能建立起积极、正确的信念和态度,最后才有可能主动地采取有益于健康的行为,转变危害健康的行为。

$$信息 \rightarrow 知 \rightarrow 信 \rightarrow 行 \rightarrow 增进健康$$

图2-2　知信行模式

(一)过程

1."知"　代表知识和学习,是基础。卫生保健知识和信息是建立积极、正确的信念与态度,进而改变健康相关行为的基础。例如,如果一个人不了解吸烟的危害,他不可能主动戒烟。

2."信"　代表信念和态度,是动力。信念是人们对自己生活中应遵循的原则的信仰,常与感情、意志一起支配人的行动;态度是指一个人对人、对事、对物和某种活动所持有的一种接近或背离、拥护或反对的稳定的心理倾向性。知晓吸烟危害的男医生中却仍有半数人吸烟,这说明了解卫生保健知识是行为改变的必要条件,却不是充分条件,要使他们主动戒烟,还需要一个关键因素,就是信念和态度。

3."行"　是产生促进健康行为、消除危害健康行为等行为改变的过程,是目标。知识转变成行为尚需要外界条件,而健康教育就是这种促进知识转变成行为的重要外界条件。例如为了帮助吸烟者达到戒烟的目标,可以根据知信行理论做以下考虑:对吸烟者而言,吸烟行为是社会行为,是通过学习得来的,要改变它、否定它,也得由健康教育者或社会提供知识。健康教育者必须通过多种方法将有关烟草的有害性、有害成分、戒烟的益处以及如何戒烟的知识传授给吸烟者。具备了知识,能采取积极的态度,对知识进行有根据的独立思考,对自己的职责有强烈的责任感,就可以逐步形成信念,知识上升为信念,就可以支配人的行动。当吸烟者采取积极的戒烟态度,相信吸烟有害健康,并相信自己有能力戒烟时,戒烟就可成功。

(二)优缺点

知信行模式直观明了,应用广泛。它隐含这样的假定:传播健康信息给对象,可以改变其信念和态度,并进而改变其行为。但在这个假定中缺少对教育对象需求(需要)、行为条件和行为场景的考虑。此外,在实际工作中知信行模式也难以指导卫生保健人员对教育对象的行为及其影响因素进行深入分析。所以,该理论模式指导健康教育实际工作中的作用比较有限,通常适用于改变一些非成瘾性并且效果和效益明显的行为。

三、健康信念模式

健康信念模式是由美国的霍克巴姆于 20 世纪 50 年代初提出来的,该理论强调个体的主观心理过程,认为健康信念是人们接受劝导、改变不良行为、采纳健康行为的关键。人们如果具有与疾病、健康相关的信念,他们就会有意愿采纳健康行为,改变危险行为,而对采纳行为并能取得成功的信心则是行为实现的保障。健康信念模式认为信念可以改变行为,但首先要让人们认识到他们目前的行为方式对自身健康的威胁,并对威胁的严重性感到害怕,其次,让人们坚信一旦改变不良行为会得到非常有价值的后果即知觉到效益,同时也要认识到行为改变中可能出现的困难即知觉到障碍,最后,使人们自信有能力改变不良行为。

(一)健康信念相关因素

健康信念模式认为,健康信念的形成受到以下因素的影响(图 2-3):

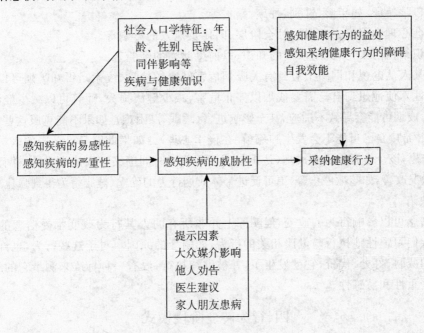

图 2-3　健康信念模式

1.认识到某种疾病或危险因素的威胁

(1)对疾病严重性的认识:指个体对罹患某种疾病严重性的看法,如死亡、伤残、疼痛、工作烦恼、失业、家庭矛盾等。

(2)对疾病易感性的认识:指个体对罹患某种疾病可能性的认识,包括对医师判断的接受程度和自身对疾病发生、复发可能性的判断等。

当个体认识到疾病的易感性和严重性之后,会感到疾病对自身的威胁,从而促使其摒弃不健康的行为,采取健康的行为。

2.认识到采取某种行为或戒除某种行为的困难及益处

(1)对行为有效性的认识:指人们对采取或放弃某种行为后,能否有效降低患病危险性或减轻疾病后果的判断,包括减缓病痛、减少疾病产生的社会影响等。只有当人们认识到自己的行为有效时,人们才能自觉采取行为。

(2)对采取或放弃某种行为障碍的认识:指人们对采取或放弃某种行为所遇困难的认识,如费用的高低、痛苦的程度、方便与否等。只有当人们对这些困难具有足够认识,才能使行为维持和巩固。

(3)对自身采取或放弃某种行为能力的自信,也称效能期待或自我效能:即一个人对自己的行为能力有正确的评价和判断,相信自己一定能通过努力,克服障碍,完成这种行动,到达预期结果。自我效能的作用在于当认识到采取某种行动会面临障碍时,需要有克服障碍的信心和意志,才能完成这种行动。自我效能高的人,更有可能采纳所建议的有益于健康的行为。

3.提示因素 指人们能否采取预防性措施的促进因素,包括传媒活动的宣传、医务人员的提醒、他人的忠告、亲友的疾病经验等。

4.其他相关因素

(1)人口学特征:如年龄、性别、种族、籍贯等。

(2)社会心理学因素:如个性、社会阶层、同伴及他人的影响等。

(3)知识结构因素:如关于疾病的知识、以前患此病的经验等。

例如,某人从电视和网络上看到有关吸烟危害健康的信息(线索),得知吸烟可以导致肺癌(认识严重性),使他想到自己需要戒烟以停止危害,减少健康损失,而且可以减少经济开支(益处)。但是,戒烟可能会导致不适应,甚至影响进食、睡眠等(困难),如果不能克服这些困难,就会继续吸烟,并希望自己可能不会发生肺癌(存在侥幸心理)。如果此时自己亲密的人员中有人因吸烟发生肺癌,该个体开始决心戒烟(认识易感性),若同时周围又有人戒烟成功,并且戒烟之后确实健康状况改善,如咳嗽停止等,更可促进个体戒烟行为的确立(健康行为得到强化)。

(二)缺陷

尽管信念可以影响行为的改变,但实际上并非所有的人其行为改变都受信念的影响。它不能解释人们习惯性地执行与健康相关的行为,如刷牙的原因。对于这些行为,也许没有人考虑到健康的威胁、好处、代价,它就发生了,并被继续执行;没有一种标准来测量它的组成成分,如知觉到严重性和易感性。

四、行为转变阶段模式

行为转变阶段模式的理论基础是社会心理学,它认为行为改变是一个过程而不是一个结果,每个人在行为改变的动机和准备方面存在程度的差别。该模型将行为的转变分为5个行为改变的阶段,认为人们经过各个阶段的速度不一,而且可能会在行为改变的各阶段之间来回变动。

(一)未考虑阶段

未考虑在接下来的6个月内改变自己的行为,或者是有意坚持不改变。主要表现为不喜欢考虑或谈论与自己存在的危害健康行为有关的话题,不打算参加相关健康教育活动,甚至还有另外一套理论来抵制。不打算改变可能与以下原因有关。①不相信某行为会对健康造成不良后果，一般是由长期错误观念或缺乏相应知识导致的；②感觉改变会耗费时间和精力；③感觉改变行为所面临的困难要远远大于改变行为带来的益处；④对是否能够成功改变行为缺乏信心，认为没有能力来改变现在的状态。

（二）考虑阶段

人们考虑在接下来的 6 个月内，对某些特定行为作出改变。他们已经意识到改变行为可能带来的益处，但是也十分清醒所要花费的代价，在效益和成本之间的权衡处于一种矛盾的心态。在此阶段停滞的时间可能不会很长，通常被称为慢性打算或行为拖延阶段。处在这个阶段的人知道行为的不良后果，但是缺乏自信心，而且不知道如何开始行动。

（三）准备阶段

人们严肃地承诺作出改变，并且开始有所行动，如向别人咨询，认真阅读宣传材料，同医生、护士等交谈，购买辅导书等。适当的准备是一个人能否进行自我改变的关键，但是如果不能得到帮助和指导，行为的转变最容易在这个阶段失败。

（四）行动阶段

人们已经开始采取行动改变危险行为，但维持时间少于 6 个月。这个阶段开始会遭遇各种困难，最需要帮助和支持，而且存在较大的复发风险。行动阶段仅是 5 个阶段之一，还不能看成行为的改变，行为改变是指要达到专业人员认可的能减少疾病风险的程度。如高盐饮食者吃盐量下降了，但仍然高于每天 6g 的水平。

（五）维持阶段

改变这种行为已经 6 个月以上，达到了预期的健康目标。在这个阶段应当，需要维持并加以巩固，预防反复，使人们对行为改变更有自信心。许多人行为转变成功之后，通常放松警戒而造成复发。复发的常见原因是过分自信、自制力不强、精神或情绪困扰、自暴自弃等。

另外，还有一个终止阶段，某些成瘾性行为中可能有这个阶段。在这个阶段，人们不再受到诱惑，对这种行为改变的维持有高度的自信心。尽管他们可能会有沮丧、焦虑、无聊、孤独、愤怒、或紧张等体验，但他们都能坚持，确保不再回到过去的不健康的习惯上去。研究表明，有 20% 的人达到这个阶段，经过这个阶段，他们就不会再复发。

第三节　社区健康教育程序与方法

一、社区健康教育程序

社区健康教育程序可以分为社区健康教育评估、社区健康教育诊断、制定社区健康教育计划、实施社区健康教育计划和评价 5 个步骤。

（一）社区健康教育评估

1.概念　社区健康教育评估又称为需求评估，是通过各种方式收集有关健康教育对象的资料，来评估其有何需要的过程，可以为开展健康教育提供依据（图 2-4）。

2.评估的内容　评估的资料要全面，能够反映社区和健康教育对象的真实状况。在评估工作中，一般从下列几个方面收集资料。

（1）教育对象。①基本资料：包括年龄、性别、种族、生活习惯等；②生理状况：包括身体状

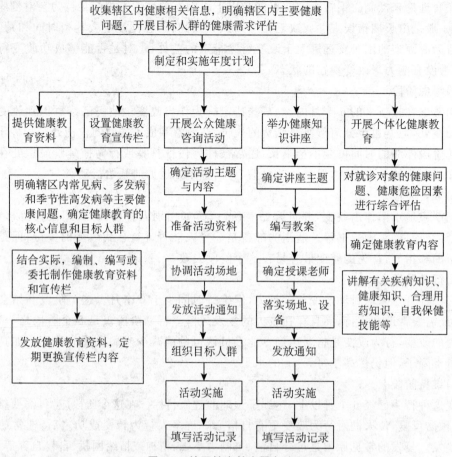

图 2-4　社区健康教育服务流程

况及生物遗传因素资料;③心理状况:包括学习的愿望、态度及心理压力等;④生活方式:包括吸烟、酗酒、饮食、睡眠、锻炼等生活习惯;⑤学习能力:包括文化程度、学习经历、学习特点及学习方式等;⑥现有知识:包括教育对象对健康知识的知晓程度、对疾病的了解程度等。评估教育对象的情况作为制定健康教育计划的参考,但并非所有评估内容都要纳入健康教育计划中。

(2)教育环境:包括生活、学习及社会环境,如工作职业、经济收入、住房状况、交通设施、学习条件及自然环境等。教育环境会影响到健康教育的实施过程及教育对象对知识的接受程度。

(3)医疗卫生服务:包括医疗卫生机构的地理位置、人力资源,享受基本医疗卫生服务的状况等。

3.注意事项　健康教育对象的学习需要必须由自己来决定。社区护士的责任是协助教育对象认识自身存在的问题,但是却不能代替做决定。只有在教育对象认可的前提下,健康教育活动才能获得满意的效果。

(二)社区健康教育诊断

1.概念　诊断是确定问题的过程。社区护理健康教育诊断是指社区健康教育者或社区护士根据已收集的资料,进行认真地分析,从而确定教育对象的现存或潜在的健康问题及相关因素。

2.步骤　社区健康教育诊断可以分 6 步进行:

（1）根据收集的资料，列出教育对象现存或潜在的健康问题。如一个社区可能同时存在高血压、吸烟、人口老龄化等多种健康问题。

（2）选出可通过社区健康教育解决或改善的健康问题。列出所有健康问题，并从中排除由生物遗传因素所导致的健康问题，挑选出与行为因素关系密切的、可通过健康教育改善的健康问题。如高血压是与高盐饮食、缺乏锻炼等行为有关的健康问题。

（3）分析健康问题对教育对象健康所构成的威胁程度。将选出的可通过健康教育解决或改善的健康问题按照影响的严重程度排列顺序。

（4）分析开展社区健康教育所具备的能力及资源。综合分析社区内所具备的能为健康教育所利用的各种人力、物力资源，从而决定所能开展的健康教育项目。

（5）找出与健康问题相关的行为因素、环境因素及促进教育对象行为改变的相关因素。

（6）确定优先开展的健康教育的项目。确定优先项目有以下几个原则：①依据对人体健康威胁的严重程度排序；②依据危险因素的可干预性排序，有的健康问题虽然与行为问题密切相关，但是行为因素的干预受到多方面的影响而难以开展；③按照成本-效益估计，只有在收益大于成本时，项目才有开展的必要；④将社区小环境与社会大环境结合起来综合分析，如控烟是社会大环境特别关注的问题，社区也会把控烟确定为优先项目。

（三）制定社区健康教育计划

1.确定社区健康教育的目标　任何计划的制定都要先确定目标，目标是开展健康教育活动的指南，也是对活动效果进行评价的标尺。目标可以分为长期目标和短期目标。

（1）长期目标：健康教育的长期目标又称为最终目标或计划目的，是对计划的理想最终结果的描述，是宏观的，给出计划的总体努力方向。

（2）短期目标：又称为具体目标，是为保证长期目标的实现而将长期目标分解成若干个具体的、阶段性的、可以测量的目标。短期目标的制定必须回答 4 个"W"和 2 个"H"，即 Who—对谁？What—实现什么变化？When—何时实现或在多长时间内实现这种变化？Where—在什么范围内实现这种变化？How much—变化程度有多大？How to measure—如何测量这种变化？（表 2-1）。

表 2-1　长期目标与短期目标

长期目标	短期目标		
降低老年人吸烟率，提高生活质量，延长寿命	社区开展健康教育 1 年后，60 岁以上老年人吸烟人数下降 20%	Who	60 岁以上老年人
		What	吸烟人数减少
		When	1 年后
		Where	社区
		How much	下降 20%
		How to measure	吸烟率

2.确定社区健康教育的日程和地点。

3.确定社区健康教育的目标人群　目标人群是指健康教育计划干预的对象,通常可以分为三类。

(1)一级目标人群:指预期接受教育后将直接采纳所建议的健康行为的人群。如控烟计划中的吸烟者。

(2)二级目标人群:指与一级目标人群关系密切,并对一级目标人群的信念、态度和行为有一定影响的人群。如医生、卫生保健人员、亲人、朋友等。

(3)三级目标人群:指对计划的执行与成功有重大影响作用的人群。如领导层、行政决策者、经济支持者、权威人士、专家等。

4.确定社区健康教育的内容、方法、教材。

5.确定社区健康教育的评价方案　评价是保证实现项目目标的基本措施,应贯穿教育项目的全过程。

6.项目经费预算　即项目经费资源的分配方案,合理的分配有利于计划的开展,提高效益。

(四)实施社区健康教育计划

实施社区健康教育计划是使计划中的各项措施得以实现的过程,具体可以归纳为以下5大环节。

1.制定实施工作时间表　工作时间表可以在时间和空间上将各项措施和活动进行整合,达到有条不紊、一目了然。工作时间表包括具体工作内容、制定负责人、检测指标、经费预算、特殊需求等(表 2-2)。

表 2-2　某社区控烟健康教育活动上半年工作时间表

时间(2011 年上半年)						工作内容	负责人	检查指标	经费预算	特殊需求
1	2	3	4	5	6					
						项目启动	××	出勤率、培训率合格率均达 100%	1 000	专家讲课领导出席
						发放宣传品	××	干预对象每人 1 份	1 000	
						"被动吸烟"危害专题讲座	××	知识知晓率达到 85% 以上	1 000	
						效果评价	××	知、信、行改变	400	

2.建立实施的组织机构　组织结构包括领导机构、执行机构、组织协调与合作、政策支持等内容。

3.培训实施工作人员　为了使实施工作人员明确工作任务、统一评判标准,必须进行培训。健康教育的项目培训包括以下内容。

(1)项目管理知识:如物资管理、计划落实、协调联络等。

(2)专业知识:如开展调查的方法、文档处理的方法、干预方法等。

(3)专业技能:如设备使用及维护、传播材料的制作等。

4.配备所需物品　实施社区健康教育计划所需要的物品包括健康教育材料、多媒体设备、医疗仪器、教学设备等。这些物品必须设有专人管理,而且在实施的过程中做好协调,充分利用。

5.质量控制　是与健康教育实施相伴而行的技术保障和监督,其核心是使得实施活动按照计划进度和质量进行,并在进行过程中及时发现存在的问题,及时沟通、协调、妥善解决、顺利实现预定的目标。质量控制的内容包括工作进度、活动内容、工作人员能力、经费开支等。

(五)社区健康教育的评价

根据评价内容、指标的不同,评价可以分为以下几种类型。

1.形成评价　是在规划执行前或执行早期对规划内容所作的评价,主要是评价目标是否明确合理,执行人员是否具备完成该项目的能力,资料收集的可行性等。

2.过程评价　根据项目的目标和计划设计,系统地考察项目的执行过程,并与项目设计进行比较,对项目的执行情况做出结论。过程评价起始于健康教育计划开始执行之时,贯穿于计划实施的始终。

3.效应评价表　健康教育活动导致的目标人群健康相关行为及其影响因素的变化,评价的主要内容是干预活动对目标人群知识、态度、行为的直接影响。

4.结局评价　又称为远期评价,是着眼于评价健康教育项目实施后导致的目标人群健康状况乃至生活质量的变化。评价内容包括:生理健康指标、心理健康指标、疾病与死亡指标、生活质量、经济指标等。

5.总结评价　指形成评价、过程评价、效应评价和结局评价的综合以及各方面资料作出总结性的概括,能够全面反映健康教育项目的成败。

二、社区常用健康教育方法

(一)健康教育文字资料

文字资料是进行健康教育最常用的宣传媒介之一。文字资料可以到达的范围比较广泛,发放文字材料的过程本身就起到了扩大宣传的作用,而且文字资料利于保存,可以重复阅读,对健康教育的内容能够起到巩固作用。

1.种类　常用的文字资料包括标语、传单、小册子、折页、报刊等种类,不同文字资料具有不同的特点,用途也不尽相同。

(1)标语:有大幅横额、招牌标语和条幅标语等。标语具有简单明确,语言精练,易于记忆,号召力强,位置醒目等特点,对于创造气氛有突出作用。如"非典可防可治不可怕!""加强体育锻炼,增强居民体质"等。

(2)传单:一般是针对社区健康的常见病、多发病或急需解决的健康问题而印制宣传品,通常具有应急性强,内容较详细,印刷量大,普及面广等特点。

(3)小册子:由专业人员针对某个或某些健康问题编写成册,具有内容系统、针对性和知识性强,便于保存,可反复使用等特点。

(4)折页:折页是新发展起来的一种印刷品。制作精美、图文并茂、简要明了,直观性、吸引力强,便于发放和保存,适用于低文化水平以及空闲时间少的人群阅读使用,也可作为对某项操作技术的具体指导。

(5)卫生报刊:通常定期出版发行,信息量大,综合性强,是广大群众学习卫生保健知识和积累信息的健康之友。但需组织好征订工作,并要求读者具有一定的文化水平和阅读能力。

2. 制作原则 健康教育文字资料的制作必须遵循一定的原则,其适宜性和有效性才能被更广泛的社区群众所接受。

(1)科学性:科学性是制作和评价文字资料的关键和灵魂。要做到这一点,制作者必须认真研究准备制作的健康教育材料主题,参考权威书籍及文献,并须通过同行、医生的审核后方可使用。

(2)实用性:健康教育的目的是帮助个体或群体掌握健康知识、改变不良态度,形成健康行为,所以文字材料也要根据不同的教育目的进行编制,提供的内容具有实用性和可操作性。例如"多饮水"就不具有可操作性,应具体描述饮水量。

(3)时效性:健康教育内容要符合社会的需要,体现最新的研究成果和国家标准,因此要求制作者要不断充实自己,更新知识。

(4)可读性:由于文字资料是针对同一类情况的读者,但每个人的文化背景、受教育程度等各有不同,因此制作的文字资料应具有普遍适用性。为了照顾低文化水平人群的需要,内容表达要尽量通俗易懂,一般把阅读水平控制在小学 4 年级左右。实际上,受教育程度高者也同样愿意阅读简单通俗的资料。

(5)趣味性:如果文字资料有趣味性的话,则容易受到读者的喜爱,更便于读者阅读和理解。常可运用适当的图片或风趣幽默的言语来表达。

3. 制作要点 一份健康教育文字材料的制作一般要经过计划-制作-评价-修订 4 个步骤。

(1)内容的组织。①内容的选取不要贪多,一般不超过 5 个主要内容,以免增加读者理解和记忆的负担。以"需要读者知道的"和"读者想知道的"为重点。②顺序的安排:在开篇处写下该资料的主要目的和目标。由于记忆的前摄效应和倒摄效应,在中间部分的文字材料容易被忽视和遗忘,因此在不明显违反内容逻辑性的前提下,建议按照读者最关心的内容来安排顺序,即把读者最关心或最重要的问题放在前面,这样既便于读者记忆也容易吸引他们继续阅读;如果必须放在中间,可采用吸引注意力的办法。③附加信息:建议在文字资料上注明制作的日期、修改版次、地址和联系电话。

(2)表达方面。①使用简单通俗的词语:避免医学术语和专业性的统计资料,特别是英文缩写。如果实在没有其他的词代替,则需要解释其含义,注意保持术语前后一致。如果属于比较生僻的词,最好写出同音字,便于读者能顺利读出。②尽量使用短句和短段落:每句话不超过 15 个字,一句话表达一个主要意思;一个段落最好不超过 5 行,并且只表达一个中心。把重点内容用条目的形式列出,使用数字来表明条目数,便于读者记忆。如果要帮助读者掌握某种操作技术,不能光用文字平铺直叙,可用"首先、其次、然后、最后"等词表示程式化,最好辅以反映动作要领的图片。③人性化的表述:采用第二人称描述;减少用"不要、禁止"或恐吓等词语,换之以"建议、最好"。④图片的选配:合适的图片便于读者的理解和记忆,同时也增加趣味性和生动性。插图要简单明了,最好是即使没有文字解释读者也要能看懂。关于行为、技能方面的内容,图片要能展现动作技巧;最好只呈现正确的动作和行为,如果必须呈现错误以起到警示作用的话,最好在图上有明确的错误标识。

(3)版式方面:标题和正文的字体要有所区别,突出显示重点词语。一般可以用 12 或 14

号字,选用宋体作为正文便于阅读。避免大段的文字使用斜体字或舒体、幼园、草书、彩云等字体。版面不要安排太紧,行间距可用 1.5 倍行距,右边可以增加页边距,便于读者做记录。

(4)评价及修改:制作结束后,请同行、医生提意见和建议;同时给不同背景和教育程度读者阅读,请他们提出意见和看法。一般来说,一种材料从初稿到定稿需要经过 2~3 次的修改过程。

(二)健康宣传栏

制作健康教育宣传栏是社区实施健康教育必不可少的措施之一,是传播卫生政策、法规条例和健康信息的重要手段。健康宣传栏已经成为社区发布信息、传播知识和美化环境不可缺少的公共设施,成为精神文明的一道亮丽景观。

1. **选题** 健康宣传栏的选题影响到其对居民的吸引力,也影响到宣传的效果。

(1)根据宣传栏的摆放位置选题:如学校的健康宣传栏应围绕学生,可以与青少年心理健康、合理营养、身体发育、学校常见病等有关;厂矿企业的健康宣传栏应与职业病、职业中毒的防治有关。

(2)根据时令选题:每个季节都会有相应的调理身体的内容,比较适合做什么,不宜做什么,多吃点什么,少吃点什么对于社区居民而言,这是最贴近生活的提示。每个季节有不同的常见疾病,从中医的角度讲,同一种疾病,四季的养生方法也不同。

(3)根据节日选题:在节日期间,我们可以结合节日的内涵,宣传很多与之相关的东西。如春节期间可用"暴饮暴食"为主题,也可以"烟花爆竹"为主题。

(4)根据地方特色选题:如社区正在开展控烟运动,健康宣传栏就可以"吸烟的危害"为主题;如果社区糖尿病患病率较高,健康教育宣传栏就可以"糖尿病的防治"为主题;如果是少数民族聚居的社区,可以"民族习惯与健康"为主题。

(5)与特殊日期结合选题:如 1 月 27 日为"世界麻风病日",3 月 24 日为"世界防治结核病日",5 月 15 日为"碘缺乏病日",5 月 31 日为"世界无烟日"。

2. **制作要点** 健康教育宣传栏在简单的形式里包含了丰富的内容,因此必须要整体设计、细致制作。

(1)健康宣传栏每期能刊发的内容总量是有限的,所以要做到既精练、又能够突出宣传的重点知识和技能。

(2)健康宣传栏形式的基本要求是图文并茂,文字清晰,设计美观。如果宣传栏内全部都是文字,不如印发一个通告,贴一个通知或者用广播方式播出。

(3)健康宣传栏刊发的文字要便于观看。文字太大会使宣传内容减少,太小了则减弱观看者阅读兴趣。如果宣传栏内直接剪贴引用某些报刊材料,由于其文字较小,则应当放在最适宜阅读的位置(与眼睛平视等高)最好是放大后引用。

(4)健康宣传栏每期的标题要突出重点,能够吸引感兴趣的社区居民,为了醒目,标题文字要大于正文。

(三)健康咨询

健康咨询是指以单独或现场咨询形式解答咨询者提出的有关健康问题,帮助他们解决疑虑,做出行为决策,保持或促进身心健康的过程。健康咨询的主要任务是解答居民提出的各式各样的问题,出主意想办法,传播卫生科学知识,指导并修正不良行为。健康咨询具有随时随地、简便易行、针对性强、反馈及时等特点。

1. 原则　健康咨询要取得良好的效果,必须遵循一定的原则。

(1)关系友好:建立友好关系是合作的前提。要建立友好关系,首先要以平等、友善的态度与咨询群众交流,不要让他们感觉受到歧视和冷落;其次,要与咨询群众建立思想情感上的共鸣,使知识的传播得到响应;最后要尊重咨询群众,以真诚、坦率的态度来打动他们。

(2)确定需求:通过与咨询群众充分交谈、耐心倾听、详细询问和仔细观察,正确判断他们的需求,帮助他们解决疑虑,作出行为决策。

(3)调动参与:咨询是相互合作,有问有答的过程,需要咨询者充分参与其中,这样才能真正发现问题,解决问题。

(4)保守秘密:尊重咨询者的隐私权,对咨询过程中涉及的问题,给予严格保密,消除其顾虑,使其能畅所欲言。

2. 技巧　健康咨询是人与人之间进行信息交流的过程,需要用到人际传播的技巧。

(1)谈话技巧:①内容明确,一次谈话围绕一个主题,避免涉及内容过广;②重点突出,重点内容应适当重复,以加强对象的理解和记忆;③语速适当,谈话的速度要适中,适当停顿,给对象思考、提问的机会;④注意反馈,交谈中,注意观察对象的表情、动作等非语言表现形式,以及时了解对象的理解程度。

(2)提问技巧。①封闭式提问:封闭式提问的问题比较具体,对方用简短、确切的语言即可做出回答,如"是"或"不是"等。适用于收集简明的事实性资料。②开放式提问:开放性提问的问题比较笼统,旨在诱发对方说出自己的感觉、认识、态度和想法,如"你对自己的病有什么看法"。适用于了解对方的真实情况。③探索式提问:又称探究式提问。探索式提问的问题为探索究竟、追究原因的问题,如"为什么",以了解对方对某一问题、认识或行为产生的原因。适用于对某一问题的深入了解。④诱导式提问:诱导式提问的问题中包含提问者的观点,以暗示对方做出提问者想要得到的答案,如"你今天感觉好多了吧?"。适用于提示对方注意某事的场合。⑤复合式提问:复合式提问的问题为2种或2种以上类型结合在一起的问题,如"你是在哪里做的检查? 检查结果如何?"。此种提问易使回答者感到困惑,不知如何回答,故应避免使用。

(3)倾听技巧:①在倾听的过程中,要专心,不要轻易转移自己的注意力,做到"倾心细听";②双目注视对方,积极参与,及时反馈,表明对对方的理解和关注。

(4)反馈技巧。①肯定性反馈:对对方的正确言行表示赞同和支持时,应适时插入"是的""很好"等肯定性语言或点头、微笑等非语言形式予以肯定,以鼓舞对方;②否定性反馈:当发现对方不正确的言行或存在的问题时,应先肯定对方值得肯定的一面,然后以建议的方式指出问题的所在,使对方保持心理上的平衡,易于接受批评和建议;③模糊性反馈:当需要暂时回答对方某些敏感问题或难以回答的问题时,可做出无明确态度和立场的反应,如"是吗?""哦"等。

(5)非语言传播技巧。①动态体语:即通过无言的动作传情达意。如以注视对方的眼睛表示专心倾听;以点头表示对对方的理解和同情;以手势强调某事的重要性等。②静态体语:即通过适当的仪表服饰、体态、姿势,表示举止稳重,有助于对方的信任、接近。③类语言:即通过适度地变化语音、语调、节奏及鼻音、喉音等辅助性发音,以引起对方的注意或调节气氛。④时空语:人际交往中利用时间、环境、设施和交往气氛所产生的语义来传递信息。

（四）健康知识讲座

讲座是社区护士对居民进行健康教育的一个重要形式。讲座具有专业性、系统性、针对性强,目的明确,内容突出等特点,适用于社区重点人群系统的教育和基层专、兼职人员培训。讲座是完整的一个教学过程,要达到预期效果在讲座前就必须做到明确目的、了解对象,熟悉教材,写好讲稿,准备教具等一系列工作。其步骤是:

1. 评估

(1)学习者的评估:包括评估学习者的一般特点,学习者的需要和态度,学习能力的评估。学习者的一般特点会影响其对健康教育的需要、兴趣和教育方式;学习需要和兴趣是激发学习动机的重要内在因素;学习能力如个体的年龄、视力、听力、记忆力、反应速度、身体状况等影响知识的接受情况。

(2)教育者的评估:主要从教学能力、教学态度、专业知识和技能、精力等方面进行评估。如果社区护士对所讲授的内容一知半解,就可能发生回答不出教育对象提出的问题,甚至错误地回答所提问题的情形,这样不仅会影响护士的职业形象,可能使教育对象对护士以后提供的信息产生不信任感,更重要的是教育效果得不到保证。

2. 确定讲座的教学目标

(1)认知目标:指教育对象通过对知识的学习和理解等认知过程所能达到的目标。

(2)情感目标:指教育对象通过对价值的自我认识而产生态度改变的行为目标。

(3)技能目标:指教育对象通过护士的示范和指导而达到掌握某种技能的目标。

3. 制定讲座计划

(1)确定教学内容:①针对教学目标来选择教学内容,护士应该选择最合适、最接近教育对象需要的内容,一次教学内容不宜过多;②注意内容的实用性和可操作性,例如教会糖尿病患者如何保护足部比仅仅告诉他们"应该保护足部"的信息更为关键;③确定内容的讲授顺序,一般安排内容的原则是从简单到复杂、从具体到抽象、从最重要的到较重要的、从最熟悉的到最不熟悉的。

(2)确定教学方法:教学方法多种多样,包括讲授、讨论、角色扮演、示教与回示教等,需要根据特定的场合、教育对象的特点选择合适的方法。在选择教学方法时需要考虑的问题有:①哪种方法最适合教育目标的达成?②哪种方法教育对象最能接受?③哪种方法教育者用起来最得心应手?④怎样组织内容教育对象才容易接受?

(3)教学媒体的制作要点:讲座如果使用 PowerPoint 文件,有几点需要特别注意①一张幻灯片中内容不宜过多,只涉及一个主题;②文字精练;③文字不宜过小,一般不小于32号字;④画面尽量简洁,色彩协调统一,画面中颜色不超过5种;忌背景过于鲜艳,不宜频繁变换背景图片及文字颜色;⑤选择动画效果时切忌变换繁杂,注意符合视觉习惯;不加入不必要的声音。

4. 场地的准备 实地观察场地大小是否符合要求;讲座所需的音响、电源、照明等设备是否处于正常工作状态;教学辅助设备如多媒体、投影仪、音像器材等是否已随时可以投入使用;教材、教具是否准备好。此外,对于讲座场地周围环境、噪声等也应采取相应的控制措施,以最大限度保证良好的培训环境。

讲座结束之后要有评价,评价的结果又可作为下次讲座的参考,通常通过过程评价和结果评价来进行评价。

(五)适用于个别教育的方法

1. 种类

(1)咨询：医务人员在为患者进行诊疗、保健过程中，解答服务对象的疑问，帮助他们澄清观念，做出行为决策。

(2)交谈或个别访谈：通过面对面的直接交流传递健康信息，帮助教育对象学习健康知识，针对教育对象存在的具体问题，引导其改变不利于健康的态度、信念和行为习惯。

(3)行为指导：通过传授知识和技术，使教育对象学习和掌握自我保健的技能。

(4)编印健康教育处方：健康教育处方是医嘱形式的健康教育文字材料，供医护人员在随诊过程中发放使用。其特点是一病一议，针对某种疾病的特点，对患者进行防治知识、用药及生活方式方面的指导，指导患者在药物治疗的同时更多地注重预防保健和自我护理。

2. 注意事项　入户进行健康教育时，一定要表明身份，说明来意；施教者对受教者的基本背景资料应有一定的了解，对所教育的内容必须熟悉，并作好准备；在进行教育的过程中要及时观察和了解受教育者对教育内容的反应，鼓励学习者积极参与交谈，并尊重对方的想法及判断；会谈时，防止谈话内容偏离主题；一次教育内容不可过多，以防学习者发生思维混乱或疲劳；可以适当地使用视听教材或教具；会谈结束时，应总结本次的教育内容，并了解学习者是否确实了解了教育内容，如有必要预约下次会谈时间。

三、有效健康教育策略

(一)健康教育活动的发动

1. 开发领导　通过各种方式使各级领导及领导部门了解健康教育活动的重要性和必要性，了解政府支持对于健康教育活动组织和开展的意义，从而建立支持环境，争取活动所需要的政策支持及人力、物力、财力资源支持。

2. 组织协调　健康教育活动要求联合一切可以联合的部门、单位，利用一切可以利用的时机、途径、媒介和方法。因此，为保证健康教育活动的顺利开展，必须建立良好的组织协调机构，做到团结合作、分工细致、责任明确。各级政府的协调，可以争取财政与组织支持；有关行政部门及民间团体的协调，可以保证健康教育活动的社会关注；有关专家的协调，能够保证活动的权威性；新闻部门的协调，进行适时报道便于发动群众；有关企业的赞助，有助于争取物质上的帮助。

3. 发动群众　做好健康教育活动的宣传和动员工作，要让社区居民充分认识到：健康是人生最宝贵的财富，每个人都应该掌握自我保健的知识和方法，应该为自己的健康负责，应该为自己的健康进行合理投资，接受健康教育是维护和促进健康的最基本途径。社区护士在门诊服务中要对每个患者进行宣传教育，通过日积月累，形成良好的群众基础；同时，通过已经成为固定服务对象的患者动员更多相关的居民积极参与健康教育活动；健康教育与街道、居委会的工作紧密结合，通过各种途径，进行宣传和动员；抓住有利时机，及时利用典型事例如甲流、儿童手足口病、麻疹流行等，说服社区居民；从少到多，从小到大，从小范围扩大到全社区，充分利用少数"积极分子"或志愿者的积极性，由少数社区居民动员大多数社区居民。

(二)健康教育方法的选择

1. 选择的标准　常用的健康教育方法如发放文字资料、办健康宣传栏、健康咨询、健康知识讲座、个别访谈等，在社区健康教育工作实践中，可以按照以下标准进行选择。

(1)可行性:就是选择、采用的健康教育方法要符合客观实际、经济方便、切实可行、便于推广应用,又要保证取得良好的宣传效果。

(2)适应性:是指社区居民对选择、采用该方法的接受能力和接受程度。接受能力强,受教育的广度和深度就大,接受程度就高,发挥的作用就大,教育效果也会相应提高。

(3)有效性:选择、采用的健康教育方法能否达到预期效果。健康教育开展之前必须对方法做一个科学的估计和分析,以便使选择的方法发挥最大效能,产生最好效果。

2.选择的原则

(1)根据对象选择方法:少年儿童求知欲强、模仿性强,可以采用形象、直观、示范性强的方法,如观看宣传演出、发放宣传画册、放映录像等。慢性病患者人数较多、求医心切、健康问题相似,可以选择健康知识讲座的方法。

(2)根据活动性质选择方法:有的健康教育活动是为了配合当前卫生工作的中心任务和爱国卫生运动开展的,突击性强,必须充分激发社区居民的情绪,做好舆论准备,可以选择悬挂横幅、张贴标语、电视新闻、电台广播、报纸刊登等方法。有的健康教育活动是经常性的,要求采用深入细致、实效性强的方法,如座谈会、健康咨询等。

(3)根据内容选择方法:不同的教育内容,通常需要采用不同的方法才能充分地表达。比如抽象的医学道理如果单纯讲解就会枯燥乏味,若运用动画演示,就能增强吸引力并增进理解。

(4)根据方法的特点选择方法:健康教育的各种方法各有优缺点,有的方法灵活性好可以随时随地开展,有的方法速度快、范围广,有的方法不利于交流,充分了解这些特点是进行选择的前提。

> **链接** 2009年,卫生部公布了第4次国家卫生服务调查主要结果。城镇居民获取健康知识的主要渠道如下:看电视为83.5%、阅读报刊书籍为53.8%、医生告知为39.8%;农村地区居民获取健康知识主要渠道:看电视为76.6%、医生告知为49.7%、阅读报刊书籍为18.3%。

(三)现场教育模式

1.实地参观法 带领学习者实际参观某一健康场所,以配合教学内容,使学习者获得第一手的资料。

(1)优点:学习者能在社区了解某一疾病的实际情况;可刺激学习者寻找更多的学习经验;在实际参观中,有利于提高学习者的观察技巧。

(2)缺点:不一定有充分的时间安排参观,参观的人数也受到限制;参观所需的时间较多,由于时间关系,可能有些学习者无法参加;很难找到与健康教育内容相对应的参观场所。

(3)注意事项:①配合教学目标,选择合适的参观地点;②事先需要与参观单位取得联系,沟通参观访问的事宜;③参观前告知参观者参观目的、重点及注意事项;④参观时间要充分,允许学习者有时间提问;⑤参观后应配合讨论,以减少疑虑或恐惧。

2.示范法 示范法常应用于教授某项技术,由社区护士或其他专业人员来示范操作,学者通过仔细观察、反复演练而掌握该项技术。

(1)优点:学习者有机会将理论知识应用于实际;可根据学习者的具体情况安排示范的速度,也可根据实际情况安排重复示范。

（2）缺点：如果学习人员较多，无法做到所有人都能实际操作练习；有时示范所用的仪器较昂贵且不易搬运，所以不能适用于所有场合的教学；有些学习者可能比较羞怯，只愿意观摩，不愿参加实际操作练习。

（3）注意事项：①示范时动作不要太快，应将动作分解，让所有参加者能清楚地看到，在示范的同时，配合口头说明；②鼓励所有的参与者克服恐惧或羞涩心理，都参加练习，如家庭注射胰岛素的技术；③安排一段时间让参与者练习，并让示范者在旁边指导；④示范者在纠正错误时，切忌使用责备的口气，应了解其所存在的困难，并详细说明错误的地方，指导正确方法；⑤可利用视听教材，如操作录像，可反复播放以辅助学习。

第四节 日常生活行为与保健

一、健康生活方式

（一）概念

生活方式是个人和群体在长期的社会化过程中形成的一种行为倾向或行为模式，与健康相关的生活方式包括饮食、学习、劳作、休息、运动、个人卫生、家庭卫生、人际交流、保护环境等多方面的内容。健康生活方式是降低严重疾病或早亡的危险，帮助自己及全家更好地享受生活的生活方式。对于高血压、糖尿病、肥胖等现代生活方式病，药物、手术、医生、医院的作用越来越有限，需要每个人从自己做起，摒弃不健康的生活方式，控制行为危险因素，成为健康生活方式的实践者和受益者。

（二）健康的四大基石

健康生活方式涉及到日常生活中衣、食、住、行等多个方面，世界卫生组织把"合理饮食、戒烟限酒、适当运动、心理平衡"四种健康生活方式称为"健康基石"。

> **链接** 美国国家疾病预防和控制中心公布的数据显示，美国推行"健康基石"后，美国人高血压的发病率减少 55%，脑卒中的发病率减少 75%，糖尿病减少 50%，美国人的预期寿命可增加 10 年。

1. 合理膳食 指多种食物构成的膳食，这种膳食不但要提供给用餐者足够的热量和所需的各种营养素，以满足人体正常的生理需要，还要保持各种营养素之间的比例平衡和多样化的食物来源，以提高各种营养素的吸收和利用，达到平衡营养的目的。具体要求：①食物多样，谷类为主，粗细搭配。一般成年人每天摄入谷类食物 250～400g 为宜。②多吃蔬菜水果和薯类。我国成年人每天吃蔬菜 300～500g，最好深色蔬菜约占一半，水果 200～400g。③每天吃奶类、大豆或其制品。每人每天饮奶 300ml 或相当量的奶制品，每天摄入 30～50g 大豆或相当量的豆制品。④常吃适量的鱼、禽、蛋和瘦肉。成人每日摄入量：鱼虾类 50～100g，畜禽肉类 50～75g，蛋类 25～50g。⑤减少烹调油用量，吃清淡少盐膳食。每人每天烹调油用量不超过 25ml 或 30ml；食盐摄入量不超过 6g，包括酱油、酱菜、酱中的食盐量。⑥食不过量，保持健康体重。成人的健康体重是指体质指数（BMI）为 $18.5～23.9kg/m^2$。⑦三餐分配要合理，零食要适当。合理安排一日三餐的时间及食量，进餐定时定量。⑧每天足量饮水，合理选择饮料。一般健康成人每天需要饮水 2500ml 左右。⑨吃新鲜卫生的食物。

2. 适量运动 预防心血管病的最好方法是适当运动,要根据自己的年龄、病情、体力、个人爱好选择一些适合的中、低强度运动项目。清晨起床后交感神经兴奋,心率加快,血黏度增高,是心脑血管意外的高发时间,所以在选择锻炼的时间上以早晨八九点钟太阳出来后或下午 4 时左右运动为宜。"三五七"原则:"三"指每次步行 30min,距离达 3km 以上;"五"指每周至少有 5 次的运动时间;"七"指中等度运动,即运动到心率加年龄等于 170。

3. 戒烟限酒 吸烟是健康的大敌,任何年龄的戒烟都可获得健康上的真正收益。如饮酒应限量。成年男性 1d 饮用酒的酒精量不超过 25g,成年女性 1d 饮用酒的酒精量不超过 15g,孕妇和儿童青少年应忌酒。

4. 心理平衡 健康生活方式就是要保持一个好的心情,好的心情来自于平和的心态。心理平衡的作用超过一些保健措施的总和。心理平衡要做到"三个快乐":助人为乐,知足常乐和自得其乐。

二、吸烟的护理干预

1998 年,世界卫生组织已将烟草依赖作为一种慢性病列入国际疾病分类,确认烟草是目前人类健康的最大威胁。世界卫生组织报道,全球有超过 10 亿烟民,近半数烟民最终死于与吸烟有关的疾病,在工业发达的国家中有 1/4 的癌症患者,吸烟的占 90%;死于支气管炎者,吸烟的占 75%;死于心肌梗死者,吸烟的占 25%。《全球成人烟草调查-中国部分》的调查显示我国 15 岁及以上人群的吸烟率为 28.1%,吸烟者总数达 3 亿人,男性吸烟率为 52.9%,女性吸烟率为 2.4%,吸烟人群达 1 260 万人,72.4% 的非吸烟者遭受二手烟的危害。

(一)危害

1. 对吸烟者的危害 吸烟对吸烟者本身的危害包括生理、心理、社会多方面的。

(1)吸烟导致恶性肿瘤。在所有恶性肿瘤病人中,33% 是由烟草引起的,其中关系最为密切的是肺癌。吸烟者患肺癌的危险性是不吸烟者的 13 倍,肺癌死亡人数中约 85% 由吸烟造成。

(2)吸烟是许多心、脑血管疾病的主要危险因素。吸烟者的冠心病、高血压、脑血管病及周围血管病的发病率均明显升高。统计资料表明,冠心病和高血压患者中 75% 有吸烟史。冠心病发病率吸烟者较不吸烟者高 3.5 倍,冠心病病死率前者较后者高 6 倍,心肌梗死发病率前者较后者高 2~6 倍。

(3)吸烟导致慢性阻塞性肺病。吸烟是慢性支气管炎、肺气肿和慢性气道阻塞的主要诱因之一。实验研究发现,长期吸烟可使支气管黏膜的纤毛受损、变短,影响纤毛的清除功能。此外,黏膜下腺体增生、肥大,黏液分泌增多,成分也有改变,容易阻塞细支气管。

(4)其他:吸烟可诱发胃溃疡和十二指肠溃疡;吸烟导致女性月经失调,吸烟导致青少年注意力不集中,学习效率下降;吸烟诱发火灾导致经济财产损失等。

2. 被动吸烟危害 被动吸烟者所吸入的有害物质浓度并不比吸烟者为低,吸烟者吐出的冷烟雾中,烟焦油含量比吸烟者吸入的热烟雾中的多 1 倍,苯并芘多 2 倍,一氧化碳多 4 倍。据国际性的抽样调查证实,吸烟致癌患者中的 50% 是被动吸烟者。大量流行病学调查表明,丈夫吸烟的妻子的肺癌患病率为丈夫不吸烟的 1.6~3.4 倍。孕妇被动吸烟可影响胎儿的正常生长发育。有学者分析了 5000 多名孕妇后发现,当丈夫每天吸烟 10 支以上时,其胎儿产前病死率增加 65%;吸烟越多,病死率越高。吸烟家庭儿童患呼吸道疾病的比不吸烟家庭多。

(二)护理干预

1. 政策干预 社区护士应积极开展工作,使控烟活动得到领导的支持和帮助,建立有利于控烟的政策环境。如 1995 年北京出台《北京市公共场所禁止吸烟的规定》后,调查显示十几年来北京地区的吸烟率下降了 13% 以上,平均每年下降 1%。这说明推进政府控烟政策和提高民众控烟意识,对我国的控烟工作有重要的积极作用。

2. 认知干预 社区护士应组织社区居民参与以控烟为主题的活动,通过创办黑板报、健康宣传栏,发放传单、宣传画,组织讲座、咨询会等方法,普及烟草有关知识,使社区居民深刻认识到吸烟对健康的危害。

(1)设置禁烟标志:在公共场所醒目处设置禁烟标志,在有吸烟者的家庭设置禁烟标志,提醒吸烟者自觉禁烟。

(2)树立典范:社区护士通过各种方法帮助少数吸烟者成功戒烟,这种成功能够起到榜样和鼓舞的作用,增强其他吸烟者戒烟的信心。同时,社区护士可以利用成功的经验,在全社区开展戒烟活动。

(3)组织"小手拉大手"活动:小手是指儿童,对儿童开展控烟健康教育,可以从小培养健康意识和生活方式。大手是指成人,对儿童的健康教育可以辐射家庭,激发成人对下一代健康的责任感,促成戒烟。

3. 行为指导 社区护士要对吸烟者进行行为规范,促进其戒烟。如规劝不要存留卷烟,将环境变成一个没有卷烟的环境;提醒戒烟者当特别想吸烟时,试着忍耐几分钟不吸烟;建议用烟草替代物来释放压力,因为以往吸烟者的手和嘴每天都会很多次重复吸烟的动作,戒烟之后一般不会立即改掉这个习惯性动作,所以可选择一些替代品来帮助克服,如口香糖、牙签等可针对嘴上的习惯,铅笔、勺子、咖啡搅拌棒等可针对手上的习惯;开始戒烟的前一天,监督吸烟者扔掉所有保留的烟草产品、打火机和其他吸烟用具;不喝咖啡或酒精饮料等刺激性饮料。告诉吸烟者可选择一种或几种对自己有效的方法,以便能够应付持续的吸烟欲望。

4. 厌恶疗法 吸烟者原本很享受吸烟的过程,而厌恶疗法是通过一些方法,使吸烟者对烟草产生厌恶,每当吸烟时就联想到这种厌恶感,进而消除吸烟的不良行为。如采取咀嚼烟草的方法。

5. 家庭入户干预 进入吸烟者的家庭进行指导,可以对戒烟起到鼓励作用,可以针对戒烟中出现的不同情况进行个别指导,而且入户可以起到监督的作用。

三、酗酒的护理干预

酗酒是指每次过量饮酒或饮酒成瘾。医学界将酗酒定义为:一次喝 5 瓶或 5 瓶以上啤酒,或者血液中的酒精含量达到或高于 0.08g/100ml。

(一)危害

1. 肝 大量的临床试验证实,酒精中的乙醇对肝的伤害是最直接,也是最大的。它能使肝细胞发生变性和坏死,一次大量饮酒,会杀伤大量的肝细胞,引起转氨酶急剧升高。如果长期饮酒,还容易导致酒精性脂肪肝、酒精性肝炎,甚至酒精性肝硬化、肝癌。

2. 恶性肿瘤 有研究认为酗酒与口腔癌、咽癌、胃癌、直肠癌等多种恶性肿瘤有关,浓度高的酒精会刺激口腔、食道壁和胃壁的上皮细胞并引发癌变。

3. 记忆力 由于大量酒精会杀死大脑神经细胞,长此以往,会导致记忆力减退。女性酗酒更容易产生酒精依赖,也更容易造成大脑组织损伤。

4.胎儿　酒精对精子和卵子也有不良反应,不管父亲还是母亲酗酒,都会造成下一代发育畸形、智力低下等不良后果。孕妇饮酒,酒精能通过胎盘进入胎儿体内直接毒害胎儿,影响其正常生长发育。

5.消化吸收　经常过量饮酒,会使食欲下降,食物摄入量减少,从而导致多种营养素缺乏,特别是维生素 B_1、维生素 B_2、维生素 B_{12} 的缺乏,还影响叶酸的吸收;酒精对食管和胃的黏膜损害很大,会引起黏膜充血、肿胀和糜烂,导致食管炎、胃炎、胃溃疡。

6.其他　酗酒可导致骨质疏松症;当血液中的酒精浓度达到 0.1% 时,会使人感情冲动;达到 0.2%～0.3% 时,会使人行为失常;长期酗酒,会导致酒精中毒性精神病;过量饮酒会增加患高血压、脑卒中等疾病的风险;可导致交通事故及暴力事件的增加。

(二)护理干预

1.政策干预　社区护士应积极开展工作,使戒酒(或限酒)活动得到领导的支持和帮助。特别针对社区内机关干部、单位职工、企业员工的戒酒(或限酒)活动,更要得到相关领导的支持,出台有力的政策支持。如企业、机关的禁酒令。

2.认知干预　通过各种方法、利用各种机会向酗酒者普及"酗酒危害健康"的信息。

(1)充分保证门诊就医的机会,酗酒者因饮酒或其他原因导致的疾病到社区卫生服务中心就诊,社区护士在提供常规护理服务的同时,向其宣传相关知识。

(2)定期向酗酒者家庭发放"酗酒危害健康"的宣传品,使家人督促其戒酒。

(3)组织社区内酗酒者参加健康知识讲座,并播放相关多媒体材料。

3.心理干预　为有意戒酒者提供心理支持,鼓励指导其戒酒;认真倾听酗酒者的叙述,了解其酗酒的原因,有针对性的进行心理疏导,消除愤怒、埋怨、低沉情绪。

4.饮食干预　给予酗酒者饮食指导,建议其少食用刺激性食品,减弱酗酒对消化道带来的危害;选择维生素含量丰富的膳食,增加营养,恢复食欲;建议多饮用牛奶,以防诱发或加重消化道溃疡。

5.行为指导　建议酗酒者家中不要保留任何含酒精的饮品,创造有利的戒酒环境;建议在戒酒期间尽量少参与聚餐、聚会等活动,减少酒品接触机会;建议戒酒者有饮酒欲望时以一杯清水代替,可适当运动来缓解烦躁情绪;与戒酒者签订戒酒协议,在取得成果时给予奖励;建议接受正规戒烟指导。

6.家庭入户干预　定期家访可以对酗酒者提供健康咨询,给予戒酒建议;定期家访可以对正在戒酒者起到鼓励和监督作用;定期家访可以对戒酒者因戒酒而产生的戒断症状给予及时护理,防止出现危险。

四、不良饮食习惯的护理干预

不良饮食习惯指人们在日常生活中养成的,对自身身体健康不利的饮食习惯。包括暴饮暴食,挑食、偏食、爱吃零食、随意节食,喜食腌制品、熏烤食品,不吃早餐,食物过酸、过碱、过硬,高脂、高糖、高盐饮食,经常以速食食品为正餐等。随着经济的发展,人们生活水平不断提高,由不良饮食习惯带来的危害日益突出,特别是在年轻一代身上表现尤为明显。

(一)危害

1.导致疾病　暴饮暴食可以导致急性胰腺炎、消化性溃疡并发穿孔等,进食速度过快会加重胃肠负担,并导致肥胖;长期不吃早餐的人,胆汁发生变化,胆汁浓缩胆固醇积累在胆囊中形成胆结石,还会引起代谢失调而肥胖;长期使用腌制食品能引起高血压及其他脑血管疾病。

2. **缺乏营养素** 主食吃得很少,而且以精细米、面为主,可导致维生素 B_1 缺乏;饮食中缺乏蔬菜和素食,以致缺乏水溶性维生素、膳食纤维、不饱和脂肪酸、胡萝卜素等;零食中多含有糖精、色素、防腐剂等,进入人体后可影响正常新陈代谢过程,对孩子的健康十分不利。

3. **引发癌症** 许多不良饮食习惯与恶性肿瘤的发病有关。熏烤食品中含有较高浓度的致癌物质—苯并芘;过酸、过热、过硬食品与食管癌、胃癌有关;低膳食纤维饮食与结肠癌、直肠癌有关。

(二)护理干预

1. **认知干预** 通过各种方法、利用各种机会向社区居民普及不良饮食习惯对健康危害的相关知识。

(1)大力宣传健康的饮食习惯和促进健康的信息,利用定期举办饮食健康讲座、发放宣传材料、举办健康知识竞赛等方法,使人们了解不良饮食习惯及其危害性。

(2)针对社区中、小学校开展健康教育活动,普及知识,改变中、小学生不良饮食习惯。

2. **饮食干预** 不良饮食习惯重要的是要进行饮食干预,督促社区居民摈弃不良的习惯,帮助其养成新的健康饮食习惯。

(1)通过对社区居民饮食习惯的评估,找出其危险因素。讲解合理膳食、营养均衡、等饮食习惯对人们健康的有利作用,同时对比健康的饮食习惯和不良饮食习惯对健康的影响等。

(2)以《中国居民膳食指南》为依据,针对不同个体制定不同营养食谱。

(3)建议家中不保留零食、熏烤食品、速食食品,食品制作过程少用油炸。

(4)提供良好饮食习惯,如"饮食六宜"。①宜早:人体经一夜睡眠,肠胃空虚,清晨进些饮食,精神才能振作,故早餐宜早。②宜缓:吃饭细嚼慢咽有利于消化,狼吞虎咽,会增加胃的负担。③宜少:人体需要的营养虽然来自饮食,但饮食过量也会损伤胃肠等消化器官。④宜淡:饮食五味不可偏亢,多吃淡味,于健康大有好处。⑤宜暖:胃喜暖而恶寒。饮食宜温,生冷宜少,这有利于胃对食物的消化与吸收。⑥宜软:坚硬之物,最难消化,而半熟之肉,更易伤胃,尤其是胃弱年高之人,极易因此患病。所以煮饮烹食须熟烂方食。

3. **家庭入户干预** 不良的饮食习惯具有家族聚集性,通常家庭成员存在相同的不良饮食习惯。深入居民家中有利于帮助其发现不良饮食习惯,开展现场健康教育。而且家庭入户干预对真正采纳健康饮食习惯的家庭能起到监督和鼓励作用。

五、静坐生活方式的护理干预

静坐生活方式是指在工作、家务、交通行程期间或在休闲时间内,不进行任何体力活动或仅有非常少的体力活动。包括看电视、用电脑、玩电子游戏、坐车等。在城市化和现代化生活中,静坐生活方式越来越普遍,人群中有 11%~24% 属于静坐生活方式。由于生活节奏加快,人们用交通工具来代替步行的概率越来越高,人们的休闲娱乐越来越依赖电视、电脑、游戏机,而非逛公园、做运动、郊游。有学者对 3 256 名上海居民的抽样调查显示,每年体育锻炼次数少于 10 次的居民高达 53%,其中年龄在 35~45 岁的在职青壮年中,达到合理锻炼量的只有

9%。

(一)危害

1.导致慢性病　多坐少动的生活方式和高胆固醇血症、高血压及吸烟一样,是冠心病的诱发因素。静坐少动的生活方式与慢性疾病年轻化及高死亡率高度正相关,成为当今慢性疾病发生的第一独立危险因素。冠心病、缺血性脑卒中、糖尿病、肥胖、乳腺癌、大肠癌都与静坐生活方式有关。

2.使肌肉、关节受损　静坐生活方式使肌肉、韧带、筋膜、关节囊等软组织长期处于紧张状态;让颈部的肌肉受到疲劳之后超出生理负荷,引起无菌性炎症,刺激神经末梢产生疼痛。另外,肌肉的这种劳损使得颈椎的椎间盘退化,产生骨质增生,椎间盘直接压迫相关的颈肩神经,由神经引起疼痛。在患颈椎病之前,常有一段反复落枕或颈肩综合征的过程,常感到颈部、肩部和背部严重地疼痛,伴有眩晕、头晕、头痛、偏头痛、头部重压、紧束感等症状。

3.其他　静坐生活方式会导致骨质疏松、情绪低落、关节炎等疾病;如果静坐生活方式与电脑、电视有关,则会对视力造成恶劣影响,特别是青少年。研究显示,静坐生活方式对健康的危害相当于每天吸 20 支烟或超过理想体重 20%。

(二)护理干预

1.认知干预　向具有静坐生活方式者及其家属讲解静坐生活方式对健康的危害,针对有认识误区者给予重点指导。

(1)组织社区有静坐生活方式者参与健康知识讲座、座谈会、讨论会,发放宣传材料、宣传画册等资料。

(2)利用门诊就医的机会进行健康指导,敦促改变静坐生活方式。

(3)组织社区辩论比赛,经常参加体育锻炼者和静坐生活方式者分别为正、反方,通过辩论使知识得到更好传播。

2.政策干预　社区护士应积极开展工作,使相关领导认识到静坐生活方式的危害,给予相应政策支持。如设立社区居民健身场所,安装公共健身设施,促进社区"全民健身运动"的开展;在工作环境中建议人们进行体育锻炼,比如每天固定时间做体操,规定 3 层以内不得使用电梯等;学校开设体育课程,固定时间集体做广播体操等。

3.运动干预　合理的体育锻炼可以改善神经系统、心血管系统、呼吸系统和消化系统的功能;改善肌肉、关节和骨骼功能,提高机体耐力、灵敏性;增强内分泌系统和免疫系统功能,同时促进新陈代谢。体育锻炼的同时配合合理膳食,可以控制体重、增强体质,预防肥胖、冠心病及高血压等疾病。适当的体育锻炼还可以消除紧张、抑郁和焦虑等不良情绪,消除肌肉紧张与疲劳。

4.家庭入户干预　通过走进社区居民家庭发现有静坐生活方式者,并进行健康教育;并对已发现的有静坐生活方式的社区居民起到鼓励和监督的作用;利用入户的机会,给家庭成员制定运动计划。

附 社区健康教育活动记录

活动时间：	活动地点：
活动形式：	
活动主题：	
组织者：	
接受健康教育人员类别：	接受健康教育人数：
健康教育资料发放种类及数量：	
活动内容：	
活动总结评价：	
存档材料请附后 □书面材料　□图片材料　□印刷材料　□影音材料　□签到表 □其他材料	

填表人(签字)：　　　　　　　负责人(签字)：

　　　　　　　　　　　　　　　　　　　　填表时间：　　年　月　日

（贾　茜）

思 考 题

1. 简述促进健康行为的基本特征及其分类。

2. 简述健康危害行为的主要特点及其分类。

3. 简述行为转变阶段模式理论。

4. 患者刘某,男,50 岁,已婚,大学文化,某机关干部。因 2 型糖尿病入院,入院后病情稳定。该患者体型肥胖,平日喜食肥肉,爱吃甜食;经常吸烟喝酒,不爱运动;性格外向,易激动。其父亲于 20 年前患糖尿病,患者迫切希望了解有关疾病防治的知识。请你针对此病例,制定一份患者教育计划。

第 **3** 章

家庭访视

家庭访视是社区护理的一种重要工作方式,是指为了维持和促进个人、家庭和社区的健康,在服务对象家庭里为访视对象及其家庭成员所提供的护理服务活动。家庭是人类社会中最基本的一种社会组织,是构成社区的基本单位。家庭成员的价值观、生活习惯、卫生习惯和性格的形成以及解决问题的方式等在很大程度上受家庭环境的影响。个人健康与家庭健康、社区整体的健康密切相关。家庭对其家庭成员的健康、疾病的预防和保健负有主要责任。目前社区护士主要通过家庭访视给予家庭健康关注和援助,因此,社区护士有必要了解家庭的基本知识。

第一节 家 庭 概 述

一、家庭的概念

家庭是人类生存、种族繁衍、社会安定的根本。由于受不同历史环境和不同民族文化的影响,不同时代、不同国家、不同民族对家庭概念的认识也不同。总体归纳有两种倾向,即传统意义的家庭和现代意义的家庭。传统意义的家庭是指由法定血缘、领养、监护及婚姻关系的人组成的社会基本单位。随着社会的发展变化,人们对家庭的概念也有了新的认识。现代意义的家庭除强调婚姻关系和法定的收养关系外,也承认多个朋友组成的具有家庭功能的家庭。即家庭是由两个或多个人通过生物学关系、情感关系或法律关系联系在一起的一个群体。从健康和疾病的角度出发,家庭具有以下基本特征:①行为共同性。家庭在遗传、情感和生活方面的联系,决定了各成员在健康行为和医疗行为方面的共同性。②角色稳定性。个人在家庭中的地位和角色具有稳定性,如丈夫和妻子的角色,这对健康和医疗的态度和行为有很大的影响。③关系情感性。家庭中各成员之间更重视关心、爱护、体贴、支持、照料等感情,这对健康维护和疾病的治疗、康复大有益处。

二、家 庭 功 能

(一)家庭的功能

家庭功能是指家庭本身所固有的性能和功用。家庭功能决定是否满足家庭成员在生理、心理及社会各方面、各层次的要求。家庭具有以下 5 种功能。

1. 情感功能　家庭成员以血缘和情感为纽带,通过彼此的关爱和支持满足爱与被爱的需要。情感功能是形成和维持家庭的重要基础,是巩固家庭的力量,有了它的滋润和支持,家庭成员才能健康快乐地成长,才能获得归属感和安全感。

2. 社会化功能　社会化的含义从个体视角看,即将社会的文化规范内化并形成独特的个性的过程。从社会视角看,就是将一个生物学意义上的自然人教化、培养为一个有文化的社会人过程。人出生以后,父母是第一个教师,家庭是第一个学校。家庭的社会化教育对子女的成长具有极大的作用,可以帮助其完成社会化过程,此外家庭还依据法规和民族习俗,约束家庭成员的行为,给予家庭成员以文化素质教育,使其具有正确的人生观、价值观和信念。家庭社会化带有强烈的感情色彩,通常使子女的个性带上父母的烙印。

3. 生殖功能　生殖功能包括生育功能和抚养功能。家庭是生育子女、繁衍后代的基本单位。生养子女,培养下一代,体现了人类作为生物世代延续种群的本能。

4. 经济功能　家庭维系生活需要一定的金钱、物质等经济资源,以满足多方面的生活需要。

5. 健康照顾功能　家庭成员间的相互关心,尤其在家庭成员生病期间,给予精神、经济、物质上的支持和营养、生理上等多方位的照顾,可以促进家庭成员的健康。

(二)家庭对个人健康的影响

1. 遗传的影响　遗传疾病是影响健康的大敌,遗传疾病主要来源于父母双亲。我国在婚姻法中明确规定禁止近亲结婚,这是从根本上杜绝遗传性疾病的最好办法。非近亲结婚有时也会发生遗传疾病,这主要决定于父母的遗传基因,如血友病、白化病等。此外,如果母亲在怀孕期间出现严重的精神焦虑,服用过某些药物(如可的松、肾上腺素、四环素等)或毒物(如铅、二硫化碳等)、受到射线照射、发生过宫内感染等,也可导致胎儿畸形。

2. 对生长发育的影响　家庭是影响儿童生理、心理和社会性成熟的必要条件。大量的研究和证据表明,家庭与儿童的躯体、行为方面的疾病有着密切的联系。例如,家庭经济困难或不良饮食习惯可造成营养不良性疾病,其中高脂、高盐饮食习惯对家族成员日后心血管疾病的产生有重要影响;不良的卫生习惯与小儿腹泻的关系密切;感情融洽的家庭气氛有利于孩子身心的健康发育,父母离异或经常吵闹可生成儿童孤僻、乖戾、内向性格,娇生惯养与小孩的自私、任性性格有一定的关系。

3. 对疾病传播的影响　在家庭中传播的疾病以病原微生物传播为主,尤其多见的是病毒性疾病,其次是细菌性疾病和寄生虫病。此外,有些神经、精神性疾病也在家庭中有传播倾向,有神经质的配偶,其子女也有发生与其相类似的神经质的可能。

4. 对发病和死亡的影响　研究表明,在很多疾病发生前都伴有生活压力事件的增多。家庭因素不仅影响了发病和死亡,还影响到患者及家庭对医疗服务的使用程度,在家庭压力增加时,对医疗服务的使用程度也增加。

5. 对康复的影响　家庭的支持对各种疾病(尤其是慢性病和残疾)的治疗和康复有很大的影响。如糖尿病控制不良与低家庭凝聚度和高冲突度有关。

(三)健康家庭的特征

健康家庭受到家庭成员的知识、态度、价值、行为、任务、角色,以及家庭结构类型、沟通、权利等因素的综合影响,目前还没有一个统一的定义,不同学科和学者往往从不同的角度去认识和理解健康家庭。护理专家 Friedman 认为健康家庭是指家庭运作有效,是家庭存在、变化、团结和个性化的动态平衡。Neumann 认为健康家庭是指家庭系统在生理、心理、社会文化、发展及精神方面的一种完好的、动态变化的稳定状态。健康家庭反应的是家庭单位的特点,并不等于每个家庭成员健康的总和。一般认为健康家庭具备以下 5 条。

1. 家庭中有良好的交流氛围　家庭成员中能彼此分享感觉、理想,相互关心,使用语言和非语言的方式促进相互间的了解,并能化解冲突。

2. 增进家庭成员的发展　家庭给各成员有足够的自由空间和情感支持,使成员有成长机会,能够随着家庭的变化而调整角色和职务分配。

3. 能积极地面对矛盾与解决问题　对家庭负责任,出现问题积极解决,遇有解决不了的问题,不回避矛盾并寻求外援帮助。

4. 有健康的居住环境及生活方式　能认识到家庭内的安全、营养、运动、闲暇等对每位成员的重要意义。

5. 与社区保持联系　不脱离社会,充分利用社会网络,利用社区资源满足家庭成员的需要。

三、家 庭 结 构

家庭结构是指构成家庭单位的成员及家庭成员互动的特征。包括家庭外部结构和家庭内部结构。

(一)家庭外部结构

家庭外部结构主要指家庭人口结构,即家庭类型,也称家庭规模,主要包括核心家庭、扩展家庭和其他家庭类型等。

1. 核心家庭　由父母及其未婚子女组成的家庭或和无子女夫妇组成的家庭,也包括养父母及养子女组成的家庭。核心家庭的规模小,结构简单,一般只有一对夫妇,家庭成员之间的关系较单纯.只有一个权力中心,容易做出决定。核心家庭的内外资源有限,成员获得的支持也少,一旦出现家庭危机时,常难以得到有效的家庭支持,这样对健康维护和疾病防治不利。

2. 扩展家庭　由两对或两对以上的夫妇及其未婚子女组成的家庭。扩展家庭的特点是家庭规模大、人数多、结构复杂,成员间的关系复杂,有多个权力中心,功能容易得到体现,但制约因素较多。扩展家庭可获得的家庭内、外资源比核心家庭多,应付家庭危机和家庭压力的能力更强。扩展家庭包括主干家庭和联合家庭两种形式。

(1)主干家庭:又称直系家庭,是由一对已婚子女同其父母、未婚子女或未婚兄弟姐妹构成的家庭,包括父和(或)母和一对已婚子女及其孩子所组成的家庭,以及一对夫妇同其未婚兄弟姐妹所组成的家庭。

(2)联合家庭:是由至少两对或两对以上同代夫妇及其未婚子女组成的家庭,包括由父母同几对已婚子女及孙子女构成的家庭,两对以上已婚兄弟姐妹组成的家庭等。这种几代同堂的大家庭,曾是中国的传统家庭类型,但现在占的比例很少。

3. 其他家庭类型　包括单身家庭、单亲家庭、未婚同居家庭、群居家庭及同性恋家庭等。这类家庭不具备传统的家庭结构,较少能获得家庭内外的支持,对疾病和健康具有不利的影响。它的产生与社会经济的发展、社会文化的变迁、人口流动性增加、离婚率升高等原因有关,在西方国家尤其突出。在我国此类家庭也呈现增多的趋势。

20世纪80年代后,中国社会科学院社会研究所协调开展的城市家庭调查显示,当前我国城市家庭结构主要是以核心家庭、主干家庭和空巢家庭为主,其中核心家庭所占比例最大,1997年上海、成都两城市调查显示,核心家庭占家庭总数的64.65%。

(二)家庭内部结构

家庭内部结构指家庭成员间的互动行为,其具体表现就是家庭关系,包括4个方面。

1. 家庭角色　角色是指个体成员在一定社会地位中所期盼的行为。家庭角色是指个人在家庭中的地位和在家庭关系中的位置,这种地位和位置决定了个人在家庭中的责任、权利和义务。在家庭中,存在各种各样的角色,如父亲、母亲、妻子、丈夫、子女等,他们各有其相应的义务和权利。家庭中每个成员都有其特定的位置,一个人在家庭中常扮演多种角色,如一个男性可能是丈夫、父亲也可能是儿子。一个人在家庭中的所扮演的角色会随着年龄的增长而发生改变,如母亲在公婆健在、孩子还小时,扮演的是儿媳妇、妻子、母亲的角色,随着孩子长大成家、公婆的去世,她扮演的是母亲、奶奶或婆婆的角色。

家庭角色行为的优劣是影响家庭功能和家庭健康的重要因素之一。在评估家庭角色时,要注意家庭成员间是否有角色冲突、角色负荷过重、角色负荷不足、角色匹配不当、角色模糊等角色适应不良现象。一个健康的家庭,其角色功能表现为:①家庭各成员对角色的期望趋于一致;②每个家庭成员的角色都与自己的能力相适应,个人认同自己所扮演的所有角色;③家庭的角色行为与社会期望的一致,能被社会所接受;④家庭角色具有一定的灵活性,能主动适应角色的转变,防止角色冲突带来的危害。

2. 价值系统　指家庭成员判断是非的标准以及对某件事情的价值所持的态度,它规范了各个家庭成员的行为方式,也深刻影响着家庭成员对外界干预的感受和反应性行为。各家庭成员可有自己的价值观,它们相互影响并形成家庭所共有的价值观。价值观的形成极深地受到传统、宗教、社会文化环境等因素的影响。

家庭价值系统影响着家庭成员对自己健康状况或疾病的评估、家庭对预防疾病的重要性的认识以及家庭成员对不良健康行为的改正。进行家庭评估时,应注意家庭中认为最主要的及次要的日常规范是什么,是否将成员健康看作家庭的头等大事,对与健康相关的行为如吸烟、酗酒的看法等。

3. 沟通类型　沟通是人与人之间交流信息和交换意见的过程,通过语言和非语言(如表情、手势、姿势等)的互动来完成。沟通形式最能反应家庭成员间的相互关系。有效的沟通是促使家庭达成一致,维持家庭正常功能的重要途径。

在评估家庭内沟通方式时,要注意沟通方式是直接还是间接;是开放式还是封闭式;沟通网络是以横向(同辈)为主还是以纵向(不同辈)为主;是否存在无效沟通;是否采用公开的、坦诚的语言表达方式;听者是否很敏感等。

4. 权力结构　权力是家庭系统的一方面,指的是一个家庭成员影响其他成员的能力。权力影响家庭的决策。因而,社区护士了解家庭中谁的权力影响着家庭健康的决策是非常重要的。一般家庭权力结构包括以下几种类型。

(1)传统权威型:这种权威来自于传统文化,如一般认为父亲为一家之长,其权威大家都承认。

(2)工具权威型:这种权威来自于经济能力,谁能挣钱养家,谁就掌握了经济大权,谁就具有权威性。

（3）分享权威型：这种权威来自于家庭成员权力的平等性。这种家庭又称为民主家庭。在进行决策时家庭成员平等协商，共同讨论，整个决策过程民主程度较高，每个人的能力与兴趣都能得到尊重，这是现代家庭所推崇和所追求的家庭权力结构。

（4）感情权威型：夫妻双方及其全家的感情相互依赖，由在感情生活中起主要作用的一方做重要决定。

四、家庭生活周期

家庭也存在着由诞生到成熟乃至衰老死亡和新的家庭诞生的周期循环，称之为家庭生活周期。这个过程中的任何重大事件如结婚、分娩、患病、死亡等，不仅会对家庭系统及其成员的心理发育产生影响，还会对家庭成员的健康造成影响。社区护士应熟悉家庭的发展过程，鉴别正常和异常的发展状态，预测和识别在特定阶段可能或已经出现的问题，及时地进行健康教育和提供咨询，采取必要的预防和干预措施，以便家庭成员顺利过渡，避免出现严重的后果。关于家庭生活周期目前应用最广泛的是 Duvall 的家庭生活周期模式（表3-1）。

表 3-1　家庭生活周期表

家庭发展阶段	定义	重要任务
新婚期	结婚之日起至第1个孩子出生	双方适应及沟通、性生活协调及计划生育
婴幼儿期	第1个孩子介于0～30个月	父母角色的适应、存在经济及照顾幼儿的压力、母亲产后恢复
学龄前儿童期	第1个孩子介于30个月至6岁	儿童的身心发育，孩子与父母部分分离（上幼儿园）
学龄儿童期	第1个孩子介于6～13岁	儿童的身心发展、上学问题
青少年期	第1个孩子从13岁至离家	青少年的教育与沟通、青少年与异性的交往恋爱
子女离家期	即从第1个孩子离家之日起，至最后1个孩子离家止	父母与子女关系改为成人间的关系，父母逐渐有孤独感
家庭空巢期	即从最后1个孩子离家之日起到家长退休	恢复仅夫妻两人的生活，重新适应婚姻关系，计划退休后的生活，计划与新家庭成员的关系
家庭老化期	即从退休起，到双方死亡	经济及生活依赖性高，面临老年病及死亡的打击

五、家 庭 资 源

一个人或一个家庭在其发展过程中，总会遇到困难、压力等事件，甚至处于危机状态。此时，个体或家庭便会开始寻求支持，以克服困难，度过危机。个体除动用个人力量外，还会寻求的支持便是他的家庭，此外还有来自社区服务团体、医务工作者、邻居等外部支持。这种家庭为了维持基本功能、应付压力事件或危机状态所必需的物质和精神上的支持，称作家庭资源。家庭资源充足与否，直接关系到家庭及其成员对压力及危机的应对适应能力。家庭资源可分为家庭内资源和家庭外资源。

（一）家庭内资源

1. 经济支持　家庭对成员提供的各种金钱和物质的支持。

2. 维护支持　家庭对家庭成员的信心、尊严、名誉、地位、权利的保护。

3. 医疗处理　家庭为促进家庭成员健康做出的正确防病治病决策,照顾患病成员的能力以及家庭成员的自我保健能力。

4. 情感支持　家庭给其成员提供满足感情需要、精神慰藉、相互关心的能力。

5. 信息和教育　家庭给家庭成员提供医疗信息、教育资源、各种防病治病建议,以便家庭成员进行抉择。

6. 结构上的支持　家庭在家庭住所结构、家庭环境设施等方面做适当的变化,以适应患病成员的需要。

（二）家庭外资源

1. 社会资源　亲朋好友及社会团体的支持。

2. 文化资源　来自于文化教育、文化传统和文化背景的支持。

3. 宗教资源　宗教信仰、宗教文化、宗教团体的支持。

4. 经济资源　工作、职业、经济来源、社会赞助、保险支持等。家庭的经济来源稳定,可提供生活的满足感,有能力应付日常生活事件的经济需要。

5. 教育资源　社会教育制度、教育水平、教育方式和接受教育的程度等方面的支持。

6. 环境资源　与居所有关的自然和社会环境支持。如近邻关系、社区设施、空气、水、公共设施等。

7. 医疗资源　与医疗卫生制度,卫生服务的可用性、可及性,家庭对医疗服务的熟悉程度等有关的支持。

社区护士可通过家庭访视等形式与服务对象交流,了解居民家庭资源状况,评估可利用的家庭内、外资源,必要时可将结果记录下来,存入档案。当家庭内资源不足或缺乏时,社区护士应充分发挥其协调作用,帮助服务对象及家庭寻找和利用家庭外资源。

六、家 庭 危 机

家庭在发展过程中需不断应付那些威胁家庭完整性、家庭发展甚至生存的紧张事件,如家庭没有能力应付这些事件,家庭的功能将受到损害,出现家庭危机,其最终结果是影响家庭成员的身心健康。家庭危机大多是来源于家庭内部的生活压力事件,如爱情受挫、人际关系不良、生活困难、离婚、家庭成员伤亡等。

当家庭生活事件,特别是负性家庭生活事件作用于家庭后,如果家庭资源丰富、功能良好,家庭会具有较强的应付能力,可以通过积极的调整,恢复到平衡状态;若家庭资源不足,或者家庭生活事件长期作用,家庭没有足够的应付能力,家庭的重新适应不良,便会出现家庭危机。家庭危机实际上是家庭功能被破坏,家庭平衡被打破的状态。家庭危机依照引发因素不同,可大致分为以下四类。

（一）意外事件引发的危机

意外事故引发的危机是由来自家庭外部的作用而引发的,一般无法预料,是各类危机中最不常发生的,如住所被毁灭、意外伤害等。

（二）家庭发展所伴随的危机

家庭发展所伴随的危机是由家庭周期各阶段特有的变化所引起的，具有可预见的特点。一类是无法避免的，如结婚、生子、孩子入学、退休、丧偶等；另一类是可以预防的，如青少年子女的性行为、中年时的离婚等。

（三）与照顾者有关的危机

与照顾者有关的危机是家庭因某些原因而单方面的长期依赖外部力量造成的，具有可预见的特点。如家庭靠福利机构救济生活、家庭内有慢性病人长期需要照顾等，当家庭想要摆脱依赖，或家庭希望一次性治好患者，或外部力量发生改变而未做出解释时常会发生危机。

（四）家庭结构本身造成的危机

家庭结构本身造成的危机的根源埋伏在家庭结构内部，可以造成家庭矛盾的突然恶化。发生时，可有压力事件的触发，也可以没有。由于起于内部，因而具有反复发作的特点。常见于酗酒、暴力，反复用离婚、自杀、离家出走等应付普通压力的家庭。处理这类危机时，社区护士应注意找出根本问题，避免陷入表面的各种迷惑中。

第二节　家庭访视

一、家庭访视的目的

社区护士通过家庭访视，宏观上能了解和发现该社区现存的和潜在的健康问题，掌握和了解该社区的老年人、新生儿、慢性病患者、传染病患者、残疾人、精神病患者的家庭现状，为社区整体护理计划的制定提供依据；微观上家庭访视人员可直接了解家庭环境、家庭结构、家庭功能和家庭成员的健康状况，观察和评价与健康有关的生活方式、兴趣、环境因素及家庭成员的健康管理状况，依据实际需求和现有的资源合理地制定和实施家庭护理的援助计划，解决家庭及其成员的健康问题，维持和促进家庭健康。家庭访视具体目的包括：

1. 及早发现家庭健康问题　通过家庭访视能够在护理对象的家庭生活环境中评估家庭以及家庭成员的健康状况、家庭结构、家庭环境，为提高资料的可信度及做出明确的护理诊断提供了线索和保证。

2. 确认阻碍家庭健康的相关因素　通过了解家庭支持系统的状况，可以确认阻碍家庭健康的相关因素，提供切实可行的家庭援助计划。

3. 促使护理对象及其家庭成员积极参与　通过护理对象及其家庭成员积极地参与，提高其自我健康管理能力，促进家庭及其成员正常成长和发展。

4. 提供针对性护理援助　依据现有资源为居家患者或残疾人提供适当、有效的针对性护理援助。

5. 促进家庭功能　通过协助家庭功能的发挥，促进各家庭成员之间的相互关系。

6. 提供健康教育　通过有关促进健康和预防疾病的健康教育，可鼓励家庭充分利用现有的可促进健康的资源。

7. 与访视对象建立良好的信赖关系　通过社区护士与访视对象进行充分的交谈，减轻访视对象的紧张情绪，促进社区护士与访视对象建立良好的信赖关系。

二、家庭访视的种类

(一)评估性家庭访视

评估性家庭访视是评估个体、家庭的需求和状况,为制定护理计划提供依据。常用于有年老体弱患者的家庭和有健康问题的家庭。根据其具体情况进行追踪性护理干预。

(二)预防、保健性家庭访视

预防、保健性家庭访视主要是进行疾病预防、保健方面的工作。如产后的新生儿访视等。

(三)急诊性家庭访视

急诊性家庭访视是为解决临时性的、紧急的情况或问题而进行的访视。如外伤、家庭暴力等。

(四)连续照顾性家庭访视

连续照顾性家庭访视的对象包括需要在家接受直接护理的患者、某些急性病患者、行动不便的患者、慢性病患者、临终患者及其家属。在我国,连续照顾性家庭访视称为家庭病床或居家护理。

三、家庭访视的程序

家庭访视程序包括访视前准备、家庭访视中工作和家庭访视后工作。

(一)访视前准备

访视前的准备工作是关系到访视成功与否的重要环节。准备工作主要包括访视对象的选择、确定访视的目的和目标、准备访视用品、联络被访家庭、安排访视路线。

1. 选择访视对象　当访视的家庭数量较多时,应在有限的时间、人力、物力的情况下,有计划、有重点、有目的地安排家庭访视的优先顺序。原则是:①健康问题影响的人数多少。一般影响人数多的健康问题应考虑优先,如传染病,若不加控制,将会影响更多人的健康。②对健康的危害程度。对健康危害程度高的疾病,应优先访视,如患先天性心脏病的小儿和生长迟缓的小儿,前者应列为优先访视或安排家庭护理的对象。③是否留下后遗症。疾病的后遗症会造成患者家庭和社会的负担,如心肌梗死、卒中等患者出院后仍需维持护理的,应优先访视。④卫生资源对疾病控制的情况。如糖尿病、高血压患者的疾病控制情况很大程度上会影响其今后生活质量及造成经济损失,如未能及时监测到疾病的早期症状而使病情发展,将会加重患者的痛苦,导致卫生资源的浪费,应列为优先访视对象。

2. 确定访视目标　在每次访视前社区护士要根据收集到的服务对象的家庭资料进行合理的分析,制定出访视目标。目标应具体、明确、切实可行、可测量。

3. 准备访视用品　社区护士要对访视箱进行保管并在访视前对物品进行准备和核对。箱内基本用物应包括:体检工具(如体温计、量尺、电筒、听诊器、血压计等)、常用的消毒隔离物品及外科器械(如消毒手套、口罩、帽子、工作衣、钳子、剪刀、乙醇、碘伏等)、常用的药物及一次性注射器和输液器、各种尺寸的敷料、无菌纱布、棉球、棉签、护理记录单、健康教育材料、社区地图、电话本等。此外,依据访视对象及目的不同可增加一些物品,如对新生儿的访视时,社区护士要准备体重秤、有关母乳喂养和预防接种的材料等。在家访中也可利用家中的物品,如为访视对象量体温,可使用家里的体温计;做婴儿的行为神经测定时,可用家中的玩具等。

4. 访视路线的安排　社区护士应根据具体情况安排一天内的家庭访视路线,确认地址,准备简单的地图。为节省交通时间,安排访视的先后一般以顺路线做安排,可由远而近,或由近而远。将问题较严重的访视对象尽量安排在先。要估计全程访视需要的时间,并且为避免访视未遇,应该事先预约好或多安排几家,以免徒劳往返,浪费人力与时间。此外,访视出发前应填好路线单一式两份,一份留在办公室,告知行踪以备紧急联络之需,另一份带出访视,以能清楚掌握访视路线。

(二)访视中的工作

在家庭访视时,社区护士应了解、尊重访视服务对象的感觉及想法,以真诚的态度与访视对象建立互相信任的关系,并运用丰富的学识、娴熟的技能给予护理。实际访视的时间长短与不同的访视目的和种类有关,如果访视时间少于 20min,最好将此次访视与其他访视合并(应家庭需求的访视、要提供重要物品或信息的访视例外),如果访视时间超过 1h,则最好将此次访视分成两次进行,以免时间过长影响访视对象的个人安排。访视时要注意提供有针对性的服务措施,以利下次访视的进行。初次访视,因为护士进入的是一个陌生的环境,其主要目的是建立关系,获取家庭主要健康问题。而连续性访视的任务是社区护士对上次访视计划进行评价和修订后,按新计划对服务对象进行护理和指导,同时不断地收集资料,以便为以后的访视提供充分的依据。访视过程中的主要活动一般包括以下几方面。

1. **确定关系** 与访视服务对象及家庭建立友好的关系,初次访视时,社区护士应介绍所属单位的名称和护士本人的姓名,以适当的方式留下社区服务机构的地址及电话,向服务对象确认住址和姓名,通过交谈,使服务对象放松,在愉悦的气氛中进行工作。连续性家访每次上门时,家访人员都应尊重访视服务对象,解释访问目的、所需时间等,在对方接受的情况下提供服务和收集资料。

2. **收集资料** 社区护士对访视对象客观地收集资料,可以使社区护士和家庭一起认识到家庭的需求,为下一步更好地实施访视措施提供可靠的依据。

(1)个体资料收集。充分收集个体服务对象现存或潜在的健康问题资料,是家庭评估的首要部分。个体资料可以随着个体年龄和健康状态不同而有所差异,内容主要包括①个体一般情况:性别、年龄、婚姻、民族、籍贯、职业、文化程度等;②病史:现病史、既往史、预防接种史、用药情况、主要临床症状和体征、实验室检查结果、并发症、有无感、知觉障碍等;③日常生活情况:生活史、生活习惯(如饮食、睡眠、运动、嗜好、每日时间安排等)、日常生活能力(如更衣、饮食、清洁、排泄、活动、各种用具的使用能力等)、性格、兴趣及爱好、个人信仰、疾病对工作的影响程度;④心理状况:心理活动状况和人际关系认知及判断能力;⑤其他。

(2)家庭资料收集。家庭资料收集的内容既包括家庭成员的姓名、性别、年龄、职业、教育、健康资料等基本情况,又包括家庭关系、家庭结构及环境等较复杂的内容,因而我们通常需要借助一些评估工具。如家系图、APGAR 家庭功能评估表、Friendman 家庭评估表(见本章后附录)等。在工作中,它们各有优点,我们可以有选择的使用。

家系图:提供整个家庭的构成及结构、健康问题、家庭人口学信息、家庭生活事件、社会问题和信息的图示。家系图象征符号(图 3-1)。家系图一般由三代人组成,从上到下辈分降低,从左至右年龄降低。夫妻双方的家庭都可包含在内(图 3-2)。每个成员的符号旁边,可按需要加注年龄及结婚、离婚、死亡、退休、遗传病或患慢性病情况。还可根据需要标明职业、文化程度、家庭决策者等,家系图一般可在 5~15min 完成。家系图综合性强,直观、简单明了,因此可作为家庭健康档案的基本资料。

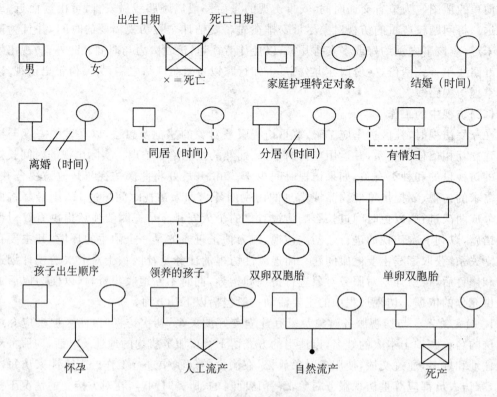

图 3-1 家系图象征符号

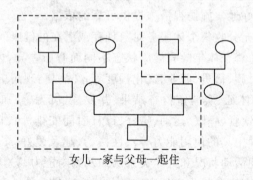

女儿一家与父母一起住

图 3-2 家系图

APGAR量表:该量表(表3-2,表3-3)是 Smilkstein 1978 年设计的简测家庭功能的问卷,该问卷涉及的问题少,容易回答,评分简单,适合对家庭功能进行快速评估,但评价结果相对比较粗糙,此表适用于初次访问的家庭评估。问卷包括两部分:第一部分测量个体对家庭功能的整体满意度,由5个问题组成:①适应度(adaptation),反映家庭遭遇危机时,利用家庭资源解决问题的能力;②合作度(partnership),反映家庭成员分担责任和共同决策的程度;③成熟度(growing),反映家庭成员通过相互支持所达到的身心成熟程度和自我实现的程度;④情感度(affection),说明家庭成员互相爱护的程度;⑤亲密度(resolve),反映家庭成员间共享相聚时光、金钱和空闲的程度。

　　问卷第 1 部分每个问题有 3 个答案可供选择,答"经常"得 2 分,"有时"得 1 分,"几乎很少"得 0 分。将 5 个问题的得分相加,总分为 7~10 分表示家庭功能良好,4~6 分表示家庭功能中度障碍,0~3 分表示家庭功能严重障碍。

　　APGAR 问卷第 2 部分是了解个人与家庭成员之间的个别关系,如与父亲的关系、母亲的关系、兄弟的关系,关系的评判采用多级排序法,分为好、一般、不好三种程度。

表 3-2　家庭 APGAR 问卷(第 1 部分)

维度	问题	经常	有时	几乎很少
适应度	1. 当我遇到问题时,可以从家人处得到满意的帮助 补充说明:	□	□	□
合作度	2. 我很满意家人与我讨论各种事情以及分担问题的方式 补充说明:	□	□	□
成熟度	3. 我当希望从事新的活动或发展时,家人都能接受且给予支持 补充说明:	□	□	□
情感度	4. 我很满意家人对我表达感情的方式以及对我情绪(如愤怒、悲伤、爱)的反应 补充说明:	□	□	□
亲密度	5. 我很满意家人与我共度时光的方式	□	□	□
问卷分数 家庭功能评价	补充说明:			

表 3-3　家庭 APGAR 问卷(第 2 部分)

与您同住的人按密切程度排序 (配偶、子女、重要的人、朋友)			跟这些人相处的关系 (配偶、子女、重要的人、朋友)		
关系	年龄	性别	好	一般	不好
如果您和家人不住在一起,您经常求助的人 (家庭成员、朋友、同事、邻居)			跟这些人相处的关系 (家庭成员、朋友、同事、邻居)		
关系	年龄	性别	好	一般	不好

　　3. 实施访视措施　社区护士对所收集的资料进行综合分析和判断,发现并确定所评估家庭的主要健康问题后,采取及时有效的措施,以促进健康,预防疾病。访视过程中的工作主要有:

（1）提供护理技术服务。如基础的生命体征测量、各种注射法、饮食护理、压疮护理、换药、留置导尿管的护理、造瘘护理等内容。

（2）健康教育与指导。为一般家庭提供有关个人卫生、营养保健、疾病防治、环境保护、计划生育等方面的健康知识；指导不能自理的个体充分利用辅助设施、器具以增进自理程度；帮助家庭认识现存的和潜在健康问题，并教会应对技巧。

（3）康复训练。为患者创造一个舒适的康复环境，在康复专业人员的指导下，提供各种康复性护理，防止残障的进一步加重。康复训练应由被动到主动，从简单到复杂，逐渐增加活动的时间和次数。

（4）精神支持。社区访视对象中慢性病患者较多，他们的病程长，恢复慢，社区护士应关注他们的心理变化，尊重他们的心理需求，并鼓励其家庭成员提供情感支持，分担患者的忧愁，给予安慰和鼓励。

（5）协调资源。为有需要的家庭和个人协调各类资源，如为有需要的孤寡老人联络家政服务等。

4. 预约下次访视时间　访视工作完毕时，根据访视对象健康问题的轻重缓急，与服务对象交换意见，预约下次访视时间。

（三）访视后的工作

1. 消毒及物品的补充　访视回来后，要对所使用的物品进行必要的处理，消毒、整理和补充访视箱内的物品。

2. 详细记录和总结　整理和补充家访记录，包括护理对象的反映、检查结果、现存的健康问题、协商内容和注意事项等，分析和评价护理效果和护理目标达成的情况。记录应正确、简洁，一般应在访视回来后立即书写，并使用统一、规范的表格。通过清楚的记录，不但可以了解访视的内容、所给予的护理措施，还可作为日后的工作评价及改进工作的依据，同时也可为其他工作人员了解访视对象的健康问题，在同行间进行交流与协作，以及科研和教学提供素材。

3. 与其他社区工作人员交流访视对象的情况商讨解决办法　可进行个案讨论、汇报等。如果现有资源不能满足访视对象的需求，而且该问题在社区护士职权范围内又不能得到解决时，应与其他服务机构联系，对访视对象做出转诊或其他安排。

四、家庭访视中护理人员的安全管理

（一）家庭访视中护理人员的安全问题及对策

在家庭访视过程中，护士可能会遇上一些有敌意、发怒、情绪反复无常的服务对象，而且不能有效控制周围的陌生环境，所以应注意以下的安全措施：

1. 与访视家庭取得联系　在家访前尽可能用电话与家庭取得联系，询问好地址、方向及如何到达。尽量了解访视对象和家庭的情况。

2. 着装得当　家庭访视中应穿着合适、得体的服装或按单位规定的制服，着装应以紧袖口的短上衣、工作裤以及平底舒适的鞋子为好，目的是方便工作，能够跑动，遇有紧急情况或工作需要进行登高、下蹲等活动时均不受影响。

3. 只携带必需物品　家庭访视工作中随身带工作证件、通信工具及少量零用钱，以备急用。不要佩戴贵重的首饰。

4. 报告行程　家访的行程计划应告知领导或机构其他人员，包括家访的时间、走访家庭的姓名、地址、电话及交通工具等。

　　5. 安全性评估　去往一些偏僻的场所或偏远地方或访视家庭是单独的异性时,护士有权要求有陪同人员同行。

　　6. 按计划时间进行工作　只在计划好的时间内进行访视服务,如有例外应得到机构同意。

　　7. 注意交通安全　社区护士在家访路途中应严格遵守交通安全规则,认真做好自我防护措施。

　　8. 管理好访视用物　访视护理箱应放在护士的视野内,不用时盖好,以免小孩或宠物好奇玩弄。

　　9. 灵活应对突发事件　如果在家访时遇到有敌意、发怒、情绪异常的访视对象或看到打架、酗酒、有武器、吸毒等不安全因素时,可立即离开并与有关部门取得联系。

　　10. 做好文件的记录和签署工作　在家庭访视过程中应认真进行相关文件的记录和签署,掌握职业范围,避免医疗纠纷,慎重对待无把握或无定论的信息。

　　(二)访视过程中应付危险情况的原则

　　在家访时现存或潜在危险都可能遇到,访视过程中应付危险情况应遵循以下两个指导原则。

　　1. 保护自己的安全　护士在家访遇到不安全情况时,会感到害怕、紧张,不能发挥应有的功能。当护士觉得自己的存在可使情形更加恶化时,可以要求暂时离开这个家庭,更换家访时间,并及时向机构通报此事。

　　2. 保护家庭成员的安全　护士在访视家庭中,如果认为有人可能有危险,或正在受伤,应立即给予适当处理,同时报警或通知急救中心。

第三节　家庭病床

一、家庭病床的概念

　　为了充分地满足患者的医疗和护理需求,在患者熟悉的家庭环境中进行医疗和护理服务的形式被称为居家护理。居家护理是适应大众需求的一种主要的社区护理工作方法,是住院服务的院外补充形式,在提高社会效益和经济效益方面发挥着重要作用。居家护理服务主要采取两种形式,即居家护理服务中心和家庭病床。目前美国、日本等国家多采用居家护理中心的形式,而我国的居家护理多数是以家庭病床的形式存在。

　　家庭病床是以家庭作为治疗护理场所,选择适宜在家庭环境下进行医疗或康复的病种,为患者开展连续的、系统的基本医疗护理服务的形式。家庭病床的建立使医务人员走出了医院大门,最大限度地满足了社会医疗护理要求。既有利于疾病的康复,又可减轻家庭经济负担和人力负担。其服务的范围从治疗扩大到预防,从生理扩大到心理,从技术活动扩大到社会活动,从医院内扩大到医院外,形成了一个综合的医疗护理体系。在适合我国国情的情况下发展家庭病床,是医疗卫生工作改革的重要组成部分,促进了医疗资源的有效利用和重新分配,加快了病床的周转率,可以降低住院费用,减轻经济负担,保持治疗的连续性,避免住院造成的交叉感染。

> **链接**　在我国,家庭病床是 20 世纪 50 年代首先在天津兴起来的。80 年代第 2 次全国范围内家庭病床的建立是作为一项城市医院改革措施而兴起的。1984 年上半年,全国 23 个省、自治区、直辖市的不完全统计已建家庭病床 20 余万张。卫生部于 1984 年 12 月颁布了家庭病床暂行工作条例,使家庭病床工作开始向经常化、制度化方向发展。

二、家庭病床的特点

(一)以家庭为单位患者为中心的服务

家庭病床是由专业医护人员组成的医疗小组在患者的家中为患者提供全方位的多元化服务。

(二)在患者熟悉的环境中提供服务

患者可以在自己所熟悉的家庭环境中休养,有家人陪伴,饮食和其他的日常生活较为个性化,避免了因对医院环境的不适应以及对家庭成员的牵挂而产生的不安心理,同时还可避免长期住院增加交叉感染的机会。

(三)减轻了家庭的经济负担

在家庭中进行医疗和护理服务,减轻了因为住院而造成的经济负担,同时也减少家人在医院、工作地及家庭之间的奔波之苦。

(四)提高了医院病床的周转率

家庭病床所能提供的服务项目,使得患者的住院天数缩短了,大大提高了医院病床的周转率。

(五)保证了医疗护理服务的连续性

在接受家庭病床服务阶段,患者与提供医疗护理服务的人员共同合作,患者的医疗护理服务经常处于监护之下,有利于防病、治病和管理相结合。保证了医嘱的顺利执行,最大限度地提高了医疗护理服务的连续性。

(六)家庭病床不能取代医院病床

家庭病床收治对象是各种适合在家庭内诊疗的患者,由于患者分散,多数患者行动不便,各种诊疗工作都要上门进行,某些医疗设备的应用和诊疗措施就受到一定限制,因而病情复杂、严重、多变的患者仍需要到医院治疗。

(七)家庭病床的医务人员应具有丰富的知识和经验

家庭病床的服务对象多数是慢性病和老年病患者,这些患者的病程长,并发症多,常反复发作,因而家庭病床的医务人员必须具有高度的责任心和精湛的医疗技术知识,不仅要熟悉各种疾病的转归及预后,而且还应具有敏锐的观察能力及熟练的心身评估能力,以望、触、叩、听方法及各种辅助诊断设备来了解服务对象心身健康发展的情况,正确判断其健康问题,确定需要何种治疗或是否需要转诊服务。

三、家庭病床的服务对象

家庭病床服务是适应社会的医疗护理需求,本着方便患者,就近就医的原则,并根据本单位的设备条件和技术水平来确定收治范围。家庭病床服务的对象主要有:老、弱、残、幼、行动不便、去医院诊疗有困难的患者及季节性发病者；无需住院治疗的慢性疾病患者，如冠心病、高血压、慢性肺源性心脏病、脑血管意外、糖尿病、肿瘤、精神病及佝偻病、贫血、营养不良、反复呼吸道感染、先天性心脏病等；经医院住院治疗，病情已稳定，但仍需继续治疗或康复的患者；病情需要住院治疗，但医院暂时无床位或其他原因不能住院的患者；限于病情和各方面条件，只能在家接受特殊治疗的患者，如家庭吸氧疗法、家庭中央静脉营养法、持续性非卧床腹膜透析等；晚期肿瘤需要化疗、支持和减轻痛苦的患者；其他适合于家庭内治疗的如精神病、传染病、职业病患者等。

四、家庭病床的服务内容

家庭病床的主要服务内容包括：建立家庭病床病历，针对不同病情制定具体治疗、护理方案；定期访视、送医送药、提供各种必要的检查、治疗、康复手段；向医生报告病情变化，根据患者情况，帮助联系医院检查或住院治疗；指导建立合理的生活、营养、运动等计划，协助患者正确进行功能锻炼，以利促进患者机体的康复；指导有关隔离消毒等措施；并发症的预防、处理指导；介绍并指导患者或家属正确使用家庭医疗器械；进行卫生防病保健知识宣传；加强患者心理护理，减轻心理负担、增强战胜疾病的信心。

五、家庭病床的组织管理

(一)家庭病床的组织形式

建立家庭病床是卫生保健事业的一项长期任务，是医疗护理事业的一个组成部分，建立和健全组织形式与加强领导是发展和巩固家庭病床的重要保证。

1. 建立健全家庭病床管理机构　各级医疗机构要有一名业务领导干部分管家庭病床工作，并根据本单位的实际情况，建立健全家庭病床管理机构。城市社区卫生服务中心要成立家庭病床科(组)。城市综合医院、专科医院及农村医院要结合自身特点和专科特长开展家庭病床，并建立相应的机构进行管理。

2. 人员配备要合理　家庭病床科(组)人员配备要精干，要有医疗护理技术骨干，人员编制保持相对稳定。

3. 公正的培训考核制度　实行工作人员的培训和考核制度，不断提高医疗水平、工作质量和工作效率。

4. 健全技术协作和技术指导制度　按照城市分级分工医疗的体制，建立以基层医疗机构为主力，大医院为技术后盾的家庭病床工作体系，建立健全技术协作和技术指导制度。

(二)家庭病床的管理制度

1. 建床制度

(1)由患者或家属提出要求并经门诊或出诊医师诊治后，认为需连续出诊两次以上并需继续治疗的，可通知家庭病床科(组)，由主管医师作出决定，开具建立家庭病床通知单，并办理建床手续。要严格掌握家庭病床的收治适应证，对处理上没有把握或有困难的急重疑难病例，要及时转送到上级医院，以免耽误病情。

(2)由具体经办人填写家庭病床登记册(登记项目包括：总编号、科床号、姓名、性别、年龄、地址、工作单位、联系人、建床诊断和日期、转归、医师姓名等)，并填好家庭病床一览表卡片、索引卡和通知所属科的家庭病床经管医师。

（3）同一患者,在同一时期内需由两个以上的科室诊治时,则以主要疾病科作为建床科,另一科作为配合诊疗,不做同时建床。

2. 撤床制度

（1）经治疗后,病情痊愈、好转、稳定或治疗告一段落,不需要继续观察时,由主治医师决定,上级医师同意后,可予以撤床,开具撤床证,到指定部门办理撤床手续。

（2）撤床时,主管医师及护士应向病人及其家属交代撤床后注意事项,书写撤床小结,经患者及家属签字后撤床。

（3）病情不宜撤床,患者或家属要求撤床,如劝解无效,可办理自动撤床手续,并将自动撤床情况记录于撤床小结中。

3. 查床制度

（1）主管医师在接到建床通知后,应尽快诊视患者,在24h内完成建床病史,并及时做出处理措施。

（2）根据患者的病情决定查床次数,一般每周1~2次,病情多变或重病者应增加查床次数,疑难或危重患者要及时向上级医师汇报。

（3）实行分级查床制度。主治医师在患者建床1周后完成二级查床,主要是审定治疗方案和修改病历。三级查床根据实际情况由高级医师（副主任医师）或院长行政查房,进一步完善治疗方案和了解各类服务完成情况并听取患者及家属的意见。

（4）查床时应仔细认真询问病情,进行必要的检查与治疗,注意患者的心理、饮食、卫生、环境条件等,并向家属说明注意事项和护理要点。对危重患者做好转院的思想准备。

（5）做好病程记录、治疗记录。

4. 病历书写和保管制度

（1）家庭病床患者应建立正式病史资料,内容包括病历、体格检查、有关化验、诊断、治疗记录单等,并签署姓名。

（2）建床后24h应完成病历,一律用钢笔书写。病历质量作为今后考核的依据。

（3）病程记录按病种而不同,一般慢性病每周不少于2次,病情变化随时记录,建床满1个月应写1次病程小结。

（4）会诊、转诊、病例讨论、分级查床意见均应及时记录,不得遗漏。各项检验应妥善粘贴。

（5）患者死亡,应在24h内写好死亡记录并上报。

（6）患者撤床或死亡后,应按规定格式整理,病历由病历室归档保存。

5. 护理工作制度

（1）护理人员应热心为服务对象服务,认真执行医嘱,及时上门进行各项治疗和护理工作。

（2）护理人员上门服务,应取得患者及家属的配合,并指导患者及家属做好力所能及的日常生活护理。

（3）按照护理操作常规进行各项护理。执行医嘱和进行各种治疗时,应仔细核对,以免发生差错,要严格执行无菌操作,并向病人及其家属交代注意事项和出现问题的处理方法,以防意外,必要时要增加上门巡视次数。

（4）上门进行家庭治疗和护理时,应仔细观察患者病情和心理变化,发现问题应及时通知主管医师,进行处理,并配合家属做好患者的心理护理。

6. 会诊制度

(1)疑难和危重病例需要会诊时,应由主管医师开出会诊单,向有关科室或上级医疗机构请求会诊。

(2)会诊包括院内和院外会诊。院内会诊一般在 2d 之内进行,院外会诊一般在 3d 内,病情危重应立即进行。

(3)主管医师应陪同会诊医生会诊,并做好会诊记录。

(4)主管医师要按照会诊意见进行必要的处理,并向家属进行必要的解释。

7. 转诊制度

(1)所有家庭病床科应与医院或上级医院有关部门、科室订立转院协定。

(2)家庭病床的患者在病情变化需转院时,要经上级医院的专科医生会诊后确定;经治疗后,病情稳定或需要康复,可出院再收入家庭病床进行继续诊治,即实施双向转诊制度。

8. 消毒隔离和疫情报告制度　在家庭病床工作中应严格执行消毒隔离制度,对所用器械均应按消毒隔离原则处理,对传染病要及时登记做好疫情报告。

附　Friedman 的家庭评估模式

一、一般资料

1. 家庭姓名。

2. 地址、电话。

3. 家庭构成。

4. 家庭类型。

5. 文化背景(种族)。

6. 宗教信仰。

7. 社会地位。

8. 家庭娱乐和业余活动。

二、家庭的发展阶段和家庭史

1. 家庭目前的发展阶段。

2. 家庭的发展任务。

3. 家庭历史。

4. 父母的家庭史。

三、家庭环境

1. 家的特征。

2. 邻居和社区特征。

3. 家庭的迁移。

4. 家庭与社区的联系和作用。

5. 家庭的社会支持系统。

四、家庭结构

1. 交流沟通方式　成功的交流或失败的交流;感情信息的传递和表达方式;家庭亚系统的交流特点;家中交流障碍的类型;影响家庭交流的内、外部因素。

2. 家庭权力结构　权力结果;决策过程;整个家庭的权力;权力来源;影响权力的因素。

3. 角色结构 正式角色；非正式角色；影响角色的因素。

4. 家庭价值 确定重要的家庭价值，并按重要性的大小顺序排序；家庭价值、家庭亚系统的价值、社会价值二者之间的一致性；影响家庭价值的因素；家庭是否有意识地拥有这价值；家庭价值冲突的表现；家庭价值和价值冲突对健康的影响。

五、家庭功能

1. 感情功能家庭的需要——反应功能，分离和结合，相互供养、亲近。

2. 社会化功能培养孩子；对抚养孩子的家庭环境的适应；谁是孩子社会化的代理人；家中孩子的价值观；社会阶层对抚养孩子方式的影响；家庭抚养孩子是否存在危机，指出高危因素；家庭是否有足够孩子玩耍的场地；影响养育孩子方式的文化信仰；家庭的健康信仰、价值观、行为；家庭对健康疾病的定义和他们的知识水平；家庭对自己的健康状态和疾病易感性的感受；家庭的饮食习惯；家庭足够的食物（记录 24h 家庭食谱）。

对食物和进餐时间的态度；购物和计划购物的习惯；睡眠和休息习惯；锻炼和娱乐；家庭用药习惯；家庭在自我照顾、保健中的作用；家庭环境；医学预防措施（体检、视力、听力检查，免疫接种）；牙和口腔卫生；家庭健康史；所接受的卫生保健服务；对卫生服务的感情和感受；急诊卫生服务；牙科卫生服务；医疗费用的来源；接受医疗卫生服务的后勤保障（交通、距离、救护车等）。

六、家庭对环境压力的应对

1. 常见的短期和长期刺激源。

2. 家庭对刺激源发生反应的能力。

3. 应对压力的策略（过去的/现在的）家庭成员不同的应对方法；家庭内部的应对策略；家庭外部的应对策略。

4. 家庭在哪些方面应对自如？

5. 家庭的无效应对策略（过去的/现在的）。

（引自：李继坪. 社区护理. 北京：人民卫生出版社，2000 年.）

（廖晓春）

思 考 题

1. 家庭的功能及内部结构包括哪些方面？

2. 简述家系图绘制方法。

3. 家庭访视中护理人员有哪些安全问题及对策？

4. 小张性格内向，不擅和人交往，大学毕业后，经朋友介绍和丈夫相识、结婚，现在儿子 3 岁，患有先天性心脏病。因丈夫工作较忙，小张目前辞去了工作，在家里照顾儿子。1 个月前小张一家搬到现在的社区，由于邻居不熟，也没有朋友，小李天天带着儿子在家不出门，感觉很疲劳，也不愿和孩子说话。丈夫每天加班到很晚回家，对孩子的照顾较少。请说出小张的家庭发展阶段并分析其存在的主要问题。

第 **4** 章

社区儿童保健

儿童是社区卫生保健的重点人群之一，2010年全国第6次人口普查结果显示我国现有 0～14岁人口222 459 737人，占总人口的16.60％。儿童是家庭的希望，其健康状况决定国家未来的人口素质。根据国家基本公共卫生服务规范(2011年版)的规定，现阶段我国儿童保健的重点是0～6岁的学龄前儿童。

第一节　概　　述

一、儿童保健学的概念

儿童保健学主要研究儿童各年龄期生长发育的规律及其影响因素，依据促进健康、预防为主、防治结合的原则，通过对儿童群体和个体采取有效的干预措施，提高儿童的生命质量，减少发病率，以达到保护和促进儿童身心健康和社会适应能力、保障儿童权利的目标。

二、社区儿童保健的基本任务

社区儿童保健的基本任务是面向全体儿童，对不同年龄阶段的儿童及其家庭进行预防保健指导、计划免疫和健康监测，以达到增强儿童体质、促进儿童身心各方面正常发展，降低儿童发病率和死亡率的目标。

三、社区儿童保健的意义

(一)促进生长发育及早期教育

通过提供新生儿家庭访视、定期健康体检、生长发育监测、预防接种等服务的机会，积极引导儿童及其家长提高自我保健的意识及能力，早期发现儿童生长发育方面的问题，给予及时有效的干预。

(二)降低发病率和死亡率

儿童计划免疫广泛推行的同时积极宣传科学育儿知识并进行安全教育，可有效降低儿童期各种疾病及意外伤害的发生率及死亡率。

(三)依法保障儿童权益

依据国家颁布实施的《中华人民共和国母婴保健法》《中华人民共和国未成年人保护法》等法律法规,积极协调配合有关部门,早期发现并有效制止社区内儿童被忽视、虐待或使用童工等侵害儿童权利的事件,依法保障儿童的生存、发展、受保护等权利。

第二节　新生儿期保健

一、新生儿期特点

出生后自脐带结扎到未满 28d 止的 4 周称为新生儿期。出生不满 7d 的阶段称为新生儿早期。新生儿期是小儿开始独立存活,适应外界环境的阶段,此期特点主要有:建立独立呼吸;需适应比子宫温度低的周围环境;自己摄取营养素,保证生长发育需求;机体各系统器官解剖生理功能发育尚未成熟,免疫功能低下。因此,新生儿期是小儿最脆弱的阶段,发病率和死亡率较高。

二、新生儿期保健要点

(一)保暖

新生儿出生后周围环境温度明显低于子宫内,由于体温调节功能尚未完善,体温易受周围环境影响;同时新生儿体表面积相对较大,皮下脂肪较薄,皮肤血管丰富,更易散热。所以如果不注意保暖,新生儿须消耗很多热量抵御寒冷,不仅影响其生长发育,出现低体温、新生儿硬肿症甚至会危及生命。因此保暖对新生儿的生存及生长发育都极其重要。如冬季室温过低,可指导家长用空调等方法提高室温到 22～24℃,或正确使用热水袋来保暖。夏季应避免室温过高,新生儿衣被不宜过厚。

(二)喂养

母乳喂养是新生儿最合适的喂养方式,必须大力提倡母乳喂养,尽早开奶,按需哺乳。

1.尽早开奶　正常分娩的新生儿,出生后半小时内可开始吸吮母亲乳头。尽早开奶可促进乳汁分泌,增强产妇子宫收缩,促进胎盘娩出,减少产后出血,防止新生儿发生低血糖。分娩后头几天的乳汁是初乳,量少略稠,色微黄。其优点有:含脂肪少,蛋白质及锌丰富,适合新生儿需要;含很多抗体,尤其是分泌型 IgA,可保护新生儿免受感染;含生长因子,能促进肠道发育,为肠道消化、吸收成熟乳做准备。

2.按需哺乳　根据小儿需要哺乳,不要定时。随着月龄的增加,胃容量增大,母乳量增多,小儿吃奶的时间慢慢趋于定时,每 3～4h 1 次,但仍需遵循按需哺乳的原则。

(三)护理

1.衣着　新生儿衣物材质应为柔软棉布,宽松清洁,易于穿脱,不用扣子。尿布要用柔软吸水性好、浅颜色的棉布制作,勤洗勤换。注意包裹不宜太紧,更不能用带子捆绑,使小儿可自由活动四肢。

2.脐带　脐带一般在出生后 5～8d 自然脱落,脐带脱落前要保持局部清洁干燥。在使用尿布时应注意勿使其超过脐部,以免摩擦或尿、粪污染脐部。每天用 75% 乙醇棉签由内向外消毒脐带残端及脐轮周围 1～2 次,每次 3 遍,用无菌纱布覆盖。如发现脐部周围皮肤红肿、有脓性分泌物,提示感染,应及时就医。

3.皮肤 新生儿皮肤娇嫩,而且排泄次数多,每次大便后须用温水清洗臀部,勤换尿布,保持臀部干燥,必要时可使用氧化锌或5%鞣酸油膏涂抹局部,积极预防尿布疹。为增进婴儿舒适感,保持皮肤清洁,应每日沐浴。沐浴时室温最好在26~28℃,澡盆内先倒冷水再倒热水,以手腕内侧测试水温,以39~41℃为宜。喂奶后1h之内勿沐浴,使用中性沐浴液或婴儿香皂,沐浴顺序为面部、头、颈、上肢、躯干、下肢,最后换水清洗腹股沟、臀部及外生殖器,特别注意清洗皮肤皱褶处,如颈下、腋下和腹股沟。

4.眼、口腔 眼部要保持清洁,眼部分泌物可用温水或生理盐水擦净。新生儿齿龈边缘常有黄白色小斑点称上皮珠,俗称"马牙",数周或数月后可自行消失,不可挑擦,以免感染。

(四)预防感染

新生儿居室须每日通风,保持空气新鲜。尽量避免接触外来人员,凡患有皮肤病、消化道、呼吸道感染或其他传染病者,不能接触新生儿。护理新生儿前要洗手、脸及漱口。如母亲患感冒喂奶时须戴口罩。

三、新生儿家庭访视

新生儿家庭访视是新生儿保健的重要措施,社区医疗机构与医院之间应建立无缝护理模式,社区护士与医院产科护士之间有效沟通、密切合作,使新生儿出院后,社区护士能及时对新生儿进行家庭访视、建立儿童保健手册。

(一)访视目的

定期对新生儿进行健康检查,使问题能够被早期发现,及时处理,降低新生儿发病率和死亡率,指导家长科学育儿。

(二)访视频率

社区护士应在新生儿出院回家后24h内,一般不超过72h进行家庭访视。国家基本公共卫生服务规范(2011年版)中为新生儿出院后的1周内。新生儿出生后至28d满月一般需访视3~4次,时间分别为第3、7、14、28天。对于低出生体重、早产、双多胎或有出生缺陷的新生儿可根据实际情况增加访视次数。

(三)访视内容

访视内容可总结为一观察、二询问、三检查、四教育、五处置。每次访视的重点应随时间和新生儿情况的变化有所侧重。

1.初访重点

(1)观察新生儿居住的环境,包括温湿度、通风情况、安全设施、卫生状况等。观察新生儿一般情况,如皮肤颜色、呼吸节律、吸吮能力等。

(2)询问母亲新生儿出生前、出生时和出生后的基本情况,包括孕母情况、产次、分娩方式、有无窒息、出生时身长和体重、喂养、睡眠、大小便情况,是否接种卡介苗和第1剂乙肝疫苗,了解新生儿疾病筛查情况等。

(3)测量体温、身长、体重。检查有无黄疸、口腔发育情况、脐部有无出血、感染等。

(4)指导母乳喂养,宣传保暖、卫生护理的重要性,婴儿抚触的益处和方法。教育家长重视预防新生儿窒息。

(5)对发现的问题给予及时处理,做好记录,预约下次访视时间。

2.第2次访视重点

(1)观察新生儿一般情况。

(2)询问新生儿喂养、大小便情况,了解母亲是否有相关疑问。

(3)检查脐带是否脱落,若脱落需查脐窝是否正常;检查臀部是否有红臀,皮肤皱褶处是否有糜烂等。

(4)对家长提出或发现的问题给予指导和处理。

3.第3次访视重点

(1)检查生理性黄疸是否消退。测量身长体重,判断生理性体重下降恢复情况,未恢复应分析原因。检查新生儿听力。

(2)指导新生儿特别是早产儿、双胎儿、人工喂养儿或冬季出生的小儿正确补充维生素 D 的方法,积极预防佝偻病。

4.第4次访视重点 询问喂养、护理情况。测量体重,做全面体格检查。评价其营养状况。提醒家长需注射乙肝疫苗第2针。对发现的异常情况应找出原因并给予指导。

每次访视结束后,应认真填写新生儿访视卡,满月后做新生儿访视小结,转入婴儿期系统保健管理,指导家长继续进行婴幼儿生长发育监测和定期健康检查。

四、新生儿窒息的护理干预

窒息是新生儿最常见的意外损伤,多由成年人照顾不当导致。

(一)预防

根据新生儿窒息的常见原因,预防措施有以下几点:①母亲须注意哺乳姿势,避免乳房堵塞小儿口鼻,切忌边睡边哺乳;②提倡父母婴儿分床睡,避免熟睡时父母亲的肢体、被褥等压住婴儿口鼻而引起窒息;③每次喂奶后须将婴儿竖立抱起,轻拍后背,待其胃内空气排出后再取右侧卧位,防止发生吐奶时将奶液或奶块呛到气管引起窒息;④勿捏鼻喂药;⑤冬季外出时不要将婴儿包裹得过厚、过严实;⑥婴儿嘴上沾的奶液易引来小猫等宠物,因此,家中最好不要饲养宠物,以杜绝因小猫的躯体或尾巴压迫婴儿的口鼻而发生窒息。

(二)院前急救

迅速解除引起窒息的原因,清除口腔和呼吸道分泌物,保持呼吸道通畅。对呼吸、心跳已停止者,即行口对口呼吸和心脏按压。凡窒息患儿均须立即送医院进行抢救。

第三节 婴幼儿期保健

一、婴幼儿期的特点

(一)婴儿期的特点

出生后到不满1周岁为婴儿期。此期特点主要有:是小儿生长发育最迅速的时期;对热量、营养素特别是蛋白质的需要量特别高,如不能满足需求,易引起营养缺乏;消化吸收功能发育尚未完善,与对营养的高需求发生矛盾,如喂养不当,容易发生消化功能紊乱;从母体获得的免疫力逐渐消失,自身后天获得的免疫力很弱,易患感染性疾病。

（二）幼儿期的特点

1周岁到不满3周岁为幼儿期。此期特点主要有：体格生长速度较婴儿期减慢，神经精神发育较迅速，语言、动作能力明显提高；好奇心及活动能力增强，但识别危险的能力不足，易受到意外损伤；饮食从以乳汁为主转变为以饭菜为主，并逐渐过渡到成人饮食，需要预防营养缺乏和消化功能紊乱；活动范围扩大，因此接触感染的机会增多，而自身免疫力仍较低，要注意预防传染病。

二、婴幼儿期保健要点

（一）婴儿期保健要点

1.合理喂养 提倡母乳喂养，合理添加辅食和断奶，科学安排断奶后的饮食。

（1）母乳喂养：母乳是婴儿最自然、最理想的食品。

①母乳喂养的优点。母乳是婴儿最佳的营养食品，含有4～6个月婴儿生长发育所需要的全部营养物质；母乳有免疫功能，可保护婴儿免受感染；母乳易于吸收利用，使大便质软，排出通畅；母乳喂养可密切母婴感情，有利于培养小儿良好的品格和促进智能发育；产后立即母乳喂养可增强母亲子宫收缩，促进子宫复旧；母乳无菌、温度适宜、喂养方便。

②哺乳方法。哺乳前给婴儿换好尿布，母亲用肥皂洗净双手。哺乳一般可以取坐位、半坐位或侧卧位等不同姿势，以母亲体位舒适，心情愉快，全身松弛，有利于乳汁排出为宜。哺乳时婴儿的整个身体要贴近母亲，嘴要张大，含接住大部分乳晕，不能堵住小儿的鼻孔影响呼吸。哺乳时让婴儿先吸空一侧乳房，再吸吮另一侧。下次哺乳从另一侧乳房开始。使小儿不仅可以吃到前奶，还可以吃到后奶。前奶蛋白质丰富，后奶含有丰富的脂肪，保证婴儿对两大营养素的需求。哺乳完毕，挤一滴奶留在乳头上，使其自然干燥保护乳头，预防皲裂感染。乳母将婴儿竖起，头依于母亲肩上，轻拍小儿背部，将哺乳时吸进的空气排出，以防溢奶。

③判断母乳是否充足的方法。哺乳次数：出生头1～2个月婴儿每天需哺乳8～10次，3个月的婴儿每天哺喂次数至少8次，哺乳时可看到吞咽动作并听到吞咽声音；排泄情况：每天小便至少6次，大便质软；睡眠：两次哺乳间婴儿满足、安静，常在吸吮中入睡，自动放弃乳头；体重增加：出生后前3个月每月增长800～1000g，4～6个月每月增长600～800g，6个月后每月增长250～300g；乳房情况：哺乳前母亲感到乳房肿胀，哺乳时有下奶感，哺乳后乳房较柔软。

④断奶。随着小儿年龄的增长和消化功能逐渐改善，母乳的质和量已不能完全满足其需要，可以适应乳汁以外的其他食物，食物可由流质转为容易消化的半固体或固体食物。婴儿需从4～6个月开始逐渐添加辅食，哺乳次数逐渐减少，为断奶做准备。母乳喂养至少持续到婴儿出生后的第2年，断奶最好选择在小儿身体健康、天气较凉爽时进行。

（2）人工喂养：人工喂养指母亲因各种原因不能喂哺婴儿时，用动物乳如牛、羊乳或其他代乳品喂养婴儿。由于代乳品所含营养素与人乳差别较大，一般需要消毒才能给婴儿食用，因此最好完全母乳喂养至少到4个月，特别强调让新生儿吃到初乳。如必须人工喂养，应选用优质代乳品，调配恰当，供应充足，注意消毒，也能满足小儿生长发育的营养需要。

（3）混合喂养：由于母乳不足需添加牛、羊乳，或其他代乳品喂养婴儿，称混合喂养。喂养方法有补授法和代授法两种。补授法是在每次喂母乳后加喂一定量的代乳品；代授法是指1d内有数次完全喂牛、羊乳代替母乳。两种方法中以补授法较好，可防止母乳量迅速减少。如必须采用代授法,每日母乳喂哺次数也不应少于 3 次,并维持夜间哺乳,否则母乳量会很快减少。

(4)辅食添加

①目的。增加营养:婴儿长到 4~6 个月或以后,母乳的质量随着时间推移逐渐下降,不能完全满足婴儿生长发育的需要,因此必须添加一定的辅助食品;为断奶做准备:小儿添加辅食的过程其实就是断奶的过程。婴儿期的饮食以流质为主,随年龄增长,乳牙萌出,消化系统功能逐渐完善,小儿饮食从流质逐渐过渡到半流质、半固体,与成人吃一样的饮食,这就是断奶的过程。因此须在断奶前为婴儿准备好适合不同月龄的辅食,否则易引起营养不良或消化功能紊乱。

②原则。从少量逐渐增加:开始只吃 1/4 个蛋黄,3~4d 无不良反应可增至 1/2 个,再渐增至 1 个;从稀到稠、从细到粗:从菜汁到菜泥再到碎菜,使小儿逐渐适应吞咽和咀嚼;食物种类从一种到多种:习惯一种食品后再加另一种,不可在 1~2d 增加 2~3 种,如一切正常,一般每周可加一种新食物。新食物应在婴儿身体健康时添加,增加食物后,特别要注意观察小儿大便情况,如腹泻或大便中带有不消化的食物,可减少或暂停辅食,待大便正常后再慢慢添加。添加辅食应注意食品卫生,以防因污染引起疾病。

③顺序。添加辅食应根据婴儿的需要和消化道成熟程度,按一定顺序进行。添加米、面类食品可先从每天一次加起,习惯后可增至 2~3 次,随着辅食的添加可适当地减少哺乳次数,逐渐实现断奶。一般 4 个月以上的婴儿体内铁质已消耗完,应添加富含铁质的食物如蛋黄、动物血。还可以添加水果泥、菜泥、鱼泥、豆腐等,每天 1~2 次;4~6 个月时,可以添加米糊、烂面条、米粥等补充热量;7~12 个月时,如小儿已开始出牙,可食烂面条、烂饭、薄脆饼干、馒头片等增加热量并训练咀嚼能力,同时添加适量的蛋羹、煮烂的鱼、肉、肝、豆制品及水果、蔬菜等,每天 2~3 次。

④制作方法。婴儿辅食的来源应是家庭制作,不太昂贵,对小儿有益的食物。菜水及水果水:将蔬菜或水果如菠菜、胡萝卜、苹果、梨等切碎,加入少量水,加盖煮沸 5min,加盐或少许糖,离火焖 5~6min,将汤倒出,待温度适合即可;鲜蔬菜、水果汁:将熟透的西红柿、橘子等洗净去皮,用干净纱布袋装好,放入适量的沸水中煮 1~2min,拎起纱布袋放入碗中,用汤匙挤压出鲜汁,加糖少许即可。初喂时可加 1 倍水冲淡,适应后即可喂原汁;菜泥:取新鲜蔬菜,洗净,切碎,放入油锅内炒,加少许盐即可。还可拌入粥或面条中喂小儿;肝泥:将熟肝切成碎末,加入盐、糖、香油等即可食用;果泥:苹果、香蕉去皮,用小匙刮成细末,可直接食用;粥:婴儿吃的粥应煮稠些,半固体状,并加入少量油、盐及调料。当婴儿适应后,可以在粥内加入其他食物,如菜泥、肝泥等。

2.促进感知觉的发展　感知觉是人类认识客观事物的第 1 步,积极促进婴儿感知觉发展,对小儿心理发育很重要。通过对婴儿抚触,让婴儿从认识父母亲开始,可有效促进亲子交流。此外,给婴儿进行全身按摩,可以刺激婴儿的淋巴系统,增强免疫力;改善婴儿睡眠质量,可平复婴儿情绪,减少哭闹;促进母亲乳汁分泌;缓解婴儿胀气,增强消化吸收功能。

(1)准备。①环境:安静房间,室温 25℃左右,可播放柔和的音乐。②用物:婴儿润肤油、毛巾、尿布、更换的衣物。③时机:婴儿不宜太饱或太饿,最好在婴儿沐浴后进行。

(2)步骤。在掌心倒适量润肤油,双手相互揉搓使其温暖。按以下顺序开始按摩。

①脸部(舒缓面部肌肉):用双手拇指从前额中心处向外推压,同法推压眉头、眼窝、人中、下巴,手法似划微笑状。

②胸部(通畅呼吸促进循环):双手放在两侧肋缘,右手向上滑向婴儿肩部,复原。左手同法进行。

③上肢(提高肢体灵活性):将婴儿双上肢下垂,双手握住其胳膊,由上臂至手腕轻轻挤捏,用手指按摩手腕。用双手夹住婴儿的一只手臂,上下滚搓,轻拈手腕和小手,用拇指从手掌心按摩至手指,同法按摩另一侧上肢。

④腹部(有助于肠胃消化):用指腹从操作者的左边向右边按顺时针方向按摩腹部,但脐痂未脱落前不要按摩该区域。

⑤下肢(提高运动协调功能):双手由婴儿大腿至踝部轻轻挤捏,按摩足踝及足部。双手夹住婴儿一只小腿,上下搓搓,轻拈婴儿的足踝和足掌,用拇指从足后跟按摩至足趾,同法按摩另一侧下肢。

⑥背部(放松背部肌肉):婴儿翻身背对操作者,双手平放婴儿背部两侧,从颈部向下按摩,用指腹轻轻按摩脊柱两侧,然后重复。

(3)注意事项:抚触以每天 3 次,每次 15min 为宜;最好选择婴儿沐浴后或者换衣服时进行,婴儿饥渴、疲劳、烦躁时都不适宜按摩;按摩环境和操作者双手要保持温暖,控制好按摩力度;不要强迫婴儿保持固定姿势,如婴儿哭闹应停止抚触;按摩面部时注意不要让润肤油进入婴儿的眼睛。

3.体格锻炼 体格锻炼可增强人体各系统的功能,提高对周围环境的适应能力和抗病能力,增强婴儿体质。婴儿要多做户外活动,进行空气、日光、水"三浴"锻炼。婴儿进行户外活动的时间可由 5~10min,逐渐延长到 1~2h,注意避免阳光直射面部。婴儿游泳是近几年发展较快的婴儿运动项目。游泳能有效促进婴儿脑细胞的发育,为未来智商、情商的提高打下良好的基础;能提高免疫力,增加肺活量,减少呼吸道感染;婴儿游泳后吃得饱、睡得香、营养吸收更好,睡后精神好,身高和体重增长快。坚持一段时间游泳的婴儿和不进行游泳的同龄婴儿相比,显得更为健康、活泼。

4.预防接种 由于婴儿对各种传染病都较为易感,为保护其身体健康,必须按照我国卫生部制定的免疫程序,接受预防接种。

5.防治常见病 小儿四病(急性呼吸道感染、小儿腹泻、营养性缺铁性贫血、维生素 D 缺乏性佝偻病)最常发生在婴儿期,严重影响婴儿生长发育,威胁婴儿健康,必须积极防治。

(二)幼儿期保健要点

1.合理营养 幼儿期生长发育虽然较婴儿期缓慢,但仍在持续生长,加之活动量较婴儿明显增大,神经系统发育较快,需要营养丰富的食物。另外,幼儿期一般已断奶或正处在断奶时期,如不注意食物的质量及烹调方法,易造成营养素缺乏。所以合理安排幼儿膳食对保证小儿正常生长发育非常重要。

(1)幼儿膳食原则。安排幼儿膳食需考虑以下几方面:一是对热能和各种营养素的需要;二是小儿消化系统功能;三是锻炼小儿的咀嚼能力;四是如何提高小儿食欲。因此要做到:

①提供足够的热量和各种营养素。断奶后的幼儿食物由奶类为主转变为以粮食、蔬菜、鱼、肉、蛋等混合食物为主。应合理选择食物原料,供给足够的热量和各种营养素。

②饭菜制作宜细、软、烂,适合幼儿的消化能力。虽然幼儿的咀嚼消化功能已较成熟,但乳牙尚未出齐,胃肠消化吸收功能仍未完善,因此应将饭菜做得细一些、软一些、烂一些。若条件允许每日供给一定量的牛奶或豆浆更为理想。

③食物种类多样化。注意饭菜的色、香、味,烹调方式以蒸煮为佳,可每日改变食物形式,如汤面、烩饭、饺子、包子等都较受幼儿喜爱,并可增加小儿吃饭的兴趣,增强食欲,促进食物的消化吸收。

④进餐次数:1～2岁可实行"三餐二点",即三餐加上、下午点心各1次,以后逐渐减为三餐加一点,每餐间隔4h。

(2)幼儿膳食调配:幼儿一日三餐的饭菜要进行合理安排和调配,体现"早餐、晚餐吃好,午餐吃饱"的要求。早餐要吃好是由于幼儿上午活动量大。早餐除干、稀主食外,最好能增加一些动物性食物或豆制品,如鸡蛋、豆腐干、花生仁等,以提供足够的热量和蛋白质。晚餐一般不要让幼儿吃得过饱,饭菜也应清淡些。这是因为幼儿晚间活动减少,睡眠时消化过程放慢,如吃得过饱,摄入油脂过多,易发生消化不良。午餐吃饱是指中午饭菜尽量多样化,最好荤素搭配,使幼儿能吃到2～3种以上的蔬菜或其他食品。此外,幼儿膳食调配还应注意无论是主食,还是副食,不应长期食用同样的几种食物。如主食中米、面、粗粮要间隔着吃,还可粗细粮混合食用,如红豆粥(饭),二米粥(饭)等。副食除肉、蛋、豆制品外应多吃各种蔬菜。幼儿食物品种越多,获得的营养素会越全面。午点宜多吃水果,如夏季的西瓜,冬季的苹果,水果淡季可吃煮花生仁、煮红枣等,但不宜多吃饼干、糕点、糖果之类的食物,否则会影响晚餐的进食。

2. 促进动作和语言发展 幼儿期是语言形成的关键阶段,家长应经常与其交谈,鼓励幼儿多说话,积累词汇,逐渐提高语言表达能力。对错误发音应及时纠正,但决不能取笑,否则可能会造成幼儿心理紧张,不敢说话或口吃。动作是心理的外在表现,动作的训练可促进幼儿心理发展。从婴儿期添加辅食时起,就可训练其使用勺子,促进手眼协调能力。家长可依据幼儿生长发育的特征结合其实际能力适时训练动作。如通过拾豆、撕纸、画画等游戏发展精细动作,在玩耍的同时鼓励幼儿主动与他人沟通,培养良好的情绪和行为。

3. 培养良好的生活习惯

(1)睡眠习惯:充足的睡眠是小儿健康成长的重要保证。小儿的睡眠时间随年龄增长而改变,年龄越小需要的睡眠时间越多。6个月前每天15～20h;1岁15～16h;2～3岁12～14h;4～6岁11～12h;7岁以上9～10h。睡眠习惯应从出生就开始培养,要做到"五不三要"。"五不"为不哄、不拍、不抱、不摇、嘴里不叼东西睡。"三要"即一要让小儿定时自动入睡,二要安排一个舒适的睡眠环境,三要培养良好的睡眠姿势,以右侧卧位为佳。

(2)饮食习惯:家长应尽量让幼儿做到"五要":饭前要洗手、要定时定量、食物要多样化、要专心愉快地进食、要细嚼慢咽。"三不要":不要吃零食,不要偏食、挑食,不要边玩边吃。

(3)卫生习惯:包括勤洗澡换衣,定时剪指(趾)甲,饭前便后洗手,早晚刷牙、饭后漱口,睡前洗脸、手、臀部和足等。

4. 预防传染病 幼儿期是各种急性传染病的高发阶段。因此,依据防治结合、预防为主的原则,应继续做好预防接种的工作。

5. 防止意外损伤 幼儿活动能力增强,活动范围扩大,与外界接触机会增多,但动作发育尚不完善,缺少危险意识和自我保护能力,很容易发生意外损伤,必须采取积极有效的措施加以预防。

三、婴幼儿期常见健康问题的护理干预

(一)常见疾病的护理干预

1. 小儿腹泻的护理干预　小儿腹泻是儿童常见病,多见于 5 岁以下儿童,可造成小儿营养不良、生长发育障碍甚至死亡。腹泻导致死亡的原因主要是脱水和电解质紊乱,如及时采取措施防治脱水,可有效降低腹泻造成的危害。

(1)病因:小儿腹泻分感染性和非感染性两类,由各种病原微生物引起的腹泻为感染性腹泻,由于饮食不当或其他因素引起的为非感染性腹泻。

(2)处理:治疗腹泻的同时预防脱水非常重要。早期发现脱水后,应采取积极有效的措施纠正脱水(表 4-1)。

表 4-1　小儿腹泻脱水程度判断

评估标准	严重脱水(有以下2 个症状、体征)	有脱水(有以下2 个症状、体征)	无脱水(无足够的脱水症状和体征)
一般状况	嗜睡或昏迷	烦躁或易激惹	良好
眼窝凹陷	有	有	无
口渴或饮水异常	不能饮水或饮水不佳	喝水过急、烦渴	无
皮肤弹性	恢复缓慢(大于 2s)	恢复原状慢	好

依据小儿腹泻和脱水的程度进行处理。

①腹泻无脱水。仅有腹泻,但尚未出现脱水时,可经医护人员指导后在家中护理,但要特别注意以下 3 点。A. 预防脱水:发现腹泻即供给小儿足够的液体,以防止脱水。补充的液体有:WHO 推荐的口服补盐液(ORS:氯化钠 3.5g/L、枸橼酸钠 2.9g/L、氯化钾 1.5g/L、无水葡萄糖 20g/L)、米汤、米粥、糖盐水、白开水等。每次排稀便后即给小儿服用。B. 预防营养不良:腹泻期间和腹泻后应继续母乳喂养;如为人工喂养的小儿,腹泻开始的前 2d 可喂 2:1 的稀释奶;已添加辅食的小儿,应选择新鲜易消化的食物鼓励其进食,不可禁食,以免发生营养不良。C. 密切观察病情:护士应指导家长观察病情变化,如发现大便次数增加、呕吐频繁、明显的口渴、不能进食、发热等症状,应及时复诊。腹泻患儿每次大便后应为其清洗臀部,勤换尿布,并记录大小便的次数。

②腹泻伴脱水:处理原则为口服补液疗法加家庭护理。可首先给予口服补盐液 4h 的量(表 4-2)。

表 4-2　腹泻有脱水开始 4h 口服补盐液用量

年龄	体重(kg)	应给量(ml)
4 个月	<5.0	200~400
4 个月~	5.0~	400~600
12 个月~	8.0~	600~800
2 岁~	11.0~	800~1200
5 岁~	16.0~	1200~2000
15 岁以上	>30.0	2000~4000

口服补盐液后 4h 再次对患儿的脱水状况进行评估,如无脱水表现,可按"腹泻无脱水"处理;如仍有脱水,可继续按此方案治疗;如脱水更加严重,应立即就诊治疗。另外患儿家长还应进行家庭护理的指导,如继续喂食、观察病情变化、及时复诊等。

③腹泻伴严重脱水:应立即就诊治疗。在送医院途中,家长应继续给患儿喂补盐液。

（3）预防

①合理喂养：4～6个月的婴儿最好完全母乳喂养；4～6个月后应及时、合理地添加辅食。

②饮食卫生：哺喂、接触婴儿前必须洗手，奶具煮沸消毒，不吃腐败变质的食物，生吃瓜果蔬菜应洗净去皮。

③环境卫生：家居环境要注意卫生，消灭苍蝇、蟑螂等。

④增强体质：注意婴幼儿营养、加强体格锻炼，按时接受预防接种，提高其抗病能力。

2. 小儿肺炎的护理干预　急性呼吸道感染是我国儿童常见病，其中严重危害小儿健康的是肺炎。

（1）病因：在我国大多数小儿重症肺炎是细菌感染所致，如肺炎球菌、流感嗜血杆菌、链球菌等。此外，一些因素也会影响小儿肺炎的患病率和死亡率，如年龄、季节、营养、环境、社会经济等。

（2）处理：护士应指导家长早期发现肺炎，根据症状判断小儿肺炎的严重程度，并有针对性地进行处理（表4-3）。

表4-3　2个月至4岁小儿肺炎的分类及处理

分类	极重症	重度肺炎	轻度肺炎
症状	不能喝水，惊厥，嗜睡或不易唤醒，安静时有喘鸣音，有严重营养不良	咳嗽，胸凹陷	无咳嗽，无胸凹陷，呼吸增快：2～12个月≥50/min，1～4岁≥40/min
处理	立即送医院，给首剂抗生素，对症治疗。治疗发热，喘鸣、抗惊厥	立即送医院，给首剂抗生素，对症治疗。治疗发热，喘鸣，抗惊厥	指导家长家庭护理，给予抗生素治疗，对症治疗。治疗发热、喘鸣等；2d后复诊，若病情恶化及时复诊

（3）预防

①健康教育：保持室内空气新鲜，居室经常开窗通风，不要接触患有呼吸道感染的患者。护士应指导家长掌握正确计数呼吸次数和观察胸凹陷的方法，及早发现肺炎，并通过正确使用抗生素和家庭护理使小儿得到及时有效的治疗。

②增强体质：倡导母乳喂养，正确添加辅食，经常户外锻炼，按计划免疫程序进行预防接种，增强身体素质。

3. 营养性缺铁性贫血的护理干预　如果小儿体内的铁不能满足其生理需要，血红蛋白合成减少就会引起营养性缺铁性贫血，6个月到3岁的婴幼儿易患此病，对小儿的生长发育、抗病能力和学习能力等都会造成一定的影响。

（1）病因：体内铁储备不足、铁摄入量不足、铁吸收减少或消耗过多、铁需要量增加。

（2）处理：轻度贫血的症状和体征通常不明显，社区护士要教育家长关注小儿的表现，如小儿长期疲倦、乏力、面色苍白可能已患中度贫血，必须及时就诊。贫血患儿需接受综合治疗，其中调整饮食非常重要，应给予高营养和含铁丰富的食物，如猪肝、瘦肉、动物血、大豆等；同时供给足够的蛋白质，帮助铁的转运和利用；改变挑食、偏食的不良饮食习惯，积极治疗原发疾病；指导合理添加辅食和喂养。铁剂治疗也是纠正贫血的有效措施，但口服铁剂容易发生恶心、呕吐、胃部不适等胃肠道反应，所以护士应指导家长在餐间服用铁剂为宜，有利于吸收和减少不良反应。加服维生素C可提高铁的吸收率。在贫血纠正后仍需继续服铁剂1～2个月，使铁在体内有足够储备,以巩固治疗效果。

(3)预防

①开展贫血监测:通过儿童健康管理,对6~9月龄的婴儿开始定期测定血红蛋白,一般每6个月测定1次,可早期发现轻症贫血患儿,及时治疗。

②健康教育:宣传有关贫血防治的相关信息,普及营养知识,倡导母乳喂养,指导婴幼儿家长及时添加辅食,合理膳食,纠正幼儿偏食、挑食及吃零食的不良习惯,多吃含铁量多、吸收率高的食物,如黑木耳、海带、大豆等。

③加强孕母及乳母营养:孕期需定期测定血红蛋白以早期发现贫血,及时治疗;孕晚期可预防性服用铁剂。哺乳期的母亲应注意多进食含铁丰富的食物,以确保婴儿对铁的需要。

④防治疾病:积极预防和治疗感染性疾病和肠道寄生虫病,促进铁的吸收。

4. 维生素D缺乏性佝偻病的护理干预 维生素D缺乏性佝偻病是由于体内缺乏维生素D,导致钙、磷代谢失常,引起以骨骼改变为特征的一种慢性营养性疾病。多见于3岁以内的婴幼儿。

(1)病因:体内缺乏维生素D、钙缺乏、维生素D需要量增加及疾病影响。

(2)处理:婴幼儿家长应了解维生素D缺乏性佝偻病的早期症状及体征,如发现小儿多汗、烦躁、夜惊、夜啼、入睡困难、睡眠不踏实等,结合鸡胸、方颅、枕秃、乳牙萌出及前囟闭合过晚等体征,且不能为其他疾病所解释,应考虑为维生素D缺乏性佝偻病。

①针对病因的措施。社区护士应根据患儿不同的病因做有针对性的指导。合理喂养,倡导4~6个月的婴儿应完全母乳喂养、合理添加辅食;正确有效的户外活动,每天2h以上;治疗原发病。

②药物治疗。活动期佝偻病主要使用维生素D治疗,恢复期需多在户外活动,治疗过程中可酌情补充钙剂。如连续治疗3个月效果不明显,应转送上级医疗机构。

(3)预防

①胎儿期预防:孕母应多在户外活动;孕期必须加强营养,多吃富含蛋白质、维生素D、矿物质的食物,如牛奶及其奶制品、大豆及其制品、带骨的鱼、绿叶菜、杏仁、虾米皮等;孕中晚期,可每日口服一定量的维生素D和钙。

②婴儿期预防。合理喂养:4~6个月的婴儿最好完全母乳喂养,合理添加辅食,多食含钙较多的食物。如人工喂养则应给予配方奶粉或强化维生素D的奶制品;增加户外活动:夏秋季出生的新生儿出生15d后,秋冬季出生的新生儿出生2~3个月后,就可开始户外活动。时间可选择在冬季的中午,夏季的上午或下午。户外活动持续的时间开始为每天5~10min,逐渐可延长至每天2~3h。应提醒家长注意,在房间内隔着玻璃窗晒太阳的效果不好;药物预防:新生儿出生后半个月,特别是早产儿、双胎儿、低出生体重儿及人工喂养的婴儿,就可以开始服用一定量的维生素D以预防佝偻病。

5. 儿童孤独症的护理干预 儿童孤独症或自闭症指起病于婴幼儿期,具有社会交往、语言沟通和认知功能特定性发育迟缓和偏离为特征的神经精神障碍。其主要特征包括①缺乏社会兴趣和反应;②言语障碍:从无言语至语言形式奇特;③异乎寻常的动作行为:游戏形式僵硬、局限,动作具有刻板、重复、仪式性以及强迫性行为;④出生后30个月内起病。

(1)病因。孤独症病因很复杂,研究显示该症是多种生物学因素引起的广泛发育障碍的异常行为综合征。与遗传、出生缺陷和先天性神经异常、出生前后的不利因素等有关。

（2）处理。早发现、早诊断、早治疗对疾病的预后有一定帮助。因此，社区护士应教育婴幼儿家长了解孤独症的早期表现。如较难养抚，表现为睡眠少、喜欢尖叫；倔强和固执，对拥抱缺乏回应，洗澡和穿衣时挣扎、反抗；有的患儿则表现得特别安静，整天不声不响地躺着，不注意周围的动静，饥饿或不舒服时缺乏相应表示，对转动的风扇和车轮子等有特殊兴趣。6～7个月仍分不清亲人和陌生人，不恐惧陌生人；常回避眼对视，不需要父母的关注与爱抚；发育行为典型异常或偏迟等。由于孤独症尚无明确的治疗方法，目前对该障碍主要采取包括教育训练、行为矫治和药物治疗等综合措施。治疗过程较长且涉及多专业人员，社区护士应做好家长的心理护理并积极协调配合各种治疗，为患儿争取最好的预后。

（3）预防：由于孤独症的病因非常复杂，因此较难预防。可针对病因做好遗传咨询、孕期保健，尽量避免产前、产后一些不利因素对母婴的影响。

（二）常见意外损伤的护理干预

儿童意外损伤是指由突然发生的事件对人体所造成的损伤或死亡。

> **链接**　大量研究表明儿童意外损伤已成为影响儿童生命安全、生活质量和身体健康的重要危险因素，是世界上许多国家儿童的第1位死因。目前，其已被国际学术界确认为21世纪儿童期重要的健康问题。国外把预防意外损伤的主要内容归纳为"四E干预"，即教育（education）、法律和法规（enforcement）、安全技术（engineering）及环境（environment）。

1.气道异物的护理干预

（1）预防。根据异物进入气道的常见原因，预防措施包括：因4岁以下儿童咀嚼能力低下，应避免进食较小、较硬而光滑的食物，如花生、瓜子等；不宜吃口香糖及果冻；教导小儿不能在玩耍和打闹时进食，先咽下食物再说话；家长在选择玩具时注意玩具的零部件直径不小于3.5cm，长度不小于6.0cm；将硬币、纽扣、安全别针、气球等物品放在婴幼儿接触不到的地方，防止小儿误食、误吸；家长不可强迫喂药。

（2）入院前急救。当发生气道异物时，如患儿还可以呼吸，家长必须保持镇静，鼓励其用力咳嗽将异物咳出。但只有1%～4%的概率能咳出气管、支气管异物，因此对无法咳出异物者应马上送医院急救。如患儿出现了呼吸困难，一方面要立即呼救，同时应立即对患儿实施紧急救治。①1岁以下婴儿：婴儿面朝下，施救者用前臂托住婴儿胸部，使其头部低于躯干，用几个手指在肩胛骨之间给予适当而有力的冲击；②1～9岁儿童：救护者坐下，儿童面朝下横趴于救护者的双膝间，用手掌根部在肩胛骨之间给予有力的拍击，注意力度不可太大，如未解除阻塞可重复进行；③＞9岁的儿童：儿童取立位，施救者从背后抱住儿童，用一手拇指侧顶位患儿腹部正中线脐上二横指，另一只手握住这只手快速向内冲击。

如果异物排出后呼吸未恢复，应立即进行口对口人工呼吸。如无法排出，应重复以上急救措施直至取出异物，同时送医院急救。

2.灼烫伤的护理干预

（1）预防：根据导致小儿灼烫伤的常见原因，预防措施包括：给婴儿洗澡、喂牛奶、喂水前家长必须先试温；冬季使用热水袋取暖时，必须塞紧塞子，热水袋不能直接接触到婴儿皮肤；能够引起灼烫伤的危险物品，如热水瓶、煤炉、强酸、强碱等必须放置在儿童接触不到的地方；教育儿童不要在厨房、餐厅打闹，以免在端热饭菜时撞倒奔跑的儿童；有儿童的家庭餐桌不要使用桌布,以免幼儿拉扯桌布时将桌上热饭菜撒到身上。

(2)入院前急救。①热液烫伤:马上脱去被热液浸湿的衣物,将受伤部位浸入冷清水中降温,如发现衣物与皮肤粘在一起,决不可强行撕拉,应剪去未粘着部分衣物。创面如有水疱,不要将其刺破,保护好创面,立即送医院治疗。②强酸或强碱灼伤:立即用大量冷清水冲洗至少 20min。如皮肤接触生石灰,应先用干燥的毛巾轻轻擦净皮肤上的生石灰颗粒,再用大量清水冲洗。否则生石灰遇水会产生大量热量进一步灼伤皮肤。冲洗后保护好创面,立即送医院救治。

3. 溺水的护理干预

(1)预防。根据导致小儿溺水的常见原因,预防措施包括:教育儿童不在河边、池塘边、井旁、粪坑旁、大水缸旁玩耍,防止由于滑倒、相互推玩不小心掉进水中发生溺水;冬季不要在冰层上玩耍或行走;夏天不要去河沟捉鱼摸虾,不可在小河、池塘游泳。

(2)入院前急救:将小儿救出水面后应立即就地进行抢救,清除口、鼻中的泥沙和污物,恢复呼吸道的通畅后马上行人工呼吸和心脏复苏,并送医院做进一步抢救和治疗。途中要密切观察病情并注意保暖。

4. 跌落伤的护理干预

(1)预防。根据导致小儿跌落伤的常见原因,预防措施包括:婴幼儿平衡能力差,易从床上、楼梯上跌落,家长应加强保护,必要时可使用床栏等保护设施;教育儿童不可追逐、打闹、爬高,因其自我控制和应急反应能力差,容易发生跌落伤;幼儿园、学校安排体育活动一定要做好相应的防护措施。

(2)入院前急救:如仅有软组织挫伤或擦伤,可马上送医院处理;如有四肢骨折可做简单固定后送院;如怀疑有颈椎骨折要用衣物、枕头挤在头颈两侧,使其固定不乱动;如怀疑胸腰脊柱骨折,搬运时需三人同时工作,具体做法是:三人都蹲在伤者的一侧,一人托肩背,一人托腰臀,一人托下肢,协同动作,将其仰卧位放在硬板担架上,腰部用衣褥垫起,身两侧用枕头衣物等塞紧,固定脊柱为正直位。

5. 中毒的护理干预

(1)预防。根据导致小儿中毒的常见原因,预防措施包括:不可给小儿食用腐败变质、过期及不符合卫生要求的食物;幼儿园、学校必须严把食品安全关;教育儿童不可大量食用白果、果仁(如桃仁、杏仁、李子仁,枇杷仁)等植物;家中的药物、各种化学用品,如洗涤剂、各种化妆品、消毒剂、杀虫剂等,都必须放置在儿童接触不到的地方;农村家庭必须管理好农药、灭鼠药,防止儿童勿食中毒;教育小儿不可自行使用煤气,以免使用不当引起一氧化碳中毒。

(2)入院前急救:一旦发现中毒患儿,应争分夺秒地展开抢救。急性中毒的处理原则包括迅速排除毒物,阻滞毒物的吸收;促进毒物排泄;应用特效解毒药及对症处理。

第四节　学龄前期儿童保健

一、学龄前期儿童的特点

从 3 周岁到入小学前(6~7 岁)为学龄前期。此期特点主要有:体格发育速度进一步减慢,逐年稳步增长;神经系统发育迅速,智力发育逐渐完善;活动范围进一步扩大,与外界环境接触增多,喜爱模仿;随着运动和锻炼的增加,体质增强,因此感染性疾病发病率降低。但此期免疫性疾病如肾炎等发病有增多趋势;此期(5～6岁)乳牙逐渐松动脱落,恒牙萌出,如口腔卫生不良容易发生龋齿。

二、学龄前期儿童保健要点

(一)饮食与营养

学龄前期儿童的膳食结构已接近成人,可与成人共进三餐,但要另加一餐点心。为保证优质蛋白的摄入,每天需饮牛奶200ml左右。膳食安排忌油腻、辛辣,宜多样化、粗细交替,力求营养平衡。

(二)加强锻炼

继续体育锻炼,增强体质,防治常见病。

(三)加强眼及口腔保健

定期检查时,必须检查小儿的视力和牙齿,使斜视、弱视、龋齿能被早期发现,及时矫治。教育家长和儿童注重视力和牙齿的保护,纠正不良用眼习惯,如歪头趴在桌子上或躺着看书,在昏暗的光线下看书等。培养儿童早晚刷牙、饭后漱口的良好卫生习惯。

(四)安全教育

学龄前儿童活动能力增强,活动范围扩大,但动作不够协调,缺少危险意识,是各种意外损伤的高发期。所以在日常生活中应经常对其开展安全教育,如要遵守交通规则、不玩插座及电器开关,不要到河边或池塘边玩耍等。各类托幼机构也应严格管理活动场所、设施、饮食卫生等,积极预防意外损伤的发生。

(五)学前教育

学龄前期是为入学打基础的重要阶段,学前教育内容应包括:学习习惯和能力、分辨是非的能力、独立生活能力等,注重在日常生活和游戏中促进智力发展。

三、学龄前期儿童常见健康问题的护理干预

(一)注意缺陷多动障碍的护理干预

注意缺陷多动障碍又称多动症,属于破坏性行为障碍,以注意力涣散、活动过度、情绪冲动和学习困难为特征,在儿童行为问题中较为常见。

1. 病因　注意缺陷多动障碍的病因和发病机制尚不明确,目前认为主要是由于包括遗传等多种生物因素、心理因素和社会因素所致的一种综合征。

2. 处理　社区护士应指导家长及幼儿园、小学老师了解注意缺陷多动障碍的临床表现,以便早期发现患儿,早期诊断及治疗。该症的典型临床表现包括:过度活动、注意集中困难、冲动行为、学习困难。但不同年龄阶段其临床表现也各不相同。

(1)婴儿期:饮食差,不安宁,过分哭闹,叫喊,易激惹,行为不规则变化,活动度保持高水平。

(2)学龄前期:注意集中时间短暂、不能静坐,好发脾气,早入睡或早醒。对动物残忍,行为具有攻击性和破坏性。情绪易波动,参加集体活动有困难,遗尿。

(3)学龄期:注意集中时间短暂,学习困难,难以完成作业。好做白日梦(女孩),不能静坐(男孩),忍受挫折的耐受性差,对刺激的反应过强,具有攻击性,好冲动,与同伴相处困

难。

注意缺陷多动障碍主要采用药物加心理的综合措施进行治疗,护士一方面要配合临床医生及心理医生的治疗,另一方面要为父母和教师提供咨询指导,争取他们的理解、支持与参与,使学校和家庭训练相统一,让患儿多参加有规则的活动,按时作息,保证充足睡眠和合理营养。可组织家长相互交流心得及经验,同时也可宣泄心中的郁闷,改正不良的教养态度与方法。

3.预防 注意缺陷多动障碍的病因非常复杂,发病机制尚不明确,所以没有很好的预防措施。早发现、早诊断、早治疗对预后有一定意义。

(二)单纯性肥胖的护理干预

近年来我国儿童肥胖的发生率逐年增加,其中单纯性肥胖占肥胖儿童的95%～97%。肥胖对儿童的生长发育、心理发展都产生了不良影响。

1.病因 单纯性肥胖是在遗传和环境因素共同作用下产生的,其中环境因素,特别是家庭生活方式和个人行为模式发挥了重要作用。

2.处理 目前对儿童单纯性肥胖的治疗主要有3个方面:行为疗法、饮食疗法和运动疗法。

(1)行为疗法。在进行行为疗法之前,通常需要先确定基线行为,然后确定目标行为。主要包括饮食和运动方式的改变,其次才是体重的改变。社区护士要帮助肥胖儿童有针对性地制订饮食、运动及生活行为方面的计划。由于儿童的自律性不强,实施过程中需要家庭成员的参与,要求患儿家长记录每日的行为改变,如饮食量、进食速度、看电视的时间、参加体力活动的时间和方式等。家长应积极配合,经常给予表扬或鼓励,使儿童能够持之以恒。

(2)饮食疗法。要使患儿的食谱趋于营养平衡和低脂肪,减少热能的摄入量,脂肪的来源以植物油为主,但为保证生长发育必须保证优质蛋白质、各种维生素和微量元素的摄入量,控制盐和糖的摄入。

(3)运动疗法。应选择患儿喜欢参与又有效、易于坚持的运动项目,每天至少运动30min,运动量以运动后轻松愉快、不感到疲劳为原则。鼓励走路上学和多参与家务劳动。

3.预防

(1)避免过食:预防应从妊娠期开始,孕期母亲应避免体重增长过多,使胎儿体重过重;婴儿期应坚持母乳喂养,不要过早添加固体食物;儿童要建立科学的饮食制度及良好的饮食习惯。

(2)增加经常性体力活动:根据小儿的兴趣爱好,使其养成每日运动的习惯,并要求其参与一定的家务劳动。

(3)对体重进行监测:特别是父母肥胖者,通过监测能早期发现超重,早期干预,预防肥胖发生。

第五节 学龄期儿童保健

一、学龄期儿童的特点

从入小学起(6～7岁)到青春期(男13岁、女12岁)之前为学龄期。此期特点包括:

体格稳步增长,到本期末除生殖系统外其他器官的发育已接近成人水平。6～7岁时出现第1个恒牙,即第一磨牙,乳牙开始按出牙顺序逐渐脱落;智能发育更趋成熟,是接受科学文化知识的重要阶段。

二、学龄期儿童保健要点

(一)加强营养,合理安排作息时间

为适应学龄儿童生长发育的需求,要保证足够的营养摄入,合理安排进餐时间和三餐配比,特别是要保证早餐的质量,因上午学习任务较重,应增加1次课间餐。注重培养良好的饮食卫生习惯,纠正偏食、喜食快餐、零食、暴饮暴食等不良习惯。合理分配作息时间,保证充足睡眠,注意劳逸结合,加强体格锻炼。

(二)营造良好的学习、生活环境

家长与学校应共同努力,为学龄期儿童创造良好的学习和生活环境,包括采光、通风、取暖、照明、符合人体力学设计的桌、椅等,养成正确的坐、书写及阅读姿势,预防近视。同时注重养成良好的学习态度和学习方法,从小养成爱整洁、有计划的好习惯。

(三)预防疾病和意外损伤

学龄期是免疫性疾病,如肾炎、风湿热的好发期,也是各种意外损伤,如交通事故、溺水、食物中毒等的多发阶段;龋齿、近视也逐渐增多。因此要定期进行全面体格检查,及时发现各种急、慢性疾病。同时加强安全教育,对车祸、溺水、外伤等预防知识进行宣传和教育。

(四)培养儿童全面发展

注重德、智、体、美、劳全面发展,从小培养儿童成为有理想、有道德、有文化、守纪律的公民。

三、学龄期儿童常见健康问题的护理干预

(一)儿童学习障碍的护理干预

儿童学习障碍是一组异质性综合征,是指智力基本正常的学龄儿童,由于各种原因所致的学习成绩明显落后于同龄人的平均水平。各国儿童学习障碍的发生率因定义的标准、方法、社会环境、文化背景及教育条件而不同。

1.病因 由于学习是十分复杂的心理活动,而学习成绩作为活动成果的体现必将受到多种因素的影响,如生物学因素、心理因素、环境因素等。另有报道称食品中的添加剂、防腐剂、色素等也可能会影响儿童神经系统功能,损害学习能力。

2.处理 儿童学习障碍的表现包括语言理解困难、语言表达障碍、阅读障碍、视空间障碍、书写困难、情绪和行为问题,智力虽正常,但多数处于临界智力状态。目前对学习障碍的患儿没有特殊药物进行治疗,主要采取有针对性的教育治疗。由于该症涉及学科教育、社会适应、情绪、行为等诸多方面,因此参与治疗的人员应包括特殊教育教师、儿童医师、心理医生、作业疗法师、语言治疗师等,社区护士在治疗团队中应起到沟通、协调、配合的作用。

3.预防

(1)早期发现小儿的心理问题,及时给予专业治疗,不要让心理问题成为学习障碍的诱发因素。

(2)尽量为孩子提供良好的学习环境和家庭氛围,及时发现社区中的受虐待儿童,联系儿

童权益保护部门对其进行保护。

（3）注重食品安全，防止儿童铅中毒和避免食用含添加剂、色素以及防腐剂类食品。

（二）沙眼的护理干预

沙眼是由沙眼衣原体所引起的一种慢性传染性结膜角膜炎，偶有急性发作。因其会在睑结膜表面形成粗糙不平、形似沙粒的外观，故名沙眼。常双眼患病，多发生于儿童或青少年期。

1.病因　沙眼是由 A、B、C 或 Ba 抗原型沙眼衣原体感染角膜所致。原发感染会使结膜组织对沙眼衣原体致敏，当再遇沙眼衣原体时，引起迟发性过敏反应，为沙眼急性发作的原因。

2.处理　由于轻度沙眼自觉症状轻微，一般为轻微的刺痒、异物感和少量分泌物，如果儿童述说眼部不适，尽管轻微也要引起家长的重视，要及时就诊。如果患儿感觉畏光、出现流泪、疼痛或自觉视力减退，说明沙眼已很严重，必须马上治疗。沙眼的治疗主要有局部治疗和口服药物，护士应指导家长正确使用眼药水和眼药膏，强调遵医嘱用药的重要性，因沙眼如不及时治疗出现并发症，将对儿童的视力造成较大影响。

3.预防　根本是防止接触传染，教育小儿勤洗手、用流动水洗脸、不共用脸盆和毛巾、不用脏手或脏手绢擦眼睛。定期体检要对沙眼进行筛查，早发现、早治疗。

第六节　儿童保健工作措施

一、定期健康检查

对 0～6 岁的散居儿童和已入托幼机构的集体儿童定期进行健康检查。通过连续纵向观察可获得个体儿童健康状况的信息，使问题能够被早期发现，及时干预。检查的频率根据儿童生长发育的规律可归纳为"421"，即出生后第 1 年检查 4 次，分别为 3、6、8、12 月龄；第 2、3 年每年 2 次，1 次/6 个月；4～6 岁每年检查 1 次，但视力、听力及牙齿还应坚持每半年检查 1 次。有条件的地区，建议结合儿童预防接种时间增加随访次数。

（一）0～3 岁婴幼儿健康检查内容

询问上次检查到本次检查之间的婴幼儿喂养、患病等情况，进行体格检查，做生长发育和心理行为发育评估，进行母乳喂养、辅食添加、心理行为发育、意外伤害预防、口腔保健、中医保健、常见疾病防治等健康指导。

在婴幼儿 6～8、18、30 月龄时分别进行 1 次血常规检测。在 6、12、24、36 月龄时使用听性行为观察法分别进行 1 次听力筛查。在每次进行预防接种前均要检查有无禁忌证，若无，体检结束后接受疫苗接种。

（二）4～6 岁儿童健康检查内容

散居儿童的健康管理服务应在乡镇卫生院、社区卫生服务中心进行，集体儿童可在托幼机构进行。服务内容包括询问上次检查到本次检查之间的膳食、患病等情况，进行体格检查，生长发育和心理行为发育评估，血常规检测和视力筛查，进行合理膳食、心理行为发育、意外伤害预防、口腔保健、中医保健、常见疾病防治等健康指导。在每次进行预防接种前均要检查有无禁忌证，若无，体检结束后接受疫苗接种。

二、生长发育监测

生长发育监测是应用生长发育监测图,对个体小儿体重进行定期、连续测量及评价的过程。是一项重要的婴幼儿保健措施,可在家庭、社区卫生服务中心及托幼机构开展本工作。具体做法是由社区护士、托幼机构医务人员或儿童家长定期、连续为儿童测量体重,然后把体重值标记在儿童生长发育监测图上,以便观察体重曲线的增长趋势,早期发现生长缓慢儿童,分析原因,采取相应措施。目前我国卫生部规定测量体重的时间为:生后 1 年内监测 5 次,即 1、3、5、8、12 月龄。第 2 年 3 次,即 15、20、24 月龄。第 3 年 2 次,即 30、36 月龄。

三、儿童计划免疫

(一)计划免疫的概念

计划免疫是指根据传染病的疫情监测和人群免疫水平的调查结果分析,按照科学的免疫程序,合理地、有计划地利用疫苗进行预防接种的措施,以提高人群免疫水平,达到控制和消灭相应传染病的目的。

(二)计划免疫程序

自 2008 年 5 月 1 日起,在全国范围内按照以下计划免疫程序,实施扩大儿童免疫规划(表4-4)。疫苗免疫程序可参见表 4-5。

表 4-4　扩大国家免疫规划免疫程序

月(年)龄	需接种疫苗
出生时	卡介苗 1 针、乙肝疫苗第 1 针
1 月龄	乙肝疫苗第 2 针
2 月龄	脊髓灰质炎疫苗第 1 剂
3 月龄	脊髓灰质炎疫苗第 2 剂 无细胞百白破疫苗第 1 针
4 月龄	脊髓灰质炎疫苗第 3 剂 无细胞百白破疫苗第 2 针
5 月龄	无细胞百白破疫苗第 3 针
6 月龄	乙肝疫苗第 3 针
8 月龄	麻风疫苗(or 麻疹疫苗)第 1 针 乙脑减毒活疫苗第 1 针
6～18 月龄	A 群流脑多糖疫苗第 1、2 针(2 针间隔 3 个月)
1.5～2 岁	麻腮风疫苗 1 针、无细胞百白破疫苗 1 针、甲肝减毒活疫苗 1 针
2 岁	乙脑减毒活疫苗第 2 针
3 岁	A+C 群流脑多糖疫苗第 1 针
4 岁	脊髓灰质炎疫苗第 4 剂
6 岁	A+C 群流脑多糖疫苗第 2 针、白破二联疫苗 1 针

表 4-5　疫苗免疫程序

疫　苗	接种对象月(年)龄	接种剂次	接种部位	接种途径	接种剂量/剂次	备　注
乙肝疫苗	0、1、6 月龄	3	上臂三角肌	肌内注射	酵母苗 5μg/0.5ml，CHO 苗 10μg/1ml，20μg/1ml	出生后 24h 内接种第 1 剂次，第 1、2 剂次间隔≥28d
卡介苗	出生时	1	上臂三角肌中部略下处	皮内注射	0.1ml	
脊灰疫苗	2、3、4 月龄，4 周岁	4		口服	1 粒	第 1、2 剂次，第 2、3 剂次间隔均≥28d
百白破疫苗	3、4、5 月龄，18～24 月龄	4	上臂外侧三角肌	肌内注射	0.5ml	第 1、2 剂次，第 2、3 剂次间隔均≥28d
白破疫苗	6 周岁	1	上臂三角肌	肌内注射	0.5ml	
麻风疫苗（麻疹疫苗）	8 月龄	1	上臂外侧三角肌下缘附着处	皮下注射	0.5ml	
麻腮风疫苗（麻腮疫苗、麻疹疫苗）	18～24 月龄	1	上臂外侧三角肌下缘附着处	皮下注射	0.5ml	
乙脑（减毒）	8 月龄，2 周岁	2	上臂外侧三角肌下缘附着处	皮下注射	0.5ml	
流脑 A	6～18 月龄	2	上臂外侧三角肌附着处	皮下注射	30μg/0.5ml	第 1、2 剂次间隔 3 个月
流脑 A+C	3 周岁，6 周岁	2	上臂外侧三角肌附着处	皮下注射	100μg/0.5ml	2 剂次间隔≥3 年；第 1 剂次与 A 群流脑疫苗第 2 剂次间隔≥12 个月
甲肝（减毒）	18 月龄	1	上臂外侧三角肌附着处	皮下注射	1ml	
出血热疫苗（双价）	16～60 周岁	3	上臂外侧三角肌	肌内注射	1ml	接种第 1 剂次后 14d 接种第 2 剂次，第 3 剂次在第 1 剂次接种后 6 个月接种

（续　表）

疫　苗	接种对象月(年)龄	接种剂次	接种部位	接种途径	接种剂量/剂次	备　注
炭疽疫苗	炭疽疫情发生时,病例或病畜间接接触者及疫点周围高危人群	1	上臂外侧三角肌附着处	皮上划痕	0.05ml(2滴)	病例或病畜的直接接触者不能接种
钩体疫苗	流行地区可能接触疫水的7～60岁高危人群	2	上臂外侧三角肌附着处	皮下注射	成人第1剂0.5ml,第2剂1.0ml7～13岁剂量减半,必要时7岁以下儿童依据年龄、体重酌量注射,不超过成人剂量1/4	接种第1剂次后7～10d接种第2剂次
乙脑灭活疫苗	8月龄(2剂次),2周岁,6周岁	4	上臂外侧三角肌下缘附着处	皮下注射	0.5ml	第1、2剂次间隔7～10d
甲肝灭活疫苗	18月龄,24～30月龄	2	上臂三角肌附着处	肌内注射	0.5ml	2剂次间隔≥6个月

1. CHO疫苗用于新生儿母婴阻断的剂量为20μg/ml。

2. 未收入药典的疫苗,其接种部位、途径和剂量参见疫苗使用说明书

（三）预防接种的实施方法

1. 建立儿童预防接种证、卡　预防接种证、卡按照接种者的居住地实行属地管理。在小儿出生后1个月内,由其监护人到居住地的接种单位为其办理预防接种证、卡。户籍在外地的7岁及以下儿童寄居本地时间在3个月及以上,由寄居地的接种单位及时建立预防接种证、卡。

2. 接种前准备工作

（1）确定接种对象:根据免疫程序确定接种对象。接种对象包括:本次应种者、上次漏种者和流动人口等特殊人群中的未种者。在安排接种对象时应注意:①各种疫苗的第1次接种的起始月龄不能提前,如脊髓灰质炎疫苗必需在婴儿出生后满2个月,麻疹疫苗必需满8个月才能接种;②接种的针次间隔不能缩短,脊髓灰质炎疫苗和百白破混合疫苗三针之间间隔时间,不能少于28d;③需在规定的月龄范围内完成基础免疫。未按期接种者应及时补种,基础免疫要求在12月龄内完成。如未在12月龄内完成的应尽快接种。

（2）通知儿童监护人:采取预约、通知单、电话、短信等适当方式,通知儿童监护人接种疫苗的种类、时间及地点。嘱其提前给儿童洗澡、更换清洁内衣,携带接种证、卡,带儿童按时到指定地点进行接种。

（3）领取疫苗:接种单位根据各种疫苗接种人数计算领取疫苗数量,做好疫苗领取登记,并

严格进行冷链管理。冷链管理是指疫苗从生产厂家到各级贮存运输单位和基层接种点各个环节,都应配备冷藏、冷运设备,始终使疫苗处于其所需的低温环境,确保疫苗质量。

(4)准备接种场所:接种场所要宽敞明亮、通风清洁、冬季有保暖设施,装饰符合儿童心理特点,减少恐惧。设置接种工作台、凳。按照登记、咨询、接种、记录、观察等功能进行区域划分,使接种工作有序进行。在同时接种几种疫苗时,应设置醒目的接种标记,避免差错。接种日前打扫室内卫生,紫外线空气消毒,进行消毒登记。

3. 接种时的工作

(1)查对确定接种对象:仔细核对儿童预防接种证、卡,查对接种者姓名、性别、出生时间、接种记录和本次接种疫苗的品种。告知接种者及其监护人所接种疫苗的品种、禁忌、不良反应及注意事项。了解接种者的健康状况,如有禁忌不能接种,应解释说明,并在接种证上进行记录。

(2)接种操作:接种护士穿戴工作服、帽、口罩,洗净双手。再次核对接种对象姓名和本次接种的疫苗种类,无误后给予接种。使用注射法接种时必须严格执行无菌操作。注意活疫苗或活菌苗易被碘酊杀死,故消毒注射部位的皮肤时,只能用 75% 乙醇。

(3)登记、观察:接种完成及时、工整地在预防接种证、卡上记录接种准确时间及疫苗的批号。嘱咐监护人儿童需留在接种现场观察 15～30min,如出现不适,及时通知接种护士处理。交代注意事项:注射当日不洗澡,保持接种部位清洁;多饮水,避免剧烈运动。依据接种程序与儿童监护人预约下次接种疫苗的种类和时间。

4. 接种后的工作

(1)整理用物:处理剩余疫苗,已开启的疫苗焚烧处理;将冷藏容器内未打开的疫苗做好标记,放冰箱保存,于有效期内在下次接种时首先使用。

(2)统计情况:清理核对接种通知单,确定需补种的人数和下次接种疫苗计划,按规定上报。

(四)预防接种的禁忌证

1. 一般禁忌证

(1)患自身免疫性疾病和免疫缺陷者。

(2)有急性传染病接触史而未过检疫期者暂不接种。

(3)活动性肺结核、较重的心脏病、风湿病、高血压、肝肾疾病,慢性病急性发作者。有哮喘及过敏史者,或有严重化脓性皮肤病者,有发热者不宜接种。

2. 特殊禁忌证 各疫苗的特殊禁忌证应严格按照使用说明执行。

(1)结核菌素试验阳性、中耳炎者禁忌接种卡介苗。

(2)对酵母过敏或疫苗中任何成分过敏者不宜接种乙型肝炎疫苗。

(3)接受免疫抑制药治疗期间、腹泻、妊娠期禁忌服用脊髓灰质炎疫苗糖丸。

(4)因百日咳菌苗偶可产生神经系统严重并发症,故本人及家庭成员患癫痫、神经系统疾病和有抽搐史者禁用百日咳菌苗。

(5)对鸡蛋过敏者禁接种麻疹疫苗。

(五)预防接种反应及处理

1. 一般反应及处理 一般反应是指预防接种后由疫苗本身固有特性引起的,对机体只造成一过性生理功能障碍的反应。

(1)全身反应:一般在接种后 24h 内,活疫苗在 5～7d 或以后出现中低度发热,常伴头痛、头晕、恶心、呕吐、腹泻等反应,持续 1～2d。嘱家长给儿童多饮水、注意保暖、适当休息,如高热不退应去医院就诊。

(2)局部反应:接种后数小时至 24h,注射局部出现红、肿、热、痛,有时伴有局部淋巴结肿大,可持续 2～3d。轻度局部反应一般不需任何处理。较严重的可用毛巾热敷,每日数次,每次 10～15min,并抬高患肢。但卡介苗的局部反应不能热敷。

2.异常反应及处理

(1)过敏性休克:常于注射后数秒钟或数分钟内发生,患儿出现面色苍白、口周青紫、四肢湿冷、恶心呕吐、大小便失禁、惊厥甚至昏迷。表现为血压明显下降、脉细速。此时应立即使患儿平卧,头部放低,皮下注射 1:1000 肾上腺素 0.5～1ml,吸氧,保暖,并采用其他抗过敏性休克的抢救措施。

(2)晕针:常由于儿童空腹、恐惧、疲劳或室内闷热等原因导致,在接种时或接种后数分钟内出现头晕、心慌、面色苍白、出冷汗、手足冰凉、心搏加快等表现,即放患儿平卧,头低足高,解衣扣,给予少量温糖水,短期即可恢复。如经上述处置后不见好转者可按抗过敏性休克处理。

(3)过敏性皮疹:以荨麻疹最常见。一般出现于接种后数小时至数天内,服用抗组胺类药物后即可痊愈。

附 新生儿家庭访视记录表

姓名: 编号□□□-□□□□□

性 别	0 未知的性别　1 男　2 女 9 未说明的性别	□	出生日期	□□□□ □□ □□
身份证号			家庭住址	
父亲	姓名	职业	联系电话	出生日期
母亲	姓名	职业	联系电话	出生日期
出生孕周_____周		母亲妊娠期患病情况　1 糖尿病　2 妊娠期高血压　3 其他____		□
助产机构名称_____		出生情况　1 顺产　2 胎头吸引　3 产钳　4 剖宫　5 双多胎　6 臀位 7 其他		□/□
新生儿窒息　1 无　2 有____ (Apgar 评分:1min　5min　不详)	□	是否有畸形　1 无　2 有_____		□
新生儿听力筛查　1 通过　2 未通过　3 未筛查　4 不详				□
新生儿疾病筛查:1 甲低　2 苯丙酮尿症　3 其他遗传代谢病				□
新生儿出生体重_____kg		目前体重_____kg	出生身长_____cm	
喂养方式　1 纯母乳　2 混合　3 人工　□		*吃奶量_____ml/次	*吃奶次数_____/d	
*呕吐　1 无　2 有　□		*大便　1 糊状　2 稀　□	*大便次数_____/d	
体温_____℃		脉率_____/min	呼吸频率_____/min	

（续　表）

面色　1 红润　2 黄染　3 其他＿＿＿＿	黄疸部位　1 面部　2 躯干　3 四肢　4 手足	□
前囟　＿＿＿ cm×＿＿＿ cm　1 正常　2 膨隆　3 凹陷　4 其他＿＿＿＿＿＿		□
眼外观　　1 未见异常　2 异常＿＿＿＿　　□	四肢活动度　1 未见异常　2 异常＿＿＿＿	□
耳外观　　1 未见异常　2 异常＿＿＿＿	颈部包块　　1 无　　　　2 有	□
鼻　　　　1 未见异常　2 异常＿＿＿＿　　□	皮肤　1 未见异常　2 湿疹　3 糜烂　4 其他＿＿	□
口腔　　　1 未见异常　2 异常＿＿＿＿　　□	肛门　　　　1 未见异常　2 异常＿＿＿＿	□
心肺听诊　1 未见异常　2 异常＿＿＿＿　　□	外生殖器　　1 未见异常　2 异常＿＿＿＿	□
腹部触诊　1 未见异常　2 异常＿＿＿＿　　□	脊柱　　　　1 未见异常　2 异常＿＿＿＿	□
脐带　　1 未脱　2 脱落　3 脐部有渗出　4 其他＿＿＿＿＿＿		□
转诊建议　　1 无　2 有 原因：＿＿＿＿＿＿＿＿＿＿＿＿＿＿＿＿＿＿＿＿＿＿＿＿＿＿＿＿＿＿＿＿ 机构及科室：＿＿＿＿＿＿＿＿＿＿＿＿＿＿＿＿＿＿＿＿＿＿＿＿＿＿＿＿		□
指导　1 喂养指导　2 发育指导　3 防病指导　4 预防伤害指导　5 口腔保健指导		□／□／□／□／□
本次访视日期　　　　年　　月　　日	下次随访地点	
下次随访日期　　　　年　　月　　日	随访医生签名	

（孙晓嘉）

思 考 题

1. 简述新生儿窒息的预防措施。

2. 列举婴儿期的特点及保健要点。

3. 简述辅食添加的原则。

4. 社区居民小李刚做了母亲,想了解生长发育监测该怎样做,请你给予指导。

5. 你所管辖的社区内有一对年轻的夫妇,新添了一个宝宝,今天是宝宝出生后第 5 天,你要去做新生儿家庭访视,你计划访视哪些内容？面对年轻的父母你准备围绕哪些问题做健康指导？

第 5 章

社区妇女保健

妇女承担着社会工作和孕育后代的双重任务,其身心健康直接关系到下一代的健康和人口素质的提高。因此,社区妇女保健工作是社区卫生服务中的重要组成部分,社区护士应根据不同时期妇女的生理、心理特点运用最新医学知识与技术做好预防保健及护理工作。

第一节 概 述

一、社区妇女保健的概念

社区妇女保健是以预防为主,以保健为中心,以基层为重点,以社区妇女群体为对象,防治结合,开展以生殖健康为核心的保健工作。其目的在于降低孕产妇死亡率,减少患病率,消灭、控制某些疾病和传染病的发生,控制性传播疾病的传播,促进妇女的身心健康,提高妇女健康水平。

二、社区妇女保健的基本任务

1. 调查研究妇女整个生命周期中各阶段的生殖生理变化规律、社会心理特点及保健要求。

2. 开展优生、优育工作,做好婚前检查和围生期保健。

3. 针对危害妇女健康的常见病采取防治措施。

4. 实行并推广科学接生,做好围生期保健工作,降低孕产妇和围生儿死亡率。

5. 做好经期、孕期、产期、哺乳期、围绝经期各期的劳动保护。对女职工劳动保护应采用法律手段,以确保女职工在劳动工作中的安全与健康维护。

6. 做好计划生育技术及其指导工作。

7. 开展有关妇女保健的各项科研工作。

8. 加强妇女保健的宣传教育。

9. 开展女性心理保健。

三、妇女保健的相关政策及法规

我国政府对妇女保健工作历来极为重视,颁布了包括《中华人民共和国母婴保健法》《中华人民共和国妇女权益保障法》《中华人民共和国人口与计划生育法》《生育保险》《女职工劳动保护规定》等多部法律、法规。这些法律法规的实施不仅为妇女经期、孕期、产期、哺乳期提供了特殊保护及生活保障,而且在维护妇女合法权益,享有平等权利,促进身心健康方面发挥了重要作用。

第二节 女性青春期保健

一、青春期女性的特点

青春期是指少年儿童开始发育,最后达到成熟的一段时期,即由儿童向成人过渡的阶段。国外医学界将青春期定为 10～19 岁,我国医学界定为 13～18 岁。一般女性进入青春期比男性早 1～2 年。

(一)青春期女性生理特点

1. 身高和体重的变化 体格生长出现婴儿期后的第 2 个高峰,身高突然增长是进入青春期的重要信号,青春期女性每年身高平均可增长 5～7cm,体重增加也很明显。

2. 性发育 下丘脑-垂体-卵巢轴逐渐发育成熟,体内性激素水平增高,内、外生殖器官渐趋成熟;出现月经初潮及第二性征,如乳房发育、阴毛、腋毛生长等。

(二)青春期女性心理特点

1. 自我意识不断增强 青春期女性会对自己产生强烈的兴趣,热衷于思考自身的优点、缺点,自我评价逐渐趋于客观。但由于对自己、他人及社会的认识不够全面和成熟,易得出错误的判断。

2. 独立性增强 进入青春期的少女总是希望得到他人的承认和尊重,希望摆脱成人的约束,渴望独立,尽管她们还不能够完全独立。

3. 性意识发展迅速 开始意识两性差别,从最初感到害羞、不安、对异性疏远或厌恶,逐渐转化到对异性好奇、朦胧眷恋、向往和接近。非常关心自己性别角色的完美程度、被他人接受和欣赏的程度,因此容易因对异性产生爱慕而引起情绪的显著波动。

二、女性青春期的保健要点

(一)合理营养

由于青春期生长发育迅速,对各种营养素的需求量大,因此合理膳食十分重要。社区护士需在青春期少女中普及营养知识;培养其良好的饮食习惯,如不暴饮暴食或过度节食、不挑食或偏食、进餐定时定量、避免过甜或过咸食物等。

(二)经期卫生

对青春期的少女应进行必要的、循序渐进的与生理卫生相关的教育指导,使其了解自身的生理发育规律和特点,增强自我保护意识,注重个人卫生以预防感染。尤其是经期应特别注意①勤洗手:便前、便后、外出归来注意洗手。②会阴部的清洁:着全棉内裤,每天用温水清洗会阴部,勤换内裤。每2~3h应更换卫生用品,保持会阴部清洁。③卫生用品的选择:选择信誉好的品牌,注意检查有效期及包装是否完整无漏气。④预防感染:经期不坐浴、不游泳、不性交以预防上行感染。⑤建立月经卡:记录月经周期、经期、月经量及白带的变化,以便及时发现异常,及时就诊。⑥其他:注意保暖,经期不宜冷水浴、进食冷凉、辛辣刺激性食物。保持愉快的情绪、避免精神紧张和重体力劳动。

(三)心理卫生和行为健康

心理学家将青春期称为"危险时期",因为青春期是心理发展上的一个重要过渡时期,大多数青少年在此期的某个阶段都会遇到一些情绪或行为上的困难。社区护士应联合相关专业人员主要通过健康教育即一级预防的措施,对青春期少女进行包括生殖知识、伦理道德、法律知识等方面的教育和指导,使其在了解相关知识的基础上具备对不良心理状态及行为的基本辨别能力,学会自我保护,懂得在什么情况下应如何寻求帮助,以避免意外情况如妊娠、不安全流产等的发生。

(四)性教育

应包括性生理教育、性心理教育、性道德教育、性的美学教育等,通过教育使少女能正确对待恋爱和婚姻,遵守青少年男女之间的道德规范和行为准则,培养她们自尊、自爱、自强、自信、自立的优良品质。

三、女性青春期常见健康问题的护理干预

(一)青春期月经病的护理干预

1. 痛经 凡在行经前后或月经期出现下腹疼痛、坠胀、伴腰酸或其他不适,程度较重,以致影响生活和工作质量者称痛经。痛经可分为原发性和继发性两类。前者指无生殖器官质性病变的痛经,常见于初潮后6~12个月,排卵周期初建立时;后者指由盆腔器官器质性疾病引起的痛经。少女以原发性痛经常见。

(1)病因:原发性痛经的病因目前尚不清楚,可能因前列腺素的影响;精神神经因素:精神紧张、情绪抑郁者易发生痛经;内分泌因素:痛经常发生在有排卵的月经周期,因此腹痛可能与黄体期孕激素有关;子宫剧烈收缩;遗传因素等有关。

(2)护理措施

①心理护理:对少女进行经期生理卫生教育,正确认识月经机制,消除焦虑、紧张、恐惧等不良情绪,可使疼痛缓解。

②增强体质:注意生活规律,劳逸结合,适当营养,充足睡眠。加强经期卫生,避免剧烈运动,过度疲劳,防受寒等。

③对症护理:疼痛时服用热饮料(姜糖水等)或用热水袋置于下腹部热敷,可加速血液循环,减轻盆腔充血与疼痛。

④药物治疗:严重者需在医生指导下进行药物或中医治疗。

2. 闭经 是妇科疾病中的常见症状,分为原发性和继发性两类。原发性闭经指女性年满18岁仍无月经来潮者;月经曾有规律来潮,但以后因某些病理性原因月经停止6个月以上者称为继发性闭经。

(1)病因。青春期闭经以原发性为主,凡控制正常月经的4个主要环节中任一环节发生障碍,都可引起闭经,常见的有①子宫性闭经:如子宫发育不良、幼稚型子宫、先天性子宫缺如等;

②卵巢性闭经:先天性卵巢发育不全或缺如、卵巢功能早衰等;③垂体性闭经:垂体前叶功能减退、垂体肿瘤等;④下丘脑性闭经:是最常见的一类闭经。其病因复杂,如精神创伤、环境改变、营养不良、多囊卵巢综合征等都可引起下丘脑性闭经。

(2)护理措施

①查明原因:凡年满 18 岁而仍无月经者应结合其发育情况、营养和生活状况考虑是否应接受检查以明确闭经的原因;对于继发性闭经超过 6 个月者,应及时查明原因,给予治疗。

②改善全身情况:加强体格锻炼,合理安排学习和生活,增加营养,避免精神紧张,消除不良刺激。

③病因治疗:针对病因可选择手术、激素治疗、药物或中医等方法进行治疗。

(二)青春期贫血的护理干预

1.病因　青春期女性所患的贫血,大多属于缺铁性贫血。红细胞的生成,离不开铁做原料,如果铁缺乏,红细胞就不能正常生成。由于少女正处在生长发育的旺盛阶段,每天补充的营养物质(包括铁在内)除供给正常的运动消耗外,还要保证生长发育的需要。一旦不注意补充,就会引起缺铁性贫血。加上有些少女有挑食、偏食的习惯,甚至为追求身材"苗条"而盲目节制饮食,忌吃肉类等,铁的供应就更加难以保证。月经过多也是青春期少女发生贫血的原因之一,有些少女月经量比较多,失血严重,会造成贫血。

2.护理措施

(1)查明病因:青春期贫血虽然不会直接威胁生命,但对身体健康和发育都非常不利。如果缺铁未能纠正,在结婚后的妊娠、分娩和哺乳期,都很容易发生严重贫血,不仅危害自身健康,还会影响到第 2 代。因此,对少女的贫血应予以重视。社区护士如发现少女出现面色苍白、全身乏力、头晕、心慌、耳鸣、眼花、记忆力减退、头发干燥、少光泽、皮肤干燥等症状,应提醒其及时到医院做血液检查,即可确诊,再结合其饮食和月经量等情况综合分析病因。

(2)合理饮食:首先注意从饮食中摄入足够量的铁,多选择含铁丰富又易于吸收的食物,如牛肉、动物血、猪肝、鱼、海带、紫菜、木耳、香菇以及芹菜、豆类、蛋类等。在酸性环境中,铁能还原为低价,吸收更容易一些,所以膳食中加醋或口服维生素 C 等,可使铁吸收增加。另外,要注意日常食物多样化,不偏食,不挑食,尽可能做到粗粮和细粮,动物性食品和植物性食品搭配食用,并多吃绿、黄、橙色蔬菜。

(3)积极治疗:对于病情较为严重的病例,除合理饮食外,还要在医生指导下进行铁剂治疗。

第三节　围婚期保健

一、围婚期的定义

围婚期是指围绕结婚前后的一段时间,从确定婚姻对象到结婚后怀孕前为止的阶段。

二、围婚期妇女保健要点

(一)婚前医学检查

婚前医学检查的目的是了解准备结婚的男女双方的健康状况,发现哪些人因体质缺陷不能结婚或因健康状况暂不宜结婚,哪些人因患某种疾病可以结婚但不宜生育,或可以结婚生育但受孕后应及时做产前诊断及治疗,以阻断遗传病的延续,确保后代健康。

1. 检查内容　①询问本人和家庭的家族健康史。②询问月经史。③生殖器官的检查,确定生殖器官有无发育异常、畸形、肿瘤或炎症等。性器官先天畸形或缺陷,有的不适于结婚,有的要在婚前施行必要的矫治手术。④全面体格检查。⑤特殊检查,如血型测定、活组织检查、外周血染色体核型分析、B型超声波检查、X线检查及各种生化检查等,必要时进行遗传性疾病的检测(如地中海贫血检查)。

2. 婚育指导

(1)直系血亲和三代以内的旁系血亲禁止结婚。

(2)《中华人民共和国传染病防治法》中规定的艾滋病、淋病、梅毒、麻风病以及医学上认为影响结婚和生育的其他传染病在传染期内暂缓结婚;精神分裂症、躁狂抑郁型精神病以及其他重型精神病患者在发病期内也应暂缓结婚。

(3)严重遗传性疾病不宜生育。如进行性肌营养不良、遗传性痉挛性共济失调、遗传性聋哑、地中海贫血、血友病、精神分裂症、躁狂抑郁型精神病等。这类疾病应由经过许可的医疗保健机构和经过许可的医师进行诊断,并出具诊断证明,提出相应的医学指导意见。

经婚前医学检查,发现结婚的男女患有医学上认为的不宜生育的严重遗传病时,医师应向男女双方说明情况,提出不宜生育的医学指导意见;经男女双方同意,采取绝育手术或其他长效避孕措施(如放置宫内节育器、避孕药皮下埋植等)后才可以结婚。这样做是预防将严重遗传病传给下一代。

(二)卫生指导

介绍生殖系统解剖及性生理知识,提高对婚育知识的认识,指导性生理卫生,讲解受孕原理,做好优生优育和计划生育,提高生育质量,保证人口素质。

(三)生育咨询

1. 选择最佳生育年龄　一般青年夫妇宜在婚后2～3年生育,有利于夫妇健康、学习、工作,缓解经济上和精力上的紧张。

2. 适宜的受孕时机　双方身体状况良好;生活或工作环境无有害物质,如服用避孕药物应先停服,改用工具避孕半年后再受孕为宜;选择新鲜瓜果蔬菜大量上市的季节受孕,避开各种病毒性疾病好发的季节受孕。

第四节　围生期保健

一、围生期的定义

围生期是指围绕分娩前后的一段时间,一般指妊娠满28周到产后1周。此期对孕产妇、胎儿、新生儿需进行一系列保健工作,如孕产妇并发症的防治,胎儿的生长发育、健康状况的预测和监护,以及制定防治措施、指导优生等工作。

二、围生期妇女保健要点

(一)产前检查

社区护士应与社区计划生育管理部门协作,建立本社区本年度有生育计划的妇女档案,主动上门为怀孕的妇女建卡立档,及时定期进行产前检查及高危孕妇筛查、管理和转移。产前检查的初查时间在孕 12 周之前,复查时间为孕 12 周后每 4 周 1 次、孕 28 周后每 2 周 1 次、孕 36 周后每周 1 次。初查的内容主要有:详细询问病史、进行较全面身体检查、产科检查及必要的辅助检查;复查内容包括:询问前次检查以后有无特殊情况出现、测量体重和血压、检查有无水肿及其他异常、复查胎位,注意胎儿大小及其成熟度等。

(二)孕期保健指导

1. 饮食与营养　在妊娠的不同时期营养的需要量有所差异,因此要指导孕妇合理安排,适当调节,保证每日摄入足够的热量、蛋白质、维生素、纤维素和微量元素,适当补充钙剂,以满足自身和胎儿的营养需要。

2. 清洁和舒适　孕期应养成良好的卫生习惯,进食后均应刷牙,注意用软毛牙刷;怀孕后排汗量增多,要勤淋浴,勤换内衣。孕妇衣服应宽松、柔软、舒适,冷暖适宜。胸罩的选择宜以舒适、合身、足以支托增大的乳房为标准,以减轻不适感。孕期宜穿轻便舒适的鞋子,鞋跟宜低,但不应完全平跟,以能够支撑体重而且感到舒适为宜。保持会阴部清洁,勤换内裤。如果阴道分泌物的颜色、性质或气味改变时,应及时就医。

3. 活动与休息　妊娠妇女应适当安排自己的生活和工作,28 周后宜适当减少工作量,避免长时间站立或重体力劳动。坐时可抬高下肢,减轻下肢水肿。孕期要保证充足的睡眠,每日应有 8h 的睡眠,午休 1～2h,以左侧卧位为宜。

4. 合理运动　妊娠期妇女应进行适当的室内及户外运动,合理运动的好处很多,如:维持良好的姿势,减轻因不良姿势引起的背痛、腰酸等不适症状;促进血液循环,改善腿部水肿、麻痹感等不适;放松背部和骨盆的肌肉群、关节及韧带,减轻分娩时肌肉的紧张,提高承受能力;增强骨盆、阴道、会阴部和大腿肌肉的弹性,减轻分娩的疼痛,缩短产程;促进胃肠蠕动,预防或减少腹胀及便秘的发生。

5. 心理指导　社区护士应动员孕妇的家庭成员、亲友、同事及居住社区中的相关人员共同参与,根据围生期妇女的不同心理特点,实施必要的心理护理,开展有益于身心健康的活动,消除她们的顾虑和恐惧,减轻精神紧张和压力,使她们在妊娠期能够始终保持愉快而稳定的健康情绪。

6. 胎教指导　有研究结果表明,胎儿发育到第 4 周时,神经系统已经开始建立。第 8～11 孕周时,胎儿对压触觉有了反应,可以轻轻拍打、抚摸腹部,这种触摸刺激可通过腹壁、子宫壁促进胎儿的感知觉发育;第 16～19 孕周,胎儿听力形成,孕妇可选择轻快、舒缓、明朗的音乐进行胎教。

> **链接**　《医心方·求子》中的胎教之道记述:"凡女子怀孕之后,须行善事,勿视恶声,勿听恶语,省淫语,勿咒诅,勿骂詈,勿惊恐,勿劳倦,勿妄语,勿忧愁,勿食生冷醋滑热食,勿乘车马,勿登高,勿临深,勿下坂,勿急行,勿服饵,勿针灸,皆须端心正念,常听经书,遂令男女,如是聪明,智慧,忠真,贞良,所谓胎教是也。"

7. 自我监护　胎心音计数和胎动计数是孕妇自我监护胎儿宫内情况的一种重要手段。社区护士应指导孕妇学会正确的胎动计数方法：孕妇每日早、中、晚各数 1h 胎动，每小时胎动数应不少于 3 次，3 次相加乘以 4，即为 12h 胎动次数，累计数应≥30 次，如 12h 内胎动累计数<10 次，提示胎儿有宫内缺氧应及时就诊。

8. 性生活指导　孕期性生活应根据孕妇具体情况而定，由于孕期特殊情况需要调整其姿势和频率。妊娠 12 周以前及 28 周以后，应避免性生活，以防流产、早产及感染。

9. 避免接触有害因子　孕期禁止吸烟、酗酒，避免被动吸烟、接触放射线、高温、噪声以及有毒的化学物质等。怀孕前 3 个月不用或少接触电脑、孕期尽量少用手机，需要时可用耳机，不可将手机挂于胸前。

10. 乳房护理　①目的：强韧乳头，预防产后哺乳造成乳头裂伤；矫正凹陷的乳头；适当按摩乳房以利产后乳汁分泌，有助于产后乳汁充盈。②方法：清洗后，可以用手托住乳房，自锁骨下乳房基底部以中指和示指向乳头方向按摩，以拇指和示指揉捏乳头以增加乳头韧性。对于平坦或凹陷的乳头（鉴定乳头过短可将乳头夹于拇指和示指间，若超过指头之宽度则为凸出，不见乳头则须执行矫正）可以将左、右两手的示指放在乳头两侧水平对称位置（如时钟 3 点及 9 点的位置），轻柔地将乳头往外推，依顺时针方向做完整个乳头 1 圈。③注意事项：产前乳房护理应自怀孕满 6 个月后开始执行，牵引乳头时若觉有宫缩则宜停止。若孕妇有早产迹象或早产记录者，应避免刺激乳头。

11. 用药指导　孕妇服用的多数药物能通过胎盘进入胎儿体内。若在围生期用药不当，可能致胎儿畸形或致胎（婴）儿发育不良，甚至胎死宫内。一般认为用药剂量大、时间长及注射用药对胎儿造成不良影响的机会较多。护士应指导孕妇不得擅自用药，需要时应在专业人员的指导下，慎重衡量、正确选择、合理用药。

12. 识别先兆临产　临近预产期的孕妇，如出现阴道血性分泌物或规律宫缩（间歇 5～6min，持续 30s）则为临产，应尽快到医院就诊。如突然有大量液体从阴道流出，应嘱孕妇取头低足高位或平卧位，由家属送往医院，以防脐带脱垂危及胎儿生命。

（三）分娩的准备指导

社区护士应针对初产妇、经产妇的需要提供不同的指导，使孕妇及其配偶能更主动地参与怀孕和生产的过程。对于初产妇应重点向孕妇介绍和怀孕、分娩有关的解剖、生理；待产各阶段待产妇的身、心变化和减轻不适的方法；分娩时如何用力；分娩过程和伴随各产程的子宫收缩的变化，放松技巧和待产各阶段的呼吸法；新生儿护理和照顾的技巧等。

对于经产妇则可将重点放在总结过去分娩的经验，复习分娩时宫缩的变化及运用减轻疼痛的技巧来度过分娩过程。若有经产夫妇加入学习团队，常能鼓励并支持第一胎的准父母们，增进团体的互动，帮助准父母们更积极主动参与待产过程。

（四）产后妇女的保健指导

产后妇女的生殖系统将恢复到怀孕前的大小和功能，称为复旧。整个复旧过程大约需要 6 周，并且在产后 3～4d 是整个复旧过程变化最快的一段时间，在这段时间内，产妇不仅生理上发生很大的变化，如子宫和阴道进行的复旧、泌乳等，心理上亦发生很大的变化，如产妇必须面临身体的改变、角色调整以及家庭关系的改变、支持系统的寻求等，这些压力常会导致产妇精神紧张、焦虑。针对这些特点，此期保健重点主要有：

1. 产后家庭访视　产后访视是围生期保健工作的重要措施，一般情况下，产后访视与新生儿访视同时进行。社区内居住的孕妇不论在家庭还是在医院分娩,均应接受社区护士的访视。

(1)访视的频率和时间:社区护士一般访视产后家庭 1～2 次,初次访视宜在产妇出院后3～7d 进行,第 2 次访视则在产妇分娩后 28～30d 进行。高危产妇或发现异常情况时应酌情增加访视次数。

(2)访视前的准备:访视前,社区护士应通过电话、面谈等形式与产妇家庭建立联系,了解其确切的家庭地址及路径,确定访视对象和访视时间。同时,应简要了解产妇的一般状况,原则上应先访视娩出早产儿和正常新生儿的产妇,最后访视有感染性疾病的产妇和新生儿,以预防交叉感染的发生。

(3)访视的内容:第 1 次访视检查的重点包括①子宫收缩情况:产褥期第 1 天子宫底为平脐,以后每天下降 1～2cm,产后 10～14d 降入骨盆,经腹部检查触不到子宫底,检查有无触痛。②恶露的量及性质:血性恶露持续 3～7d;浆液性恶露 7～14d;白色恶露 14～21d。产后 3 周左右干净,血性恶露持续 2 周以上,说明子宫复原不好。恶露如有臭味说明可能有产褥感染。③腹部、会阴伤口愈合情况:检查伤口有无渗血、血肿及感染情况,发现异常及时就诊。④全身情况:生命体征、精神、睡眠、饮食及大小便等。⑤乳房的检查:有无红肿、硬结,乳汁分泌量,乳腺管是否通畅。同时,对产妇进行产褥期保健指导,对母乳喂养困难、产后便秘、痔等问题进行处理,并通过观察、询问和检查了解新生儿的基本情况。第 2 次访视主要是给予产妇生活护理和保健指导,指导科学喂养以及避孕方法,并督促产妇在产后 42d 到医院门诊复查全身、盆腔器官及哺乳情况。

(4)访视后的工作:社区护士每次访视结束后,将访视情况认真记录在妇女围生保健手册上,对护理建议和已经实施的处理方法应做详细记录,并将围生保健手册交至上级妇女保健部门备案管理。

2. 产后妇女的日常生活保健指导

(1)休养环境和个人卫生:产妇的休养环境以室温 20～22℃为宜,光线适宜,通风适当,保持空气清新,防止受凉;注意个人卫生,坚持每日用温水漱口、刷牙、洗足、擦浴;注意外阴部的清洁卫生,每日清洗(产后 4 周内禁止盆浴),勤换内衣,使用消毒会阴垫,注意经常更换,保持会阴部清洁,预防感染;如伤口肿胀疼痛,可用 75% 乙醇或 50% 硫酸镁纱布湿敷,也可配制1:5 000高锰酸钾溶液坐浴。

(2)合理的饮食与营养:社区护士应指导产妇获取适当和均衡的饮食,进食富含营养、清淡、易消化的食物,保证足够的热量,以促进其身体健康和身材恢复。产后贫血者应适当增补维生素和富含铁剂的食物。

(3)活动与运动:产后初期,社区护士应指导产妇逐渐开始每日的活动,以尽快地恢复体力,只要生命体征平稳,便可以依照其体力状况下床活动。经阴道自然分娩的产妇,应于产后6～12h 起床稍微活动,于产后第 2 日可在室内随意走动;行会阴侧切或剖宫产的产妇,可推迟至产后第 3 日起床活动。通常下床会有低血压现象出现,所以应嘱咐产妇本人及其家属特别注意。同时社区护士应给予产妇适当的运动指导,因为运动可以使身体各部位松弛、减少疲倦、恢复体力;有助于增强腹肌张力、恢复身材、促进子宫复旧、骨盆底收缩和复旧;促进血液循环、预防血栓性静脉炎;促进肠蠕动,增进食欲及预防便秘。在进行产后运动时应该注意由简单轻便的项目开始,依个人耐受程度再逐渐增加,避免过于劳累,有出血或不适感时,应立即停止。

（4）性生活指导：产后会阴部的愈合大约需要6周的时间，而且产妇在这段时间也比较容易受到感染，因此一般情况下，应指导产后的夫妇6周后再进行性生活；哺乳期虽无月经，仍要坚持避孕，以使用阴茎套为好。

（5）休息与睡眠：哺乳期应保证充足的睡眠，每日应在8h以上。

3. 心理指导　社区护士应注意收集有关产妇心理上的变化，尽量满足产妇对休息的需求，促进其与亲友的互动，增强舒适感，协助建立亲子依附关系，特别注意产后忧郁症及产后精神病的预防。产后忧郁症是伴随分娩后常见的一种普遍心理障碍，其特征包括：注意力无法集中、健忘、心情不平静、时常哭泣或掉泪、依赖、焦虑、疲倦、伤心、易怒暴躁、无法忍受挫折、负向思考方式等，产后忧郁一般在产后第1天至第6周发生，以第1～10天最为多见。产后精神病除了具有产后忧郁症的症状外，还有思考过程障碍、无法照顾孩子、连续数月的饮食与睡眠问题等，产妇甚至会伤害自己或新生儿。社区护士应提醒产妇的亲友注意观察，多给予关心照顾，也应教育产妇自己学会调节情绪。

三、围生期妇女常见健康问题的护理干预

（一）晨吐

常称为害喜，一般在怀孕初期的恶心和呕吐最常见于早晨空腹起床时，但并不只在早晨发生，也可见于1d中其他时段或整天都有这种感觉。对于妊娠期的晨吐现象，首先应确定有无不正常妊娠的情况（如葡萄胎、阑尾炎等）所引起的呕吐，若均排除则应指导妇女应注意的事项：①早晨起床，若因空腹或突然改变姿势（如下床），引起胸口不适或恶心感，于起床后可先食用一些水分较少的食物，如苏打饼干等，以减少晨吐；②空腹时较易发生晨吐现象，加上胃内无食物，常可将胃液也吐出来，使孕妇产生更严重的不适，因此，宜采取少食多餐的方式；外出时，可在手提袋内放一些小点心、饼干等，避免因空腹或血糖降低而引起恶心、呕吐；③宜多摄取富含蛋白质和多糖类的食物，并避免进食特殊气味或油腻的食物。

（二）腰背痛

妊娠期间常出现轻微腰背痛。社区护士应指导孕妇正确预防其发生，注意正确的坐、站、走路和提重物的姿势，避免穿高跟鞋，睡硬板床或较硬的床褥，注意弯腰、提重物或起床时避免过度伸张背脊。若腰背痛剧烈，应及时就医，必要时遵医嘱服止痛片。

（三）眩晕与昏厥

当孕妇感觉眩晕甚至发生晕厥时，应就近坐下或躺倒，并抬高下肢以利血液回流；避免长时间躺卧后突然起身下床走路。

（四）下肢水肿

孕妇应避免长时间站立或坐着不动，睡眠时取左侧卧位，下肢稍垫高以改善血液回流状况，避免摄取含盐分过高的食物。

（五）痔、便秘

社区护士应指导孕妇摄取足够的液体和含高纤维素的食物，多吃水果、蔬菜，定时排便，做一些适当的运动以减少便秘，必要时遵医嘱口服缓泻剂。

第五节　围绝经期保健

一、围绝经期的定义

围绝经期指从绝经前一段时间,出现与绝经有关的内分泌、生物学改变及临床特征时到绝经后 12 个月内的阶段。大多数发生在 45～55 岁,平均持续 4 年。但是由于社会、经济、地区的不同,个人身体、婚孕状况的差异,时间略有不同。此期间突出的症状是绝经,同时伴有一系列的生理和心理变化,如出现心悸、潮红、潮热、出汗、易激动、焦虑、失眠、记忆力减退等症状,这些统称为围绝经期综合征。

二、围绝经期妇女保健要点

(一)心理指导

围绝经期妇女应注意自我心理调节,树立信心度过围绝经期。避免过度紧张和劳累,积极参加文娱和体育锻炼,善于在生活中自得其乐。保持乐观向上的情绪,妥善地处理人际关系,防止性格暴躁或过于内向,增强对社会环境和自然环境的适应性。一般性格稳定型妇女,围绝经期症状较轻,也较容易度过,性格柔弱而不均衡者则症状严重,持续时间也长。对个人而言,应从心理、精神情绪上把握自己。此外,配偶支持也至关重要,应教育丈夫了解妻子在围绝经期的生理、心理状况,使他们能够理解、支持妻子,分担妻子的痛苦、烦恼,提供适时适宜的安慰,帮助妻子安全度过这一时期。

(二)合理饮食

由于围绝经期内分泌环境改变,为维持良好的健康状况,饮食应注意控制热量、预防肥胖;低脂、低胆固醇;多食蔬菜、水果;低盐、高钙、高膳食纤维。

(三)体育锻炼

体育锻炼是减缓身体各组织、器官衰老的重要条件,合理运动可使血流量增加,肌肉、关节的僵化过程减缓。社区护士应首先指导围绝经期妇女区别家务劳动的活动与各项体育锻炼,因为从心理因素及活动形式、活动量等方面,前者都不能取代后者。应帮助妇女根据个人的具体情况、爱好及体力选择不同的运动方式,使运动成为经常的项目,以每周 3～4 次为宜。可推荐我国传统的运动方式如太极拳、气功等。

(四)充足睡眠

围绝经期妇女由于性激素减少及其他因素的影响,承担超负荷工作的能力减弱了,需靠充足的睡眠缓解 1d 的疲劳,一旦睡眠不够,会使围绝经期症状重新出现。因此睡眠充足也是平安度过围绝经期及保持精力旺盛的重要因素。

(五)性生活指导

绝经后随着雌激素逐渐下降,阴道黏膜萎缩,分泌物减少,阴道润滑度减弱,造成性生活困难,当阴道有炎症时,有血性分泌物,甚至出血,影响性生活的满意度。社区护士应从妇女个人的生理及心理考虑,指导其保持性生活,每月 1～2 次,性生活前后清洗外生殖器,这有助于保持生殖器官的良好状态。

（六）个人卫生

1．口腔卫生　进入围绝经期，牙齿开始松动，应养成良好的口腔卫生习惯。

2．皮肤卫生　围绝经期皮肤的保护作用减弱，应经常洗澡，勤换内衣，不用肥皂洗澡，以防皮肤油脂过多洗去，引起感染。

3．外阴卫生　围绝经期生殖器官发生萎缩和组织松弛，宫颈黏液及阴道上皮分泌减少，易发生阴道炎、子宫脱垂和尿失禁等，应保持外阴清洁，每天冲洗外阴部，防止老年性阴道疾病。

（七）美容指导

围绝经期以后，雌激素水平下降，皮肤老化明显。社区护士应对围绝经期妇女进行必要的美容指导，延缓皮肤老化。可建议其根据个人皮肤特性，选择、使用营养性强、刺激性小的护肤品；在按摩师的正确指导下定期按摩，加强局部血液循环，促进皮肤代谢。同时可根据个人特征进行化妆，体现精神面貌。

（八）定期体检

建议围绝经期妇女每半年或1年进行1次体检，包括做宫颈黏液涂片细胞学检查，及早发现生殖器官肿瘤。并针对个人具体情况选择性地进行其他项目的检查，如心电图、B超、肝肾功能、血糖化验等，做到疾病的早期发现和早期治疗。

三、围绝经期妇女常见健康问题的护理干预

围绝经期妇女常见健康问题主要包括围绝经期妊娠、功能失调性子宫出血、骨质疏松症、妇科肿瘤等。

（一）骨质疏松症

1．病因　骨质疏松症的具体病因尚未完全明确，但一般认为围绝经期妇女会由于雌激素缺乏造成骨质疏松，骨质疏松症在绝经后妇女中特别多见，卵巢早衰则使骨质疏松提前出现，提示雌激素减少是发生骨质疏松的重要因素。

2．护理措施

（1）积极预防：中年妇女，尤其是绝经后，应每年进行1次骨密度检查，对骨量快速减少者，应及早采取防治对策。钙和维生素D的补充可起到很好的预防作用。

（2）激素治疗：绝经期后，雌激素水平下降，造成骨质丢失，使骨骼开始变脆，雌激素替代疗法能防治骨质疏松，降低骨折发生率；减少绝经期的症状，如潮红、阴道分泌减少、脾气暴躁、失眠和多汗等；降低血中胆固醇水平，从而减少心脏病的发生。雌激素替代方法可以采用口服、注射或皮下埋植法。激素治疗一定要在医师指导下使用。

（二）妇科肿瘤

1．病因　绝经后是女性妇科肿瘤，特别是恶性肿瘤的高发期，其原因非常复杂，可能与内分泌功能失调、年龄增长引起的代谢变化及良性肿瘤长期未得到治疗发生质变等因素有关。

2．护理措施

（1）健康的生活方式：适当运动，合理膳食，不甜不咸、三四五顿、七八分饱；规律生活，禁烟限酒，心理平衡。

（2）普查普治：普查是为了及早发现疾病及时进行干预治疗。围绝经期妇女应重点筛查

①乳癌筛查。建议 30 岁以上妇女掌握乳房的自我检查方法,35 岁以上妇女每年做 1 次临床检查。≤44 岁组可用超声检查做初筛,对可疑者再做 X 线摄片;发病率较高的 45～54 岁组则宜两法同用,以减少漏诊;≥55 岁的老年组,由于乳腺因绝经而萎缩,被大量脂肪组织充填,有利于 X 线摄片检查,故推荐 X 线摄片。

②宫颈癌筛查。建议妇女从有性生活开始起每 1～3 年进行 1 次宫颈脱落细胞涂片检查。

第六节　计划生育技术

计划生育是我国的一项基本国策,是指采用科学的方法,有计划地生育子女,是优生优育的重要组成部分。计划生育工作包括晚婚、晚育、节育和提高人口素质。计划生育技术目前已成为计划生育的一项工作内容,主要采取各种简便、安全、有效、可逆且并发症少的节育措施。

一、避孕原理

避孕是指用科学的方法使妇女暂时不受孕。避孕原理主要有:阻止精子与卵子结合;抑制排卵;改变宫腔内的环境,使其不适于受精卵的植入和发育。

二、避孕方法

(一)工具避孕方法

该方法是利用工具防止精子与卵子结合或通过改变宫腔内环境达到避孕的方法。

1. 阴茎套　是世界上最常用、最无害的男用避孕工具。不但可以避孕,而且可防止性传播疾病的感染。使用前应充气检查其有无破损,必要时外涂抹避孕药膏既增加润滑又可增强避孕效果。使用时先将阴茎套前端小囊捏扁,然后套在阴茎上。排精后阴茎尚未软缩时,捏住套口和阴茎一起抽出。如发现阴茎套破裂或滑脱,可采取下列措施:①女方站起使精液流出,并将避孕药膏注入阴道,或在手指上包一软布,蘸上温肥皂水深入阴道将精液洗出;②服探亲避孕药 23 号或 53 号。

2. 阴道隔膜　为女用避孕工具,由具有弹性的金属圈覆以半球形薄橡皮隔膜制成,有 50～80mm 等型号。使用前经妇科检查无禁忌证(膀胱膨出、直肠膨出、子宫脱垂、阴道过紧、阴道炎、重度宫颈糜烂)者,由检查者帮助选一适当型号的隔膜。

使用方法:性交前先检查子宫帽有无破损,取半卧位或半蹲位,两腿稍分开,左手分开阴唇,右手示指、中指及拇指将子宫帽捏成条状放入阴道,将后缘纳入后穹窿,前缘抵耻骨联合凹处,以遮盖宫颈,性交后 8～24h 取出。取时,以示指伸入阴道,在耻骨后方钩住帽的边缘,慢慢拉出,取出后,洗净、擦干、洒上滑石粉备用。

3. 宫内节育器　是一种安全、有效、简便、经济、可逆的避孕工具。它是我国广大妇女和家庭最乐于接受的节育方法之一。但对于有生殖道急、慢性炎症,月经过多过频或不规则出血,生殖器官肿瘤,子宫畸形,宫颈口过松,重度陈旧性宫颈裂伤或子宫脱垂,严重全身性疾病者不宜放置。目前常用的为活性宫内节育,其内含有活性物质如铜离子、激素药物及磁性物质等,可提高避孕效果,减少不良反应。

注意事项:①放置前详细询问病史并进行体格检查;系统妇科检查,如发现滴虫或念珠菌等,应治愈后再放置;经检查不适合放器者,应指导使用其他避孕方法。②一般在月经干净后3~7d放置,哺乳期或短期停经要求放置者,应先排除早孕,再行放置;产后满3个月,或来月经并子宫恢复正常者;人工流产后可立即放置,但术后宫腔深度应<10cm为宜;自然流产或中期妊娠引产来过月经后可放置;剖宫产后6个月可改善。③放环后休息2~3d,1周内避免重体力劳动,2周内禁盆浴和性交;放环初的几天内可有少量阴道流血或轻微腰酸腹胀,数日内多自然消失,不需处理,若出血多且有腹痛,应嘱其去专业医疗机构检查;放环后应在下一次月经后复查,做盆腔透视,也可用B超检查,3个月后再查1次,以后每年复查1次。

(二)药物避孕方法

是通过药物抑制下丘脑释放 GnRH,使垂体分泌 FSH 和 LH 减少,从而抑制排卵;改变宫颈黏液性状,不利于精子穿透;改变子宫内膜形态与功能,不适于受精卵着床以达到避孕的目的。

1. 复方短效口服避孕药 由雌激素和孕激素配伍而成,从月经来潮的第 5 天开始服药,每晚 1 片,连服 22d,不得间断。如漏服,应在 12h 内补服 1 片,以免可能发生的不规则阴道流血或避孕失败,一般在停药后 3d 左右来月经。若停药 7d 尚无月经来潮,则当晚开始第 2 周期药物。若再次无月经出现,宜停药检查原因,酌情处理。以下情况禁用复方短效口服避孕药:①急慢性肝、肾疾患和内分泌疾病如糖尿病患者;②心脏病、高血压以及有血栓性疾病史者;③恶性肿瘤、癌前病变、子宫或乳房肿块者;④哺乳期;⑤月经稀少或年龄>45 岁者;⑥精神病生活不能自理者。

2. 长效口服避孕药 主要是利用长效雌激素,从胃肠道吸收后储存于脂肪组织内缓慢释放起长效避孕作用。在经期的第 5 天服第 1 次药,隔 20d 再服 1 次,以后每月服 1 次。服药后可出现类早孕反应,白带增多,经量增多,经期延长或服药期停经等,少数感头痛、乳房胀及腰腹痛等。如需停药,应在下一经期第 5 天开始服短效避孕药,连续 3 个周期作为过渡,以免可能出现月经不调。

3. 探亲避孕药 适用于分居两地的夫妇临时服用,且不受经期限制,现多用炔诺孕酮、甲地孕酮或左炔诺孕酮,可在探亲当日开始服用,每日 1 次,至探亲结束,为加强效果,始末服药量加倍。

(三)安全期避孕

排卵前后 4~5d 为易孕期,其余的时间不易受孕,被视为安全期。采用在安全期内进行性生活而达到避孕目的,为安全期避孕法。该方法仅适用于月经周期比较规则的妇女,故在使用本法前雷记录半年来的月经周期以了解规律性。

(四)输卵管结扎术

输卵管结扎术是开展计划生育工作所采取的一项重要措施之一。为了避免开腹,很多人都在研究新的安全可靠的方法,如输卵管黏堵、经腹腔镜行绝育术等,但传统的输卵管结扎术仍是当前最常用的方法。

避孕方法多种多样,每个育龄妇女可根据自身的情况,在社区护士的协助下,选择最适合自己的避孕方法。不要有从众心理,因为每个人的健康状况不同,工作、生活环境也不同,所以要采用最科学、可靠、有益身心的方法避孕。

附　产后访视记录表

姓名：　　　　　　　　　　　　　　　　　　编号□□□－□□□□□

随访日期	年　　月　　日	
体温	℃	
一般健康情况		
一般心理状况		
血压	／　　　　　mmHg	
乳房	1 未见异常　2 异常＿＿＿＿＿＿＿＿＿＿	□
恶露	1 未见异常　2 异常＿＿＿＿＿＿＿＿＿＿	□
子宫	1 未见异常　2 异常＿＿＿＿＿＿＿＿＿＿	□
伤口	1 未见异常　2 异常＿＿＿＿＿＿＿＿＿＿	□
其他		
分类	1 未见异常　2 异常＿＿＿＿＿＿＿＿＿＿	□
指导	1 个人卫生 2 心理 3 营养 4 母乳喂养 5 新生儿护理与喂养 6 其他＿＿＿＿＿＿.	□/□/□/□/□
转诊	1 无　2 有 原因：＿＿＿＿＿＿＿＿＿＿＿＿ 机构及科室：＿＿＿＿＿＿＿＿＿＿	□
下次随访日期		
随访医生签名		

（孙晓嘉　钱念渝）

思 考 题

1. 简述女性青春期的保健要点。

2. 孕晚期的保健要点是什么？

3. 围绝经期妇女保健的主要内容有哪些？

4. 居民小青，产后第 5 天，昨天刚出院回家，社区护士王芬经预约今天准备去做产后访视，请列举访视内容。

第 6 章

社区老年人保健

随着社会经济和医疗保健的进步与发展,人们生活水平的提高,人均寿命在不断增长,人口结构也发生了显著的改变。2010 年我国第 6 次人口普查显示,60 岁及以上人口占全国总人口的 13.26%,比 2000 年人口普查上升 2.93 个百分点,其中 65 岁及以上人口占 8.87%,比 2000 年上升 1.91 个百分点;老龄化进程逐步加快,人口老龄化成为当今世界上一个重要的社会问题。由于老年人大部分生活在社区,社区将是老年人实施预防、保健、医疗、康复的主要场所。因此,研究老年人的健康问题,满足老年人的健康需求,提高老年人的生活质量,已成为社区老年护理的重要内容。

第一节 概 述

一、老年人的概念

不同的国家、不同的年代对于老年人有着不同的定义。世界卫生组织对老年人的划分使用两个标准,在发达国家 65 岁以上的人群为老年人;发展中国家 60 岁以上的人群为老年人。我国以 60 岁为老年起点,45～59 岁为老年前期,又称中老年人;60～89 岁为老年期,称老年人;90 岁以上为长寿期,又称长寿老人;而 100 岁以上称百岁老人。由于全世界的人口年龄呈普遍增高趋势,世界卫生组织对老年人分期提出了新的标准,将 44 岁以下人群称为青年人;45～59 岁人群称为中年人;60～74 岁人群称为年轻老年人;75 岁以上人群称为老年人;90 岁以上人群称为长寿老人。

国际上通常把 60 岁以上的人口占总人口比例达到 10%,或 65 岁以上人口占总人口的比重达到 7% 作为国家或地区进入老龄化社会的标准。我国已进入老龄化社会,我国人口老龄化呈现出老龄化高峰提前、未富先老等特点,解决人口老龄化问题任务艰巨。

二、联合国老年人原则

联合国大会于 1991 年 12 月 16 日通过了《联合国老年人原则》。目的是保证对老年人状况的优先注意,强调老年人的独立、参与、照顾、自我充实和尊严。具体如下:

（一）独立

1.老年人应能通过提供收入、家庭和社会支持以及自助，享有足够的食物、水、住房、衣着和保健。

2.老年人应有工作机会或其他创造收入机会。

3.老年人应能参与决定退出劳动力队伍的时间和节奏。

4.老年人应能参加适当的教育和培训方案。

5.老年人应能生活在安全且适合个人选择和能力变化的环境。

6.老年人应能尽可能长期在家居住。

（二）参与

1.老年人应始终融合于社会，积极参与制定和执行直接影响其福祉的政策，并将其知识和技能传给子孙后辈。

2.老年人应能寻求和发展为社会服务的机会，并以志愿工作者身份担任与其兴趣和能力相称的职务。

3.老年人应能组织老年人运动或协会。

（三）照顾

1.老年人应按照每个社会的文化价值体系，享有家庭和社区的照顾和保护。

2.老年人应享有保健服务，以帮助他们保持或恢复身体、智力和情绪的最佳水平并预防或延缓疾病的发生。

3.老年人应享有各种社会和法律服务，以提高其自主能力并使他们得到更好的保护和照顾。

4.老年人居住在任何住所、安养院或治疗所时，均应能享有人权和基本自由，包括充分尊重他们的尊严、信仰、需要和隐私，并尊重他们对自己的照顾和生活品质做抉择的权利。

（四）自我充实

1.老年人应能追寻充分发挥自己潜力的机会。

2.老年人应能享用社会的教育、文化、精神和文娱资源。

（五）尊严

1.老年人的生活应有尊严、有保障，且不受剥削和身心虐待。

2.老年人不论其年龄、性别、种族或族裔背景、残疾或其他状况，均应受到公平对待，而且不论其经济贡献大小均应受到尊重。

三、老年人健康服务

《国家基本公共卫生服务规范（2011版）》对老年人健康管理服务提出的要求是：每年为辖区内65岁及以上常住居民提供1次健康管理服务，包括生活方式和健康状况评估、体格检查、辅助检查和健康指导。服务内容具体如下：

（一）生活方式和健康状况评估

通过问诊及老年人健康状态自评了解其基本健康状况、体育锻炼、饮食、吸烟、饮酒、慢性疾病常见症状、既往所患疾病、治疗及目前用药和生活自理能力等情况。

（二）体格检查

包括体温、脉搏、呼吸、血压、身高、体重、腰围、皮肤、浅表淋巴结、心脏、肺部、腹部等常规体格检查,并对口腔、视力、听力和运动功能等进行粗测判断。

(三)辅助检查

包括血常规、尿常规、肝功能(血清谷草转氨酶、血清谷丙转氨酶和总胆红素)、肾功能(血清肌酐和血尿素氮)、空腹血糖、血脂和心电图检测。

(四)健康指导

告知健康体检结果并进行相应健康指导。

1. 对发现已确诊的原发性高血压和 2 型糖尿病等病人纳入相应的慢性病病人健康管理。

2. 对体检中发现有异常的老年人建议定期复查。

3. 进行健康生活方式以及疫苗接种、骨质疏松预防、防跌倒措施、意外伤害预防和自救等健康指导。

4. 告知或预约下一次健康管理服务的时间。

第二节　老年人的特点

一、老年人的生理特点

衰老或老化是生命过程的自然规律。衰老是随着年龄的增长,人体对内外环境的适应能力、代偿能力逐渐减退的过程,老年人生理状况通常发生以下变化。

(一)体表外形改变

在衰老的过程中,随着年龄的增大身高与体重逐渐降低(身高在 35 岁以后每 10 年降低 1cm);须发变白、脱落稀疏;皮下脂肪量减少,皮肤弹性减退,导致皮肤松弛并出现皱纹;牙龈萎缩牙齿松动脱落。

(二)感觉器官改变

由于睫状肌的调节能力降低,晶状体弹性减弱或开始消失,导致远视眼和老年白内障;听觉感觉细胞发生退变,导致老年性耳聋,甚至听力丧失;皮肤的感觉敏感性降低,阈值升高,导致皮肤的触觉、痛觉及温觉均减弱;味蕾和舌乳头逐渐减少以致消失,味阈升高,导致对甜、酸、苦、辣等味觉的敏感性降低。

(三)神经系统改变

老年人由于脑血管硬化,脑血流阻力加大,氧及营养素的利用率下降,致使脑功能逐渐衰退并出现某些神经系统症状,如记忆力减退、健忘、失眠,甚至产生情绪变化及某些精神症状。

(四)消化系统改变

老年人因牙周病、龋齿、牙齿的萎缩性变化,而出现牙齿脱落或明显的磨损,以致影响对食物的咀嚼和消化;消化腺体萎缩,胃液、胆汁、胰液分泌减少,胃排空时间延长,消化道运动能力降低,肠蠕动减弱易导致消化不良及便秘;胰蛋白酶、脂肪酶、淀粉酶分泌减少,活性下降,对食物吸收消化能力明显减退,尤其钙、铁、维生素 B_{12} 的吸收障碍明显。

(五)循环系统改变

心脏生理性老化主要表现在心肌萎缩,发生纤维样变化,使心肌硬化及心内膜硬化,导致心脏泵效率下降,心排出量比年轻人减少 30%~50%,易出现心肌供血不足等临床症状。

老年人血管壁出现生理性硬化,管壁弹性减退,常伴有血管壁脂质沉积,使血管壁弹性更趋下降、脆性增加；结果血管对血压的调节作用下降，血管外周阻力增大，使老年人血压常常升高，主要以收缩压、脉压升高多见。

(六)呼吸系统改变

气管及支气管弹性下降，管径变窄，黏膜腺体萎缩，纤毛运动功能减低，易出现痰液潴留和呼吸道感染；由于肺泡弹力纤维和肺泡数量减少，肺通气功能降低，有效气体交换面积减少，使肺活量及肺通气量明显下降。

(七)泌尿系统改变

肾脏萎缩，肾血流量减少，肾小球滤过率及肾小管重吸收能力下降，导致肾功能减退。加上膀胱逼尿肌萎缩，括约肌松弛，老年人常有多尿现象。

二、老年人的心理特点

老年人由于生理功能的减退，大脑功能也会出现一定程度的退化，晚年由于家庭和社会环境变迁等各种因素的影响，导致老年人发生一定的心理变化，其特点主要表现为：

(一)感知觉变化

老年人身体功能衰退，大脑功能发生改变，中枢神经系统递质的合成和代谢减弱，导致感觉的敏感性降低、运动反应时间延长。主要表现为感觉迟钝，听力、视觉、嗅觉、触觉等功能减退，动作不灵活，协调性差，行动笨拙。一般老年人的反应时间比年轻人慢 10%～20%。

(二)记忆的变化

老年人的记忆力随着年龄的增长而下降，但初级记忆基本上没有变化或变化很少；而次级记忆发生较大的变化。老年人记忆的保持能力逐渐下降，但远期记忆的保持比近期记忆的保持好，他们一般对很久以前所发生、经历的事情，仍保持较好的记忆；而对近期或刚刚发生的事情，记忆不清；老年人的逻辑记忆比机械记忆好，再认能力比回忆能力好。

> **链接** 初级记忆是指对于刚听到过或看到过的，在大脑里仍留有印象的事物的记忆；次级记忆是指对听到过或看到过一段时间的事物，经过编码储存在记忆仓库，以后需要加以提取的记忆。

(三)智力的变化

智力的老化包括液态智力和晶态智力。液态智力主要与神经系统的生理结构和功能有关，一般随年龄的增长而明显减弱；而晶态智力主要与后天的文化、知识、经验的积累有关，因此并不一定随着年龄的增长而减弱，有时甚至可能提高，直至 70～80 岁才出现缓慢减弱。

> **链接** 液态智力是指获得新观念、洞察复杂关系的能力，如反应力、反应速度、知觉整合能力、近期记忆力和思维敏捷度等。晶态智力是指通过学习和掌握社会文化经验而获得的智力，如词汇、常识和理解力等。

(四)人格的变化

老年人习惯按自己的观点看问题，不易接受新生事物和他人意见，表现为比较固执，有的猜疑心较强，情绪不稳定，有时不顺心或不如意则生气、哭泣、脾气暴躁等，有时因小事而兴高采烈，甚至像小孩一样容易激动，有的则过多的感慨、伤感，喜欢回首往事，沉溺于对过去成功事件的回忆之中，以获得一定的心理平衡，长期独居者常有严重的抑郁表现。

三、老年人的社会生活改变

(一)退休

退休给老年人带来的工作角色丧失是一项极大的改变,离开原来的工作岗位使老年人感觉空闲时间增多,生活单调乏味,内心空虚等。此外,退休可能使老年人的收入减少,在家庭中的地位改变,造成自尊下降,产生"无用感",从而表现出沮丧、抑郁。老年人对退休的适应大多要经历 1 年左右的时间。

(二)丧偶

配偶是老年期生活的主要照顾者,失去配偶是一种无法承受的悲伤和孤独。老年人因此对未来丧失信心而陷入孤独、空虚、抑郁中,甚至可能产生不同程度的精神障碍。

(三)面对衰老和病损

随着衰老将不可避免地经历各脏器功能障碍,老年人除了感觉功能障碍外,依赖性增加,一些慢性疾病可引起自我概念改变,生活方式改变等。据资料显示 85% 超过 65 岁的老年人均患有一种慢性疾病,50% 的老年人患两种或更多种慢性疾病。

(四)家庭再适应

家庭是老年人获得生活满足的重要来源,也是其情绪支持的基本来源。当今社会数代同堂的大家庭结构逐渐减少,子女结婚后通常与老年人分开居住。所以老年人要面临子女长大独立,为人祖父母,与配偶有更多时间相伴或住所的改变等家庭的变化,都需要去适应。因此,老年人身边有关心、亲近的人,生活将充实许多,好的家庭支持系统是构成老年美满生活的要素。

四、老年人的患病特点

(一)病程长、恢复慢、并发症多

老年人由于免疫力低下,抗病能力与修复能力降低,导致病程长,恢复慢,容易出现代谢紊乱、运动功能障碍等各种并发症。

(二)常同时患有多种疾病

据统计,老年人平均同时患有 4～6 种疾病或更多,如一个老年人可同时患有高血压、糖尿病、高脂血症、颈椎病、腰肌劳损、轻度白内障等。虽然这几种疾病在人身上同时存在,但有轻重缓急,其中有 1～2 种为主要的疾病,危害性大。

(三)症状体征不典型

老年人由于机体形态改变和功能降低,反应性减弱,对于病痛及疾病的反应不像儿童与青年人那样敏感。所以老年人往往不能清楚地讲明自己的病痛和不适,或表达含糊。导致不易及时发现病情,延误诊断治疗。

(四)易发生意识障碍和精神异常

由于老年人脑血管粥样硬化,脑供血不足,当发生感染、发热、脱水、心律失常等时,容易出现嗜睡、谵妄、甚至昏迷等症状,这主要是由于脑缺氧所致。

(五)易出现药物的不良反应

老年人各脏器功能的减退,药物在机体内吸收、分布、代谢、排泄等方面都发生了变化,容易出现药物的不良反应,影响治疗效果。

第三节　社区老年人保健措施

一、老年人的饮食照顾

老年人的饮食和营养摄取需要特别照顾,根据老年人的生理特点及各项营养需求,选择合理膳食是老年人保持身体健康的重要条件之一。

(一)平衡膳食

老年人易患的消化系统疾病、心血管系统疾病及各种运动系统疾病,通常与营养不良有关。因此,应保持营养的平衡,适当限制热量的摄入,保证足够的优质蛋白、高维生素、低脂肪、低糖、低盐和适量的含钙、铁食物。

(二)饮食易于消化吸收

老年人由于消化功能减弱,牙齿的松动和脱落又影响着咀嚼能力,因此食物应细、软、松,既给牙齿咀嚼的机会,又便于消化。

(三)食物温度适宜

老年人消化道对食物的温度较为敏感,饮食冷热适宜,两餐之间或入睡前可加用热饮料,以解除疲劳,增加温暖。

(四)良好的饮食习惯

根据老年人的生理特点,少量多餐的饮食习惯较为适合,要避免暴饮暴食,膳食内容的改变不宜过快,要照顾到个人喜好。由于老年人肝中储存肝糖原的能力较差,而对低血糖的耐受能力不强,容易饥饿,所以在两餐之间可适当增加点心。晚餐不宜过饱,以免影响睡眠。

(五)进餐时的照顾

1. 一般护理　进餐时,保持室内空气新鲜,必要时应在进餐前 30min 通风换气,排除异味;鼓励老年人自行进食,与家人共同进餐;对卧床的老年人要根据其病情采取相应的措施,如帮助其坐在床上并使用特制的餐具(如床上餐桌等)进餐;在老年人不能自行进食,或因自己单独进食而摄取量少并有疲劳感时,照顾者可协助喂饭,并注意尊重其生活习惯,掌握适当的速度与其相互配合。

2. 视力障碍者的护理　视力障碍的老年人,做好进餐前的护理非常重要。照顾者首先要向老年人说明餐桌上食物的种类和位置,并帮助其用手触摸以便确认;要注意保证安全,热汤、茶水等易引起烫伤的食物要提醒注意,鱼刺要剔除干净。视力障碍的老年人可能因看不见食物而食欲减退,因此,食物的口感和香味更加重要,或者让老年人与家属或其他老年人一起进餐,营造良好的进餐气氛以增进食欲。

3. 吞咽能力低下者的护理　吞咽能力低下的老年人很容易将食物误咽入气管,尤其是卧床老年人,因此进餐时老年人的体位非常重要。一般采取坐位或半坐位比较安全,偏瘫的老年人可采取健侧卧位,进食时应有照顾者在旁观察,以防发生意外。老年人的唾液分泌相对减少,口腔黏膜的润滑作用减弱。因此,进餐前应先喝口水或喝口汤湿润口腔,不能经口进食者可在专业人员的帮助下,通过鼻饲、肠道高营养等方法为老年人输送食物和营养。

4. 上肢障碍者的护理　老年人患有麻痹、挛缩、变形、肌力低下、震颤等上肢障碍时,自己摄入食物易出现困难,但是有些老年人还是愿意自行进餐,此时,可以自制或提供各种特殊的餐具,如国外有老年人专用的叉、勺出售,其柄很粗以便于握持,亦可将普通汤勺把用纱布或布条缠上即可;有些老年人的口张不大,可选用婴儿用的小勺加以改造;使用筷子的精细动作对大脑是一种良性刺激,因此应尽量维持老年人的这种能力。

二、老年人的休息与睡眠

(一)休息

休息是指一段时间内相对地减少活动,使身体各部位放松,处于良好的心理状态,以恢复体力和精力的过程。老年人需要相对较多的休息,休息并不意味着不活动,有时变换一种活动方式也是休息,如长时间做家务后,可坐下看看电视,看书时间过长,可站立活动一下或走动几步等,最好的休息应提倡积极的休息,如养花种草,学书法绘画,唱歌、跳舞、听音乐,到公园、田野观花赏鱼,既享受充足阳光,新鲜空气,又增添生活乐趣。但老年人的个体差异较大,体质较好又能得到家庭照顾的老年人,日常生活安排得舒适合理,每天可适当参加些轻微的体力劳动或适宜的体育锻炼。体力较弱的老年人,则以静坐、散步、听音乐、读书等休闲方式,真正给自己的身心得到休息。老年人要学会忙里偷闲,善于休息,只要把休息的内容安排得丰富多彩、井井有条,使老年人感到幸福、愉快和充满活力,才能达到消除疲劳、恢复体力、防止衰老、健康长寿的效果。

(二)睡眠

睡眠是一种保护性抑制过程,使人精神和体力都得到很好的恢复。老年人睡眠时间适中,可促进健康,延年益寿,睡眠过多或不足均会损害健康。老年人睡眠时需注意以下问题:

1. 睡眠环境　保持室内安静,空气流通,温度适宜,避免强光照射。选择加置棉垫的木板床为好,枕头高低和质地要适中,被褥松软柔和、干燥、舒适。

2. 睡眠时间　老年人每天睡眠时间因人而异。一般 60～70 岁平均每天睡 7～8h,70～90 岁每天睡 8～9h,90 岁以上高龄老人每天睡 10～12h。不仅要注意睡眠时间的长短,而且还要重视睡眠程度的深浅,以醒后疲劳感消失,全身舒适,精力充沛,头脑清醒为宜。每天午睡 30min 至 1h,但不宜过长,以免影响夜间睡眠。

3. 睡眠姿势　最佳的睡觉姿势应该是右侧卧位,双腿微曲,这样心脏处于高位,不受压迫;肝脏处于低位,供血较好,有利于新陈代谢;但老年人也应依据各自身体状况选择不同睡眠姿势,以自然、轻松、舒适为原则。

4. 其他　晚饭不宜吃得过饱,以免胃内过饱感觉对大脑皮质的刺激导致入睡困难,睡前不宜饮茶、喝咖啡、饮酒和抽烟,以免兴奋不易入睡,或因过多排尿而干扰睡眠。

三、老年人的活动与运动

老年人适当的活动和运动,能促进躯体健康,延缓衰老,增强和改善机体各脏器的功能以及对疾病的抵抗力,还有助于保持积极的生活态度,起到调节精神、愉悦身心、丰富生活的作用。但应遵照循序渐进地适量运动,坚持有规律、有节奏、适合个体、安全的运动原则,可选择适合自己的运动种类,如散步、慢跑、打太极拳、做操或其他个人爱好的娱乐活动等,一般运动时间以每日 1～2 次,每次 30min 左右为宜,每日运动的总时间不超过 2h;避免过度剧烈和运动量过大的活动,运动的强度应根据老年人运动后心率而定,其计算方法为:一般老年人运动后最佳心率(次/分)＝170－年龄;因身体残障或衰老而活动受限的老年人,可根据自身情况在床上进行肢体活动,或借助辅助器械活动等,保证一定的活动量。

四、老年人的安全防护

(一)防跌倒

1.居室环境及设施安全的要求

(1)老年人的居室环境应布局合理,符合老年人的生活习惯,室内物品不宜太多,尽量保持固定位置。活动范围光线充足,居室内夜间也应保持一定亮度,以便于老年人起床上厕所。

(2)老年人使用的床高度以坐在床沿脚能够着地为宜,地面保持平整、干燥,防滑,门口地面不宜设置门槛,浴室及厕所应设有扶手,便于站起时借力;浴洗间门最好向外开,安装坐式便器,沐浴时有穿脱衣服的坐椅。

2.自身安全防护措施

(1)老年人的鞋子应防滑合脚,衣裤大小合适,穿脱裤子、鞋子、袜子应坐着进行。

(2)老年人变换体位时速度不宜过快,以防发生体位性低血压;迈步前一定要先站稳,站直后再起步。

(3)老年人沐浴时,时间不宜太长,一般控制在 20min 左右;浴室温度应在 25℃左右,水温 40℃左右;采用坐式沐浴最佳。

(4)对于行动不便的老年人,行走时应有人搀扶或借助拐杖的帮助,老年人外出时,尽量避开拥挤时段,严格遵守交通规则。

(二)防呛噎

在平卧位喂食时或进食过程中速度过快、谈笑或看电视等情况易发生呛噎。因此老年人进食时尽量采取坐位或半卧位,精力要集中,不看电视、不交谈,食物少而精,软而易消化;喝稀食易呛者,应把食物加工成糊状,吃干食发噎者,进食时准备开水或汤饮,每口食物不宜过多;夜间睡眠以侧卧为好。

(三)防坠床

意识障碍的老人应加床档或请专人陪护;睡眠中翻身幅度较大或身材高大的老人,应在床旁用椅子护挡;如果发现老人睡近床边缘时,要及时护挡,必要时把老人移向床中央,以防老人坠床摔伤。

(四)注意用药安全

老年人生理和心理等多方面均处于衰退状态,多数老年人同时患有多种疾病,通常为慢性病,需要长期治疗,用药种类较多,药物不良反应也明显增加。因此,保证老年人有效、安全用药,是值得全社会共同关注的问题。大多数药物经肝脏解毒后经肾脏排泄,由于老年人的肝肾功能的减退,导致机体对药物的吸收、分布、代谢和排泄等功能减退,所以其不良反应发生率是青年人的 2～3 倍。社区护士应指导老年人正确合理用药,减少不良反应的发生。因此,老年人用药应该遵守以下原则:①严格掌握用药指征,用药要少而精;②掌握好最佳的用药剂量;③选择适宜的用药时间;④选择简便、有效的给药途径;⑤遵从医嘱忌有病乱投医;⑥不要滥用滋补药。

五、老年人的心理保健

人到老年,生理功能开始衰退,出现视力、听力下降,记忆力减退,行动迟缓等变化。这些生理变化通常会导致老年人悲观失望、焦虑不安、精神不振、生活兴趣低下等,使老年生活质量大幅度下降。老年人要克服这些心理障碍,应该掌握以下几点心理保健知识。

(一)保持乐观精神,培养健康的心理

老年人对生活要充满信心,做到心胸开阔,情绪乐观,尽量发挥自己在知识、经验、技能、智力及特长上的优势,寻找新的生活乐趣。

(二)拓展丰富多彩的生活空间

老年人应当根据身体条件和兴趣爱好,把生活内容安排得充实些,如练书法、学绘画、种花草、养禽鸟、读书报、看电视等。这样既可舒展心灵,又能珍惜时光、学习新知识,使生活更有意义。

(三)善于摆脱烦恼,保持平和心态

面对生活中的烦恼事不必忧愁,更不要处于郁闷状态,而要通过各种途径把不好的情绪及时释放出来。对于外界名利之事要善于超脱,对家务事不要过度操劳,让自己保持一份好心情。

(四)重视人际关系和心理交流

老年人既要联系老朋友,又要善交新朋友,要经常和好友聊天谈心,交流思想感情,做到生活上互相关心体贴,思想上沟通交流,在集体活动和人际交往中取长补短,汲取生活营养,使自己心情舒畅、生活愉快。

第四节 常见健康问题的护理干预

一、离退休综合征

离退休综合征是指老年人由于离退休后不能适应新的社会角色、生活环境和生活方式的变化而出现的焦虑、抑郁、悲哀、恐惧等消极情绪,或因此产生偏离常态行为的一种适应不良性的心理障碍,这种心理障碍通常还会引发其他生理疾病,影响身体健康。

离退休是老年人生活中的一次重大转折,在生活内容、生活节奏、社会地位、人际交往等各个方面都会发生很大变化。据统计,1/4 的离退休人员会出现不同程度的离退休综合征,主要表现为性格变化明显,有时闷闷不乐、郁郁寡欢、不言不语,有时急躁易怒、坐立不安、唠唠叨叨;行为反复或无所适从;注意力不能集中,做事经常出错;对现实不满,容易怀旧,并产生偏见。常伴有失眠、多梦、心悸、阵发性全身燥热等症状。

为预防和治疗离退休综合征,老年人应该在社会及家庭的帮助下尽快适应离退休所带来的各种变化,以实现离退休社会角色的转换。通常有以下几种方法:①调整心态,重新安排自己的生活、学习和工作,做到老有所学、老有所为、老有所乐。②身体好又有一技之长者,可以积极寻找机会,做一些力所能及的工作,发挥余热,继续为社会做贡献,实现自我价值。③有意识地培养一些爱好,丰富和充实自己的生活。如写字作画,种花养鸟、跳舞、太极拳、打球、下棋、垂钓等活动。④制定切实可行的作息时间表,适应一种新的生活节奏。养成良好的饮食卫生习惯,戒除有害于健康的不良嗜好,采取适合自己的休息、运动和娱乐的形式,建立起以保健为目的的生活方式。⑤如果出现身体不适、情绪低落时,应该主动寻求帮助,切忌讳疾忌医。对于患有严重的焦躁不安和失眠的离退休综合征的老人,必要时可在医生的指导下适当服用药物,接受心理治疗。

二、老年抑郁症

抑郁症是指以持续的情绪低落为特征的一种情感性的心理障碍,是老年人常见的精神病患之一。抑郁症大都在 50～60 岁发病,有的人虽然会在青壮年时发病,但进入老年期后常加重或发作次数增多。

老年抑郁症主要的临床表现是:兴趣丧失,无愉快感,精力减退,精神不振,疲乏无力,言行减少,好独处,不愿与人交往,自我评价下降,自责自罪,有内疚感,有自杀倾向或自杀行为,对前途悲观失望,有厌世心理,有疑病倾向,睡眠欠佳,失眠早醒,食欲缺乏或体重明显减轻,记忆力明显下降、反应迟钝等症状。

预防老年抑郁症,不仅需要老年人自己的努力,同时也要家人的关心和理解。具体方法是:①要帮助老年人充分认识自己,客观地认识周围环境。帮助他们寻找成绩的一面,以提高病人对自己的评价,帮助病人扩大活动范围,增强适应社会、应对环境的能力。②家人应给予老年人更多的关心与照顾,儿女不仅要在生活上给予照顾,同时要在精神上给以关心,提倡精神赡养;当遇到烦心事,最好找个人倾诉一下内心的压抑,千万不要把所有事情都放在心里,与其他朋友一起分享各自的快乐和痛苦,才能心情舒畅。③老年人要面对现实,合理安排生活,多与社会保持密切联系,多参加集体活动,多结交朋友,既丰富了生活,又能通过相互交流,相互开导,使老年人的身心得到健康的发展,有效预防抑郁症的出现。

三、睡眠呼吸暂停综合征

睡眠呼吸暂停综合征(SAS)是指 7 个睡眠小时中呼吸暂停和低通气至少有 30 次,或每睡眠小时＞5 次,每次持续 10s 以上,同时有白天困倦等症状的一组疾病。该病是由于上气道塌陷引起打鼾、呼吸暂停和通气不足引起的。分为阻塞型(OSA)、中枢型(CSA)和混合性。阻塞性睡眠呼吸暂停综合征(简称 OSAS)是最常见的类型。专家认为睡眠呼吸暂停综合征病因复杂,与呼吸系统、心血管系统、神经系统和耳鼻喉科疾病关系密切。

睡眠呼吸暂停综合征临床表现为睡眠时打鼾,通常夜间憋醒有异常动作及幻觉,白天嗜睡和困倦,严重者在吃饭、开车、与人谈话或者看电视时也经常打瞌睡,晨起头疼、头晕、智力减退或记忆力下降,体重增加、遗尿、阳萎等。

预防睡眠呼吸暂停综合征,应戒除烟酒,减轻对气道黏膜的刺激,提高气道的抵抗力,减少炎症的发生。加强锻炼,节制饮食,控制身体过度肥胖,可以降低气道阻力,改善缺氧症状。入睡时采取侧卧或半卧位,以减轻阻塞症状,减少呼吸暂停次数。

附 老年人生活自理能力评估表

该表为自评表,根据下表中 5 个方面进行评估,将各方面判断评分汇总后,0~3 分者为可自理;4~8 分者为轻度依赖;9~18 分者为中度依赖;>19 分者为不能自理。

评估事项、内容与评分	程度等级				判断评分
	可自理	轻度依赖	中度依赖	不能自理	
(1)进餐:使用餐具将饭菜送入口、咀嚼、吞咽等活动	独立完成	—	需要协助,如切碎、搅拌食物等	完全需要帮助	
评分	0	0	3	5	
(2)梳洗:梳头、洗脸、刷牙、剃须洗澡等活动	独立完成	能独立地洗头、梳头、洗脸、刷牙、剃须等;洗澡需要协助	在协助下和适当的时间内,能完成部分梳洗活动	完全需要帮助	
评分	0	1	3	7	
(3)穿衣:穿衣裤、袜子、鞋子等活动	独立完成	—	需要协助,在适当的时间内完成部分穿衣	完全需要帮助	
评分	0	0	3	5	
(4)如厕:小便、大便等活动及自控	不需协助,可自控	偶尔失禁,但基本上能如厕或使用便具	经常失禁,在很多提示和协助下尚能如厕或使用便具	完全失禁,完全需要帮助	
评分	0	1	5	10	
(5)活动:站立、室内行走、上下楼梯、户外活动	独立完成所有活动	借助较小的外力或辅助装置能完成站立、行走、上下楼梯等	借助较大的外力才能完成站立、行走,不能上下楼梯	卧床不起,活动完全需要帮助	
评分	0	1	5	10	
总评分					

(邓兰萍)

思 考 题

1. 简述老年人的患病特点。
2. 如何预防老年人跌倒?

3. 张某,男,60 岁,曾经是某单位的"一把手",去年年底退休. 当看着别人退休后的日子过得有声有色,他却一点也感受不到这种悠闲. 以前上班时,他精力充沛,做事果断,什么事也都不太计较,可是眼下却变得急躁、忧郁,经常闷闷不乐,睡眠、胃口都不好. 老伴看他这个样子,不知道为什么,两人经常为一些莫名其妙的小事争吵,家里的气氛也不好. 这到底是怎么了? 你作为社区护士怎样才能帮助他找回以前的状态?

第 7 章

慢性病社区护理与管理

慢性病全称是慢性非传染性疾病,是一类与不良行为和生活方式密切相关的疾病,如心血管疾病、肿瘤、糖尿病、慢性阻塞性肺疾病等。慢性病诊断容易,定期进行健康检查能及早发现,通过及时治疗,促进康复,减少并发症和伤残的发生,以提高生活质量。慢性病一般需要长时间的用药及其他治疗、护理,且不能完全治愈,需要特殊的康复治疗、训练及护理。病人的病痛、伤残以及昂贵的医疗费用严重影响病人的生活质量。因此,对慢性病的预防与控制已成为社区护理中的一个重要课题。

第一节 概　　述

一、慢性病概念和特点

(一)概念

慢性病即慢性非传染性疾病,是对一类起病隐匿、病程长且病情迁延不愈、缺乏明确的传染性生物病因证据、病因复杂或病因尚未完全确认的疾病的概括性总称。常见的慢性病有心脑血管疾病、恶性肿瘤、慢性呼吸系统疾病及糖尿病等。

(二)特点

1.**隐蔽性强**　慢性病的发生和发展,经过一个由量变到质变的漫长过程。在初始阶段,可能不出现任何症状,人们并不意识到它们的存在,但它们却在不知不觉中进展,直到质变阶段症状才暴露出来。

2.**致病因素复杂**　慢性病的病因复杂,既有遗传因素,又有环境因素。诸如种族、家族史、年龄、性别、缺乏体力活动的生活方式、吸烟、酗酒等不良习惯,尤其是不合理的膳食结构,均会导致慢性病的发生。与一种疾病有关的危险因素,可能对其他疾病也产生影响,比如吸烟,它既是高血压的一个致病原因,同时也是癌症、心脏病、脑血管病等的共同危险因素。疾病的本身,如肥胖也可以是一个独立的危险因素,它对于慢性阻塞性肺疾病、高血压、心脑血管病、糖尿病等多种疾病均有影响。

3.**可预防性**　既然许多因素能影响慢性病的发生与发展,就说明它们具备预防的可能性,因为环境因素是可以改变的。如对于有家族史或其他容易患此类疾病的人群及时采取有效的措施,如定期体检,戒除不良习惯,改善饮食结构,选择合理的生活方式等,就有可能减少或延缓慢性病的发生与发展。

4.病程长　慢性病病程少则几年,多则几十年,且需要长时间的用药和其他治疗、护理。需要病人改变生活方式或人生目标以适应疾病的变化。

5.并发症多　其症状复杂,变化多端,容易产生多种并发症。

6.致残率高　有不可逆转的病理变化,一般会造成残疾或功能障碍。

二、慢性病社区防控的基本策略

慢性病的发生、发展有漫长的过程,其防治应以社区为基础,三级预防相结合,运用健康促进策略,开展综合防治。

(一)贯彻预防为主的方针,综合防治

慢性病防治并不只需要在城市和经济发达地区开展,在广大农村,慢性病患病率正以惊人的速度增长,已成为农民致贫、返贫的一个重要原因;慢性病不仅仅是老年病,其发病有年轻化趋势,分布向劳动力人口转移,威胁着劳动力人口健康;慢性病不是衰老过程中必定要出现的,是可防可治的,且防治效果显著。因此,积极开展以社区为基础的慢性病的综合防治,探索慢性病的防治与社区卫生服务相结合的机制,明确在社区卫生服务中防治慢性病的工作内容、工作形式和考核标准。针对共同危险因素如体力活动不足、膳食不平衡、吸烟、饮酒等开展干预,并促进预防和治疗相结合。

(二)建立健全有利于开展三级预防的公共卫生机制

在疾病自然史的每一个阶段,都可以采取措施防止疾病的发生或恶化。因而预防工作也可以根据疾病的自然史相应地分为三级,在强调一级预防的同时,重视二、三级预防。慢性病的一级预防是针对全社区人群开展危险因素的预防,通过减少疾病的危险因素,预防疾病的发生,降低慢性病的发病率;二级预防是针对高危人群,减轻或逆转危险因素,促进疾病的早期发现、早期诊断和早期治疗;三级预防是针对慢性病病人开展规范化的治疗和疾病管理,以控制病情、缓解症状,预防或延缓并发症的发生,防止伤残,提高病人的生活质量。

(三)大力开展健康促进活动

慢性病防治要以健康促进为手段,以防治为中心,围绕健康促进的行动领域开展工作。针对高血压和脑卒中、冠心病等慢性非传染性疾病的综合防治工作作为社区防治工作的重点,以社区健康促进为基本策略。要充分发动社区力量,积极有效地参与卫生保健计划的制定和执行,挖掘社区资源,应对慢性病的发生与发展。要组织开展健康教育示范点、示范区评比活动,围绕主题开展健康教育月活动,以倡导健康文明的生活方式和健康投资消费理念。

(四)全人群干预与高危人群干预相结合

社区慢性病干预策略为全人群策略与高危人群策略结合,全人群策略优于高危人群策略。因此,干预以社区为主,通过对社区全人群进行健康教育与健康促进活动,对慢性病病人采取个性化管理,改变人们不健康的生活方式,降低慢性病危险因素,提高人群整体健康水平。

全人群策略又称社区健康的规划策略,它面向全体社区居民,以建立健康的生活方式及减少或避免危险因素的作用为干预目标,以采取社区综合健康促进,建立有效的疾病危险因素的监测体系为主要的干预手段。强调以下几方面:①政策发展与环境支持。提倡健康生活方式,在促进疾病的早期检出和治疗方面发展政策和创造支持性环境。②健康教育。争取当地政府

的支持和配合,对社区全人群开展多种形式的慢性病防治宣传和教育。③社区参与。以现存的卫生保健网为基础,多部门协作,动员全社区参与慢性病的防治工作。④场所干预。慢性病干预策略必须落实到场所中才能实现,根据不同场所(如全市、医院、居民社区、工作场所、学校)的特点制定和实施慢性病的干预计划。

高危人群策略的对象是具备高行为危险因素人群,干预目标是减少或避免危险因素对健康的影响,对疾病做到早期发现、早期诊断和早期治疗;主要的干预手段是查清主要的健康问题和与之相关的危险因素、危险人群,从而有针对性地提出干预措施。

三、社区护士在社区慢性病防控中的作用

社区护士在慢性病的防控工作中起着非常重要的作用,主要工作如下。

(一)开展健康教育

对社区人群进行健康教育,必须要有目的、有计划、有系统地宣传健康知识,提高公民素质,转变生活方式,改善人类健康水平和生活质量,使公众认识到慢性病的危害性。

(二)利用社区资源

社区护士要熟悉各种社区资源以提供咨询和转诊服务,参加计划筛检等活动以帮助社区居民早期发现疾病,早期治疗各种慢性病,协助慢性病的患者及家庭进行生活调整以适应因疾病引起的情绪反应及对生活方式的影响。

(三)提供居家护理

社区护士提供直接的居家护理,辅导患者家属为病人提供所需的护理。在对慢性病的长期护理过程中,社区护士应注意防止并发症的发生。慢性病具有长期性特征,需要病人长期遵从治疗护理计划。因此,社区护士应根据病人的个人能力、生活方式及所处环境,制定适合、可行的病人治疗护理计划,使病人能执行治疗及护理方案。

(四)建立自护团体

社区护士应主动帮助病人建立自护性病友团体或支持性团体。自护性病友团体在帮助慢性病病人适应疾病的过程中起着重要的作用。当了解到有同类病人面临类似问题的时候,可以使病人感受到自己并不孤独,看到同类病人中有人能更好地适应慢性病的变化,并取得了一定的成效,会增加病人生活及康复的信心和希望。支持性团体除了提供社会支持外,还可以是医疗服务的延伸,可以通过互助交流经验及资源共享,同时为病人提供心理情绪支持或其他支持达到互助的目的。

第二节   高血压患者的社区护理与管理

一、疾 病 概 述

高血压是指在未用抗高血压药情况下,以动脉压升高为特征,收缩压≥140mmHg 和(或)舒张压≥90mmHg,可伴有心脏、血管、脑和肾等器官功能性或器质性改变的全身性疾病。它有原发性高血压和继发性高血压之分。按血压水平将高血压分为 1、2、3 级。收缩压≥140mmHg 和舒张压<90mmHg 单列为单纯性收缩期高血压。高血压发病的原因很多,可分为遗传和环境两个方面。

原发性高血压亦称高血压,是指原因未明的以体循环动脉血压升高为主要临床表现的综合征。临床特点为早期无症状或症状轻微,如头痛、头晕、眼花、耳鸣、失眠、乏力等症状,偶于体检时发现血压升高。后期会影响心、脑、肾的结构和功能,最终导致这些脏器的功能衰竭。高血压是心血管疾病死亡的主要原因之一。少数病人血压升高是某些疾病的一种表现,称继发性或症状性高血压,约占高血压病人的 5%,常继发于肾小球肾炎、慢性肾盂肾炎、肾动脉狭窄、嗜铬细胞瘤等疾病。

(一)高血压流行的一般规律

通常,高血压患病率随年龄增长而升高;女性在围绝经期前患病率略低于男性,但在围绝经期后迅速升高,甚至高于男性;高纬度寒冷地区患病率高于低纬度温暖地区;盐和饱和脂肪摄入越高者,平均血压水平和患病率也越高。

我国人群高血压流行有两个比较显著的特点:从南方到北方,高血压患病率呈递增趋势,可能与北方年平均气温较低以及北方人群盐摄入量较高有关;不同民族之间高血压患病率也有一些差异,生活在北方或高原地区的藏族、蒙古族和朝鲜族等患病率较高,而生活在南方或非高原地区的壮族、苗族和彝族等患病率则较低,这种差异可能与地理环境、生活方式等有关,尚未发现各民族之间有明显的遗传背景差异。

(二)高血压发病重要危险因素

1. 高钠、低钾膳食　人群中,钠盐(氯化钠)摄入量与血压水平和高血压患病率呈正相关,而钾盐摄入量与血压水平呈负相关。膳食钠/钾比值与血压的相关性甚至更强。我国大部分地区,人均每天盐摄入量 12~15g 或以上。高钠、低钾膳食是我国大多数高血压患者发病主要的危险因素之一。

2. 超重和肥胖　体重指数(BMI)与血压水平呈正相关,BMI 每增加 $3kg/m^2$,4 年内发生高血压的风险,男性增加 50%,女性增加 57%。身体脂肪的分布也与高血压发生有关,腹部脂肪聚集越多,血压水平就越高。腰围男性≥90cm 或女性≥85cm,发生高血压的风险是腰围正常者的 4 倍以上。随着我国社会经济发展和生活水平提高,社区人群中超重和肥胖的比例与人数均明显增加。超重和肥胖将成为我国高血压患病率增长的又一重要危险因素。

> **链接**　超重和肥胖是人体能量的摄入超过能量消耗以致体内脂肪过多蓄积的结果。以体重指数(BMI,kg/m^2)对肥胖程度进行分类,体重指数在 $24.0~27.9kg/m^2$ 为超重,≥$28.0kg/m^2$ 为肥胖。

3. 过量饮酒　人群高血压患病率随饮酒量增加而升高。过量饮酒则使血压明显升高。如果每天平均饮酒>3 个标准杯(1 个标准杯相当于 12ml 酒精,约合 360ml 啤酒,或 100ml 葡萄酒,或 30ml 白酒),收缩压与舒张压分别平均升高 3.5mmHg 与 2.1mmHg,且血压上升幅度随着饮酒量增加而增大。饮酒还会降低降压治疗的疗效,而过量饮酒可诱发急性脑出血或心肌梗死。

4. 精神紧张　现代社会由于竞争激烈、生活节奏快、工作生活压力大,精神过度紧张使高血压患病人数增加。长期精神过度紧张也是高血压发病的危险因素,长期从事高度精神紧张工作的人群高血压患病率增加。

5. 其他危险因素　高血压发病的其他危险因素包括年龄、高血压家族史、缺乏体力活动等。除了高血压外,心血管病危险因素还包括吸烟、血脂异常、糖尿病、肥胖等。

(三)临床特点

1.高血压大多进展缓慢,早期常无明显症状,在过度劳累、紧张激动后血压升高,休息后可恢复正常。部分病人有头痛、头晕、眼花、耳鸣、失眠、心悸、乏力等症状,不一定与血压水平有关。随病程进展,血压持久升高,逐渐导致心、脑、肾等靶器官损害,出现相应靶器官损害的临床表现。

2.少数恶性高血压(又称急进型高血压)患者病情进展迅速,舒张压持续≥130mmHg,并有头痛、视物模糊、眼底出血和视盘水肿;肾损害明显,持续蛋白尿、血尿和管型尿。如不进行有效治疗,常死于肾衰竭、脑卒中、心力衰竭,预后不佳。

3.老年高血压 指年龄超过60岁,达到高血压诊断标准者。有以下特点:

(1)半数患者为单纯收缩期高血压,是心血管病致死的重要危险因素。

(2)部分由中年原发性高血压延续而来,属于收缩压和舒张压均增高的混合型。

(3)常出现脑血管意外、心力衰竭、心肌梗死、肾衰竭等并发症。

(4)血压调节功能差,血压波动大,易引起直立性低血压,尤其在服用降压药期间。

(四)诊断和分级

主要依据测量的血压值(以未服用降压药情况下2次或2次以上非同日多次血压测定所得的平均值为依据)。高血压:收缩压≥140mmHg和(或)舒张压≥90mmHg,又根据血压升高水平,将高血压分为1,2,3级(表7-1)。

表7-1 血压水平分类和定义

分类	收缩压(mmHg)		舒张压(mmHg)
正常血压	<120	和	<80
正常高值	120～139	和(或)	80～89
高血压	≥140	和(或)	≥90
1级高血压(轻度)	140～159	和(或)	90～99
2级高血压(中度)	160～179	和(或)	100～109
3级高血压(重度)	≥180	和(或)	≥110
单纯收缩期高血压	≥140	和	<90

当收缩压和舒张压分属于不同级别时,以较高的分级为准

(五)心血管危险分层标准

现在还主张对高血压患者做心血管危险分层(表7-2),将高血压患者分为低危、中危、高危和极高危,分别提示10年内发生心脑血管病事件的概率为<15%、15%～、20%～、>30%。

用于分层的其他心血管危险因素是:男性>55岁,女性>65岁;吸烟;血胆固醇>5.72mmol/L;糖尿病;早发心血管疾病家族史(发病年龄女性<65岁,男性<55岁)。靶器官损害:左心室肥厚;蛋白尿或血肌酐轻度升高;超声或X线证实有动脉粥样硬化;视网膜动脉狭窄。并发症:心脏疾病如冠心病、心力衰竭;脑血管疾病如脑出血、脑梗死、短暂性脑缺血发作;肾疾病如血肌酐>177mmol/L、糖尿病肾病;血管疾病如动脉夹层;重度高血压性视网膜病变如出血、视盘水肿。

表 7-2　高血压患者心血管危险分层标准

其他危险因素和病史	血压(mmHg)		
	1 级高血压 SBP140～159 或 DBP90～99	2 级高血压 SBP160～179 或 DBP100～109	3 级高血压 SBP≥180 或 DBP≥110
无	低危	中危	高危
1～2 个其他危险因素	中危	中危	很高危
≥3 个其他危险因素,或靶器官损害	高危	高危	很高危
临床并发症或合并糖尿病	很高危	很高危	很高危

(六)高血压患者的治疗

目前,高血压的治疗常用方法是非药物治疗和药物治疗。

1. 非药物治疗　积极有效的非药物治疗可通过多种途径干扰高血压的发病机制,起到一定的降压作用,并有助于减少靶器官损害的发生率。非药物治疗包括改善生活方式,消除不利于心理和身体健康的行为和习惯,达到减少高血压以及其他心血管病的发病危险,具体内容包括:

(1)减少钠盐摄入。钠盐可显著升高血压及高血压的发病风险,而钾盐则可对抗钠盐升高血压的作用。世界卫生组织推荐每日摄入钠盐量应少于 6g。因此,所有高血压患者均应采取各种措施,尽可能减少钠盐的摄入量,并增加食物中钾盐的摄入量。具体措施包括:①尽可能减少烹调用盐,建议使用可定量的盐勺;②减少味精、酱油等含钠盐的调味品用量;③少食或不食含钠盐量较高的各类加工食品,如咸菜、火腿、各类炒货等;④增加蔬菜和水果的摄入量;⑤肾功能良好者,使用含钾的烹调用盐。

(2)控制体重。最有效的减重措施是控制能量摄入和增加体力活动。在饮食方面要遵循平衡膳食的原则,控制高热量食物(高脂肪食物、含糖饮料及酒类等)的摄入,适当控制主食(糖类)用量。在运动方面,规律的、中等强度的有氧运动是控制体重的有效方法。减重的速度因人而异,通常以每周减重 0.5～1.0kg 为宜。对于非药物措施减重效果不理想的重度肥胖患者,应在医生指导下,使用减肥药物控制体重。

> **链接**　BMI 通常反映全身肥胖程度,腰围主要反映中心型肥胖的程度。成年人正常 BMI 18.5～23.9kg/m²。BMI 在 24～27.9kg/m² 者提示需要控制体重;BMI>28kg/m² 者应减体重。成年人正常腰围<90/85cm(男/女),如腰围>90/85cm(男/女),同样提示需控制体重,如腰围>95/90cm(男/女),也应减体重。

(3)不吸烟。吸烟是一种不健康行为,是心血管病和癌症的主要危险因素之一。被动吸烟也会显著增加心血管疾病危险。应强烈建议并督促高血压患者戒烟,并鼓励患者寻求药物辅助戒烟(使用尼古丁替代品、安非他酮缓释片和伐尼克兰等),同时也应对戒烟成功者进行随访和监督,避免复吸。

(4)限制饮酒。对有饮酒习惯者,每日酒精摄入量男性不应超过 25g;女性不应超过 15g。不提倡高血压人饮酒,如饮酒,则应少量:白酒、葡萄酒(或米酒)与啤酒的量分别少于 50ml、100ml、300ml。

(5)体育运动。定期的体育锻炼可产生重要的治疗作用,可降低血压、改善糖代谢等。建议每天应进行适当的 30min 左右的体力活动;而每周则应有 1 次以上的有氧体育锻炼,如步行、慢跑、骑车、游泳、做健美操、跳舞和非比赛性划船等。典型的体力活动计划包括 3 个阶段:① 5～10min 的轻度热身活动。② 20～30min 的耐力活动或有氧运动。③放松阶段,约 5min,逐渐减少用力,使心脑血管系统的反应和身体产热功能逐渐稳定下来。运动的形式和运动量均应根据个人的兴趣、身体状况而定。常用运动强度指标可用运动时最大心率达到 180(或 170)减去平时心率为宜。

(6)保持心理平衡。长期、过量的心理反应,尤其是负性的心理反应会显著增加心血管风险。精神压力增加的主要原因包括过度的工作和生活压力以及病态心理,包括抑郁症、焦虑症、A 型性格(一种以敌意、好胜和妒忌心理及时间紧迫感为特征的性格)、社会孤立和缺乏社会支持等。应采取各种措施,帮助病人预防和缓解精神压力以及纠正和治疗病态心理,必要时建议患者寻求专业心理辅导或治疗。

2.药物治疗 凡高血压 2 级或以上患者、合并糖尿病、已有心、脑、肾等靶器官损害或并发症者、血压持续升高 6 个月者、非药物治疗手段不能有效控制血压者,必须使用降压药。

(1)药物治疗原则:①自最小有效剂量开始,以减少不良反应的发生。如降压有效但血压控制仍不理想,可视情况逐渐加量以获得最佳的疗效。②强烈推荐使用每日 1 次、24h 有效的长效制剂,以保证 24h 内稳定降压,这样有助于防止靶器官损害,并能防止从夜间较低血压到清晨血压突然升高而导致猝死、脑卒中和心脏病发作。这类制剂还可大大增加治疗的依从性,便于患者坚持规律性用药。③单一药物疗效不佳时不宜过多增加单种药物的剂量,而应及早采用两种或两种以上药物联合治疗,这样有助于提高降压效果而不增加不良反应。④判断某一种或几种降压药物是否有效以及是否需要更改治疗方案时,应充分考虑该药物达到最大疗效所需的时间。在药物发挥最大效果前过于频繁的改变治疗方案是不合理的。⑤高血压是一种终身性疾病,一旦确诊后应坚持终身治疗。应用降压药物治疗时更应如此。

(2)降压药物的选择:目前临床常用的降压药物主要有六大类。利尿药、α-受体阻滞药、钙通道阻滞药、血管紧张素转换酶(ACE)抑制药、β-受体阻滞药,以及血管紧张素Ⅱ受体拮抗药。降压药物的疗效和不良反应情况个体间差异很大,无论选用何种药物,其治疗目的均是将血压控制在理想范围,预防或减轻靶器官损害。新高血压防治指南强调,降压药物的选用应根据治疗对象的个体状况,药物的作用、代谢、不良反应和药物相互作用,参考以下各点做出决定:①治疗对象是否存在心血管危险因素。②治疗对象是否已有靶器官损害和心血管疾病(尤其冠心病)、肾病、糖尿病的表现。③治疗对象是否合并有受降压药影响的其他疾病。④与治疗合并疾病所使用的药物之间有无可能发生相互作用。⑤选用的药物是否已有减少心血管病发病率与病死率的证据及其力度。⑥所在地区降压药物品种供应与价格状况及治疗对象的支付能力。临床上常用的具体选择哪一种或几种药物应参照前述的用药原则全面考虑。

二、高血压高危人群的管理

(一)高血压高危人群的概念
高血压易患因素主要包括正常高值血压[120～139mmHg 和(或)80～89mmHg]、超重和肥胖、酗酒、高盐饮食。高血压高危人群是指具有高血压易患因素的人群。

(二)高危人群的管理
1.健康体检 健康体检要包括一般询问、身高、体重、血压测量、尿常规,测定血糖、血脂、肾功能、心电图等指标。35 岁及以上常住居民,每年在其第 1 次到乡镇卫生院、村卫生室、社区卫生服务中心(站)就诊时应为其测量血压;高危人群每半年至少测量 1 次血压。

2.控制危险因素的水平　一方面,实施社区全人群高血压预防策略,高危群体无疑从中受益;另一方面,对高危个体进行随访管理和生活方式指导。利用社区门诊、上门随访等方式,给予高危人群个体化生活方式的指导,开具"高血压健康教育处方",进行危险因素干预,指导并监督实施非药物治疗措施。

三、高血压患者的社区护理与管理

(一)高血压患者的社区护理

在原发性高血压患者的康复中,除必要的血压控制外,更需要系统的健康教育,使患者能够从心理、营养、运动及生活方式等方面重新获得正常或接近正常的生活状态。

1.患者的评估

(1)首次评估:内容要全面,包括询问有无肾疾病、心脏病、糖尿病等病史、用药史以及病前的职业、工作、人际关系、饮食习惯、烟酒嗜好、家庭经济状况等。重点了解患者的高血压、糖尿病、高脂血症、冠心病、脑血管意外、肾病及心律失常、心力衰竭的病史,可能存在的继发性高血压的危险因素、靶器官损伤的症状。是否少运动或体重超重;精神心理与社会状态;是否了解所患疾病与危险因素之间的关系,是否患有与高血压有关的合并症,家庭结构、家庭功能(适应度、合作度、情感度等)、医疗资源利用与病人自我护理能力等。

(2)随访评估:对原发性高血压患者,每年要提供至少 4 次面对面的随访。①测量血压并评估是否存在危急情况,如出现收缩压≥180mmHg 和(或)舒张压≥110mmHg;意识改变、剧烈头痛或头晕、恶心呕吐、视力模糊、眼痛、心悸、胸闷、喘憋不能平卧及处于妊娠期或哺乳期同时血压高于正常等危急情况之一,或存在不能处理的其他疾病时,须在处理后紧急转诊。对于紧急转诊者,乡镇卫生院、村卫生室、社区卫生服务中心(站)应在 2 周内主动随访转诊情况。②若不需紧急转诊,询问上次随访到此次随访期间的症状。③测量体重、心率,计算体质指数(BMI)。④询问患者疾病情况和生活方式,包括心脑血管疾病、糖尿病、吸烟、饮酒、运动、摄盐情况等。⑤了解患者服药情况。

2.护理措施

(1)血压监测:对高血压患者,若血压较稳定者可每周 1 次,若血压波动,则应每周 2～3 次,必要时每天 1～2 次。当出现头晕、头痛、眼花等症状时应增加测量次数。血压监测十分重要,这对高血压的防治起到了至关重要的作用。应教会患者及家属掌握血压测量方法及影响血压变化的因素如情绪、环境、气候及药物的影响,以便能够及时监测血压变化。

(2)用药指导:多数高血压患者均需服用降压药,部分患者对高血压的危险性认识不足,有的因无自觉症状或症状好转后不坚持长期服药,让患者了解服用降压药物是治疗的基础,必须遵医嘱按时服药,不可擅自加量,以免发生严重的不良反应,也不可随意减量或停药。此外,让患者及家属了解药物的名称、剂量、注意事项及不良反应。

(3)饮食指导:饮食宜清淡易消化,低脂肪、低胆固醇,少食多餐,限制盐的摄入,盐摄入过多易引起血压升高,老年高血压患者更应注意,每天应低于 6g,多吃水果及绿叶蔬菜、豆类食物,适当饮用牛奶,要保证摄入足量的钾和钙,体形肥胖者控制食量;向老年人讲解烟酒对身体的危害,尤其对高血压患者的危害,鼓励戒烟,尽量少饮酒,寻求家属的帮助,互相监督,以戒除不良嗜好。可向患者及家属介绍一些高血压患者宜食的食物和验方,如冬瓜、南瓜、丝瓜、黄瓜、苦瓜、芹菜、洋葱、番茄、核桃、海带、紫菜、菠菜、胡萝卜等富含维生素和微量元素的高钾低钠食品,以保护血管、降低血压。

(4)运动指导:保证合理的休息及睡眠,避免劳累提倡适当的体育活动,尤其对心率偏快的轻度高血压患者,进行有氧代谢运动效果较好,如骑自行车、跑步、做体操及打太极拳等,但需注意劳逸结合,避免时间过长的剧烈活动,以免血压突然升高,甚至造成脑血管意外。对自主神经功能紊乱者可适当使用镇静药。严重的高血压患者应卧床休息,高血压危象者则应绝对卧床,并需在医院内进行观察。

(5)心理护理:原发性高血压是心身疾病,当机体受到环境等不良刺激时,可引起情绪激动使交感神经兴奋,血管收缩,血压升高。在社区护理中,加强心理护理,帮助患者分析心理紧张的因素,告知患者及家属心理紧张与血压的关系,按时家访和电话咨询,指导患者加强自我修养,保持乐观情绪,学会对自己有益的保健方法,消除社会心理紧张刺激,保持机体内外环境的稳定,达到治疗和预防高血压的目的。

(二)高血压患者的管理

高血压患者的管理包括高血压的早诊早治,规范管理和监测。

1.检出高血压患者　基层卫生服务机构通过建立居民健康档案、体检、门诊就诊、其他途径的机会性筛查、场所提供测量血压的装置、家庭自测血压等方式检出高血压患者,建立高血压患者健康档案,统一管理,保证管理的连续性。

2.实施高血压分级管理　高血压的社区规范化管理是实施高血压的分级管理。根据危险分层:低危、中危、高危/很高危,将高血压患者分为一级、二级、三级管理(表7-3)。

表 7-3　社区高血压分级管理内容

项目	一级管理	二级管理	三级管理
管理对象	低危患者	中危患者	高危/很高危患者
建立健康档案	立即	立即	立即
非药物治疗	立即开始	立即开始	立即开始
药物治疗(初诊者)	可随访观察 3 个月,仍≥ 140/90mmHg 即开始	可随访观察 1 个月,仍≥ 140/90mmHg 即开始	立即开始药物治疗
血压未达标或不稳定,随访测血压	3 周 1 次	2 周 1 次	1 周 1 次
血压达标且稳定后,常规随访测血压	3 个月 1 次	2 个月 1 次	1 个月 1 次
测 BMI、腰围	2 年 1 次	1 年 1 次	6 个月 1 次
检测血脂、血糖、尿常规、肾功能、检查心电图	4 年 1 次	2 年 1 次	1 年 1 次
眼底检查、超声心动图检查	选做	选做	选做
转诊	必要时	必要时	必要时

对建立健康档案、非药物治疗,药物治疗,随访测血压,测量 BMI 及腰围,检测血脂、血糖、尿常规及肾功能,检查心电图、眼底及超声心动图等方面提出了具体实施要求。在高血压分级管理中,实施随访监测记录应注意①血压监测:医院、社区站(中心)测量或患者自测血压均可;血压不稳定者增加随访和测压次数;鼓励病人自测血压。②其他检测项目:社区站(中心)或医院检测均可。③辅助检测的频率为基本要求,根据需要可增加监测次数。

3. 随访方式　高血压社区随访可采用多种方式同时进行,常用的方式有患者到医院的诊所随访、定期到居民比较集中的社区站点随访、患者自我管理教育后的电话随访、对行动不便患者的入户随访以及对中青年高血压人群的网络随访。符合成本效益的是电话随访,注意在电话随访前患者应接受血压监测方法的培训。

第三节　2 型糖尿病患者的社区护理与管理

一、疾 病 概 述

糖尿病是一种常见的内分泌代谢性疾病,是由于血中的胰岛素分泌绝对不足或相对不足,或伴靶组织细胞对胰岛素敏感性降低,导致血糖过高,出现尿糖,进而引起脂肪和蛋白质代谢紊乱的全身性疾病。久病可引起多系统损害,导致眼、肾、神经、心血管组织器官的慢性进行性病变,引起功能缺陷及衰竭,病情严重或应激时可发生急性代谢紊乱,严重地威胁着患者的健康乃至生命。糖尿病是常见病、多发病,其患病率正随着人民生活水平的提高、人口老化、生活方式的改变而迅速增加。糖尿病已成为发达国家中继心脑血管病和肿瘤之后的第三大非传染性疾病。

(一)流行病学特点

目前世界各国糖尿病的发病率与病死率在逐年增高,其在不同的地区有一定差异。糖尿病的患病率有明显的随年龄上升而增高的趋势。据估计,目前全世界约有糖尿病患者 1.35 亿,在我国糖尿病患者中,约 90% 以上为 2 型糖尿病患者。

(二)2 型糖尿病发病危险因素

一般认为,糖尿病是由于遗传因素和环境因素联合作用,导致机体以持续高血糖为基本生化特征的综合征。2 型糖尿病发病危险因素也可分为不可改变因素和可改变因素(表7-4)。

1. 遗传因素　与 1 型糖尿病类似,2 型糖尿病也有家族发病的特点。很可能与基因遗传有关。这种遗传特性 2 型糖尿病比 1 型糖尿病更为明显。例如,双胞胎中的一个患了 1 型糖尿病,另一个有 40% 的机会患上此病;但如果是 2 型糖尿病,则另一个就有 70% 机会患上 2 型糖尿病。

2. 年龄　50% 的 2 型糖尿病患者多在 55 岁以后发病。高龄病人容易患糖尿病也与年龄和超重有关。

3. 肥胖　肥胖症是 2 型糖尿病的一个重要因素。遗传原因可引起肥胖,同样也可引起 2 型糖尿病。中心型肥胖病人的多余脂肪集中在腹部,他们比那些脂肪集中在臀部与大腿上的人更容易发生 2 型糖尿病。

4. 诱发因素　高热量饮食、体力活动减少、胰岛素抵抗、感染、创伤、手术、精神刺激、多次妊娠和分娩都是 2 型糖尿病的诱发因素。

表 7-4　2 型糖尿病的危险因素

不可改变因素	可改变因素
年龄	IGT 或合并 IFG(极高危)
家族史或遗传倾向	代谢综合征或合并 IFG(高危人群)
种族	超重肥胖与体力活动减少
妊娠期糖尿病(GDM)史	饮食因素与抑郁
多囊卵巢综合征(PCOS)	致糖尿病药物
宫内发育迟缓或早产	致肥胖或糖尿病环境

(三)临床表现

1. 症状与体征　本病多起病缓慢,逐渐进展,早期可无症状,多饮、多尿、多食、体重减轻,即为糖尿病的典型症状,除"三多一少"外,同时还伴有疲乏无力、精神委靡等。典型的"三多一少"仅出现于部分病人,多数以急慢性并发症就诊。

2. 并发症　急性并发症常见的有酮症酸中毒,其次有高渗性昏迷和感染;慢性并发症有大血管病变如糖尿病性心脏病、糖尿病性脑血管病变、糖尿病伴高血压等;微血管病变如糖尿病眼病、糖尿病肾病等;糖尿病神经病变如周围神经损害、自主神经病变、糖尿病足等。糖尿病并发症已成为糖尿病患者致死致残的主要原因。

(四)诊断

目前我国采用 1997 年美国糖尿病协会(ADA)提出的诊断和分类标准,尿糖阳性和血糖水平增高,空腹血浆葡萄糖(FPG)水平 ≥ 7.0mmol/L(126mg/dl)或餐 2h 后血浆血糖(2hPG) ≥ 11.1mmol/L(200mg/dl)是诊断主要标准。

(五)糖尿病病人的社区治疗

1. 治疗目标　糖尿病治疗的近期目标是控制糖尿病,防止出现急性代谢并发症,远期目标是通过良好的代谢控制达到预防慢性并发症,提高糖尿病患者的生活质量和延长寿命。为了达到这一目标应建立较完善的糖尿病教育管理体系。为患者提供生活方式干预和药物治疗的个体化指导。

2. 治疗策略　2 型糖尿病的治疗策略是综合性的,包括降糖、降压、调脂、抗凝、控制体重和改善生活方式等治疗措施。降糖治疗包括饮食控制、合理运动、血糖监测、糖尿病自我管理教育和应用降糖药物等综合性治疗措施。

3. 治疗方法　轻度:单纯饮食治疗,运动治疗;中度:饮食治疗,运动治疗,口服降糖药;重度:饮食治疗,运动治疗,注射胰岛素。

4. 控制目标　我国 2 型糖尿病的控制目标(表 7-5):空腹血浆葡萄糖 3.9～7.2 mmol/L(70～130mg/dl),非空腹血糖＜10.0mmol/L(180mg/dl),且糖化血红蛋白≤7.0％,表明血糖控制良好。

表 7-5　中国 2 型糖尿病的控制目标

		目标值
血糖（mmol/L）*	空腹	3.9～7.2mmol/L（70～130mg/dl）
	非空腹	<10.0mmol/L（180mg/dl）
HbA1c（%）		<7.0
血压（mmHg）		<130/80
HDL-C（mmol/L）	男性	>1.0（40mg/dl）
	女性	>1.3（50mg/dl）
TG（mmol/L）		<1.7（150mg/dl）
LDL-C（mmol/L）	未合并冠心病	<2.6（100mg/dl）
	合并冠心病	<1.8（70mg/dl）
体重指数（BMI，kg/m²）		<24
尿清蛋白/肌酐（mg/mmol）	男性	<2.5（22mg/g）
	女性	<3.5（31mg/g）
尿清蛋白排泄率		<20μg/min（30mg/d）
主动有氧活动（分钟/周）		≥150

* 毛细血管血糖

5. **药物治疗**　糖尿病是终身治疗疾病，需长期药物控制。治疗糖尿病的药物如下。

（1）口服降糖药。分为磺脲类、双胍类、α-葡萄糖苷酶抑制药和胰岛素增敏药等。

（2）胰岛素。2 型糖尿病患者经饮食及口服降血糖药治疗未获得良好控制需使用胰岛素治疗。胰岛素制剂可分为速（短）效、中效和长（慢）效三类。速效有普通（正规）胰岛素（RI），是惟一可经静脉注射的胰岛素，可用于抢救糖尿病酮症酸中毒。中效胰岛素有低精蛋白胰岛素（NPH）和慢胰岛素锌混悬液。长效制剂有精蛋白锌胰岛素注射液（PZI）和特慢胰岛素锌混悬液。胰岛素治疗应在一般治疗和饮食治疗的基础上进行，并按患者反应情况和治疗需要做适量调整。

二、2 型糖尿病高危人群的管理

（一）2 型糖尿病高危人群的概念

糖尿病高危人群是容易发生糖尿病的人群。糖尿病高危人群是指：①有糖调节受损史；②年龄≥40 岁；③超重、肥胖（BMI≥24），男性腰围≥90cm，女性腰围≥85cm；④2 型糖尿病者的一级亲属；⑤高危种族；⑥有巨大儿（出生体重≥4kg）生产史，妊娠糖尿病史；⑦高血压（血压≥140/90mmHg），或正在接受降压治疗；⑧血脂异常 HDL-C≤35mg/dl（0.91mmol/L）及 TG≥200 mg/dl（2.22mmol/L），或正在接受调脂治疗；⑨心脑血管疾病患者，静坐生活方式；⑩有一过性类固醇诱导性糖尿病病史者；⑪BMI≥30kg/m² 的多囊卵巢综合征患者；⑫严重精神病和（或）长期接受抗抑郁症药物治疗的患者。如果筛查结果正常，3 年后重复检查。糖调节受损是 2 型糖尿病高危人群最重要的诱因。

值得指出的是,糖尿病的高危人群并不意味着就一定能够成为糖尿病患者,在没有发生糖尿病之前,采取健康的生活方式和科学的医学干预,相当部分的高危人群可转变成正常人群,成为一生与糖尿病无缘的人群。

(二)2 型糖尿病高危人群的管理

1. **健康教育** 通过健康教育提高人群对糖尿病危害的认识,特别是糖尿病危险因素的控制,使人们认识到糖尿病是终生疾病,预防的效果大于治疗。

2. **生活方式干预** 强调适当控制饮食、加强运动锻炼、戒烟限酒、控制体重等。饮食管理是防治的基础,要采取科学的饮食和运动疗法,要做到合理饮食,避免糖尿病的发生发展。高危人群平时要多吃一些低热量、低脂肪、低糖类和高膳食纤维的食物,如杂粮馒头、荞麦面条、蔬菜水果等。减轻体重和增加运动对阻止糖尿病的发生起着重要作用,特别是高体重、高血脂、高血压的高危人群,宜每天餐后有氧运动 30~45min。生活方式干预具体目标是:①使肥胖者 BMI 达到或接近 $24kg/m^2$,或体重至少减少 5%~10%;②至少减少每日总热量400~500kcal;③饱和脂肪酸摄入占总脂肪酸摄入的 30% 以下;④体力活动增加到每周 250~300min。

3. **加强监测** 采用 OGTT 或监测空腹血糖的方法筛查血糖,早期发现,及时给予干预。

三、2 型糖尿病患者的护理与管理

糖尿病目前尚不能治愈,但用科学的方法可以控制疾病的发展。除了遵医嘱坚持药物治疗之外,还要注重生活方面的调养,改变不良的生活习惯如久坐的生活方式、戒烟戒酒,合理的饮食调配与适当的运动,精神松弛,生活规律对于治疗糖尿病必不可少。由世界卫生组织推荐、经过许多糖尿病患者实践证明,糖尿病患者的治疗提倡综合处理,合理饮食、适当运动、必要的降糖药物、病情监测及健康教育。不断学习糖尿病有关知识,可使患者明确控制目标,积极参与管理,使患者能够自觉接受和配合治疗,使糖尿病的病情稳定,血糖控制在良好的范围,提高患者的生活质量。

(一)2 型糖尿病患者的社区护理

1. **患者的评估** 了解糖尿病患者家庭发病史,2 型糖尿病患者是否有肥胖、久坐的生活方式、缺乏体力活动、多次妊娠及精神紧张等发病的诱因,要了解患者既往的饮食结构及患病后的饮食情况等。了解患者目前的健康状况,如生命体征与辅助检查,包括血糖(空腹及餐后血糖及糖化血红蛋白)、血脂、尿素氮、肌酐、心电图、眼底情况等。了解患者的心理状况,分析其情感问题是否与疾病有关,以了解情绪与血糖水平的关系。

2. **合理饮食** 饮食控制是糖尿病治疗的基本措施,所有糖尿病患者无论采取降血糖药物治疗与否,首先必须控制饮食,饮食控制可减轻胰岛 β 细胞负担,降低血糖。社区护士应向患者介绍饮食治疗的目的、意义及具体措施,使患者积极配合,以取得最佳效果。

(1)计算标准体重:计算 BMI 或应用简易公式计算:标准体重(kg)=身高(cm)-105

(2)每日所需总热量:根据标准体重及工作性质计算。一般成年人在休息状态下每天每千克给予热量 105~126kJ(25~30kcal);轻体力劳动者 126~146kJ(30~35kcal);中度体力劳动者给 146~167kJ(35~40kcal);重体力劳动 167kJ(40kcal)。儿童、孕妇、乳母、营养不良者及消耗性疾病者应酌情增加,肥胖者酌减,使体重下降至正常标准 5% 左右。

(3)食物中三大营养物质分配:①糖类占食物总量的 50%~60%,每日 200~300g。②蛋白质占总热量 15%~20%,成年人每日每千克体重为 0.8~1.2g,儿童、孕妇、乳母、营养不良者每日每千克体重可增加至 1.5~2.0g;③脂肪占总热量 25%~30%,每日每千克体重为 0.6~1.0g。

(4)热量分配:可按患者进餐习惯热量分布大概为 1/5、2/5、2/5 或 1/3、1/3、1/3,患者应按计算的饮食量选择食谱,并定时、定量进餐。

(5)膳食调配及注意事项如下。

①饮食中限制糖、水果、蜂蜜、巧克力、果汁类甜食和酒类。少食胆固醇含量高的动物内脏、全脂牛奶、蛋黄;脂肪应以植物油为主,限制动物脂肪的摄入;食盐用量每日不要超过 6g,合并高血压患者应<3g。

②提倡食用纤维素含量多的食物。尤其对易产生饥饿感者,食物中增加粗杂粮、豆类和新鲜蔬菜的比例,不仅能补充各种维生素及微量元素成分,又可延缓肠道对葡萄糖的吸收,降低餐后血糖、血脂水平,增加饱腹感,有利于肥胖者减轻体重。

③取得病人配合。糖尿病患者能否认真坚持饮食控制,直接影响治疗效果。患者应理解其重要性,自觉执行。

④患者如生活不规律,经常出差时,应随身携带一些方便食品,如奶粉、方便面、咸饼干等。外出时也要遵照平时饮食定量,不可暴饮暴食而使病情加重。

⑤每周应定期测量一次体重,衣服重量要相同,且用同一磅秤。

⑥严格控制饮食,口服降糖药物及注射胰岛素者每餐应将计划饮食吃完,如果不能吃完全餐,须当天补足未吃完食物的热量与营养;定时进食,如果进餐时间延后,应在餐前先喝一杯牛奶或吃一点饼干,以避免发生胰岛素休克反应;长时间的运动应根据需要增加热量摄入,以预防发生低血糖反应。

(6)糖尿病食物的选择和禁忌:糖尿病患者主食可选用大米、玉米面、小米、白面等,副食可选用瘦肉、鸡蛋、鱼、牛奶、豆类等富含蛋白质的食物。如按膳食单的定量吃完后仍有饥饿感,可加 3% 以下的蔬菜食用,如芹菜、白菜、菠菜、黄瓜、西红柿、生菜等。糖尿病患者禁止食用含糖过高的甜食如糖果、冰激凌、甜饮料、糕点、饼干、红薯等。如想吃甜味食品可采用木糖醇、甜叶菊等调味品。限制高动物脂肪、高胆固醇食物,如动物内脏及蛋黄及肥肉及猪、牛、羊油等。

3. 生活护理　根据患者具体情况合理安排生活起居,制定作息时间,坚持长期执行。早晨醒来时先于床上适当活动后再下床。可坚持日常工作,工作中要适当休息,晚上要以休息、娱乐为主。活动时谨防意外。糖尿病患者的起居环境要清洁,经常开窗通风,保持空气清新,室内光线充足,住所布置幽静,可适当种些花草。睡眠时间最好能保持 10h,一般取右侧卧位,身体自然屈曲,适当配合仰卧位,睡床放置以南北方向为宜。外出旅行时必须随身携带足够的口服降糖药或胰岛素及注射胰岛素所需的材料,携带糖果以防低血糖时应用,佩戴能表明其糖尿病患者身份的卡片或手镯等物,以备急用时能为帮助者提供资料。会餐时饮白酒须防低血糖。生活中出现应急事件,如各种感染、发热、家庭危机等事件,应及时与医生、护士保持联系以便调整用药量。

4. 预防感染　糖尿病患者因体内糖、蛋白质、脂肪代谢紊乱,抵抗力差,容易合并各种感染,而且一旦感染则难以控制,并促使糖尿病病情加剧,诱发酮症酸中毒。因此,糖尿病患者要特别注意个人卫生,预防感染。要做到勤洗澡,勤换衣服,保持皮肤清洁,以防皮肤化脓感染。男性刮脸时要避免弄破皮肤造成感染。糖尿病患者易并发牙周病、口腔真菌感染,因此要保持口腔卫生,要求做到睡前、早起后刷牙,每次餐后要刷牙漱口。女性患者要经常保持外阴清洁,便后及性生活后要做局部清洗,对预防尿路感染起着一定的作用。平时患者要注意观察有无发热和有关症状出现,以便及早就医处理。

5. 足部护理 糖尿病患者易发生动脉硬化,糖尿病患者中足坏疽的发生率比非糖尿病患者高 17 倍。发生多发性神经炎时,由于神经营养不良和痛觉障碍,易导致皮肤破损,多见于足部。因此要告知患者注意保护足部。其方法是:不穿袜口弹性过紧的袜子,选择软底宽头的鞋子,每晚用 50～60℃的温水洗足,保持趾间干燥。经常检查有无外伤、鸡眼、水疱、趾(指)甲异常等,并及时就医处理。剪指(趾)甲时注意剪平,不能修剪过短伤及甲沟。

6. 运动指导

(1)运动的方式:做有氧运动,如散步、慢跑、做广播操、太极拳、球类活动等,每周至少 3 次,每次 40min,可达到改善循环、增强心肺的功能,降低血糖的目的。

(2)运动注意事项

①运动应尽量避免恶劣天气,不在酷暑及炎热的阳光下或严冬凛冽的寒风中进行。不要空腹时运动以避免发生低血糖。运动时间最好在饭后 1h 以后,运动量适宜,以不感到疲劳为度,运动时应使患者达到的心率:(200－年龄)× 60%～70%(即相同年龄正常人的最大心率的 60%～70%),过量运动可使病情加重。

②曾患卒中或心肌梗死、肾病及视网膜病变的患者,宜选择温和性的运动,时间不宜过长,因剧烈的活动可使心肌耗氧量增加、心肌供血不足而引起心绞痛,还可使肾血流减少使糖尿病肾病加重。

③未注射胰岛素或口服降糖药的 2 型糖尿病患者,在运动前不需要补充食物。有利于减轻体重、提高对胰岛素的敏感性,改善糖和脂代谢紊乱。如使用胰岛素,且剂量不变,当运动量比平时多时,患者必须在运动前进食,摄入量相当于点心量即可预防低血糖。

④如果在运动中出现饥饿感、心慌、出冷汗、头晕及四肢无力或颤抖等,表明已出现低血糖,应立即停止运动并进食,一般在休息 10min 左右低血糖即可缓解,若不能缓解,应立即送医院治疗。运动中如果出现胸痛或胸闷,应立即停止运动,并尽早去医院就诊。

7. 指导自我监测 糖尿病患者应了解血糖、尿糖值的意义,掌握血糖、尿糖的自我监测方法和要求,以便有效控制病情。

(1)血糖监测:血糖测定主要有试纸比色法和血糖监测仪法。试纸比色法不需血糖监测仪,价格相对便宜,但缺点是仍为半定量测试方法。血糖监测仪法与试纸比色法相似的是血糖检测仪也需要血糖试纸,而且某些种类的试纸包装上也标有比色板,因而在没有血糖监测仪时也可用比色法。但若用血糖监测仪,所测定的毛细血管血糖更加准确。

①血糖监测仪测血糖的方法:用肥皂水洗手并擦干,或用酒精消毒并晾干;用采血针采血,将一滴血布满在试纸的测试薄膜上;按说明书要求等候 1min 左右。如果用血糖仪,可在显示屏上直接读出数字。

②监测时间:每天测定血糖时间定在早、中、晚三餐前和晚上睡觉前。有时为能更准确地了解血糖波动情况。在三餐后 2h 和凌晨 2:00～4:00 也应各测血糖 1 次。当出现血糖过高或

低血糖症状者,应随时测定。如果血糖较为稳定,不用胰岛素即可控制血糖者,不必每天测定血糖,可按上述方法每月抽查 2～3d 即可。

(2)尿糖监测:目前采用尿糖试纸检测尿糖定性,应注明采集标本的时间。一般是在三餐前及睡前进行尿糖测定,在三餐前 30min 先将尿排空,饭前留取标本,用尿糖试纸监测。尿糖试纸测试方法:将尿糖试纸放入盛有尿液的容器内;即刻取出,稍待片刻;与试纸包装上的不同尿糖浓度比色,以确定尿糖含量;结果以"+"表示并记录。

8.低血糖的护理　低血糖是糖尿病患者常可能出现的不良反应,而且无法预知在何时何地会发生低血糖,如在家中、办公室、大街上、驾车时或在沙滩上等,都有可能发生低血糖反应。不仅是糖尿病患者,其家属及同事都必须认识低血糖反应,以便及时治疗。

(1)低血糖的判断:当糖尿病患者出现以下异常表现时应怀疑低血糖反应。①心慌,手抖,冷战;②头晕或头痛;③出汗过多,脸色苍白;④饥饿,全身软弱无力;⑤反应迟钝、发呆,昏昏欲睡;⑥步态不稳,视物模糊,个别患者会发生全身抽搐。

(2)低血糖的应急处理:一旦低血糖反应发作,应立即进食糖类食品或饮料。一般低血糖反应的应急措施是食用含有 15～20g 葡萄糖的食物或饮料。下列是含有 15～20g 葡萄糖的食物及剂量:250～340ml 橙汁,210～280ml 橙汁汽水,30g 面包。进食后宜休息 10～15min,如 15min 后仍感身体不适,可再吃些水果、饼干、面包等含糖食物。若低血糖反应持续发作,应立即将患者送往医院进行救治。

(3)低血糖的预防:指导患者严格按医嘱用药,及时按血糖情况调整剂量,用药后按计划进食,适当控制活动量。

9.应用胰岛素治疗的护理　社区护士要做好患者及家属的培训工作,使他们掌握正确的注射部位、操作方法、时间、用药剂量及注意事项。注射胰岛素的时间、剂量一定要准确,注射后 30min 进餐。注射胰岛素后,应警惕低血糖症状、过敏反应及局部反应等。注意抽取胰岛素的顺序,一定先吸短效胰岛素,再吸长效胰岛素,然后混匀,不可逆行操作,影响其速效性。为预防低血糖反应,在使用胰岛素治疗初期,即告知患者胰岛素可能引起的不良反应和低血糖反应,减少活动量,随身携带饼干类食品,在有强烈饥饿感时立即进食,可预防低血糖发生。治疗过程中密切观察血糖、尿糖变化,随时调整胰岛素用量。

10.健康教育　社区健康教育目标是使血糖达到或接近正常水平,消除症状或延缓并发症的发生,通过开展健康教育,满足患者对疾病相关知识的需求。使患者了解糖尿病的有关知识后,在饮食治疗、科学用药、运动锻炼、生活习惯和方式、心理调节等方面能进行主动自我调控,增强糖尿病患者的自我管理能力。该项工作首先应得到街道居委会支持,加大宣传力度,使社区健康教育顺利进行,同时在社区卫生服务站建立患者个人档案资料,跟踪服务。内容包括指导患者学会血糖、尿糖监测方法;胰岛素注射方法、技巧;自我管理、自我保健等护理指导,同时做好心理疏导工作。具体做法有:①发放糖尿病健康教育小册子。②举办糖尿病知识专题讲座,每月 1 次,以幻灯、投影、播放糖尿病专题录像等形式系统讲解,鼓励患者及家属互相交流经验,认真解答患者及家属提出的问题并给予科学指导。③电话热线咨询解答。④家庭随访,了解患者饮食、运动以及血糖控制情况,针对患者的具体情况,再给予正确的指导和帮助。

(二)2 型糖尿病患者的管理

1.检测 2 型糖尿病患者　辖区内 35 岁及以上人群,工作中发现的 2 型糖尿病高危人群,建议其每年至少测量 1 次空腹血糖。

2. 糖尿病教育　通过多种形式开展 2 型糖尿病患者健康教育,以增进患者自我调控和自我管理能力。

3. 随访服务　对确诊的 2 型糖尿病患者,每年提供 4 次免费空腹血糖检测,至少进行 4 次面对面随访。

(1)测量空腹血糖和血压,并评估是否存在危急情况,如出现血糖≥16.7mmol/L 或血糖≤3.9mmol/L;收缩压≥180mmHg 和(或)舒张压≥110mmHg;有意识或行为改变、呼气有烂苹果样丙酮味、心悸、出汗、食欲减退、恶心、呕吐、多饮、多尿、腹痛、有深大呼吸、皮肤潮红;持续性心动过速(心率超过 100/min);体温超过 39℃或有其他的突发异常情况,如视力突然骤降、妊娠期及哺乳期血糖高于正常等危险情况之一,或存在不能处理的其他疾病时,须在处理后紧急转诊。对于紧急转诊者,基层卫生服务机构应在 2 周内主动随访转诊情况。

(2)若不需紧急转诊,询问上次随访到此次随访期间的症状。

(3)测量体重,计算体质指数(BMI),检查足背动脉搏动。

(4)询问患者疾病情况和生活方式,包括心脑血管疾病、吸烟、饮酒、运动、主食摄入情况等。

(5)了解患者服药情况。

3. 分类干预

(1)对血糖控制满意(空腹血糖＜7.0mmol/L),无药物不良反应、无新发并发症或原有并发症无加重的患者,预约进行下一次随访。

(2)对第 1 次出现空腹血糖控制不满意(空腹血糖≥7.0mmol/L)或药物不良反应的患者,结合其服药依从情况进行指导,必要时增加现有药物剂量、更换或增加不同类的降糖药物,2 周内随访。

(3)对连续 2 次出现空腹血糖控制不满意或药物不良反应难以控制以及出现新的并发症或原有并发症加重的患者,建议其转诊到上级医院,2 周内主动随访转诊情况。

(4)对所有的患者进行针对性的健康教育,与患者一起制定生活方式改进目标并在下一次随访时评估进展。告诉患者出现哪些异常时应立即就诊。

4. 健康体检　对确诊的 2 型糖尿病患者,每年进行 1 次较全面的健康体检,体检可与随访相结合。内容包括体温、脉搏、呼吸、血压、身高、体重、腰围、皮肤、浅表淋巴结、心、肺及腹部等常规体格检查,并对口腔、视力、听力和运动功能等进行粗测判断。

附 1　高血压患者随访服务记录表

姓名：　　　　　　　　　　　　　　　　　　　　　　　　　　编号□□□-□□□□□

随访日期		年　月　日	年　月　日	年　月　日	年　月　日
随访方式		1门诊 2家庭 3电话　□	1门诊 2家庭 3电话　□	1门诊 2家庭 3电话　□	1门诊 2家庭 3电话　□
症状	1 无症状 2 头痛头晕 3 恶心呕吐 4 眼花耳鸣 5 呼吸困难 6 心悸胸闷 7 鼻出血不止 8 四肢发麻 9 下肢水肿	□/□/□/□/□/□/□/□ 其他：	□/□/□/□/□/□/□/□ 其他：	□/□/□/□/□/□/□/□ 其他：	□/□/□/□/□/□/□/□ 其他：
体征	血压（mmHg）				
	体重（kg）	／	／	／	／
	体质指数	／	／	／	／
	心率				
	其他				
生活方式指导	日吸烟量（支）				
	日饮酒量（两）			／	／
	运动	次/周　　分钟/次 次/周　　分钟/次	次/周　　分钟/次 次/周　　分钟/次	次/周　　分钟/次 次/周　　分钟/次	次/周　　分钟/次 次/周　　分钟/次
	摄盐情况（咸淡）	轻/中/重　轻/中/重	轻/中/重　轻/中/重	轻/中/重　轻/中/重	轻/中/重　轻/中/重
	心理调整	1良好　2一般　3差　□	1良好　2一般　3差　□	1良好　2一般　3差　□	1良好　2一般　3差　□
	遵医行为	1良好　2一般　3差　□	1良好　2一般　3差　□	1良好　2一般　3差　□	1良好　2一般　3差　□
辅助检查*					
服药依从性		1规律 2间断 3不服药□	1规律 2间断 3不服药□	1规律 2间断 3不服药□	1规律 2间断 3不服药□
药物不良反应		1无 2有_____　□	1无 2有_____　□	1无 2有_____　□	1无 2有_____　□
此次随访分类		1控制满意 2控制不满意 3不良反应 4并发症　□	1控制满意 2控制不满意 3不良反应 4并发症　□	1控制满意 2控制不满意 3不良反应 4并发症　□	1控制满意 2控制不满意 3不良反应 4并发症　□
用药情况	药物名称1				
	用法用量	每日　次　每次　mg	每日　次　每次　mg	每日　次　每次　mg	每日　次　每次　mg
	药物名称2				
	用法用量	每日　次　每次　mg	每日　次　每次　mg	每日　次　每次　mg	每日　次　每次　mg
	药物名称3				
	用法用量	每日　次　每次　mg	每日　次　每次　mg	每日　次　每次　mg	每日　次　每次　mg
	其他药物				
	用法用量	每日　次　每次　mg	每日　次　每次　mg	每日　次　每次　mg	每日　次　每次　mg
转诊	原因				
	机构及科别				
下次随访日期					
随访医生签名					

附2 2型糖尿病患者随访服务记录表

姓名：   编号□□□-□□□□□

随访日期		年 月 日	年 月 日	年 月 日	年 月 日
随访方式		1门诊 2家庭 3电话 □	1门诊 2家庭 3电话 □	1门诊 2家庭 3电话 □	1门诊 2家庭 3电话 □
症状	1 无症状 2 多饮 3 多食 4 多尿 5 视力模糊 6 感染 7 手脚麻木 8 下肢水肿 9 体重明显下降	□/□/□/□/□/□/□/□/□ 其他：	□/□/□/□/□/□/□/□/□ 其他：	□/□/□/□/□/□/□/□/□ 其他：	□/□/□/□/□/□/□/□/□ 其他：
体征	血压(mmHg)				
	体重(kg)	/	/	/	/
	体质指数	/	/	/	/
	足背动脉搏动	1 未触及 2 触及 □	1 未触及 2 触及 □	1 未触及 2 触及 □	1 未触及 2 触及 □
	其他				
生活方式指导	日吸烟量	/ 支	/ 支	/ 支	/ 支
	日饮酒量	/ 两	/ 两	/ 两	/ 两
	运动	次/周 分钟/次 次/周 分钟/次	次/周 分钟/次 次/周 分钟/次	次/周 分钟/次 次/周 分钟/次	次/周 分钟/次 次/周 分钟/次
	主食(克/天)	/	/	/	/
	心理调整	1 良好 2 一般 3 差 □	1 良好 2 一般 3 差 □	1 良好 2 一般 3 差 □	1 良好 2 一般 3 差 □
	遵医行为	1 良好 2 一般 3 差 □	1 良好 2 一般 3 差 □	1 良好 2 一般 3 差 □	1 良好 2 一般 3 差 □
辅助检查	空腹血糖值	_____ mmol/L	_____ mmol/L	_____ mmol/L	_____ mmol/L
	其他检查 *	糖化血红蛋白____% 检查日期：___月___日 _____ _____	糖化血红蛋白____% 检查日期：___月___日 _____ _____	糖化血红蛋白____% 检查日期：___月___日 _____ _____	糖化血红蛋白____% 检查日期：___月___日 _____ _____
服药依从性		1 规律 2 间断 3 不服药 □	1 规律 2 间断 3 不服药 □	1 规律 2 间断 3 不服药 □	1 规律 2 间断 3 不服药 □
药物不良反应		1 无 2 有 □	1 无 2 有 □	1 无 2 有 □	1 无 2 有 □
低血糖反应		1 无 2 偶尔 3 频繁 □	1 无 2 偶尔 3 频繁 □	1 无 2 偶尔 3 频繁 □	1 无 2 偶尔 3 频繁 □
此次随访分类		1 控制满意 2 控制不满意 3 不良反应 4 并发症 □	1 控制满意 2 控制不满意 3 不良反应 4 并发症 □	1 控制满意 2 控制不满意 3 不良反应 4 并发症 □	1 控制满意 2 控制不满意 3 不良反应 4 并发症 □
用药情况	药物名称1				
	用法用量	每日 次 每次 mg	每日 次 每次 mg	每日 次 每次 mg	每日 次 每次 mg
	药物名称2				
	用法用量	每日 次 每次 mg	每日 次 每次 mg	每日 次 每次 mg	每日 次 每次 mg
	药物名称3				
	用法用量	每日 次 每次 mg	每日 次 每次 mg	每日 次 每次 mg	每日 次 每次 mg
	胰岛素	种类： 用法和用量：	种类： 用法和用量：	种类： 用法和用量：	种类： 用法和用量：

（续　表）

转	原因			
诊	机构及科别			
下次随访日期				
随访医生签名				

（张　孟）

1. 慢性病的特点有哪些？

2. 导致慢性病发生的危险因素包括哪几方面？

3. 刘某，男，79 岁，诊断高血压已 30 年，通过口服降压药（尼群地平，每次 10mg，每天 1～2 次），目前血压为 150/94mmHg。病人自感无特殊不适。日常生活中刘某寡言少语、性情急躁，口味较重，喜吃甜食，每日除为家里扫地之外，基本没有其他活动。请为该病人制定一个访视计划，并给予相关指导。

第 8 章

常见传染病的社区护理与管理

传染病是由各种病原体所引起的具有传染性的疾病。传染病能够迅速传播、流行，严重危害人们的健康。随着社会经济发展、生活水平提高，医疗卫生条件改善、依法防治和计划免疫等重大措施的实施，20 世纪 80 年代，烈性传染病"天花"在世界范围内被消灭，许多传染病得到有效控制。我国传染病发病率和病死率也有了大幅下降。但是，随着我国经济的发展、人口数量的增加和对外交流的日益频繁等，传染病的新发和再发仍然不断，如艾滋病、非典型肺炎、结核病、病毒性肝炎、菌痢等，防治工作不能松懈。社区护士由于工作在基层，接触传染病的机会很多，在传染病的防治中发挥着积极作用。因此学习传染病的理论知识和社区防护技能，树立传染病的防护意识很有必要。

第一节　传染病的预防与控制概述

一、传染病的分级和分类管理

（一）传染病的分级管理

1. 各级政府应负责领导传染病的防治管理，制定规划，并组织实施。

2. 各级卫生行政部门应负责传染病监督管理包括传染病的预防、治疗、监督、控制和疫情管理的监督检查。

3. 卫生防疫机构负责责任范围内传染病监督管理，设立传染病监督员。

4. 医疗机构承担本单位及责任地区内传染病防治管理任务。设立传染病监督员。

（二）传染病分类管理

《中华人民共和国传染病防治法》（2004）根据传染病的危害程度和应采取的监督、监测、管理措施，参照国际上统一分类标准，结合我国的实际情况，将全国发病率较高、流行面较大、危害严重的 39 种急性和慢性传染病列为法定管理的传染病，并根据其传播方式、速度及其对人类危害程度的不同，分为甲、乙、丙三类，实行分类管理。

1. **甲类传染病**　甲类传染病也称为强制管理传染病，包括：鼠疫、霍乱 2 种。对此类传染病发生后报告疫情的时限，对病人、病原携带者的隔离、治疗方式以及对疫点、疫区的处理等，均强制执行。

2.乙类传染病 乙类传染病也称为严格管理传染病,包括:传染性非典型肺炎、艾滋病、病毒性肝炎、脊髓灰质炎、人感染高致病性禽流感、麻疹、流行性出血热、狂犬病、流行性乙型脑炎、登革热、炭疽、细菌性和阿米巴性痢疾、肺结核、伤寒和副伤寒、流行性脑脊髓膜炎、百日咳、白喉、新生儿破伤风、猩红热、布鲁菌病、淋病、梅毒、钩端螺旋体病、血吸虫病、疟疾、甲型H1N1 流感 26 种。

对此类传染病要严格按照有关规定和防治方案进行预防和控制。其中,传染性非典型肺炎、炭疽中的肺炭疽、人感染高致病性禽流感和甲型 H1N1 流感这四种传染病虽被纳入乙类,但可直接采取甲类传染病的预防、控制措施。

3.丙类传染病 丙类传染病也称为监测管理传染病,包括:流行性感冒、流行性腮腺炎、风疹、急性出血性结膜炎、麻风病、流行性和地方性斑疹伤寒、黑热病、包虫病、丝虫病,除霍乱、细菌性和阿米巴性痢疾、伤寒和副伤寒以外的感染性腹泻病、手足口病 11 种。

> **链接** 2009 年 4 月 30 日中华人民共和国卫生部公告(2009 年第 8 号)将甲型H1N1 流感(原称人感染猪流感)纳入《中华人民共和国传染病防治法》规定的乙类传染病,并采取甲类传染病的预防、控制措施。

二、传染病的社区防护原则

传染病流行必须具备 3 个环节,即传染源、传播途径和人群易感性。3 个环节必须同时存在才能构成传染病的流行,缺一不可。故从理论上说,要控制传染病的流行只要打破任何一个环节就可实现,比如预防接种保护易感人群,种牛痘最终消灭了天花。因此,传染病的社区预防要围绕这 3 个环节进行。

(一)健康教育

可举办预防传染病的讲座,在群众中普及传染病流行病学的经典理论和防控的知识与技能。利用家访宣传传染病防护知识,改变家庭成员不良的卫生习惯和行为,预防控制传染病社区传播。

(二)开展爱国卫生运动

组织力量改善居民生活、卫生条件,消毒、灭鼠、杀虫等,有计划地消除各种病媒昆虫滋生地,降低社区媒介昆虫密度,切断传染病的传播途径。

(三)公共性预防措施

政府有计划建设和改造城乡公共卫生设施,对污水、污物、粪便进行无害化处理。改善饮用水卫生条件,实行饮用水消毒等。

(四)预防和控制医源性感染

医疗保健机构和卫生防疫机构必须严格执行相关的规章制度,防止传染病的医源性感染、医院内感染和实验室感染。

(五)加强服务行业的管理

对餐饮、食品加工和销售、托幼机构、理发、美容洗浴等服务行业人员要定期进行检查,及时发现和管理传染源。

(六)国境卫生检疫

严格执行《中华人民共和国国境卫生检疫法》,防止传染病传入和传出。

三、传染病的社区防护措施

(一)消灭传染源

1. **传染病患者** 采取5早措施,即早发现、早诊断、早报告、早隔离和早治疗。这是控制和消灭传染病的重要措施,对病人是惟一传染源的传染病效果更好。

2. **疑似患者** 疑似患者应尽早明确诊断。甲类传染病的疑似患者必须在指定场所进行医学观察、隔离治疗和送检病原学标本,医疗机构或卫生防疫机构要在2d内明确诊断;乙类传染病的疑似患者,在医疗保健机构指定下治疗或隔离治疗,并且在2周内明确诊断。疑似患者必须接受医学检查、随访和隔离治疗措施,服从医疗卫生防疫部门做出的安排。

3. **病原携带者** 包括潜伏期病原携带者、病后病原携带者和健康病原携带者。对病原携带者应做好登记与管理,并进行健康教育,使其养成良好个人卫生习惯,并定期随访,2~3次病原学检查结果阴性可以解除管理。

4. **接触者** 接触者是指曾经接触过传染源可能受到传染的人。接触者应接受检疫,检疫期限是从最后接触之日起相当于该病的最长潜伏期。可采取以下措施防止其发病或成为传染源:留验、医学观察、应急预防接种、药物预防。

5. **对动物传染源** 危害大且无经济价值的动物应消灭,如灭鼠;有经济价值的病畜,危害大也要捕扑杀,如对患狂犬病的狗、患炭疽的猪等应捕杀;有经济价值的病畜,危害不大时,可予以隔离治疗;家畜和宠物应做好检疫和预防接种。

(二)切断传播途径

不同传染病的传播途径不同,途径不同措施也不同。切断传播途径可根据具体情况采用下列方法:

1. **消毒** 是杀灭或消除环境中的致病微生物,达到无害化。灭菌是指把物体上所有的微生物(包括细菌芽孢在内)全部杀死的方法。

消毒包括预防性消毒(对饮用水、室内空气、餐饮部门日常消毒等)和疫源地消毒。疫源地消毒是指有明显传染源出现后所进行的消毒,它又分为随时消毒和终末消毒,随时消毒是指有传染源存在,对传染源污染的环境随时进行的消毒;终末消毒是指传染源被移走后,对传染源待过的环境(如住房)所进行的最后一次消毒。常用的消毒方法有物理消毒法、化学消毒法和生物消毒法。

2. **杀虫** 杀灭病媒昆虫,阻断以其为媒介的传染病的传播。卫生杀虫剂是指主要用于公共卫生领域控制病媒生物和影响人群生活的害虫的药剂。主要包括防治蚊、蝇、蚤、蟑螂、螨、蜱、蚁等病媒生物和害虫的药剂。这类杀虫剂与保护农林作物、杀灭农林害虫的杀虫剂不同,卫生杀虫剂直接作用于人类居住的环境,有的甚至长时间与人接触(如用于室内的空间喷洒剂、滞留喷洒剂、蚊帐浸泡剂等),其保护对象是人。常用品种有1.5%马拉硫磷粉剂、0.5%溴氰菊酯粉剂、1%残杀威粉剂;克敌胶悬剂(2.8%溴氰菊酯)尤其适合宾馆、饭店、居室、娱乐场所、学校使用。

3. **改善公共卫生设施** 针对不同传染病的传播途径采取不同的措施。如消化道传染病应加强饮食、饮水卫生和生活垃圾、污水、粪便等的管理。

(三)保护易感人群

1. **提高人群非特异性免疫力** 包括改善营养、锻炼身体、养成良好的生活习惯、规律的生活制度,加强个人防护(戴口罩、手套,使用安全套)等。

2. 提高人群特异性免疫力　通过预防接种提高人群的主动或被动特异性免疫力,以提高个体和群体的免疫水平,预防和控制相应传染病的发生和流行。特别是计划免疫的实施已经显示出巨大的威力,如种牛痘预防并消灭天花;麻疹疫苗消除麻疹;脊髓灰质炎疫苗预防流行性脊髓灰质炎等。

四、社区护士在传染病防控中的任务

(一)传染病的预防

1. 健康教育　根据知、信、行理论,对社区居民进行有计划的健康教育,宣传传染病相关知识和技能(病原体、传播途径、疾病的早期征象、预防方法、治疗措施等),使社区居民知道传染病的基本知识,坚信传染病是可防、可治的,关键是积极行动起来,改变不良的卫生习惯和不健康的行为及生活方式,如不喝生水、不吃未洗净的瓜果、蔬菜,正确洗手以防病从口入;坚守一夫一妻制,杜绝性乱,避免不洁性行为等,能预防艾滋病等。根据社区居民的基本条件,因时因地制宜,选择适宜的项目,制定健康教育计划,认真组织实施,注重居民行为的改变,实现预期目的。

2. 预防接种　包括应急接种和计划免疫,这是社区护士的主要任务之一。

3. 社区环境卫生管理　包括垃圾处理、吐泻物的消毒处理、空气消毒指导、杀虫剂使用方法的指导、水源防护和饮水卫生指导等。

(二)阻止传染病的蔓延

1. 疫情报告　社区护士属于疫情责任报告人之一,对于诊断明确的传染病患者或疑似患者,要按法律规定的程序及时上报疫情。发现甲类传染病和乙类传染病中的肺炭疽、传染性非典型肺炎、脊髓灰质炎、人感染高致病性禽流感患者或疑似患者,或发现其他传染病、不明原因疾病暴发时,要求于 2h 内报告。发现其他乙、丙类传染病患者、疑似患者和规定报告的传染病病原携带者,应于 24h 内报告。有医生同在的情况下,一般是首诊医生负责诊断和报告,护士可协助完成。

2. 控制传播　配合卫生防疫工作者对有疫情的社区和家庭使用消毒隔离技术,以阻止传染病的传播和蔓延,并对居民进行相关的知识和技术培训。

3. 调查处理　调查传染源活动范围和接触易感者的情况,对目前存在的传染源的排泄物、分泌物及所污染的物品及时进行消毒;当传染源移走之后进行终末消毒,同时要做好疫情调查处理记录。

(三)社区传染病患者的护理与管理

1. 预防指导　要掌握社区内传染病患者的基本情况,对不能很好的进行自我管理、缺乏传染病知识的患者进行具体的、有针对性的预防指导,协助患者和家属掌握预防、控制传染病的知识和技术。

2. 护理治疗　配合医生,严格执行医嘱,掌握药物配伍禁忌,密切观察药物毒性作用,预防和控制二重感染的发生。要做好患者的心理护理。

3. 管理继发患者　要了解患者周围的继发情况,对继发者要立案管理。

4. 社区访视　①初访要求:核实诊断、调查传染源、采取防疫措施、做好疫情调查处理记录。②复访要求:了解患者病情的发展或治疗效果,为进一步确诊或对原诊断的修正提供依据;了解患者周围的继发情况,对继发患者立案管理;了解防疫措施落实情况,进一步进行卫生宣传教育。

第二节 常见传染病的社区护理与管理

一、肺 结 核

结核病是由结核分枝杆菌感染引起的以呼吸道传播为主的慢性传染病。结核菌能侵入人体各种器官,以肺脏为主,称为肺结核,也即"痨病"。结核病是最古老的传染病之一,曾在全球广泛流行,夺去了数亿人的生命,人们称之为白色瘟疫。自 20 世纪 50 年代以来,不断发现有效的抗结核药物,卡介苗的广泛接种和经济发展、环境改善、生活水平提高,使流行得到一定控制。20 世纪 80 年代甚至有学者认为 20 世纪末即可消灭肺结核。然而,这种顽固的"痨病"又向人类发起了新一轮的挑战。据世界卫生组织的报告,近年来肺结核在全球各地死灰复燃,每年发病人数约 900 万人。

(一)流行病学

1. 传染源 长期排菌的开放性肺结核患者是主要的传染源(特别是空洞性结核病人)一个痰涂片阳性的排菌者每年可传染 5~10 人,而肺外结核(如骨结核、脑膜结核等)则没有传染性,因此发现和治愈痰涂片阳性的肺结核患者,有助于控制传染源。

2. 传播途径 呼吸道传播是肺结核最主要的传播途径。排菌病人平时大声谈笑、唱歌、咳嗽、打喷嚏把带有传染性的唾液、飞沫散播于空气中,直接通过呼吸道进入健康人肺泡而引起感染;也可通过经蒸发形成"微滴核"、并长时间飘浮在空气中被健康人吸入而诱发结核;结核菌外界抵抗力较强,在干燥的痰内可存活 6~8 个月,并可通过尘埃传播。与排菌病人同住在一个房间内的儿童和青年最容易受感染。

3. 人群易感性 人群普遍易感,婴幼儿、青春期、老年人、尘肺、糖尿病患者、胃切除术后或长期使用免疫制剂的人因为抵抗力降低比较容易发病。艾滋病病毒感染者因免疫缺损,一旦感染结核菌极易发生结核病。

4. 流行特征 目前全球肺结核患者逐年上升,我国结核病疫情亦呈蔓延趋势,疫情表现有"六多":一是感染人数多,全国多达 5.5 亿人感染过结核菌,约占全国人口的 45%,高于全球平均水平;二是患者数多,全国活动性肺结核、传染性肺结核患病率分别为 367/10 万和 122/10 万,有活动性肺结核病人 450 万,其中传染性肺结核病人 150 万;三是新发病人多,全国每年新发活动性肺结核病人 145 万,其中传染性肺结核病人 65 万;四是死亡人数多,全国每年约有 13 万人死于结核病;五是农村患者多,全国约有 80% 的结核病人集中在农村,主要在经济不发达的中西部地区;六是耐药患者多,全国结核病耐药率高达 28%。据估计,全球每年新出现耐多药结核患者 30 万至 60 万,实际病人可能已达 100 万。世界卫生组织估算,中国耐多药的结核病人数占全球的 1/4 至 1/3。肺结核病是传染病中引起患者死亡的头号杀手,为其他各种传染病死亡人数的总和的 2 倍,遏止结核病刻不容缓。

(二)肺结核的临床表现

肺结核初期或病变轻微者常无自觉症状或症状轻微,易被病人等所忽略,可在健康体检时发现。随着病情的进展而出现相应的全身中毒症状和呼吸道症状:

1. 全身症状　结核菌毒素可引起的全身性感染中毒症状,如全身不适、疲倦、无力,食欲缺乏、体重下降,长期午后低热、盗汗、颧红、气短及育龄期妇女月经不调等。

2. 呼吸道症状　由于肺部组织受病变损伤后引起的各种症状,如咳嗽、咳痰、咯血、胸痛、呼吸短促等。各种症状的轻重程度因个体抵抗力、病情发展过程等因素而有所不同。

(三)辅助检查

1. 结核菌检查　是确诊肺结核最特异性的方法,痰中找到结核菌是确诊肺结核的主要依据。涂片抗酸染色镜检快速简便,诊断基本即可成立;培养法更为精确,除能了解结核菌有无生长繁殖能力外,且可作药物敏感试验与菌型鉴定。结核菌生长缓慢,使用改良罗氏培养基,通常需4～8周才能报告。培养比较费时,但精确可靠,特异性高,若涂片阴性或诊断有疑问时,培养尤其重要,培养菌株进一步做药物敏感性测定,可为治疗特别是复治时提供参考。

2. 影像学检查　是早期发现肺结核的重要方法,胸部X线摄片检查对确定肺内病变的部位、范围、有无空洞或空洞大小、洞壁厚薄等可作出判断。

3. 结核菌素试验　是诊断结核感染的参考指标,对儿童、青少年的结核诊断有参考意义,有助于判断有无结核菌感染。若呈强阳性反应,常表示为活动性结核病。结素试验阳性反应仅表示曾有结核感染,并不一定现在患病。若结素试验阴性反应除表示没有结核菌感染外,尚应考虑以下情况:结核菌感染的初期或应用糖皮质激素等免疫抑制药物、营养不良、白血病、淋巴瘤、结节病、艾滋病等使得变态反应暂时受到抑制。

4. 其他　近年来,应用分子生物学及基因工程技术,以非培养方法来检出与鉴定临床标本中的结核菌,展示其敏感、快速及特异性高等优点,如核酸探针(DNA probe)、染色体核酸指纹术等。

(四)治疗原则

1. 化疗　化学疗法是现代结核病最主要的治疗和控制结核病传播的惟一有效的方法,是控制结核病流行的最主要的武器,确诊的病人应当及时给予抗结核药物治疗,化疗原则:早期、联用、适量、规律和全程使用敏感药物。

现代治疗和管理肺结核病人采用的是DOTS策略,它包含5个基本要素,即政府承诺、以痰涂片检查为发现结合患者的主要手段、推行医护人员面视下的短程督导化疗、定期不间断地提供抗结核药物、检测系统。直接面视下短程督导化疗,其服药方法是患者在医护人员直接面视下服药,隔日服药。该疗法分为两个阶段:强化期和继续期。强化期为杀菌阶段,即在治疗开始时的2～3个月,联合应用4～5种抗结核药,以便在短时间内尽快杀灭大量繁殖活跃的敏感菌,减少耐药菌的产生;继续期为巩固治疗阶段,即在强化期之后的4～6个月,继续消灭残留的结核菌,并减少和避免复发机会。

2. 对症治疗　对于全身中毒症状严重的患者,在抗结核的基础上,可加用糖皮质激素;咯血的患者要卧床休息、镇静、止血。

(五)病人的居家护理

1. 用药护理　肺结核是一种慢性消耗性传染病,治疗时间长、痊愈较慢,而且抗结核药不良反应大,致使一些患者难以坚持用药,从而影响治疗效果。要想达到治愈肺结核的目的,单纯依靠住院的治疗和护理远远不够,为了提高患者的生活质量,积极配合治疗,做好社区护理督导非常重要。

(1)规律用药:患者要按医生指定的治疗方案,坚持按时、规律用药。切记一定要持之以恒;不可随意间断或减量、减药、或加大剂量;患者必须备有足够的药物并将每日服药纳入日常生活中,宜将药固定放置于容易看到的地方,以免漏服;如未能按时服药,应在24h内采取补救措施及时补上。

(2)观察反应:长期服用抗结核药需注意不良反应,如利福平,宜早晨空腹服用,抗结核药物大多对肝有损害,故可同时加服护肝药,并定期复查肝功能、肾功能、测听力、视力等。

2. 饮食护理 肺结核属于慢性消耗性疾病,因此饮食治疗对此病相当重要,要指导患者加强营养。在普通饮食的基础上,再给以高热量、高维生素、高蛋白食物(如豆浆、蛋类、肉类、蔬菜、水果等),以提高机体免疫力,增强各脏器功能。忌食肥甘、厚腻及生冷、煎炸食物;避免进食酒精及含酒精饮料、奶酪,戒烟、戒酒等。

3. 休息及活动护理 患者应注意休息:全身中毒症状严重的患者应绝对卧床休息;病情轻、症状少的患者也要早睡早起,每天的睡眠时间也不得少于10h;全身中毒症状不明显或消失的患者可做些力所能及的事情或进行适宜的户外活动(如散步、打太极、体操等),呼吸新鲜空气,增强体质,提高机体的抗病能力,但不可劳累过度。

4. 指导个人卫生习惯 肺结核患者要特别注意不要随地吐痰;宜将痰吐在纸里、烧掉,农村也可做深埋处理;患者不要对着别人大声说笑;打喷嚏、咳嗽时要掩住口鼻;患者的食具要煮沸消毒后再用;被褥、衣物要勤晒、曝晒;居室最好是阳光充足的单间,要经常开窗通风,以保持室内空气流通。

(六)社区管理

WHO控制结核病的基本策略是:发现和治疗患者,新生儿接种卡介苗。我国结核病防治的主要政策:对活动性肺结核患者提供免费的抗结核药物治疗,对肺结核可疑症状者提供免费的结核病检查,对推荐和转诊的医生提供报病补助,对管理患者治疗的医务人员实行补助以及对追踪患者、乡级痰检人员给予补贴等。具体措施如下:

1. 接种卡介苗 在结核病发病较高的地区,接种卡介苗在预防结核病,特别是可能危及儿童生命的严重结核病,如结核性脑膜炎、粟粒型结核病等方面具有相当明显的作用。卡介苗接种的主要对象是新生儿、婴幼儿。卡介苗接种被称为"出生第一针",在产院、产科出生的新生儿一出生就应接种。如果出生时没有及时接种,在1岁以内一定要到当地结核病防治机构或其他卡介苗接种站去补种。复种对象为城市和农村中7岁、农村中12岁儿童。

2. 早发现、早治疗 "直接观察下的短程督导化疗"是目前结核病防治的最重要的措施。同时指导病人对居住地经常通风,养成良好的卫生习惯,降低疾病的传播。

3. 已感染者的预防治疗 对已经感染结核菌的人,用抗结核药物预防结核病的发生是非常有效的。在我国高感染率的情况下,应对特殊人群或重点对象进行药物预防,这样可以减少结核病的发生。

4. 未感染者的预防治疗 近期研究表明:未感染者应用异烟肼(INH)预防治疗后,再感染结核菌结核病发病明显减少。因此对5岁以下儿童,如果有密切的结核传染源接触史,尽管没有感染,预防治疗是非常有效的。

5. 消毒 ①痰:患者的痰要吐在有盖的能煮沸的容器内,也可使用比痰多1倍的消毒液浸泡2h以上再倒掉,盛痰的容器要每天煮沸消毒,每次煮沸10～20min,痰量不多时,也可吐在纸内,将其放在塑料袋内一并烧掉;②餐具:患者所用的餐具在就餐后煮沸消毒5min再冲洗;③饭菜:剩余的饭菜煮沸5min后再弃去;④日用品:日用品能煮沸的煮沸消毒,也可表面喷消毒剂,不宜采取上述方法的可用日光暴晒(如卧具),每次 2h 以上;⑤经常通风换气,每日不少于 3 次,每次 15min,但要注意不要使患者感冒,这样可使痰菌易被稀释或被紫外线消毒,减少传染性;⑥患者离开(住院、迁出、死亡)后,彻底进行消毒,将艾卷点燃,将米醋按房屋面积(每平方米 1~2 汤匙)计算,放在炉上熏蒸后,再用来苏水向空中、地面喷雾,洗刷门窗家具,一切完毕后,关闭门窗 1~2h。

二、病毒性肝炎

病毒性肝炎是由多种肝炎病毒引起的以肝脏损害为主要特征的一组常见传染病,根据其病原学目前已确定的有 6 种类型,最近发现一种新的肝炎病毒-TTV,对其致病性尚有争议。我国是肝炎大国,以甲、乙两型肝炎所占比例最大,危害最重;1992 年调查结果:HBsAg 阳性率为 9.75%;抗-HAV IgG 阳性率为 80.9 %;抗-HCV IgG 阳性率为 3.2 %;抗-HEV 阳性率为 17.2 %。近 10 年来,通过大规模的接种甲、乙肝炎疫苗,我国病毒性肝炎的发病率呈现明显的下降趋势,但甲、乙型肝炎所占比例仍未改变;而且乙、丙、丁型肝炎易转变为慢性,并可进一步发展为肝硬化和肝癌,给社会带来巨大的经济负担。因此,病毒性肝炎防治是我国一个重要的公共卫生问题。

(一)流行病学

1. **传染源**　甲型肝炎和戊型肝炎的主要传染源是急性期患者和亚临床感染者。乙型、丙型、丁型肝炎的传染源是急、慢性肝炎患者以及病毒携带者。

2. **传播途径**

(1)经粪-口途径传播:指带毒的粪便污染了水源、水产品、蔬菜、食品和用具等,再经口感染,是甲、戊型肝炎的主要传播途径。1983 年、1998 年上海两起甲型肝炎暴发流行是典型实例。

(2)母婴传播:包括宫内感染、围生期传播和分娩后传播,乙、丁型肝炎可经此途径传播。

(3)医源性传播:主要是指输入不合格的血液及其制品、使用被肝炎病毒污染的医疗器械和医护与患者之间的传播。乙、丙、丁型肝炎可经此途径传播。

(4)体液传播:现已证实血液、唾液、精液、阴道分泌物、汗液和乳汁等体液含有肝炎病毒,因此密切的生活接触、性接触可感染肝炎病毒。乙、丙、丁型肝炎可经此途径传播。

3. **人群易感性**　人类对各型肝炎普遍易感,各种年龄均可发病。

(二)临床表现

各型肝炎都有一定的潜伏期,其潜伏期长短不一:甲型肝炎为 2~6 周(平均 1 个月);乙型肝炎为 6 周至 6 个月(一般约 3 个月);丙型肝炎为 2 周至 6 个月(平均 40d);丁型肝炎为 4~20 周,戊型肝炎为 2~9 周。各型肝炎的肝脏病理改变基本相似,临床表现可分为以下四型:急性肝炎(急性黄疸型肝炎和急性无黄疸型肝炎)、慢性肝炎、重型肝炎、淤胆型肝炎。

(三)辅助检查

1. **肝功能检查**　肝功能异常程度取决于病毒性肝炎的病情。轻者 ALT 略有升高,中度者 ALT 和 AST 反复或持续中度升高,重度患者除 ALT 和 AST 反复明显升高外,还有碱性磷酸酶(ALP)、γ-谷氨酰转移酶(GGT)、胆红素不同程度升高,血清清蛋白降低、球蛋白升高、凝血酶原时间延长、凝血因子 II、V、VII、IX、X 减少等。

2. 病原学检查　肝炎病毒血清学及病毒基因检测对慢性病毒性肝炎的诊断以及估价病情和指导治疗有着重要的意义。甲型肝炎抗-HAV IgM 呈阳性；HBV 感染者血清 HBsAg 或 HBeAg 或 HBVDNA 阳性；丙型肝炎可检测出血清中抗-HCV 和 HCVRNA。HEV 感染者血清中抗-HEV 呈阳性。

此外，还有肝炎病毒的基因型检测与肝穿刺活体组织学检测方法。

(四)治疗原则

由于是病毒感染，目前病毒性肝炎尚缺乏可靠的特效治疗方法。主要以充分的休息、营养为主，辅以适当药物，避免饮酒、过劳和使用损害肝脏药物为治疗原则，多数病人可在 3~6 个月自愈。

(五)社区护理

1. 保健指导

(1)休息：急性肝炎患者必须卧床休息，要做到心身休息，这是顺利度过危险期的关键，症状减轻后也应适当控制活动，肝功能基本正常后，活动可适当增加，如散步、做广播操等，以不感觉疲劳为原则。已婚患者要控制性生活，育龄妇女不要怀孕，以利于肝功能恢复。

(2)饮食：膳食上给予适量糖类和蛋白质、足够的维生素和适量脂肪，饮食选择清淡新鲜、富有营养又易于消化的流质或半流质。饭菜要适合患者口味，以增进患者食欲。可少食多餐，每顿八分饱，不要过量，以免增加胃肠及肝脏负担。

(3)其他：因酒精可加重肝细胞坏死，肝炎患者绝对禁忌饮酒。呕吐严重或进食少者，则可静脉补充葡萄糖，以保证生理需要的热量供应。肝炎患者要遵照医嘱按时服药。室内外环境宜幽静，光线柔和，室内保持空气新鲜，温湿度适宜，营造适于身体康复的良好环境。

2. 心理护理　情绪的好坏直接关系到病情的好转，要尊重患者，引导患者主动了解病毒性肝炎的传播方式、防治等知识，指导患者正确的态度对待疾病，情绪愉悦，乐观豁达，逐渐树立战胜疾病的信心。

3. 指导患者家庭隔离消毒　肝炎病毒对含氯消毒液敏感，可用于患者的餐具、排泄物的消毒；家庭成员间牙刷、剃须刀和餐具等不要混用。

4. 督促病人按时到医院复诊　注意病情变化，每两周或 1 个月复查肝功能；嘱咐要在医生的指导下用药，以免损害肝功能。

(六)社区预防

1. 控制传染源

(1)各种类型的急性肝炎患者一旦确诊，都要进行隔离治疗至病毒消失，隔离期长短不一，病人可遵循医嘱。慢性患者和病毒携带者可根据病毒复制指标评估传染性大小，复制活跃者尽可能给予抗病毒治疗，并根据其传染性大小来安排工作。

(2)凡现症感染者不得从事饮食相关行业和托幼工作。

2. 切断传播途径

(1)甲型和戊型肝炎　重点采取环境卫生措施，如水源保护、饮水消毒、食品卫生、个人卫生、粪便管理等。

(2)乙、丙、丁型肝炎　重点在于防止通过血液和体液的传播。每一个献血员和每一个单元血液都要经过最敏感方法检测 HBsAg 和抗-HCV。阳性者不得献血，阳性血液不得使用。提倡使用一次性注射用具和针灸针，重复使用的器械必须经高压或煮沸消毒。不耐热的器械可用 2％戊二醛浸泡 2h 消毒。漱洗用具要专用。接触患者后用肥皂和流动水洗手。

3. 保护易感人群

(1)主动免疫:①甲型肝炎。在甲型肝炎流行期间,易感人群(婴、幼儿、儿童和血清抗-HAV IgG 阴性者)均可接种甲型肝炎减毒活疫苗。②乙型肝炎。按相应的免疫程序接种乙肝疫苗,特别是 HBsAg 阳性母亲生下的婴儿应在分娩后立即接种乙型肝炎疫苗,注射 3 次后保护率约为 80％。

(2)被动免疫:①甲型肝炎。甲型肝炎患者的接触者可接种人血清或胎盘球蛋白以防止发病。②乙型肝炎。新生儿接种乙型肝炎疫苗的同时,如联合使用高滴度抗-HBV IgG(HBIG)注射,可提高保护率至 95％。HBIG 也适用于已暴露于 HBV 的易感者。

三、艾 滋 病

艾滋病(AIDS)又称"获得性免疫缺陷综合征",是由人类免疫缺陷病毒(HIV)引起的一种严重传染病,该病毒通过破坏人体免疫系统、大量杀伤免疫细胞,使机体细胞免疫功能缺陷及免疫监督功能低下,从而使人丧失抵抗各种疾病的能力,导致机会感染、恶性肿瘤的发生。艾滋病主要临床症状是出现不明原因的长期低热、体重下降、盗汗、慢性腹泻等症状,继而发生难以治愈的感染和肿瘤,最终导致死亡;此病目前尚无有效的治愈方法,病死率高达 100％,但是完全可以预防;规范的抗病毒治疗也可有效抑制病毒复制,降低传播危险,延缓发病,延长生命,艾滋病的疫苗已进入临床试验阶段。

(一)流行病学

1. 新时期艾滋病流行的特点　随着社会经济的发展和艾滋病防治工作的不断深入,我国艾滋病疫情出现了一些新的情况,呈现 3 个特点:一是艾滋病疫情持续上升,上升幅度有所减缓;二是艾滋病传播方式更加隐蔽,性传播已成为主要传播途径,男性同性性传播上升速度明显;三是局部地区和特定人群疫情严重,云南、广西、河南、四川、新疆和广东 6 省累计报告感染者和病人数较其他地区多。

2. 传染源　传染源为艾滋病患者及艾滋病病毒携带者。传染性最强的是临床无症状而血清 HIV 抗体阳性的感染者,其 HIV 分离率最高。无症状感染者是艾滋病流行难以控制的重要原因。而病毒阳性抗体阴性的 HIV 感染者,是更危险的传染源。

3. 传播途径　艾滋病感染者的血液、精液、阴道分泌物、皮肤黏膜破损或炎症溃疡的渗出液里都含有大量艾滋病病毒,具有很强的传染性;乳汁也含病毒,具有传染性。目前已证实其传染途径主要有 3 条即经性传播、经血液传播、母婴垂直传播;其核心传播途径是经性传播和经血液传播。

因 HIV 只有在人体内才能生存,所以下列情形不会感染艾滋病病毒:日常生活和工作接触不会感染:如握手、拥抱、礼节性接吻、共同进餐、共用工具等;咳嗽、打喷嚏、蚊虫叮咬不传播艾滋病;艾滋病也不会经马桶圈、餐饮具、卧具、游泳池、公共浴池等公共设施传播。

4. 人群易感性　人群普遍易感。男性同性恋患者、静脉吸毒成瘾者、血友病病人,接受输血及其他血制品者、与以上高危人群有性关系者及 HIV 感染者所生的子女等群体感染的机会更大。

(二)临床表现

从最初感染了艾滋病病毒到最终发展成为艾滋病患者,医学上将这个过程分为四期:急性感染期、潜伏期、艾滋病前期、艾滋病期。以下是各期的主要表现：

1. 急性 HIV 感染期　在病毒感染初期，有的感染者在感染艾滋病毒 1～2 周可出现发热、咳嗽、头痛、乏力、恶心、食欲减退、腹泻、皮疹等类似感冒的症状，但通常都比较轻微，容易被忽略；约 1 个月症状消失。HIV 进入人体后，需要经过 2～12 周，血液才会产生 HIV 抗体；因而，在此期间抗体检测呈阴性。但此期 HIV 数量达到了峰值，传染性极强。

2. 潜伏期　从人体感染 HIV 开始，到出现艾滋病临床症状，这段没有明显症状的时期，称为潜伏期。此期短至数月，长至 20 年，平均潜伏期为 10 年左右。处于潜伏期的 HIV 感染者具有传染性，是重要的传染源。

3. 艾滋病前期　潜伏期过后人体会出现一些与艾滋病有关的症状和体征，医学上称之为"艾滋病相关综合征"。此时，感染者的免疫力已经被病毒严重破坏了，通常会出现一些全身症状（如身体不适、乏力、周期性低热、体重减轻等）和一些非致命性的感染（如比较严重的足癣、口腔白色念珠菌和疱疹病毒感染、肠道寄生虫感染、肛周或生殖器等处发生尖锐湿疣和寻常疣病毒感染等）。

4. 艾滋病期　这是艾滋病病毒感染的最终阶段，这时候人体的免疫功能全面崩溃，患者出现严重的综合病症，发生各种致命性的感染或多种恶性肿瘤，直至死亡。

（三）辅助检查

目前检测 HIV 的方法有 100 多种，总体来说可以分为抗体检测和病毒检测两大类。常用的方法有：

1. 抗原检测　用 ELISA 检测 P24 抗原，在 HIV 感染早期尚未出现抗体时，血中就有该抗原存在。由于 P24 量太少，阳性率通常较低，现有用解离免疫复合物法或浓缩 P24 抗原，可提高敏感性。

2. 抗体检测　主要有酶联免疫吸附试验（ELISA）和免疫荧光试验（IFA）。ELISA 用去污剂裂解 HIV 或感染细胞液提取物作抗原，IFA 用感染细胞涂片作抗原进行抗体检测，如果发现阳性标本应重复一次。为防止假阳性，可做免疫印迹试验（Westernblot，蛋白印迹法）进一步确证。

3. 核酸检测　用 PCR 法检测 HIV 基因，具有快速、高效、敏感和特异等优点，目前该法已被应用于 HIV 感染早期诊断及艾滋病的研究中。

4. 病毒培养　病毒培养是检测 HIV 感染最精确的方法。一般采取培养外周血单个核细胞（PBMC）的方法进行 HIV 的诊断，该法检测 HIV 专一性强，不会出现假阳性；但是须要有一定数量的感染细胞存在才能培养和分离出病毒来，因而敏感性差、操作时间长、操作复杂，且费用较高，不适用于临床。

（四）治疗原则

目前，就艾滋病的治疗尚无有效的治愈药物，其治疗原则为杀灭或抑制 HIV 病毒、抗感染、抗肿瘤、增强机体免疫力等。

1. 抗病毒治疗　利巴韦林（病毒唑）作为广谱抗病毒药物，对 HIV 有一定疗效，可选用。异构多聚阴离子-23 连续静脉滴注数月，可杀灭 HIV，α-干扰素也可作为辅助抗病毒药物选用。较好的方法是 2～3 种抗 HIV 药物联合使用。

2. 抗感染治疗　针对各种机会性感染和合并感染用药，包括抗病毒类药物、抗细菌类药物、抗真菌类药物、抗原虫类药物等。

3.抗肿瘤治疗　根据不同肿瘤类型选择化疗、放疗及免疫调节疗法方案。放疗对症状缓解作用较好,可配合化疗应用。

4.免疫调节及免疫重建治疗　免疫调节治疗药物有免疫增强药,可酌情选用。另外骨髓移植、胸腺移植及淋巴细胞注入等免疫重建疗法,在艾滋病的治疗中均有积极作用。

(五)社区管理

1.对感染者提供关爱和社会支持　当患者被确诊感染艾滋病后,其精神痛苦远大于疾病本身,因此,护士要以正确的态度对待患者,真正关心、体贴患者;多与病人沟通,鼓励患者说出自己的感受;动员社会支持系统,切实为患者提供优质服务。

2.对感染者的进行健康教育和生活指导　由于艾滋病病人抵抗力低,在家庭生活中患者及其家属应知道如何防护:①HIV感染者应尽量避免到公共场所,注意个人卫生,不要接触结核病、水痘、带状疱疹等感染性疾病的患者;②注意饮食卫生;③提供营养学教育,给予合理平衡的膳食;④保证足够的睡眠和合理的休息;⑤由于紫外线可激活HIV,因此HIV感染者应减少紫外线照射;⑥家庭成员亦应掌握自身防护的知识及方法,直接参与护理病人的人应注意保护自己手部及皮肤完整,皮肤有破损时不能接触患者,孕妇及儿童尽量避免接触AIDS病人。

3.家庭隔离和消毒指导　虽然除了性关系外,感染者在一个家庭内的彼此相互横向传染的机会非常小,但家庭还应该采取必要的隔离和消毒措施。①接触被感染者血液、体液污染的物品和排泄物时,要戴橡胶手套或采用其他方法避免直接接触;②感染者的生活和卫生用具要单独使用;③处理污物和利器时要防止皮肤损伤;④女性患者月经期间使用过的卫生巾等弃物要放入塑料袋中尽快焚烧,其他被血液或体液污染的物品要用0.2%次氯酸钠溶液消毒,如床单、被罩等要单独浸泡后再清洗。

4.预防疾病的传播　由于到目前为止AIDS还无预防的疫苗,目前所应用的各种治疗措施只能延长感染者的生存期。因此,预防AIDS传播显得尤为重要。HIV感染者应主动承担起预防AIDS传播的责任。

(1)预防艾滋病的性传播:节制性生活。在世界范围内,性接触是艾滋病最主要的传播途径,我国目前亦是如此。因此,HIV感染者应节制性生活,在进行性行为时要使用双层避孕套,包括双方都是HIV感染者,以防其他致病菌交叉感染。当对方生殖器部位有创伤时应避免性行为。

(2)预防血液传播:防止血液污染物品,HIV感染者生活中发现皮肤、黏膜损伤要妥善包扎处理,不要让自己的血液(包括经血)污染物品。

(3)预防母婴传播:严格地说男女双方中任何一方血清学阳性者,即使没有症状都应避孕;携带病毒孕妇不但可使胎儿和新生儿感染,同时妊娠可能使无症状感染者发展为有症状的艾滋病患者,宜考虑做人工流产;决定生产的携带病毒的孕妇要到指定医院接受产前指导和分娩服务,并接受免费母婴阻断药物和婴儿检测。

(4)HIV感染者不要接触有免疫缺陷的患者,出现症状要及时住院治疗,禁止献血、供精子、供组织和器官。

(六)社区预防

1.健康教育　在疫苗上市之前健康教育是预防艾滋病最有效的措施。通过健康教育提升社区居民有关艾滋病的知晓率,坚定艾滋病是可以预防的信念,改变不良卫生习惯和危险行为,有效控制艾滋病的感染和流行。

2.控制传染源　HIV感染者的血液、精液、阴道分泌物、皮肤黏膜破损或炎症溃疡的渗出液里都含有病毒,具有很强的传染性,因此,对患者及病原携带者应注意隔离;患者的血液、分泌物及其污染的物品应进行消毒。

3.切断传播途径　树立积极健康的恋爱、婚姻、家庭的性观念,洁身自爱、遵守性道德是预防和控制艾滋病性传播的根本措施;正确使用质量合格的避孕套,及早治疗并治愈性病,可减少艾滋病感染的危险。加强血液检测,保证安全用血;远离毒品、不吸毒,不与他人共用注射器;避免不必要的注射、输血和使用血液制品,必要时的治疗应使用一次性注射器、输液器和使用经检测合格的血液或血液制品。日常生活中注意事项不与他人共用牙刷、剃须刀、指甲刀,外出旅行时最好自带上述用品,不在消毒不严格的理发店、美容院刮胡子、文身等。

4.保护易感人群　加强公共生活用品(如理发店的刮胡刀、美容院的文身工具、穿耳器具等)的消毒;医务人员要加强自身防护,有创操作、诊断性治疗或治疗性操作时,应戴护眼罩、穿隔离衣,正确使用防护、隔离设备,严格无菌操作;直接接触病人的血液和破损的皮肤时应戴手套,且一副手套只用于一个患者;小心处理利器,避免划伤。

四、细菌性痢疾

细菌性痢疾(简称菌痢)是由痢疾杆菌引起的常见肠道传染病。夏秋季节发病率高,在环境卫生和个人卫生习惯不良得情况下可引起流行。痢疾杆菌是革兰阴性菌,存在于病人和带菌者的粪便里,在普通培养基中生长良好,最适宜温度为37℃,在水果、蔬菜及腌菜中能生存10d左右,在牛奶中可生存24d之久,在阴暗潮湿及冷冻条件下生存数周。阳光直射可杀灭该菌,加热60℃,10min即死,一般消毒剂能将其杀灭。

(一)流行病学

1.传染源　包括患者和带菌者。患者中以急性、非急性典型菌痢与慢性隐匿型菌痢为重要传染源;带菌者有恢复期带菌者、慢性带菌者和健康带菌者三种类型,健康带菌者是菌痢的主要传染源,特别是炊事员和保育员中的带菌者,危险性更大。

2.传播途径　经粪-口途径传播,痢疾杆菌从粪便中排出后,通过污染的手、食品、水源或生活接触,或苍蝇、蟑螂等间接方式传播,最终再经口传染给健康人。

3.人群易感性　人群对痢疾杆菌普遍易感,学龄前儿童患病多,与不良卫生习惯有关,成人患者与机体抵抗力降低、接触感染机会多有关,加之患菌痢后无巩固免疫力,不同菌群间以及不同血清型痢疾杆菌之间无交叉免疫,故造成重复感染或再感染而反复多次发病。

(二)临床表现

潜伏期为数小时至7d,一般为1~3d。病前多有不洁饮食史。临床上依据其病程及病情分为急性与慢性两类。

1.急性细菌性痢疾　可分为普通型、轻型及中毒型三种。

(1)普通型:起病急,发热、腹痛、腹泻、里急后重、脓血便,并有中度全身中毒症状。腹泻日10余次或更多,但量不多。重症病人伴有惊厥、头痛、全身肌肉酸痛,也可引起脱水和电解质紊乱。

(2)轻型:以婴儿多见。多无全身中毒症状,不发热或低热。腹痛较轻,腹泻每天3~5次。粪便呈水样或稀糊状,含少量黏液,但无脓血。食欲减退,并伴有恶心、呕吐。

（3）中毒型：多见于 2～7 岁体质较好的儿童。起病急、发展快，体温可达 40℃以上。患儿早期出现烦躁、惶恐、谵妄和惊厥等。少数患儿可表现抑郁，如嗜睡、精神萎靡、昏迷或半昏迷等，数小时内可发生休克或呼吸衰竭。

2.慢性细菌性痢疾　可由急性细菌性痢疾治疗不彻底、或迁延未愈、或开始症状较轻而逐渐发展起来，且病情迁延达 2 个月以上者。

（三）辅助检查

1.血常规　急性病例白细胞总数及中性粒细胞有中度升高。慢性患者可有轻度贫血。

2.粪便检查及培养　典型痢疾粪便中无粪质，量少，呈鲜红黏胨状，无臭味。镜检可见大量脓细胞及红细胞，并有巨噬细胞。培养可检出致病菌。如采样不当、标本搁置过久，或患者已接受抗菌治疗，则培养结果常不理想。

3.其他　荧光抗体染色技术为快速检查方法之一，较细胞培养灵敏。近年来有人以葡萄球菌协同凝集试验作为菌痢的快速诊断手段，具有良好的敏感性和特异性。

（四）治疗原则

患者应给予胃肠道隔离，除一般治疗外，可根据大便细菌培养及药物敏感试验选用适当的抗菌药物作病原治疗。如复方磺胺甲基异戊唑、氯霉素、庆大霉素及卡那霉素等。亦可应用氨苄青霉素或氧哌嗪青霉素等治疗。中毒性痢疾应予相应的抢救措施，如抗休克、冬眠药物和脱水药的应用等。慢性菌痢可采用保留灌肠的方法治疗。

（五）患者的居家护理

1.患者生活指导

（1）急性期患者：要卧床休息，大便次数频繁的，可应用便盆、布兜或垫纸，以保存体力；饮食以流质、半流质为主，开始几天最好以流食为主；病情好转后，可逐渐增加稀饭、软面条等易消化食物。切忌过早的给予刺激性强、多渣、多纤维的食物，不吃生、冷食物。注意腹部保暖，禁行冷水浴，对痉挛性腹痛可给予阿托品或腹部热敷。

（2）做好皮肤护理：婴幼儿大、小便后及时更换尿布，清洗臀部，保持局部清洁干燥；大便频繁者，肛门皮肤容易溃破，便后用软卫生纸轻轻按擦后用温水清洗，涂上凡士林或抗生素类油膏予以保护；告诉患者排便不要用力过度，坐便时间不要过长，以防腹压增高造成脱肛。

2.督促患者按时服药　要坚持按照医嘱服药 7～10d，不要刚停止腹泻就停止服药，这样容易使细菌产生耐药性，很容易转为慢性痢疾。

3.消毒指导　①食具、用具等用含氯消毒液消毒；②手的消毒要彻底，患者和家属必须做到饭前、便后用流动水清洗，处理完患者的大便后须用消毒水（如 5％的优氯净）泡手 2min，然后用流动水将药液冲洗干净；③认真做好粪便的消毒，患者的粪便须消毒处理后方可倒掉，消毒液可选用 20％漂白粉乳剂或 10％优氯净，药液的量要比粪便多 1 倍，用木棍将粪便与药液搅拌混合均匀，放置 2h 后再倒掉；便盆及搅拌棍要用同样的消毒液浸泡、刷洗。

（六）社区管理

1.健康教育　通过健康教育，指导社区居民（特别是儿童）养成良好卫生习惯。

2.管理传染源　传染源一经发现，应住院或在家隔离治疗；同时，按肠道传染病的有关环节做到食具、便盆等用具分开，并单独洗刷消毒；教会患者学会正确使用避污纸，"避免手的传播"；病人饭前、便后用流动水洗手，防止水龙头污染。

3.做好"三管一灭"　在社区做管水、管粪、管食物及消灭苍蝇工作。

4. 卫生监督与管理　加强对社区餐馆及饮食摊点的卫生监督与管理,经常检查从业人员的个人卫生、餐具的消毒及食物制作间的环境卫生状况,发现问题,及时整改。

(周恒忠　秦　华)

思考题

1.简述传染病的社区防护原则及措施。

2.简述社区护士在传染病防控中的任务。

3.某女,39岁,3年前诊断为"浸润型肺结核",肌内注射链霉素1个月,口服利福平、异烟肼3个月,症状减轻后遂自行停药。虽一直有咳嗽,少量白痰,但并未复查胸片。2个月前劳累后咳嗽加重,少量咯血伴低热、盗汗、胸闷和乏力再次就诊。病人消瘦,其他无明显异常,需进行直接观察下的短程督导化疗。①请制订针对该病人的健康教育计划。②请指导患者做好痰的消毒。

第 **9** 章

社区精神卫生服务

社区精神卫生工作是社区卫生服务的重要内容之一。它以社区为服务单位,针对社区群体的特点,开展一系列系统的、有组织的精神卫生服务,为社区群体和需要人群提供多元化、人性化的精神卫生服务。社区精神卫生服务的目的是充分利用社会资源,满足社区的心理、精神卫生服务需求,协助社区群体解决生活等问题,增进心理健康和精神疾病的防治与康复,提高社区人群的生活质量。

第一节 社区精神卫生概述

一、基本概念

(一)社区精神卫生

社区精神卫生是指应用社会精神病学的理论和研究方法、临床医学以及预防医学等医疗技术,对社区人口中的精神疾病进行治疗、康复、预防,并向社区范围内的全体居民提供相应的和必要的精神卫生服务。社区精神卫生在服务对象上有广义与狭义之分,广义上,它是以社区中的全体居民为对象,即包括目前心理状态正常者,开展全方位式的服务,需要政府机关及其各个部门与全社会的共同参与;狭义上,社区精神卫生的主要服务对象为社区中的精神疾病患者,主要由卫生部门承担相应的任务,同时也需要其他部门的协同和配合,我国现阶段社区服务对象仍然以后者为主。

(二)精神健康

精神健康(Mental Health),又称心理健康,是指个体能够正确地评价自己、应对日常生活中的压力、有效率地学习和工作、对家庭和社会有所贡献的一种良好状态。主要包括以下特征:智力正常;自我意识良好;情绪稳定、心情愉快;思维与行为协调统一;适应能力良好;人际关系融洽。

(三)精神卫生问题

精神卫生问题,又称心理卫生问题,覆盖面较广,不同的对象所面临精神卫生方面的问题不尽相同,需要根据所指对象进行具体分析。精神卫生是指精神卫生服务,主要包括预防精神疾病的发生;早期发现、早期治疗;促使慢性精神病者的康复,尽早重归社会。

(四)精神疾病

精神疾病又称为精神障碍,是在理化、生物、心理、社会等各种因素影响下,导致大脑功能活动紊乱,出现知(认知)、情(情感)、意(意志和行为)等方面的改变,伴有主观的痛苦体验和(或)社会功能损害的一系列具有诊断意义的精神方面的问题。

> **链接** 精神残疾属于我国六类残疾中的一类,受到《中华人民共和国残疾人保障法》的保护。法律规定:保护残疾人在经济、政治、文化、社会和家庭生活等方面享有同其他公民平等的权利,残疾人的人格尊严和公民权利都受法律保护,禁止歧视、侮辱、侵害残疾人。精神残疾是指精神疾病经久未愈,病人的情感、认知和行为功能受到明显损害,影响其日常生活和社会参与。

二、社区精神卫生的任务

根据我国卫生部制订的社区卫生服务机构职责和精神病防治特点,社区精神卫生服务是面向社区全体居民的服务,它主要开展以社区为基础的精神康复及预防等一系列工作,同时为社区精神障碍病人提供就近治疗、开放管理等持续性服务。

(一)社区精神卫生的任务

1. 社区人群的精神卫生健康促进。
2. 社区精神障碍患者的长期管理与监护。
3. 社区精神障碍患者的巩固治疗。
4. 社区精神障碍患者的社会功能康复。

除了重度精神障碍患者在疾病的早期或急性期应该住院接受治疗以外,精神障碍患者在症状控制后或诊断及治疗方案明确并缓解后,均应到社区卫生服务中心(站)接受康复治疗,不适宜长期住在精神病专科医院或反复到专科医院门诊。

(二)社区精神卫生服务的具体工作内容

1. 开展全社区的预防心理疾病的健康宣传。
2. 督促精神障碍患者继续服用抗精神病药物,并适当调整。
3. 开展精神障碍患者的心理治疗。
4. 指导精神障碍患者的家庭治疗。
5. 组织实施各种活动进行娱乐治疗,帮助患者接触社会。
6. 帮助患者做好回归社会的各项准备工作,学习专业知识等。

在社区精神卫生服务过程中,应该坚持预防与治疗相结合、康复治疗与医疗相结合,根据社区人群精神卫生的需求和患者的个人特点循序渐进,讲求实效,采取综合性的康复措施,增强患者康复的信心。

(三)社区精神康复

精神康复是指应用现有的手段和设施,尽量改善精神病患者的精神症状,最大限度地恢复其社会功能。精神康复的主要目标是能够使病人的工作和生活得到重新安置,使其能独立地从事一些工作和部分家务劳动,提高患者重新适应社会的能力,提高其社会角色水平和生活质量。精神康复主要包括相互联系的医院康复和社区康复两部分,但从长远发展的趋势来看,其工作重点正在逐步从医院康复向社区康复转移。WHO 提出,仅仅以医院为基础的康复不可能满足绝大部分病残者的需要,而以社区为基础的康复才能使绝大部分病残者得到基本的康复服务。

1.精神康复的主要内容

(1)提高个人生活自理能力:包括训练患者个人的穿衣、进食、居住、行走及个人基本卫生等方面能力,能够自己料理基本生活事务。

(2)恢复家庭角色功能:包括训练患者个人作为家庭成员应该具备的一些基本职能,比如作为丈夫、妻子、子女、父母的基本角色要求,以及如何正确处理家庭成员之间的关系与问题。

(3)恢复工作和社会职能:包括患者以往工作能力、人际交往能力、解决问题能力和应对压力能力等社会功能的最大程度恢复。

(4)提高疾病及药物自我管理技能:包括患者对自身疾病的病情变化、症状的认识和理解,最基本的精神疾病知识及精神药理学知识,学会识别自身症状、常见的药物不良反应,并能进行简单地自我处理,学会必要时寻求家属、医生以及社会的帮助和支持,提高自身的治疗依从性与服药依从性。

2.社区精神康复的主要形式　随着社区精神病学的发展,社区精神卫生服务的工作以及服务形式有了很大的发展,尤其是社区精神康复形式呈现出人性化、多样化的发展趋势,目前主要的社区康复形式有以下几种。

(1)精神患者福利工厂或工疗站:主要由街道、工厂主办。把闲散在社区中的精神患者集中管理,进行药疗、工疗、娱疗、心理治疗四结合的康复治疗,促进患者的社会康复。

(2)精神患者康复站:主要由个人、集体或全民集体合办,收治慢性精神患者,进行康复医疗。

(3)精神患者看护网:主要以居委会为单位,是群众性的自助组织,看护网关心和帮助患者及其家属,阻止和预防患者肇事、肇祸,向广大群众宣传精神卫生知识。

(4)日间住院部:是一种作为精神病人回归社会过渡形式的部分住院,让经过住院治疗好转的病人在不脱离自身家庭生活的情况下白天接受治疗和康复训练,晚上回家。

(5)家庭病床:对于病情有波动、不稳定、新近出院或没有条件住院的精神病病人,为了满足家庭的要求,由社区卫生服务机构的专职医生和护士提供连续性服务,定期上门访视,维持治疗并指导家庭康复。

(6)家庭联谊会:这是由社区中精神病患者家属组成的自助团体,由专业人员讲授精神病的防治与康复知识,以便于更好地帮助精神病患者康复。另一方面,通过相互交流讨论,减轻精神病患者家属的心理负担。

(四)社区精神问题的预防

社区精神卫生工作主要是针对精神疾病的三级预防,从而达到促进社区人群身心健康的目的,这也是做好社区精神卫生工作的核心工作以及最终工作目标。

1.第一级预防　护理服务对象是精神和心理健康者。主要从病因上防止精神健康问题的发生,是发病前社区护理管理采取的主要措施。主要是增强精神疾病的保护因素,减少危险因素。可采取的措施包括改善营养状况、改善住房条件、增加受教育的机会、减少经济上的不安全感、培养稳定良好的家庭氛围、加强社区支持网络、减少成瘾物质的危害、防止暴力、进行灾难后心理干预、开展健康教育、发展个人技能等。

2.第二级预防　此期为疾病发展前或发展期间的护理工作。护理服务对象是精神障碍发生前或者发病早期精神障碍患者的管理。通过早发现、早诊断、早治疗,控制疾病,降低危害。因此,需要建立以精神卫生专业机构(精神专科医院、综合医院精神科或心理科)为骨干,综合医院为辅助,基层医疗卫生机构(社区卫生服务中心、社区卫生服务站和乡镇卫生院、村卫生室)和精神疾病社区康复机构为依托的精神卫生防治服务网络。

3.第三级预防 是对精神病患者患病后期的一些干预,是一种特殊治疗,主要是防止疾病进一步恶化,巩固治疗;预防精神残疾发生;精神康复护理;做好管理工作,包括康复之家、患者之家、寄养家庭环境布置、设施装备、患者医疗护理文件管理等。

三、我国社区精神卫生服务的管理

我国社区精神卫生服务的管理从 20 世纪 70 年代开始,以三级防治网络(即省市级、区县级和基层医院)为主体,开展各类精神病的防治工作。

(一)组织管理方法

目前我国一部分省市和地区,实施的是在省市、地区政府的领导与关心支持下,成立由所属卫生行政、公安部门和民政部门的负责人所组成的多个部门领导小组,全面负责、统筹安排本地区的精神卫生保健工作,对社区精神病病人实施三级管理制度,即市级、区县级和基层医院。

1.建立了与行政体系相符合的三级精神卫生领导体系,即市、区、街道的精神卫生领导小组,其组成成员包括卫生部门、民政部门、公安部门、财政部门、劳动社会保障部门、残联部门等机构。该体系负责制定管理方案,并分工、协调和组织实施。

2.建立了三级精神卫生技术指导体系,主要由市、区的精神卫生机构的防治科和基层保健中心中经过培训的精神科兼职医师组成。该体系负责指导社区精神卫生服务的实施。

(二)管理机构的任务

1.省市级精神病院 为一级防治机构,其精神卫生领导小组主要由各级政府主管文化和卫生的领导、卫生局和精神病院的领导以及资深的精神病学专家组成,负责计划、配置和实施精神病康复。各部门分工协作,各司其责,起到了有效的管理职能。

2.区县级精神卫生保健所 为二级防治机构,设有专科门诊和部分病床,主要负责本区县精神病的防治工作。

3.基层专科医院 为三级防治机构,是指城区街道医院或者乡镇卫生院设置的精神科。基层机构的主要任务如下:

(1)开设精神专科门诊,对精神病患者实施治疗。

(2)对精神病患者开展家庭病房及家庭访视。

(3)在社区、街道、乡镇宣传精神病防治知识。

(4)在社区收集精神病相关资料。

第二节 重性精神疾病患者的社区护理与管理

一、重性精神疾病的概念

(一)重性精神疾病

重性精神疾病是指患者的临床表现有幻觉、妄想、严重思维障碍、行为紊乱等精神病性症状,并且患者的社会生活能力严重受损的一组精神疾病。主要包括精神分裂症、偏执性精神病、分裂情感性障碍、双相障碍、癫痫所导致的精神障碍、精神发育迟滞伴发精神障碍等。

(二)精神分裂症

1. 概念 精神分裂症是一组病因未明的精神病,多起病于青壮年,常有感知、思维、情感、行为等多方面的障碍和精神活动的不协调。一般无意识障碍和明显的智能障碍,病程多迁延。

2. 临床分型 根据临床症候群的不同,将本病划分为不同类型。常见类型如下。

(1)偏执型精神分裂症:本型为精神分裂症中最多见的一种类型。一般起病较为缓慢,起病年龄比其他各型较晚。其临床表现主要为妄想和幻觉,以妄想为主,这些症状也是精神病性症状的主要表现。妄想为原发性妄想,主要有关系妄想、疑病妄想、被害妄想、嫉妒妄想和影响妄想。这些妄想通常内容荒谬、结构松散。如果出现关系妄想时,患者总觉得周围发生的一切现象都是针对自己的,都与自己有关:别人的议论是对自己不信任的评价、别人润嗓子发出的声音是在传递不利于自己的资讯、别人瞥一眼都是在鄙视自己等。而幻觉在妄想形成的同时或前后均可出现,以内容对其不利的言语性幻听最常见,此外也可出现幻视、幻嗅、幻触等。除妄想和幻觉外,虽然也可有情感不稳定、行为异常等表现,但通常对情感意志和思维的影响较小,行为也不很奇特。本型病人日常生活能自理,虽然自发缓解较少,但经过治疗一般也能取得较好的效果。

(2)青春型(瓦解型)精神分裂症:本型在精神分裂症中也较为多见。起病大多数在18～25岁的青春期。起病的快慢常与始发年龄有关,始发年龄越小,起病就越缓慢,病情发展呈阵发性加剧;始发年龄越大,起病就越急骤,病程在短期内就能达到高峰。其临床表现主要是情感、思维和行为障碍。情感障碍表现为情绪波动较大,喜怒无常,时而大哭,时而大笑,转瞬又变得勃然大怒,令人难以捉摸;思维障碍表现为言语凌乱、缺乏逻辑、内容离奇、难以令人理解;行为障碍表现为动作愚蠢、幼稚,作鬼脸、吞食苍蝇、玩弄粪便、傻笑,使人无法接受。此外,也可能有妄想和幻觉,但较简单片面。本型病人的生活难以自理,预后效果较差。

(3)紧张型精神分裂症:本型较为少见。起病较急,大多数在青壮年期发病。其临床表现主要为紧张性木僵,患者不吃、不动也不说话,如蜡像一般,或如泥塑木雕,可任意摆动其肢体而不作任何反抗,但意识仍然清醒。有时患者会突然从木僵状态转变为难以遏制的兴奋躁动状态,此时行为暴烈,常有毁物伤人的行为,严重时昼夜不停,但通常数小时后可自行缓解,或者又进入木僵状态。本型可自行缓解,治疗效果较为理想。

(4)单纯型精神分裂症:本型较为少见。起病隐匿,发展缓慢,大多数在青少年期发病。其临床表现为情感淡漠、思维贫乏或意志减退等"阴性症状"为主,早期可表现为类似神经衰弱症状,如头昏、失眠、精神委靡、注意力涣散等,然后逐渐出现懒散、孤僻、兴致缺失、情感淡漠和行为古怪,最终导致无法适应社会的需要,但没有出现妄想、幻觉等明显的"阳性症状"。病情严重时精神衰弱日益明显,病程一般至少2年,本型预后较差。

(5)其他型精神分裂症:精神分裂症除以上几种精神病性症状比较明显的类型之外,尚有未分型、抑郁型和残留型等几种类型。未分型精神分裂症是指多种症状交叉混合,很难纳入上述任何一型的精神分裂症,也可成为混合型。抑郁型精神分裂症是指精神分裂症急性期除"阳性症状"以外,同时伴有抑郁症状的精神分裂症,如精神分裂症其他各种症状减轻之后才逐渐出现抑郁症状,则称为分裂症后遗抑郁状态。残留型精神分裂症是指在以"阳性症状"为主的活动期后迅速转入以"阴性症状"为主的非特征性表现的人格缺陷阶段的精神分裂症,本型在精神分裂症中也较为多见。

(三)抑郁症

1. **概念** 抑郁症是一种常见的精神疾病,主要表现为情绪低落,兴趣减低,悲观,思维迟缓,缺乏主动性,自责自罪,饮食、睡眠差,担心自己患有各种疾病,感到全身多处不适,严重者可出现自杀念头和行为。

2. **主要症状** 抑郁症与一般意义上的"不高兴"有着本质地区别,不能混为一谈,它有着明显的特征,综合起来有三大主要症状,即情绪低落、思维迟缓和运动抑制(主要表现为运动机制受限)。抑郁症病人应最少包括其中两项:

(1)情绪低落,换而言之就是一直高兴不起来、总是忧愁伤感、甚至悲观绝望。

(2)思维迟缓,就是自己觉得脑子不好使,记不住事情,思考问题比较困难,特别是丧失兴趣与愉快感。患者觉得脑子空空的、变笨了。

(3)运动抑制,包括精神精力减退、常感到疲乏、不喜欢说话、不爱活动、浑身懒散、走路缓慢等。严重的患者甚至可能不吃、不动、生活不能自理。

3. **其他症状** 具备以上3种典型症状的患者并不多见。很多患者只具备其中的一项或者两项,严重程度也是因人而异。焦虑、心情压抑、精力不足、兴趣丧失、悲观失望、自我评价过低等,都是抑郁症的常见症状,有时很难和常见的短时间的心情不好区分开来。如果上述的不适症状早晨起来严重,下午或晚上有部分缓解,那么很可能患有抑郁症。这就是抑郁症节律变化的昼重夜轻。

(1)抑郁心境程度不同:可从轻度的心境不佳到忧伤、悲观、绝望。患者感到高兴不起来,生活没有意思,心情沉重,终日郁郁寡欢,度日如年,痛苦难熬,不能自拔。有些患者也可能出现焦虑、易激动、紧张不安等症状。

(2)丧失兴趣:这是抑郁症患者常见症状之一。丧失既往的生活、工作的热忱和乐趣,对任何事都索然无味。体会不到天伦之乐,对既往爱好不屑一顾,常闭门独居,回避社交,疏远亲友。患者常主诉"情感麻木了""没有感情了"。

(3)精力丧失,疲乏无力:洗漱、穿衣等生活琐事都觉得费劲、困难,力不从心。患者常用"泄气的皮球""精神崩溃"等来描述自己目前的状况。

(4)自我评价过低:病人经常过分地贬低自身的能力,以消极、批判和否定的态度看待自己的过去、现在和未来,这样也不行,那样也不对,将自己说得一无是处,前途一片黑暗。患者有强烈的内疚、自责、无用感、无助感,严重时可出现自罪、疑病等观念。

(5)病人呈显著、持续、普遍抑郁状态:注意力不集中、记忆力减退、脑子反应迟钝、思路闭塞、行动迟缓,但有些患者则表现为焦虑和紧张不安。

(6)消极悲观:患者内心十分痛苦、悲观、绝望,感到生活是一种负担,丝毫不值得留恋,以死求解脱,可萌生强烈的自杀念头和行为。

(7)躯体或生物学症状:抑郁患者常有食欲减退、体重减轻、睡眠障碍、性功能低下和心境昼夜波动等生物学症状,很常见,但并非每例都出现。

二、重性精神疾病的服务内容

(一)建立健康档案,加强病人信息管理

在将重性精神疾病患者纳入管理时,除需要由其家属提供或直接转自原承担治疗任务的专业医疗卫生机构的疾病诊疗相关信息,还应该为患者进行一次全面评估,为其建立一般居民健康档案,并按照要求如实填写重性精神疾病患者个人信息补充表。除患者个人基本信息外,还包括患者的监护人姓名、监护人电话、病人初次发病时间、既往主要症状、既往治疗情况、最近一次治疗效果、患病对家庭社会的影响等。

(二)随访评估

对于纳入健康管理的重性精神疾病患者,每年至少随访 4 次。随访的主要目的是提供精神卫生、用药和家庭护理等方面的信息,监督指导患者服药,防止复发,及时发现疾病加重或复发的征兆,给予相应处置或转诊,并进行紧急处理。每次随访时应该做好以下几个方面:

1. 对患者进行危险性评估。危险性评估分为 6 级,分别为①0 级:无符合以下 1~5 级中的任何行为;②1 级:口头威胁,喊叫,但没有打砸行为;③2 级:打砸行为,局限在家里,针对财物,能够被劝说而停止;④3 级:明显打砸行为,不分场合,针对财物,不能接受劝说而停止;⑤4 级:持续的打砸行为,不分场合,针对财物或人,不能接受劝说而停止,包括自伤、自杀;⑥5 级:持有管制性危险武器,针对人的任何暴力行为,或者纵火、爆炸等行为,无论在家里还是公共场合。

2. 检查患者的精神状况,包括知觉、感觉、思维、情感和意志行为、自知力等。

3. 询问患者的躯体疾病、社会功能情况、服药情况以及各项实验室检查结果等。

4. 危重情况紧急处理:询问检查有无出现暴力,自杀自伤等危险行为;有无出现急性药物不良反应和严重躯体疾病。若出现类似情况,应该在对症处理后立即转诊,2 周内随访转诊情况。

(三)分类干预

根据患者的危险性分级,精神症状是否消失,自知力是否完全恢复,工作、社会功能是否恢复,以及患者是否存在药物不良反应或躯体疾病情况,对患者进行分类干预。

1. 病情稳定患者。若危险性为 0 级,且精神症状基本消失,自知力基本恢复,社会功能处于一般或良好,无严重药物不良反应,躯体疾病稳定,无其他异常,继续执行上级医院制定的治疗方案,3 个月时随访。

2. 病情基本稳定患者。若危险性为 1~2 级,或精神症状、自知力、社会功能状况至少有一方面较差,处于"病情不稳定"和"病情稳定"之间的患者,首先应判断是病情波动或药物疗效不佳,还是伴有躯体症状恶化或药物不良反应。分别采取查找原因对症治疗的措施和在规定剂量范围内调整现用药物剂量,必要时与患者原主管医生取得联系,或在精神专科医师指导下治疗,调整过一次剂量后,可连续观察 4~6 周,若患者症状稳定或虽然不明显但比上次已有好转,可维持目前治疗方案,3 个月时随访;若初步处理无效,则建议转诊到上级医院,2 周内随访转诊情况。

3. 病情不稳定患者。若危险性为 3~5 级或精神病症状明显、自知力缺乏、有严重药物不良反应或严重躯体疾病,对症处理后立即转诊到上级医院。必要时报告当地公安部门,协助送院治疗。对于未住院的患者,在精神专科医师、居委会人员、民警的共同协助下,2 周内随访。

4. 每次随访根据患者病情具体的控制情况,对患者及其家属进行有针对性的健康教育和生活技能训练等方面的康复指导,对家属提供心理支持和帮助。

(四)健康体检

在患者病情允许的情况下,征得监护人与患者本人同意后,每年应该至少进行1次健康检查,可与随访相结合。内容包括血压、体重、空腹血糖、一般体格检查和视力、听力、活动能力的一般检查。有条件的地区建议增加血常规、尿常规、大便隐血、血脂、心电图、B超等检查。

三、常见精神疾病患者的社区护理

(一)精神分裂症患者的社区护理

精神分裂症患者的病程多呈迁延性,患病后在社区生活和接受治疗、护理的时间相对较长,因此社区护士应给予适当的护理干预。

1. **生活护理** 做好患者个人卫生及生活的护理,必要时进行口腔和皮肤护理,保持生活单元清洁、整齐、干燥,预防压疮的发生。

2. **饮食护理**

(1)为患者创造舒适、整洁的就餐环境,提供充足的进食时间,让患者细嚼慢咽,防止噎食。

(2)为患者提供易消化、营养丰富的饮食,并注意补充水分。

(3)对年老体弱、行动不便等患者需要协助进食。

(4)对暴饮暴食的患者需要严格限制摄入量。

(5)对有异食癖的患者要限制其活动范围,防止进食异物。

(6)对拒绝进食者要耐心劝说,并协助进食,必要时实施鼻饲法,以维持机体营养的需要。

3. **睡眠护理**

(1)减少或去除影响患者睡眠的不利因素,为患者创造良好的睡眠环境,保持空气新鲜,温度适宜,环境安静。

(2)鼓励患者逐渐学会合理安排作息制度,建立有规律的生活。

(3)晚饭不适宜进食过多,不适宜饮水过量。

(4)睡前不适宜饮用浓茶、咖啡等饮料,避免患者睡前过度兴奋。

(5)必要时遵医嘱实施药物辅助睡眠。

4. **特殊症状的护理**

(1)幻觉状态患者的护理:观察患者的言语、情绪和行为表现,评估患者幻觉出现的时间、次数和内容,以及引起的相应情感和行为上的反应。掌握观察幻觉征兆的技巧,如果患者出现恐惧不安、反应强烈时,要加强护理,保证安全。鼓励患者多参加娱乐活动,转移注意力。

(2)妄想状态患者的护理:接触患者注意态度要和蔼亲切,关心照顾生活,满足身心需求,使患者安心住院。与患者交流时注意技巧,不可贸然触及患者的妄想内容,建立相互信赖的护患关系,与患者接触时避免碰到患者的身体,以防被误认为是有意的伤害行为而发生意外。对有关系妄想的患者,切忌在患者面前低声与他人耳语,引起患者的怀疑;对有被害妄想的患者,鼓励集体进餐,减轻患者疑虑;对有自罪妄想的患者要保证患者正常进食,预防感染,并防止体力过度的消耗。

(3)兴奋躁动状态患者的护理:严格管理制度,保持环境安静,室内陈设简单,根据工作重点配备合理的在班护理人员,保证安全。护理人员要有自觉的自制能力,控制个人的情绪,掌握重点患者的病情,尊重理解患者的心态,加强巡视护理。对暴力行为的应急干预,面对意外事件应沉着冷静,处理意外事件时,首先注意保护好患者的安全,避免激惹患者,将患者与其他人分开从而减少伤害事故。与患者接触时要和颜悦色,安抚其烦躁情绪,尽量满足患者的合理要求,否则及时给予恰当解释。缩短兴奋过程,必要时给予约束。

5.心理护理

(1)一定要与患者建立相互信任的护患关系。

(2)鼓励患者说出对疾病和症状的认识和感受,做好认知性和支持性的心理护理。

(3)耐心倾听患者的主诉,对患者的诉说做适当的限制,不与患者争辩,及时地对其病态体验提出合理解释,并注意观察患者的反应。

(4)对病情好转的患者,注意促进患者自知力恢复,纠正其不良行为。

(5)对恢复期患者应该耐心安慰,解除其自卑心理,协助患者维持身心平衡,达到预防复发、维护健康、促进康复的目标。

6.健康教育　主要为患者和家属提供有关精神分裂症的健康知识、行为指导。比如疾病的临床表现、治疗措施、预防方法、家庭护理、危机状况的处理等,提高患者对治疗的依从性。

(1)介绍疾病的相关知识,指导患者掌握症状复发的先兆症状,了解预防复发的重要性,正确认识和识别药物不良反应。帮助患者明确坚持服药、定期门诊复查的必要性,加强患者对提高综合性自我护理能力重要性的认识。

(2)指导家属学习相关疾病知识以及如何预防疾病复发的常识,教会家属掌握为患者创造良好家庭生活环境、改善患者在家庭环境中人际关系的具体方法。指导家属学会简单的观察、识别、判断疾病复发的方法,同时向家属说明督促患者按时按剂量服药和监护患者行为改变的意义。

(3)精神分裂症患者复发的征兆

①对周围人的态度改变:一般来说,精神分裂症患者在疾病的缓解期或恢复期,与人相处都很融洽,谈吐自然,回答问题切题,与他交往感觉没有隔阂。如果患者忽然变得孤僻、不合群、独处一隅、低头沉思、不与人交往,或者对人态度蛮横,脾气暴躁易怒,不愿和别人进行正常沟通、交流,则有犯病的可能。

②患者的表情改变:在缓解期或恢复期,患者的面部表情自然,眼神灵活,可以从其面部看到正常的表情变化。在即将犯病时,患者通常表现为两眼发直、目光呆滞,外界刺激难以引起其表情变化,甚至遇到一定的外界刺激,表现出与平时相反的面部表情等。

③对自身疾病的态度改变:在疾病缓解期,患者对自己的疾病有认识,愿意配合医生治疗。而当疾病即将复发时,患者会无视自己的疾病,甚至坚信自己没有病,并且拒绝看病。将他人的关心当成对他的攻击和迫害,对帮助他的人持敌对态度。

④患者的日常生活情况改变:病情稳定时患者的生活有规律,有的患者甚至可以上街买菜,操持家务,照顾家人。在即将犯病时,患者表现为生活无规律,夜间不睡,白天不起,甚至长时间不脱衣服、鞋袜就上床睡觉,也很少刷牙洗脸、换洗衣物等。

⑤学习和工作状况改变:缓解期的患者,能坚持学习和工作,学习成绩尚好,能完成工作任务。当要犯病时,则表现为学习成绩下降,工作能力降低,经常迟到、早退,或者与同学、同事发生争执。

(4)常见的药物不良反应　抗精神病药物最常见的不良反应是锥体外系反应,包括急性肌张力增高、静坐不能、类帕金森病等。家属发现此类症状应于随诊时向医生说明,按医嘱服用相应药物缓解症状。

(二)抑郁症患者的社区护理

抑郁症病因不清,可能与遗传、生物、化学和心理社会等多种因素有关。抑郁症发病多见于秋冬季,病程相对较长,社区护士应给予护理干预。

1. 基础护理

(1)环境:避免刺激与干扰,排除一切危险品。指导家属为患者创造安静舒适的居住环境,墙壁以明快的色彩为主,以利于调节患者积极良好的情绪,唤起患者对生活的热爱,保证休息和足够的睡眠。

(2)生活护理:协助患者做好个人卫生护理,必要时实施口腔护理;做好患者的日常活动安排,减轻身体不适感;严重抑郁而长期卧床的患者,特别要注意受压部位的皮肤血液循环情况,协助患者定时更换卧位,按摩局部受压部位,防止压疮的发生。

(3)饮食护理:为患者创造舒适、整洁的就餐环境,提供充足的进食时间。鼓励患者增加水分的摄入量和进食粗纤维食物,保证足够的营养摄入。

2. 安全护理

(1)环境安全:去除患者生活环境中的危险物品,比如剪、刀、绳、玻璃器皿、药物、有毒物品等,生活设施应该绝对的安全,不能被患者当作自杀工具利用。

(2)药品管理:每次服药后必须仔细检查患者的口腔,确认药物是否服下。严防患者藏药,以免发生一次大量吞服造成自杀的事件。

(3)观察病情:观察患者的病情变化以及异常言行,患者有无流露出厌世轻生的想法。警惕突然"症状好转"的消极患者,是否伪装痊愈。抑郁患者情绪具有晨重夜轻的特征,尤其要严密观察早醒的情况,严防自杀。

(4)预防自杀:有严重自伤、自杀行为的病人,绝对不可以独居,应该进行一对一的守护。活动范围应在家人的视线范围之内。清查各种危险物品,一旦发生自杀、自伤,应立即隔离病人,及时实施抢救工作。

(5)自杀未遂病人的护理:许多自杀者被抢救脱险后,由于其心理的复杂性,使得他们对周围的情境,以及人们的态度过分敏感,因此要对自杀者表现出镇静、关爱和非歧视性态度,至少在危机期不要对其自杀行为和价值观进行道德评判,以免引起他们心理的抗拒和敌对情绪;同时,要启动社区和家庭心理支持系统,通过亲属、朋友和邻居的爱心和帮助,使其产生对社会、家庭的责任感和对生活的留恋,增强生存的信心。

3. 心理护理

(1)在尊重、接纳、同情和理解的基础上,建立良好的护患关系。

(2)了解患者的感受,鼓励患者表达自己的思想和情感。

(3)对患者所表现的抑郁与痛苦的心理赋予理解和同情,尽量帮助患者找出排泄压抑的途径,给予积极的心理支持,并注意尊重患者的隐私权。

(4)指导患者建立正性的自我认识,增强其自尊和自信。

(5)鼓励患者积极参加有益的活动,以获取正性的经验和感受他人的友谊与关怀。

4. 教会患者掌握心理自助方法

(1)改变认识,让患者意识到无法消除痛苦的感觉。

(2)允许患者去感受自身的情绪,包括痛苦的感觉,不要用自我批评等方式否认或压抑这种感觉,避免过分压制导致自责、自卑和情感压抑。

（3）鼓励患者向周围的人表达自己的感觉,学会与他人共同分享自己的感受。

（4）与家人和朋友保持较为紧密的联系,取得良好的社会支持能力。

（5）引导患者能够正确地面对自己的生活和自我,实事求是地看待世界、现实生活和自己。

（6）学会解决问题方法,用发展的眼光看待现在与未来,理智地选择消除抑郁情绪的途径。

5.健康教育　充分动员和利用社会支持系统,帮助患者战胜痛苦,增强对抗自杀的内外资源。对患者家属进行与自杀干预有关的健康教育,让家属积极参与干预治疗。

（吕　颖）

附　重性精神疾病患者个人信息补充表

姓名：　　　　　　　　　　　　　　　　　　　　　　编号□□□－□□□□□

监护人姓名		与病人关系	
监护人住址		监护人电话	
辖区村(居)委会联系人、电话			
知情同意	1同意参加管理　0不同意参加管理 签字：_____ 签字时间_____年_____月_____		□
初次发病时间	_____年_____月_____日		
既往主要症状	1幻觉　2交流困难　3猜疑　4喜怒无常　5行为怪异　6兴奋话多　7伤人毁物 8悲观厌世　9无故外走　10自语自笑　11孤僻懒散　12其他_____ □/□/□/□/□/□/□/□/□/□		
既往治疗情况	门诊	1未治　　2间断门诊治疗　　3连续门诊治疗 首次抗精神病药治疗时间_____年____月____日	□
	住院	曾住精神专科医院/综合医院精神专科_____次	
目前诊断情况	诊断_____确诊医院_____确诊日期_____		
最近一次治疗效果	1痊愈　　2好转　　3无变化　　4加重		□
患病对家庭社会的影响	1轻度滋事_____次　　2肇事_____次　　3肇祸_____次 4自伤_____次　　5自杀未遂_____次　　6无		
关锁情况	1无关锁　　2关锁　　3关锁已解除		□
经济状况	1贫困,在当地贫困线标准以下　2非贫困　3不详		□
专科医生的意见 (如果有请记录)			
填表日期	年　月　日	医生签字	

附　重性精神疾病患者随访服务记录表

姓名：　　　　　　　　　　　　　　　　　　　编号□□□-□□□□□

随访日期	＿＿＿＿＿＿年＿＿＿＿月＿＿＿＿日	
危险性	0（0级）　1（1级）　2（2级）　3（3级）　4（4级）　5（5级）	□
目前症状	1幻觉　2交流困难　3猜疑　4喜怒无常　5行为怪异　6兴奋话多　7伤人毁物 8悲观厌世　9无故外走　10自语自笑　11孤僻懒散　12其他＿＿＿＿＿＿＿ 　　　　　　　　　　　　　　　　　　　　　□/□/□/□/□/□/□/□/□/□/□/□	
自知力	1自知力完全　　2自知力不全　　3自知力缺失	□
睡眠情况	1良好　　2一般　　3较差	□
饮食情况	1良好　　2一般　　3较差	□
社会 功能 情况	个人生活料理　　　1良好　　2一般　　3较差	□
	家务劳动　　　　　1良好　　2一般　　3较差	□
	生产劳动及工作　　1良好　　2一般　　3较差　　9此项不适用	□
	学习能力　　　　　1良好　　2一般　　3较差	□
	社会人际交往　　　1良好　　2一般　　3较差	□
患病对家庭社 会的影响	1轻度滋事＿＿＿＿次　　2肇事＿＿＿＿次　　3肇祸＿＿＿＿次 4自伤＿＿＿＿次　　5自杀未遂＿＿＿＿次　　6无	
关锁情况	1无关锁　　2关锁　　3关锁已解除	□
住院情况	0从未住院　1目前正在住院　2既往住院,现未住院 末次出院时间＿＿＿＿＿年＿＿＿＿月＿＿＿＿日	□
实验室检查	1无　　2有	□
服药依从性	1规律　2间断　3不服药	□
药物不良反应	1无　　2有	□
治疗效果	1痊愈　2好转　　3无变化　　4加重	□
是否转诊	1否　　2是 转诊原因：＿＿＿＿＿＿＿＿＿＿＿＿ 转诊至机构及科室：＿＿＿＿＿＿＿＿＿＿	□
用药情况	药物1：　　　　　　　　　　　用法:每日(月)　　次　　每次剂量　　mg	
	药物2：　　　　　　　　　　　用法:每日(月)　　次　　每次剂量　　mg	
	药物3：　　　　　　　　　　　用法:每日(月)　　次　　每次剂量　　mg	
康复措施	1生活劳动能力　　2职业训练　　3学习能力　　4社会交往　　5其他＿＿＿＿ 　　　　　　　　　　　　　　　　　　　　　　□/□/□/□	
本次随访分类	1不稳定　2基本稳定　3稳定　0未访到	□
下次随访日期	＿＿＿＿＿年＿＿＿月＿＿＿日　　随访医生签名　　＿＿＿＿＿	

思考题

1. 简述社区精神问题的预防。

2. 简述重性精神病患者危险性评估的方法。

3. 患者刘某,女,26 岁,大专文化。近半年来无明显原因出现对空自语,夜间睡眠时间明显减少,有时坐在床上发呆,不愿出门。10d 前症状加重,无故与他人发生争执,诉说邻居和家人合谋想卖掉自己,哪儿都不安全,紧锁房门拒不外出,家人劝说时则大叫:"来人呀,快救救我,要出人命了。"情绪激动时把屋内物品都摔坏了。三餐拒食,诉说:"你们想在饭里下蒙汗药,我不上你们的当。"家人无法看管。请对该病人进行危险性评估,并提出相应的干预措施。

第 **10** 章

社区康复护理

社区康复护理是社区护理学的重要组成部分,也是社区康复医学的重要组成。其主要任务是在总的康复医疗实施过程中,为达到一个人躯体的、精神的、社会的和职业的全面康复目标,护理人员紧密配合康复医师及其他专业康复人员的工作,对康复对象进行生理功能、生活能力的训练,预防继发性残疾,减轻残疾的影响,以达到最大限度的康复和重返社会。

第一节　社区康复护理概述

一、社区康复护理的概念

社区康复护理是指在社区康复过程中,根据总的康复医疗计划,围绕全面康复目标,针对病、伤、残者的整体进行生理、心理、社会诸方面的康复指导,使他们自觉地坚持康复锻炼,减少残疾的影响,预防继发性残疾,以达到最大限度的康复。

社区康复护理的精髓在于"社区组织、社区参与、社区训练、社区依靠、社区受益"。其主要服务方式是整体康复护理,着重从个体的整体需要出发对患者存在的和潜存的各种身心健康问题做出判断,依据康复护理程序来解决康复问题。其特点是强调自我护理、强调功能训练、重视心理护理。因此,护理人员在康复护理中扮演不同的角色,如具体任务的实施者;指导患者及家属共同参与计划的教育者;随时观察、不断提供患者病情动态信息的观察者;心理护理疏导者;协调各专业人员完成康复计划的协调者;康复护理的管理者等。

> **链接**　"全面康复"包括以下 4 个领域:"医学康复",指利用医疗手段促进康复;"教育康复",是通过特殊教育和培训以促进康复;"职业康复",指恢复就业,取得就业机会;"社会康复",是在社会的层次上采取有关的措施,促进残疾人重返社会。

二、社区康复护理的对象

(一)残疾人

残疾人是指那些在心理、生理、人体结构上某些组织功能丧失或者不正常,部分或全部失去了以正常方式从事个人或社会生活能力的人。实践证明,通过康复手段,功能锻炼,给予与健全人同等的机会和权利,残疾人的功能水平可以得到改善,其生活能力、学习能力、工作能力和参与社会活动能力将明显提高,因此残疾人是康复护理的重点对象。世界卫生组织按照残疾的性质、程度和影响把残疾分为残损,残疾、残障三类。

1.残损　又称结构功能缺损。是指身体结构和(或)功能(生理、心理)有一定程度缺损,身体和(或)精神与智力活动受到不同程度的限制,对独立生活或工作和学习有一定程度的影响,但个人生活能自理,影响在生物器官水平。

2.残疾　又称个体能力障碍。是指由于身体结构和(或)功能缺损较严重,造成身体和(或)精神或智力方面的明显障碍,以致不能以正常的方式独立进行日常生活活动,其影响在个体水平,造成个体活动能力障碍。由残损引起的个体能力障碍如拾东西困难,行走困难,学习困难、脾气古怪等。

3.残障　又称社会能力障碍。是指由于残损或残疾,限制或阻碍完成正常情况下(按年龄、性别、社会、文化等因素)应能完成的社会工作,是社会水平的残疾。病人在享受社会权利和履行社会职责方面,因能力障碍而处于不利地位,如不能工作,不能照顾家庭,不能作母亲或不能行使母亲职责,不能履行社会职责等。

(二)老年体弱者

由于人体进入老年期后,按照自然规律,一方面,自身生理功能退化,新陈代谢水平降低,出现听力、视力功能减退,反应迟钝、行动不便等;另一方面,则是由于疾病,特别是心脑血管病、糖尿病、慢性骨关节疾病引起的功能障碍会影响身体健康,影响生活质量,需要进行康复。我国已进入老龄化社会,年老体弱者数量有逐年增长的趋势。因此,年老体弱者的社区康复护理会受到更多的关注。

> **链接**　中国老龄科学研究中心 2011 年 3 月公布:截至 2010 年末,中国城乡部分失能和完全失能老年人约 3 300 万,占总体老年人口的 19.0%。其中完全失能老年人 1 080 万,占总体老年人口 6.23%。预测到 2015 年,中国部分失能和完全失能老年人将达 4 000 万人。

(三)慢性病患者

慢性病患者是指身体结构及功能出现病理改变,无法彻底治愈,需要长期治疗及护理,需要特殊康复训练的疾病患者。现代康复医学认为:康复存在于疾病的发生、发展过程中,康复范围已扩大到精神疾病、智力残疾、感官残疾以及心肺疾病、癌症、慢性疼痛等,特别是这些疾病以慢性病的形式表现出各种各样的障碍。其特点有不可逆转的病理改变;症状复杂,变化多端,容易产生并发症;永久性的改变,导致残障或功能障。多数慢性患者在家庭中生活,需要特殊的康复治疗、训练及护理。

三、社区康复护理的内容

(一)评估患者的残疾状况

普查社区内残疾人的基本情况,依靠社区的力量,开展社区状况调查及社区病、伤、残人员普查,准确评估患者功能障碍的性质、部位、范围、严重程度、预后和转归,以及患者心理社会适应能力。评估内容包括运动功能、感觉功能、日常生活能力、心理适应能力、言语表达能力及心肺功能。了解病、伤、残的类别、人数、程度、分布及因素,制定全面康复护理计划。

（二）开展功能训练

社区康复护理人员要学习和掌握综合康复治疗计划的各种有关的功能训练技术与方法，对不同个体进行有计划、针对性的功能训练。包括物理疗法，作业疗法，言语校正，心理治疗以及假肢、生活辅助用具的使用方法。指导和训练患者进行床上活动、就餐、更衣、排泄、移动、使用家庭用具，以训练患者的日常生活能力。

（三）预防继发性残疾和并发症

配合和实施各种康复治疗活动，依靠社区力量，以基层康复站和家庭为基地，采用各种康复护理技术，开展康复训练，最大限度地恢复康复对象的生活自理能力，使康复对象的器官功能或肢体功能恢复或改善，防止继发性残疾，改善残疾人的生活自理能力和劳动就业能力。如社区护士协助伤残者做关节运动，保持关节的活动范围，鼓励患者早期下床活动，防止肌肉萎缩等。由于患者活动长期受限会出现机体各系统功能障碍，如肌肉萎缩、关节畸形、皮肤压疮、消化道、呼吸道、泌尿系感染等，针对患者自身情况进行有的放矢的康复护理可减少并发症的产生。如协助和指导长期卧床患者体位的摆放、床上移动、适当体位的转换等。

（四）假肢、矫形器、生活辅助用具使用的指导及训练

假肢是指为截肢患者恢复原有肢体的形态或功能，弥补肢体的残缺，代偿已失去肢体的部分功能而配备的人工肢体。矫形器是用于人体四肢，躯干等某些部位，通过力的作用以预防、矫正畸形，增强其正常支持能力，以治疗骨关节及神经肌肉疾患，补偿其功能的支具、支架、夹板等器械的总称。生活辅助器械是指残疾者由于某种功能障碍，不能完成某项或多项日常生活活动，为了提高病人的自身能力，减轻由于功能障碍带来的生活不便，使其能较省力、省时、高质量地完成一些原来无法完成的日常活动，增加生活独立性的辅助装置。

（五）心理护理

社区护理人员要针对伤残疾者复杂的心理特点，用心理学的原则和方法，对不同的个体进行针对性的心理护理。通过与患者的密切接触，观察他们在各种状态下的情绪变化，了解患者心理的需要，分析和掌握患者的精神、心理动态，并进行详细记录。给残疾人予心理支持，调整康复对象的心理状态，通过心理指导与治疗，帮助患者接受身体残障的事实。残障常常是在患者没有心理准备的情况下发生的，残障患者基本上要经历5个时期：休克期、认识期、防卫性退却期或否认期、承受期、适应期。社区护士首先需接受患者的残障，并了解患者对残障的反应，以真诚关心的态度来面对他，带着同感去倾听患者的诉说。同时，还应及时为患者提供一些有关伤残的资料，如伤残的严重性、康复的可能性、康复治疗方法、如何配合等信息，并给予患者鼓励，使之感受到他是一个被完全接受的个体，协助患者顺利度过心理反应期，进入康复阶段。目的在于解决患者所面对的心理障碍，减少焦虑，抑郁，恐慌等精神症状，改善患者不适应社会的行为，建立良好的人际关系，促进人格的正常发展，较好地面对生活和较好地适应社会。

（六）营养护理

社区康复护理人员根据康复患者的疾病、体质或伤残过程中营养状况的改变情况，判断造成营养缺乏的不同原因、类型，并结合康复功能训练中基本的营养需求，制定适宜的饮食营养护理计划。应包括有效营养成分的补充、协助患者进食、指导饮食动作、训练进食和训练吞咽功能，使康复患者的营养得到保障。

（七）社区环境与设施管理

开展职业培训、指导和参与社区、家庭环境改造和设备代偿。开展职业培训,进行就业辅导,协助解决残疾人的就业问题。对家庭、社区有关部门进行协调工作,确保对病、伤、残者进行照顾,建立完善支持系统,为康复对象提供安全、舒适的康复环境;环境改造即根据需要改变社区或家庭中对残疾人活动造成障碍的设施,如把台阶改变为平整的无障碍通道,去除门栏,在厕所安装扶手并设立残疾人厕位等,以方便残疾人活动;设备代偿指用人工制造的部件或辅助设备来补偿残疾人的肢体或器官的功能,如为听力障碍的人提供助听器,用垫高鞋底使双下肢不等长的功能缺陷得到纠正。应评估护理对象的需要,参与设计改造环境与设施,指导患者正确使用。

（八）开展健康教育

对病人和家属进行健康教育和指导,建立和完善各种特殊教育系统,组织残疾儿童接受义务教育和特殊教育,对不同的康复护理对象,根据其需求,开展康复知识的宣传教育活动,提高他们的康复保健意识,以促进康复目标的实现。开展残疾预防工作,通过预防接种、营养卫生、环境卫生和安全防护宣教等措施,积极预防残损的发生。

第二节　社区常见康复护理技术

一、体位变换法

（一）变换体位的概念

变换体位是指人体从一种体位转换到另一种体位的过程,包括体位摆放、翻身、坐、站立、行走。体位摆放在早期是被动的,变换体位不仅在患者卧床期需要,对伴有运动障碍的患者,坐位的体位变换也是不容忽视的。因为变换体位不仅对保持关节活动度、防止关节挛缩有利,而且还有预防压疮和肺部感染等并发症以及改善周围循环的作用。康复治疗的目的就是使病人能够独立完成这些活动。当病人不能完成体位转换时,最重要的是社区护士要教会病人家属如何变换体位。

（二）偏瘫病人常见体位

体位摆放很重要,不正常体位可以引起关节僵硬,关节活动度降低及肌肉挛缩,这些均可加重病人的残疾。应每隔 2～3h 对患者的体位进行转换和矫正。正确体位摆放的作用:①预防骨骼肌畸形;②预防压疮;③预防循环功能异常;④向大脑传入正常冲动,卒中患者有暂时传入功能丧失;⑤增强患者对于患侧的感知能力。几种常见的偏瘫病人正确体位摆放是:

1. 仰卧位　由于仰卧位可以加重患者的痉挛模式,如患手常常放在胸前可使患侧肩胛骨后缩及内收,上肢屈曲、内旋,髋关节轻度屈曲及下肢外旋(可引起外踝压疮),足下垂及内翻。因此,仰卧位时应给患侧身体长轴方向垫枕头,从肩关节到膝关节(图 10-1)。具体方法:①头部放在枕头上,注意不能使胸椎屈曲;②肩关节抬高向前,用一个枕头放在肩下预防后缩;③上肢放在一枕头上,成外旋位,肘伸直;④腕伸展、旋后,手掌放在枕头上,拇指外展;⑤臀部下面放一枕头,预防骨盆后缩及下肢外旋(下肢应放在中立位);⑥用一毛巾卷放在膝关节下面使膝关节略屈,防止下肢外旋;⑦仰卧位时也可定时将上肢抬高过头,一些患者在阅读时可采取这个姿势(图 10-2);⑧任何时间均应避免半卧位,因为可以加重躯干屈曲及下肢伸展。

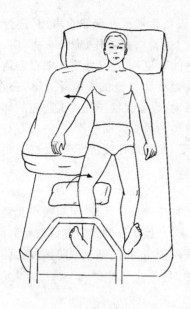

图 10-1 仰卧位

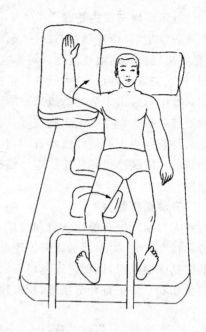

图 10-2 仰卧位上肢抬高过头

2. **患侧卧位** 患侧在下,健侧在上。患侧卧位对偏瘫患者非常重要,在早期即可采取这个体位,许多患者后期喜欢患侧卧位。患侧卧位可拉长患侧,降低痉挛,增加病人对患侧感知。这个体位还有利于病人用健手做一些事情,如盖被子、调整枕头位置等。健侧上肢放在患者身体上部,如果将其放在身体后面,可引起躯干后倾,导致病人的肩胛骨后缩。健腿髋关节及膝关节弯曲放在枕头上。具体方法:①对头部进行支持,如头部舒适,病人可很好保持这个位置并可入睡。头应在上颈部屈曲,避免后伸。②躯干略向后旋,后背垫一硬的枕头。③患肘伸直。④前臂旋后。⑤手掌朝上(图 10-3)。

3. **健侧卧位** 健侧在下,患侧在上。这对偏瘫患者是一个较好的体位,可以容易将患侧肢体置于抗痉挛体位,而且可用于防止压疮的发生及促进患侧的胸式呼吸(图 10-4)。患者向健侧卧位要比向患侧卧位难,因此在早期需要别人帮助。具体方法:①头同样放在枕头上,保证患者感到舒适;②躯干与底面成直角,即患者身体不能向前呈半俯卧位;③患侧上肢放在枕头上,抬高至 100°左右;④肘关节、腕关节及手指伸直,手掌向下;⑤患者健侧上肢放在最舒适的位置上;⑥患侧下肢屈曲放在枕头上,既不外旋,也不内旋;⑦健侧下肢平放在床上,髋关节伸直,膝关节轻度弯曲。

4. **坐位** 长期卧床患者坐起时易倾倒,为保持身体平衡需要靠背架支撑或端坐在靠背椅上。此项技术要求患者能达到基本的坐位平衡条件,即双足、双膝并拢,屈髋,躯干伸直,肩部与髋部保持在同一垂直面上,头居于两肩中间。待基本坐稳后,向左右、前后轻推患者,以训练病人平衡力。截瘫患者因上肢肌力尚存,可以进行坐起训练。偏瘫病人可行健手抓床栏坐起训练,具体方法为:①取仰卧位,将患手放在腹部,健腿放在患腿下,并转移到床边,健手抓住床栏坐起;②手抓床栏坐起后,将双脚移到床沿下。由坐位到卧位,方法与上相反。患者不能独立完成起坐时,可在床上系带,训练患者用健手拉带坐起。

图 10-3　患侧卧位

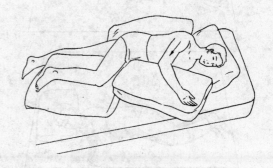

图 10-4　健侧卧位

5.立位　①站立两足平放地面,与肩同宽,两足跟落后于两膝;②双臂前伸,双手十指交叉;③躯干前倾,臀部离开椅面;④双膝前移,双腿同时用力慢慢站起。护理人员注意保护病人防止发生意外。

(三)体位转换技术

1.床上翻身法　床上翻身频度一般 2h 翻身 1 次,针对不同病人对体位和皮肤敏感性的差异,有些体位需减少持续时间,有的则需延长到 2.5h 或 3h。一般白天翻身次数可多些,夜间为保证睡眠可适当减少。应以病情允许为度。

(1)仰—侧卧翻身法

①伸肘摆动翻身法:a. 伸肘→双手十指交叉,患手拇指压在健手拇指的上方;b. 屈膝;c. 先将伸握双手摆向健侧,再反向摆向患侧,利用摆动惯性向患侧翻身(图 10-5)。如翻向健侧,则摆动方向相反。

②健腿翻身法:a. 屈肘,健手前臂托住病肘;b. 健腿插入患腿下方;c. 旋转身体,同时以健腿搬动患腿、健肘搬动病肘翻向健侧(图 10-6)。

(2)床上移动:①健足伸向患足后方;②健腿抬起患腿向左(右)移动;③健足和肩支撑臀部并移动;④健腿、臀部为支点,移动头、肩部(图 10-7)。

(3)偏瘫患者床边坐起:①仰卧位,用健侧脚钩住患侧腿的下方,将患侧下肢抬起并移动到床边,同时将身体翻向床边;②头、颈、躯干向上方侧屈抬起,上肢支撑床面侧身坐起(图 10-8);④上肢支撑床面侧身坐起。

2.常用的扶抱技术

(1)床边坐起与躺下　在转移过程中要鼓励患者用健侧上肢支撑躯体以帮助坐起。(图 10-9)具体方法:①患者侧卧位,两腿屈曲;②扶抱者将患者两腿置于床边,一手托住靠近床面的腋下或肩部,另一手按住病人位于上方的骨盆或两膝后方,令其侧屈头部;③扶抱者用力抬起下方肩部,以骨盆为中心移成坐位。

图 10-5　伸肘摆动翻身法　　　　　　　　　　图 10-6　健腿翻身法

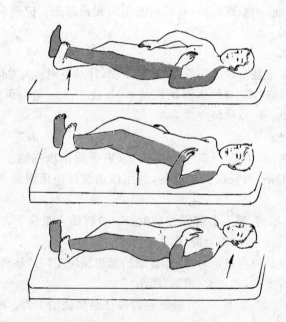

图 10-7　偏瘫患者床上转移

（2）坐位—站的抱扶转移

①骨盆扶抱法：a. 患者坐于椅子或床边，身体稍前倾，两足分开；b. 扶抱者面对患者，屈膝、下蹲，一侧膝部顶住患者位于前面的膝盖，双手置于患者双侧臀部，同时患者双手揽住扶抱者的颈背部，让患者在口令下同时站起（图 10-10）。

②前臂扶抱法：a. 扶抱者位于患者前面，一膝顶住患者一条腿，双前臂置于患者两前臂下，双手置于患者双肘下托住病人；b. 患者双手侧置于扶抱者肘上，令患者在口令下站起（图

图 10-8 偏瘫患者床边坐起

图 10-9 偏瘫患者被动床边坐起

10-11)。

③肩胛后扶抱法:a. 患者双手交叉,臂前伸置于双膝之间;b. 抚抱者面对患者,一膝顶住患者的膝部,双手掌置于患者肩胛骨后;c. 患者在口令下同时站起(图 10-12)。

④单人扶抱法:a. 扶抱者站立在患侧,弯腰、屈膝,身体前倾;b. 一臂绕过患者背后,另一臂置于患者臂下,握住患侧手;c. 患者在口令下站起来(图 10-13)。

⑤双人扶抱法:a. 扶抱者分别站在患者两侧,手臂绕过患者后背支撑;b. 另一臂置于患者前臂下,握住患者的手;c. 患者身体前倾,在口令下缓慢站起(图 10-14)。

图 10-10　骨盆扶抱法

图 10-11　前臂扶抱法图

图 10-12　肩胛后扶抱法图

图 10-13　单人扶抱法

图 10-14　双人扶抱法

（3）抬起技术

①椅式抬起法：a. 两扶抱者对面站立，两脚前后分开，屈膝半蹲，腰背挺直；b. 一手扶病人背部，另一手相互握腕，托住患者大腿靠近臀侧部分；c. 患者置双臂于扶抱者肩背部，在被扶起的同时双足跟抬离床面后缓缓放下（图 10-15）。握腕法有 3 种，即单握腕法、双握腕法、指握腕法（图 10-16）。

②穿臂抱法：a. 该法要求患者的双臂或至少一只手臂较有力；b. 患者屈曲两臂置于胸前，双手交叉，扶抱者站在患者后面，两手穿过患者腋下，握住病人前臂，胸部贴近患者背部；c. 另一扶抱者两手置于患者伸直双腿的膝下或小腿处，用力抬起移至目的地（图 10-17）。

（4）体位转移注意事项：①在进行所有治疗时均应考虑到患者的体位，任何时候都要将身

图 10-15 椅式抬起法

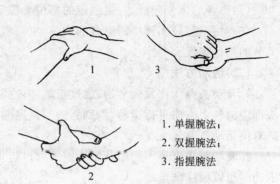

1. 单握腕法；
2. 双握腕法；
3. 指握腕法

图 10-16 椅式抬起的各种握腕方法

体视为一个整体,在活动上肢时,要注意下肢体位,反之亦然;②转换体位时一定不要在上肢远端牵拉上肢,例如从手或腕部牵拉,必须对上肢远端及近端均进行支持并缓慢进行活动;③扶抱者两腿分开,利用下肢承担重量,身体要随着扶抱方向移动,同时注意保持病人身体两侧平衡;④扶抱前应先确定移动的方法和方向,移动空间充足,确保移动过程安全迅速;⑤扶抱动作要缓慢、轻柔,同时注意患者表情和反应。若扶抱过程中患者疼痛不适,可更换另一种方法或暂停移动;⑥若需两人或多人扶抱,应使每一位都了解扶抱过程,动作要协调一致,扶抱开始应在口令下进行。

图 10-17 穿臂抱法

二、关节被动活动法

(一)概念及注意事项

1.**概念** 关节的被动活动,是指徒手对麻痹、疼痛等原因导致的活动受限,不能进行主动或辅助主动运动的患者所采用的训练方法。目的是维持关节活动度。

2.**注意事项**

(1)训练应包括身体的各个关节:每个关节必须进行全方位范围的关节活动,固定关节的近端,被动活动远端。

(2)运动时动作要平稳、缓慢、均匀:训练项目要尽量集中,避免频繁变动体位。

（3）坚持每日训练：每日训练 2 次，每次各方向进行 3～5 遍；每次活动只针对 1 个关节，固定的位置应尽量接近关节的中心为佳。

（4）维持正常关节活动度的被动训练不得出现疼痛：关节的被动活动前，要对患者做好解释工作，以取得患者合作。

（5）患者的体位应舒适：被固定的部位要稳定、牢固。

（6）对昏迷、肢体瘫痪的患者的训练：应与肌力训练同时进行，尤其是负重关节，防止加重关节的不稳定性。

（二）活动方法

1. 活动头部　在发病早期，通过正确体位摆放及被动运动来保持颈部的活动性非常重要。头部应向各个方向进行运动，特别是向一侧屈曲。用一只手固定一侧肩胛骨，用另一只手将头向对侧运动。

2. 旋转躯干上部　屈曲及旋转躯干可以防止胸椎僵硬，当病人长时间卧床或坐在轮椅上不动时可以做这项运动。

（1）辅助主动运动：具体方法：①训练者站在患者床边面对其躯干，将患者对侧上肢放在肩上，双手放在病人肩胛骨上，双手重叠在一起，靠近头部的手放在上面；②患者完全放松，向对侧臂部方向抬高胸部，重心向一侧转移；③让患者配合训练者的运动，不要有任何阻力，头仍然放在枕头上（图 10-18）；④如果患者躯干僵硬或过度活动，躯干可能只能在伸展状态下旋转，应仔细观察胸部运动及位置，必要时将一只手放在胸骨柄上来帮助躯干的屈曲旋转（图 10-19）；⑤被动运动至没有阻力时为止。

（2）促进主动运动：将患者躯干上部尽可能地屈曲旋转，然后让患者抬头，募集所有腹肌运动。具体

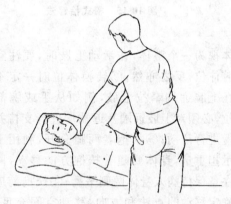

图 10-18　被动屈曲旋转躯干

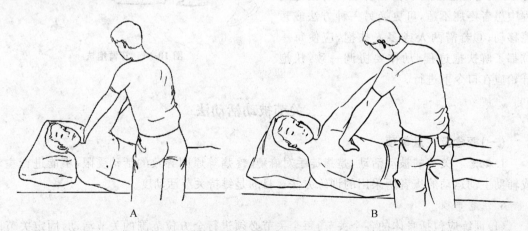

A　　　　　　　　　　　　B

图 10-19　辅助胸椎屈曲

A.（右侧偏瘫）胸部是伸展而不是屈曲；B. 下压胸骨柄，辅助屈曲

方法：①将一只手放在患者头部，帮助患者将颏部指向胸部正中，头部向上方轻度侧屈（图 10-20）；②鼓励患者自己保持躯干屈曲旋转位置，给予支持逐渐减少；③当患侧躯干前伸时，需要对患侧上肢进行支持，防止其坠落，可以用上肢来固定患者上肢或将其手放在面颊部，然后通过头侧屈来固定；④躯干反复旋转后，整个上肢的张力受抑制，患者上肢可以放在训练者或者家人肩部，左右躯干旋转都要进行练习，直至病人需要很少的帮助为止（图 10-21）。

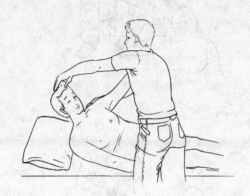
图 10-20　（左侧偏瘫）保持躯干屈曲旋转位置

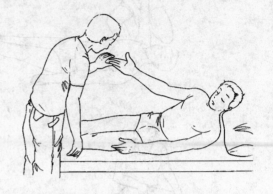
图 10-21　（右侧偏瘫）很少帮助下躯干上部旋转

　　3. 全身关节活动范围内的被动运动　在患者日常生活活动中能够使用其上肢和手之前，必须对其上肢进行运动，防止关节活动受限。运动时应注意：①痛性痉挛可延缓或抑制功能活动恢复，并造成患者痛苦，所以在运动过程中要注意控制活动范围，以免引起患者疼痛；②在发病早期，患者上肢应每日活动 2 次，至少活动 1 次；③在活动上肢前应先活动颈部及躯干，因为躯体近端运动可抑制远端肌张力；④运动时要禁止使用牵拉手法，以免引起关节脱位。

　　（1）肩关节训练具体方法（图 10-22）：①屈曲、伸展。一手握腕关节使其呈背伸位、拇指外展、手指伸展、手掌向上，另一手扶持肘关节使其呈伸展位。②内收、外展。在进行肩关节外展、内收运动训练时，一手固定腕关节使其背伸、拇指外展，手指伸展，另一手扶持肩胛骨下角，在上肢外展的同时使肩胛骨下角向上旋转，对偏瘫早期患者仅完成正常关节活动范围的50%（90°）即可。③内旋、外旋。病人取仰卧位，肩关节外展80°、肘关节屈曲90°，一手固定肘关节，另一手握持腕关节，以肘关节为轴，前臂向前、向后运动，完成肩关节的内旋、外旋的训练；对偏瘫早期病人仅完成正常活动的50%（45°）即可。随着上肢功能的恢复，逐渐扩大关节的活动范围。

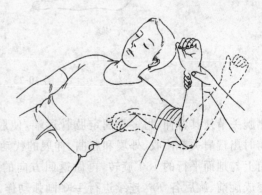
图 10-22　肩关节训练

　　（2）肘关节训练具体方法（图 10-23）：①屈曲和伸展。一手扶持患肢腕关节上方，另一手固定肱骨远端，在完成肘关节屈曲的同时前臂旋后，屈曲可达 135°；完成肘伸展的同时前臂旋前，伸展可达 0°～5°。②旋前、旋后。一手扶持患

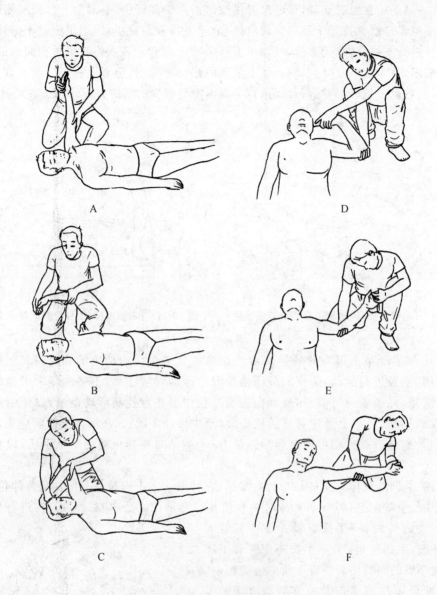

图 10-23　肘关节训练

　　侧腕关节使其背伸,另一手固定肱骨远端,使肘关节屈曲 90°,并固定在体侧,以防止旋后、旋前时出现肩关节内收、外展和屈曲、伸展的代动作。进行从掌心向下与地面平行的位置至掌心向上与地面平行的 180°旋转,再做返回方向的旋转。③也可以双手各握一支铅笔,姿势同上完成旋前、旋后各 90°,连续进行 180°画弧动作。

　　(3)腕关节运动具体方法(图 10-24):一手固定前臂,另一手四指握患手的掌面,拇指在手背侧,完成腕关节背伸 70°、掌屈 80°和桡侧屈 20°、尺侧屈 30°的被动运动以防止腕关节出现掌屈、尺偏为主的挛缩。

　　(4)手指关节运动具体方法(图 10-24):被动活动手指关节时,可以四指同时训练,也可以

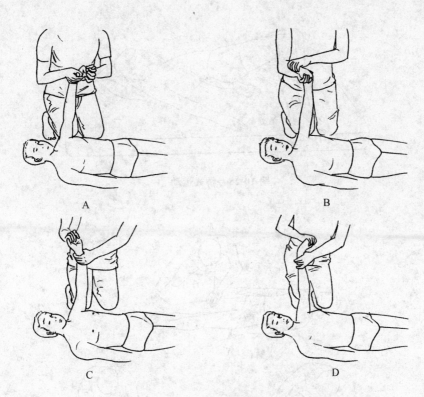

图 10-24　腕关节和手指关节活动度的训练

单个手指训练。一手在患手的尺侧固定,另一手四指在患手的背侧,拇指在患手掌侧使掌指关节完成屈曲 90°、伸展 30°～45°的运动。

(5)髋关节、膝关节运动

①髋伸展:即桥式运动(图 10-25),这项练习对臀部功能运动的恢复很重要。从护理角度考虑这项运动可帮助换床垫、穿脱衣服、定时抬高臀部,还可预防压疮的发生,抑制了下肢的伸肌痉挛,促通了分离运动的产生。当病人能够轻松做这个运动时,以后走路不会发现膝关节被锁住现象,在发病早期即应进行这项活动,减少帮助。病人自己控制这项活动,膝关节不要伸展及倒向一侧。随着患者运动控制能力的提高,患者可单独用患侧下肢抬高及降低臀部。具体方法:a.患者呈仰卧,双膝屈曲,病人抬高臀部并保持平衡,一只手放在患侧股内下端,将膝关节向下压,并将股骨踝部向足方向牵拉;b.另一只手的手指伸直刺激患侧臀部,帮助患者伸展;c.然后让患者健足抬离床面,这样所有重量放在患侧;d.病人应保持骨盆水平位,不要让骨盆向健侧旋转。

②髋关节内旋、外旋:A.病人取仰卧位,下肢伸展位,一手固定病人膝关节上方,另一手固定踝关节上方,完成下肢轴位的旋转,足尖向内侧为髋关节内旋,足尖向外侧为髋关节外旋。B.也可以令病人髋关节呈屈曲位,一手扶持患者小腿近端,另一手固定足跟,以髋关节为轴,向内、外侧摆动小腿,完成髋关节的外旋、内旋。

③髋关节外展(图 10-26):a.膝关节伸展位髋关节作内旋、外旋,足背屈外翻;b.髋关节作45°以上外展以后再恢复到原来肢位。

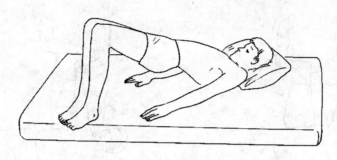

图 10-25　桥式运动

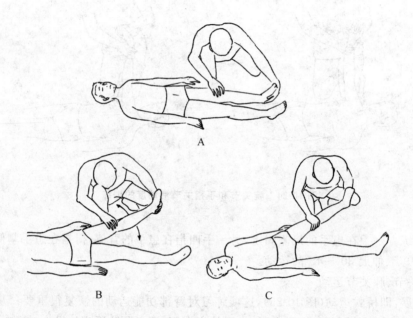

图 10-26　髋关节外展

　　④髋关节内收、外展：a.患者仰卧位，一手托膝关节后方，前臂支撑大腿远端；b.另一手握足跟，在髋关节轻度屈曲的状态下，完成髋关节的外展，然后返回原来位置。

　　⑤俯卧位或侧卧膝关节的活动(图 10-27)：髋关节伸展位，固定骨盆做膝关节屈曲。膝关节做最大屈曲后做膝关节伸展。

　　⑥膝关节屈曲位屈髋(图 10-28)：a.从仰卧位双下肢基本肢位开始，髋关节既不外旋，也不内旋；b.髋关节、膝关节屈曲使膝关节接近胸部；c.对侧下肢固定在基本肢位；d.当完全屈曲后才可恢复到原先肢位位置。

　　⑦膝关节伸展位屈髋(图 10-29)：适用于膝关节屈曲肌挛缩时。具体方法：a.膝关节伸展位，踝关节背屈做髋关节屈曲；b.对侧下肢固定在基本肢位。

　　(6)距小腿关节活动度训练(图 10-30)

图 10-27　俯卧位膝关节的活动

图 10-28　膝关节屈曲位屈髋

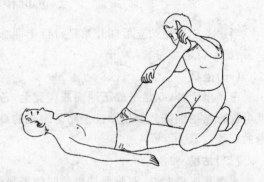

图 10-29　膝关节伸展位屈髋

①背屈、跖屈：a. 患者仰卧位，下肢伸展；b. 进行背屈时，一手固定踝关节上方，另一手握足踝，在牵拉跟腱的同时，利用前臂屈侧推压足底；c. 跖屈时，固定踝关节上方的手移到足背，在下压足背的同时，另一手将足跟上提。

②内翻、外翻：a. 患者仰卧位，下肢伸展；b. 一手固定距小腿关节，另一手进行内、外翻运动；c. 如果有助手，也可以让助手固定距小腿关节，治疗师手握足前部和足跟使全足同时完成内翻、外翻运动。

图 10-30　距小腿关节活动度训练

三、立位移动训练技术

当患者能平稳站立后即开始进行行走训练,行走训练是按计划循序渐进进行的,它包括坐稳、站稳和行走练习。

(一)坐稳

患者坐床旁,双足平放于地面或脚凳上,若向前、后、左、右举动手臂,患者仍能保持平衡,就可进行站稳训练。如用手杖走路是康复的最终目标,还应在坐位时进行用双手支撑身体重量的训练。

(二)站稳

患者从座位起立,双脚保持坐位时的姿势,并用力下蹬,同时身体前倾伸直成站立位。患者开始站立时一般都需要帮助,以后可用辅助器帮助站立。若患者站立活动肢体时身体仍能保持平衡,就可以进行行走训练。

(三)行走训练

1. 行走训练步骤

(1)训练前的准备:走步前保持坐位和站位的平衡,护士应帮助患者完成重心前、后、左、右移动;原地完成单腿支撑体重,对侧膝屈曲;单腿向前迈步并回收,向外侧迈步并回收。

(2)平衡杆内训练:患者手扶平行杆由座位站起、坐下;体重向两侧、前后移动,改变手的前后位置,左右手交替握住对侧平行杆;双手离开平行杆,肩前屈、后摆动,左右摆动过中线;以及在平行杆内前走、后退、转身、侧走等。

(3)室内行走:如能完成平行杆内行走,即可进行室内行走。根据病情、躯干及下肢关节和肌群肌力等情况,决定是否需要助行器及其种类。室内行走训练包括平地行走、上下楼梯、走斜坡以及摔倒后如何自己起来。

(4)室外行走:包括平地、不平整地面及在斜坡上行走、上下台阶、横穿马路以及如何乘公共汽车。

2. 行走训练的方法

(1)扶持行走训练:平衡失调患者需要扶行,扶持者应在患侧进行扶持,为了安全,可于患者腰间缠好带子或安全把手,便于扶持,以免限制患者双手活动。

(2)独立行走训练:先将两脚保持在立位平衡状态,行走时,一脚迈出,身体就要向前倾斜,重心转移到对侧下肢,两脚交替迈出,整个身体向前。

(3)扶杖、架拐行走训练:拐杖练习是使用假肢或瘫痪患者恢复行走能力的重要锻炼方法。常见的方法有以下几种:①双拐站立姿势。将两拐杖置于足趾的前外侧15～20cm,屈肘20°～30°,双肩下沉,这时上肢肌力落于拐杖的横把上,若患者的肌力不足则可取三点位站立。即将两拐杖置于足前外方20～25cm,这时身体的大部分重量落于拐杖上。②扶杖架拐背靠墙站立训练。患者以背靠墙,将重心移至一侧拐杖,提起另一侧拐杖或将重心靠墙,提起双侧拐杖。③架拐行走训练。两拐杖置于两腿前方,向前行走时,提起双拐置于前方,将身体重心置于双拐上,腿稍弯曲,用腰力量摆动向前。④单拐行走训练。健侧臂持杖,行走时,拐杖与患侧下肢同时向前,继之健侧下肢和另一臂摆动向前。亦可先将健侧臂持杖前移,然后移病腿,最后移健腿,完成一步。亦有拐杖前移后先移动健腿,再移动病腿。可由患者自行选择。

(4)上下楼梯的训练:能够熟练地在平地行走后,可试着在坡道上行走。常见的方法有:①扶栏上下楼训练。偏瘫者,健手扶栏,先将患肢伸向前方,用健足踏上一级,然后将患肢踏上与健肢并齐;下楼时亦是健手扶栏,患足先一级,然后健足再下与患足并齐。②扶杖上下楼训练。上楼时,先将手杖立在上一级台阶上,健肢蹬上,然后患肢跟上与健肢相并;下楼时,先将手杖置于下一级台阶上,健肢先下,然后患肢。

四、床-轮椅之间的转移技术

(一)转移目的

对于步行功能丧失,如截瘫、截肢、下肢骨折未愈合和其他神经肌肉系统引起双下肢麻痹、严重的下肢关节炎症或疾病、脑血管意外,或脑外伤引起的重症偏瘫、严重的帕金森病,或脑瘫难以步行者以及高龄和体弱多病者,轮椅将成为他们的代步工具,他们借助于轮椅仍然能够参加各种社会活动及娱乐活动,真正地参与社会。

(二)偏瘫病人转移方法

1. 完全帮助下从床转移到轮椅　具体方法:①首先帮助患者坐在床边,然后让患者前倾,双脚平放在地面上,站立,旋转,坐下;②辅助者站在患者前面,握住肩胛带(图 10-31);③患者双手放在辅助者肩上;④辅助者用双膝支持病人患侧膝部(图 10-32);⑤辅助者屈曲患者身体,从肩部提拉患者,患者协助向前并抬高臀部(图 10-33);⑥当患者抬起臀部时,辅助者需帮助患者向轮椅旋转(图 10-34)。

2. 部分帮助下从床到轮椅转移(图 10-35)具体方法:①患者双手握住前伸放在凳子或椅子上;②双脚平放,足跟接触地面;③抬起臀部,身体旋转到轮椅上;④辅助者从骨盆或肩胛骨处帮助患者转移。

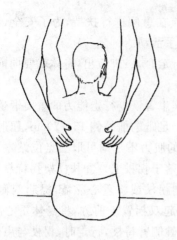

图 10-31　帮助病人坐在床边,握住肩胛带

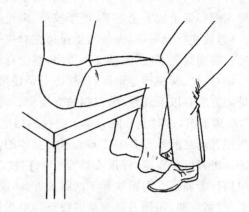

图 10-32　用双膝支持病人患侧膝部

图 10-33　从肩部提拉病人

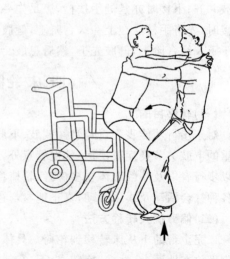

图 10-34　帮助病人向轮椅旋转

3. 无帮助情况下转移具体方法(图 10-36):①患侧下肢放在健侧下肢稍前一点;②肩部前伸,双手握住,肘关节伸直;③患者身体前倾超过其双足,站立,旋转,将重心部分转移至患侧;④患者坐在轮椅上。

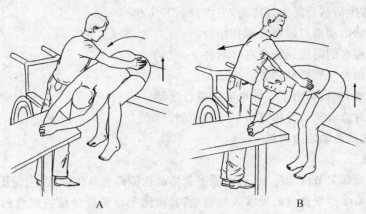

图 10-35　部分帮助下从床到轮椅转移

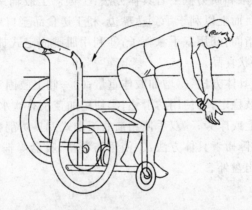

图 10-36　无帮助情况下转移

五、日常生活活动能力训练

(一)训练的意义、方法及注意事项

1. 意义　日常生活活动(ADL)是指人们在日常生活中,完成衣、食、住、行等所需要的基本动作以及将这些活动连续起来的转移活动。通过日常生活活动能力的训练,可最大程度地提高病人的生活自理能力,掌握一定的方法和技巧。生活自理对患者很重要,日常生活独立意味着他不再是个病残者,可做自己想做的事,但在长时间内需要帮助,需在充分指导下认真、反复地训练。

2. 基本方法

(1)首先将日常某些活动分解成简单的运动方式,从易到难,结合护理,进行床旁训练。

(2)选择适当的方法完成一个动作。

(3)按照实际生活训练,如穿衣、进食等。

(4)如果体力不足或肌力疲乏协调力差,可做些准备训练,强化肌力力量。

(5)可用辅助生活用具完成某些日常生活训练。

3. 注意事项　在训练时,应增加患者的自信心,制定训练计划应在患者力所能及的范围

内。在进行日常生活活动能力训练时,应注意以下几点:

(1)日常生活活动要与训练日程相结合。

(2)对患者存在的问题训练要有针对性。

(3)患者必须参与到活动中去。

(4)在辅助患者时,要用手引导患者手进行活动。

(5)在患侧对患者整个身体进行引导和控制。

(二)日常生活活动能力训练

1.饮食训练

(1)口腔颌面部关节活动受限、肌力低下及协调性障碍者具体方法:①端正头、颈及身体的位置以利于吞咽;②改变食品的硬度或黏稠度;③借助于设备帮助维持进食的正确体位;④头中立位稍前屈,躯干直立,髋关节屈曲90°,双足着地。

(2)上肢关节活动受限和肌力低下者具体方法:①健侧上肢辅助患侧上肢送食品入口;②将肘关节放置在较高的台面上以利于手到达嘴边,利于送食品至口中;③用叉、勺代替筷子;④将餐具(勺)绑或夹在手指间;⑤用双手拿杯子;⑥利用肌腱固定式抓握(腕关节伸展时手指屈肌紧张)拿起玻璃杯或棒状食品。

(3)上肢协调障碍者具体方法:①增加肢体重量;②一侧上肢固定另一侧上肢,躯干、肘、腕部靠在桌子上以保持上肢稳定;③使用防滑垫;④使用加盖及有饮水孔的杯子,或用吸管喝水;⑤饮水设备安装在轮椅上或床旁;⑥双手使用前后滚动式刀具切割食物。

(4)一侧上肢或身体障碍者具体方法:①使用防滑垫、吸盘等辅助用品固定碗或盘子。②使用盘挡防止饭菜被推出盘外。

2.更衣训练

(1)穿上衣

①躯干关节活动受限、肌力低下者具体方法:a.穿轻便、宽松的上衣;b.穿前开襟的衣服;穿法将病人手插入衣袖内,用健手将衣领拉至患侧肩,健手由颈后拽住衣领向健侧拉,再将健手插入衣袖内,系好纽扣并整理;脱法:健手抓住衣领先脱患侧的衣袖一半,将患侧肩部脱出,健手脱掉整个衣袖,随后健手再将患侧衣袖脱出,完成脱衣动作;c.穿前开襟上衣时不解开衣服下部的扣子,按套头衫的方式穿、脱;d.躯干肌力弱,坐位平衡不稳定时给予支持;e.纽扣牵引器;f.胸罩在前面开口,开口处用尼龙搭扣;g.套头式领带。

②上肢和躯干协调障碍者具体方法:a.穿着宽松的服装;b.提倡穿套头式上衣,前开襟上衣按套头式服装穿脱;c.必要时选用大扣子、尼龙搭扣或按扣;d.手工操作时,上肢应尽量靠近身体;e.使用拉链拉环。

③一侧上肢或身体障碍者具体方法:a.穿着轻便、宽松的上衣;b.坐位平衡较差时予以支持;c.穿前开襟的衣服时,先穿患侧,后穿健侧;d.脱衣时,先脱患侧一半,再将健侧袖子全部脱下,最后退出患侧的衣袖;e.穿套头式上衣时,先将上衣背朝上放在膝上→将衣服后身部分收起并抓住→头从领口钻出→整理衣服;f.脱衣时,将衣服后身部分向上拉起,先退出头部,再退出双肩与双手。

(2)穿裤子、鞋、袜

①下肢关节活动受限、肌力低下者具体方法:a.穿轻便、宽松的裤子;b.运用适于此类病人穿、脱裤子的方法;c.穿松紧口或有尼龙搭扣的鞋;d.避免穿高帮鞋或靴子。

②上肢、下肢和躯干协调障碍者具体方法：a. 穿着宽松的服装,裤腰用松紧带;b. 在稳定的床上、轮椅、扶手椅上穿衣;c. 在用手去触摸脚面时,用上肢顶住腿部以保持稳定;d. 肢体远端负重。③一侧上肢或身体障碍者具体方法：在穿裤子时：a. 先穿患腿,后穿健腿;b. 用健腿撑起臀部,上提裤子;c. 用健手系皮带。

脱裤子时：a. 坐位松解皮带或腰带;b. 站起时裤子自然落下;c. 先脱健侧,再脱患侧。

3. **移动训练**　在日常生活中,移动是完成各种动作的基础。无论儿童、青壮年,还是老年人,如果丧失了移动能力,就会与社会疏远,即使在家中也必须依靠他人的帮助,从心理上和身体上都将因此受到极大的影响。所以,充分利用残存功能以获得移动的能力是使患者自立的第一步。移动包括床上移动(翻身、坐起)、轮椅移动及转移。

(1)肌力低下者具体方法：①抓住床栏或床旁的轮椅扶手翻身;②在床尾系一根绳梯,患者抓住绳梯坐起;③双上肢无力者可戴防滑手套以增加摩擦力,有助于驱动轮椅前进;④根据不同部位的肌力状况,转移可采用支撑转移、滑动转移、秋千式转移。

(2)协调障碍者具体方法：①上肢协调障碍者可用脚驱动轮椅,因此驱动轮椅向后最为容易,但要安装后视镜以防事故发生;②四肢协调障碍者需使用电动轮椅。

(3)偏瘫患者的翻身和坐起方法见体位转换,也可使用轮椅转移。

4. **个人卫生训练**

(1)上肢和颈部关节活动受限、肌力低下者具体方法：①健手辅助患手进行梳洗;②将前臂置于较高的平面上以缩短上肢移动的距离;③用嘴打开盖子;④用双手握住杯子、牙刷、剃须刀、梳子等;⑤使用按压式肥皂液。

(2)上肢和颈部协调障碍者具体方法：①增加肢体重量;②一侧上肢固定另一侧上肢或同时使用双上肢;③在洗脸、刷牙以及梳头时,将躯干、肘、腕部靠在水池边以保持上肢稳定;④使用按压式肥皂液;⑤使用增加阻力的用品、用具或设备;⑥使用电动牙刷、电动剃须刀;⑦刷子固定在水池边,用于洗手和洗指甲;⑧饮水设备安装在轮椅上或床旁。

(3)一侧上肢或身体障碍者具体方法：①开瓶盖时,将容器夹在两腿之间;②可将毛巾绕在水龙头上,用健手拧干;③刷子和牙刷固定在水池边,用于洗手、洗指甲和刷假牙;④将大号指甲刀固定在木板上修剪健侧手指的指甲。

(4)洗澡障碍的康复具体方法：①澡盆底部及淋浴室地面铺上防滑垫,将湿毛巾搭在椅背上,患者坐在椅上,通过背部摩擦毛巾擦洗背部;②擦干背部也用同样的方法;③如果手不能摸到脚,就在脚底部放 1 块有皂液的毛巾洗脚;④将有皂液的毛巾放在膝上,将上肢放在毛巾上擦洗(用于一侧上肢损伤者);⑤使用按压式皂液;⑥坐便椅可使患者以坐位进行淋浴;⑦用带长柄的海绵刷擦背;⑧用扶手协助患者站起;⑨长把开关有助于患者拧开水龙头。

(5)入厕障碍的康复具体方法：①上厕所前后穿、脱裤子的方法与前述相同;②抓住功能差者,可将卫生纸缠绕在手上使用;③自动冲洗及烘干器;④上肢关节活动受限、截肢或手指感觉缺失者可使用安装在坐便器上的自动冲洗器清洁;⑤扶手,用于肌力弱或协调性差者,在如厕和清洁时保持稳定;⑥可调节坐便器,升高坐便器有助于下肢关节活动受限者使用;⑦夜间在床旁放置便器以免去厕所不便;⑧二便失禁者可使用纸尿裤、床垫或插导尿管。

第三节 社区常见伤残患者的康复护理

一、偏瘫患者的社区康复护理

(一)概述

偏瘫是对人体一侧肢体障碍疾病的简称。患者因脑组织发生异常病变,从而使身体一侧的关节、肌肉和神经功能出现了严重障碍或丧失,造成患者一侧的肌肉运动功能严重障碍或丧失。这是临床上的异常表现形式,被统称为偏瘫。临床上造成偏瘫的疾病有脑外伤、脑血管疾病、脑肿瘤等。

1.脑血管疾病 脑血管疾病是造成人类死亡三大疾病之一,据有关资料统计,在发达国家,由于检察仪器、手段先进,发达。对患有脑血管患者能够及时检察、诊断与治疗,病死率和致残率相对减少,而在发展中国家和贫困国家,病死率和致残率相对增加。在这些国家中,脑血管病死率占人口死亡率第1位。

(1)脑缺血性疾病:脑血管疾病中脑缺血性疾病最为常见,引起脑缺血疾病有脑外伤,脑动、静脉硬化,脑血管痉挛,脑梗死等。

(2)脑出血性疾病:脑出血性疾病包括脑实质内出血,蛛网膜下腔出血。其中高血压性脑出血是造成脑出血的主要原因,是高血压病最严重的并发症。引起高血压病的因素较多,常见有遗传性高血压病、神经性高血压病、压迫性高血压病、先天性高血压、动脉硬化性高血压病等。

2.脑外伤和颅内脑肿瘤手术后造成的偏瘫

(1)脑外伤:目前国内外对脑外伤的处理和治疗都用手术手段清除病灶,术后采用脱水疗法,减轻颅内水肿及组织渗出液,使脑功能尽早康复。

(2)颅内肿瘤术后后遗症:脑肿瘤分为良性和恶性的,无论哪种情况手术概率非常高的,手术就会使神经组织受到损伤,对术后患者康复不利的,可能造成偏瘫。

3.其他因素 由于现代电子信息社会,人们上网玩游戏、聊天、打牌等彻夜不眠,起居不规律;情绪持续紧张,工作压力大;这些因素都会造成脑血管循环障碍,导致脑血管破裂。

(二)主要功能障碍

1.肢体异常运动姿势 偏瘫患者引起最直接障碍是运动障碍,如肢体瘫痪、不随意运动、肌张力异常、平衡功能障碍等导致的异常运动姿势。主要为一侧上下肢的运动障碍。在临床上有4种表现形式。

(1)意识障碍性偏瘫:表现为突然发生意识障碍,并伴有偏瘫,常有头及眼各一侧偏斜。

(2)弛缓性偏瘫:表现为一侧上下肢随意运动障碍伴有明显的肌张力低下,随意肌麻痹明显面不随意肌则可不出现麻痹,如胃肠运动、膀胱肌等均不发生障碍。

(3)痉挛性偏瘫:一般的是由弛缓性偏瘫移行而来,其特点是明显的肌张力增高。上肢的伸肌群及下肢的屈肌群瘫痪明显,肌张力显著增高,故上肢表现为屈曲,下肢伸直,手指呈屈曲状态,被动伸直手有僵硬抵抗感。

(4)轻偏瘫:在偏瘫极轻微的情况下,如进行性偏瘫的早期,或一过性发作性偏瘫的发作间隙期,瘫痪轻微,如不仔细检查易于遗漏。

2.痉挛　痉挛是上运动神经元损伤的特征性表现。在不同患者之间痉挛的表现差异很大，严重痉挛时由于患者丧失随意性运动控制，可出现行走、转移困难，异常坐姿与平衡障碍，并且吃饭、穿衣等日常生活活动受限制，个人卫生不能自理。因偏瘫病人的患侧肢体有不同程度的痉挛，所以多数患者躯体姿势和运动都是僵硬的。临床表现为上肢是典型的屈肌模式，如肩下降、内收、肘屈曲、腕与手指屈曲。下肢是典型的伸肌模式，如伸髋、伸膝、走路呈画圈步态。

3.肩关节半脱位　肩关节半脱位在偏瘫患者很常见。原因有：①以冈上肌为主的肩关节周围肌肉功能低下。②肩关节囊、韧带松弛及长期牵拉导致的延长。③肩胛骨周围肌肉瘫痪、痉挛及脊柱直立肌的影响所致的肩胛骨下旋。患者表现为在放松坐位时可在患侧肱骨头和肩峰间触及明显的凹陷，患肢无力。X线下可见肱骨头和肩关节盂之间的间隙增宽。

4.肩手综合征　肩手综合征又称为反射性交感神经营养不良。其发生机制不清楚。可突然发生，也可缓慢、隐匿。患者表现为肩痛、手足水肿和疼痛、皮温升高。重症晚期可出现手部肌肉萎缩，甚至挛缩畸形。

5.肩痛　肩痛在偏瘫患者较多见，原因可能是在肩关节正常运动机制受损的基础上，不恰当的活动患肩，造成局部损伤和炎症反应。起初表现为肩关节活动度终末时局限性疼痛，随着症状的日益加重，可涉及整肩、上臂和前臂。多为运动时痛。

6.吞咽功能障碍　吞咽功能障碍是脑卒中常见的合并症之一，可造成水和其他营养成分摄入不足，易出现眼下性肺炎，甚至窒息。正常吞咽过程分三期。口腔期（由口腔至咽入口处）为随意运动；咽期（由口咽到食管入口处）为反射运动；食管期（由食管入口到胃）为蠕动运动。脑卒中患者为口腔期和咽期障碍。因口唇、颊肌、咀嚼肌、舌等麻痹，食物从口唇流出。咽反射差，软腭上抬及喉头上抬不良等导致食物逆流入鼻腔或误入气管。

7.挛缩　挛缩是痉挛最严重的后果之一。各种原因导致的关节周围的软组织、韧带、和关节囊的病理变化，使关节活动范围受限称为挛缩。目前认为，肢体固定静止不动发生的关节囊变厚、弹性下降所致的关节挛缩，主要原因可能是关节囊的胶原纤维的结构和组合方式发生变化，造成结缔组织性质改变导致的。另外的一个特点是肌性挛缩，主要病理变化是肌肉的延展性的丧失。

8.骨质疏松症　骨质疏松症是以骨量减少，骨组织显微结构改变，骨的力学性能下降和骨折危险频度增加为特征的疾病。瘫痪所导致的运动功能长期减弱和丧失而引起继发性骨质疏松。偏瘫患肢比健肢严重。临床表现为疼痛、身长缩短、畸形、骨折等。

（三）偏瘫常见康复评定方法

偏瘫病人的康复评定是康复治疗的基础，通过客观、准确地评定功能障碍的性质、范围、部位、程度，找出康复护理诊断（问题点），设计康复目标，制定切实可行的康复治疗措施。康复评定分三期：①初期评定，在康复治疗前评定，目的是全面了解患者功能状况和残障程度、致残原因、康复潜力，从而确定康复目标和制定康复治疗计划；②中期评定，在康复治疗中评定，目的是经过康复治疗后，评定患者总的功能情况，有无康复效果，分析其原因，从而调整康复治疗计划；③后期评定，在康复治疗结束时进行，目的是通过康复治疗后，评定患者总的功能情况，评价康复治疗效果。

1.肌力评定　肌力测定的主要目的是判断有无肌力下降以及肌力下降的程度和范围，找出肌力下降的原因，为制定治疗、训练计划提供依据，主要有手法肌力检查和器械肌力检查。常用的有徒手肌力检查（manual muscle testing，MMT），是一种不借助任何器材，仅靠检查者徒手对受检者进行肌力测定的方法（表 10-1），这种方法简便，易行。至今被广泛应用。

表 10-1　徒手肌力检查(MMT)

测试结果	Lovett 分级	MRC 分级		Kendall 百分比
能抗重力及正常阻力	正常	N	5	100
	正常⁻	N⁻	5⁻	95
能抗重力但仅能抗中等阻力运动至标准姿势或维持姿势	良⁺	G⁺	4⁺	90
	良	G	4	80
能抗重力但仅能抗小阻力运动至标准姿势或维持此姿势	良⁻	G⁻	4⁻	70
	好⁺	F⁺	3⁺	60
能抗肢体重力运动至标准姿势或维持此姿势	好	F	3	50
抗肢体重力运动至接近标准姿势,消除重力时运动至标准姿势	好⁻	F⁻	3⁻	40
在消除重力姿势作中等幅度运动	差⁺	P⁺	2⁺	30
在消除重力姿势作小幅度运动	差	P	2	20
无关节运动,可扪及肌收缩	差⁻	P⁻	2⁻	10
	微	T	1	5
无可测知的肌收缩	零	0	0	0

2. 关节活动度的评定　关节活动度又称关节活动范围(rang of motion,ROM),是指关节运动时所通过的运动弧。关节活动度的测量是一项严格的评价技术,测量者需熟练掌握测定技术。常用工具有量角器、尺子、电子测角器等。常见有上肢主要关节活动度测量、手部关节活动度测量、下肢主要关节活动度测量、脊柱关节活动度测量等标准,具体方法见康复专业书籍。

3. 日常生活活动能力评定　日常生活活动(activity of daily living,ADL)是指人们为维护独立生活而每天所必须反复进行的、最基本的活动,即完成衣、食、住、行等所需最基本的身体动作。日常生活活动能力评定是康复的重要组成部分,通过 ADL 能力的评定,全面了解伤残者在生活和工作方面的活动程度,反应患者的综合能力。常用是 Barthel 指数分级法(表 10-2)。

表 10-2　日常生活活动 ADL(Barthel 指数法)

项目	自理	稍依赖	较大依赖	全依赖
进食	10	5	0	0
洗澡	5	0	0	0
修饰	5	0	0	0
穿衣	10	5	0	0
大便	10	5	0	0
小便	10	5	0	0
上厕所	10	5	0	0
床椅转移	15	10	5	0
行走	15	10	5	0
上下楼梯	10	5	0	0

日常生活活动(activity of daily living,ADL)Barthel 指总分数 100 分,ADL 损害严重程度:0～20 分=极严重功能缺陷;35～45 分=严重功能缺陷;50～70 分=中度功能缺陷;75～95 分=轻度功能缺陷;100 为 ADL 完全自理。

4.偏瘫恢复功能评定　Brunnstrom 对大量的偏瘫患者进行了观察,注意到偏瘫的恢复几乎是一个定型的连续过程,由此提出了著名的恢复六阶段理论,即迟缓状态(阶段Ⅰ);出现肌张力、联合运动(阶段Ⅱ);进入肌痉挛、共同运动、原始姿势反射状态(阶段Ⅲ);分离运动(阶段Ⅳ、Ⅴ);协调运动、运动速度大致正常(阶段Ⅵ)6 个阶段。以此理论为基础,设计了Brunnstrom6 级评价法(表 10-3)。

表 10-3　Brunnstrom 偏瘫功能分级

阶段	上肢	手	下肢	功能评定
1	无任何运动	无任何运动	无任何运动	Ⅰ
2	仅出现协同运动模式	仅有极细微屈伸	仅有极少的随意运动	Ⅱ
3	可随意发起协同运动	可做勾状抓握,但不能伸指	在做和站位上,有髋、膝、踝协同性屈曲	Ⅲ
4	出现脱离协同运动的活动:肩 0°肘屈 90°下前臂旋前旋后;肘伸直可屈 90°;手背可触及腰骶部	患侧捏及松开拇指,手指有半随意的小范围伸展活动	坐位屈膝 90°以上,可使足后滑到椅子下方,在足根不离地的情况下能使踝背屈	Ⅳ
5	出现相对独立的协同运动活动;肘伸直肩外展 90°;肘伸直肩前屈 30°～90°时前臂旋前和旋后;肘伸直前臂取中间位,上肢举过头	可作球状和圆柱状抓握,手指同时伸展,但不能单独伸展	健腿站,换腿可先屈膝后伸髋,再伸膝下作踝背屈(重心落在健腿上)	Ⅴ
6	运动协调近于正常,手指鼻无明显辨距不良,但速度比健侧慢(<5s)	所有抓握均能完成,但速度和准确性比健侧差	在站立位可使髋外展到超出抬起该侧骨盆所能达到的范围;坐位下伸直膝可内外旋下肢,能完成合并足的内外翻	Ⅵ

(四)偏瘫患者的社区康复护理

1.康复护理评估

(1)运动功能的评定:护理人员评估偏瘫患者肢体运动程度(Brunnstrom 偏瘫分级)、肌力的评定(MMT)和关节活动度,判断患者潜在的康复潜力,制定可行的康复护理计划。

(2)上肢合并症的评定:①肩关节半脱位的评定,患者坐位,如果肩关节半脱位,则肩峰下可触及凹陷。借助肩关节 X 线片详细诊断。②肩手综合征。

(3)其他障碍的评估:ADL 的评定、痉挛评定及身心情况、感知觉状态的评估。

(4)社区环境和家庭状况的评估:包括居住环境、经济收入、社区交往、家庭照顾者的状况以及社区卫生保健设施等。

2.康复护理措施

(1)康复训练

①保持良好肢体功能位置:保持良好肢体功能位置是为防止或对抗痉挛姿势的出现、保持肩关节及早期诱发分离运动设计的一种治疗体位。患病早期肢体的瘫痪为弛缓型瘫痪,之后随着肌张力的恢复出现痉挛性瘫痪,上肢为屈肌痉挛,如肘关节屈曲、手指屈曲、腕关节掌曲。下肢为伸肌痉挛,如下肢的外旋、髋膝关节伸直、足下垂内翻。因此患者要保持抗痉挛体位。患侧卧位时,即患侧在下,健侧在上。健侧上肢在身体上或稍后方些,患侧下肢在后,患侧髋关节微后伸,膝关节略屈曲,足底蹬支撑物。注意手中不握任何物品。健侧卧位时健侧在下,患肢在上,患肩屈曲90°～130°,肩关节前伸,肘、腕关节背伸,前臂旋前,上肢置于前面的枕头上,下肢屈髋、屈膝置于前方枕头上,踝背屈,注意足不要内翻悬空。患足与小腿保持垂直位置。健侧下肢平放在床上,轻度屈髋,稍屈膝。仰卧位时,头枕枕头不要过高,面部应朝向患侧,不要过伸、过屈和侧屈。患肩垫起防止肩后缩,上肢各关节处于伸展位,前臂旋后,手掌心朝上,手指伸展、张开。要防止手指分不开或垂手畸形。患髋垫起以防止后缩,患腿股外侧垫枕头以防止患腿外旋。足底不应放置任何东西。此体位是护理上最容易采取的体位,但可能引起紧张性迷路反射及颈紧张性反射导致的异常反射活动增强。

②体位变换:体位变换不但可预防压疮和肺感染,还可使肢体的伸屈肌张力达到平衡,预防痉挛模式出现。一般每1～2h变换体位1次。被动向患侧翻身时,护理人员一手放在颈部下面,一手放在患侧肩胛骨周围,先将患者的头部及上半部躯干转向侧卧位,然后,一只手放在患侧骨盆周围,另一手放在患侧膝关节后方,并将患侧下肢旋转摆呈自然半屈位。被动向患侧翻身时,护理人员先将患侧上肢放在外展90°位置,指导患者自行将身体转向患侧,如果患者处于昏迷状态或体力较差时,护理人员帮助患者翻身。

③肢体被动运动:先从健侧开始,然后参照健侧的活动范围做患侧。一般从肢体的近端到远端,动作要轻柔缓慢。重点进行肩关节外旋、外展和屈曲,肘关节、腕和手指伸展,髋关节外展和伸展,膝关节伸展,足背屈和外翻。急性期每天做2次,以后每天可做3次。被动运动不能防止废用性肌萎缩,也没有直接促进功能恢复的作用,因此患者清醒后尽早进行主动训练。

④上肢训练:患者取仰卧位,双手手指交叉在一起,用健侧上肢带动患侧上肢在胸前伸肘上举,然后屈肘,双手返回,置于胸前。这种自助被动运动有利于降低患侧上肢痉挛。或者仰卧位时让患者患侧上肢前屈90°,上抬肩膀使手伸向天花板或患侧上肢随护理人员的手在一定范围内活动,或患肩外展90°,以最小限度的辅助动作完成屈肘,用患手触摸自己的嘴,然后再缓慢地返回至肘伸展位。这种分离运动和控制能力训练可促进患侧肢体的血液循环和增强患侧输入作用。

⑤下肢训练:下肢训练可进行桥式运动,目的是训练腰背肌群和伸展髋关节,为站立做准备。患者取仰卧位,双腿屈曲,足踏床,慢慢地抬起臀部,维持一段时间后缓慢放下(双桥式运动)。训练早期需护理人员帮助固定下肢,或叩打臀大肌帮助伸髋。患者能掌握该动作后,让患者健腿悬空,患腿屈曲,或将健腿置于患腿上,患足踏床抬臀(单桥运动),以此来提高患侧髋关节伸展的控制能力。还有屈曲动作训练、伸膝分离运动、夹腿运动和踝背训练等。

⑥坐位训练:长期在床上制动,可产生严重的并发症,如静脉血栓形成、坠积性肺炎、压疮等,只要病情允许就尽早坐起。为了防止直立性低血压,首次取坐位时,不易马上取直立坐位。先取30°～40°斜卧位,每2～3d增加10°,直至完全坐起。尽量避免床上半坐位,以避免强化下肢伸肌优势。患者在床上最佳坐位是髋关节屈曲近于直角,脊柱伸展,能坐稳后再进行床边训练和坐位平衡训练。

⑦站立训练:护理人员首先协助患者扶持站立,然后由患者扶栏杆或椅子等站起,最后是独立站起。起立时指导患者尽量患侧负重,抬头看前方。站起前健足在前,足跟着地,躯干前倾,双手前举,慢慢伸展髋、膝关节后站起。站稳后进行患侧支撑训练和患侧下肢迈步训练。

⑧步行训练:在步行训练前,先练习双腿交替前后迈步和重心的转移。先用健腿迈步,协助者站在患者身后稳定其上臂。在可独立步行后进一步练习上下楼梯、跨越障碍等。

⑨作业治疗:一般在患者能取坐位姿势后开始,内容包括 ADL 训练以及工艺活动训练等。

(2)合并症的康复

①肩关节半脱位的康复:手法活动使肩胛骨充分前屈、上抬、外展,并向上旋转。维持全关节活动度的无痛性被动运动范围,防止关节挛缩。

②肩痛的康复:通过手法活动增加肩胛被动运动范围和交叉前伸的上肢自助运动。必要时应用止痛药控制疼痛,还可局部使用超短波、超声波等物理治疗。

③吞咽功能障碍的康复:首先要确定患者吞咽障碍的程度,主要是针对功能障碍进行,不用食物。第一步口腔周围肌肉运动训练:包括下颌运动、口唇运动、面部运动、舌部运动;第二步颈部放松:前后左右放松颈部,颈部左右旋转运动和提肩、沉肩运动,重复运动;第三步寒冷刺激法:吞咽反射减弱或消失时,用冰过的棉棒,轻轻的压在软腭弓上、咽后壁、和舌后部的刺激部位,左右同部位交替,上、下午各进行 30 次左右。第四步构音训练:通过构音训练可以改善吞咽有关器官的功能。第五步呼吸训练:目的是控制摄食吞咽时的呼吸,方法是训练腹式呼吸和缩口呼吸。第六步吞咽模式的训练:从鼻腔深吸一口气,完全屏住呼吸,空吞咽 2～3 次为极限,也可用少量水进行,吞咽后立即咳嗽。此方法防止误吸。

④骨质疏松症的康复:进食足够含钙食物,如乳品类、豆制品、海产品、坚果类及其他添加钙的食品;其次药物治疗及物理疗法。

(3)矫形器及生活辅助器的使用:矫形器是用于人体四肢、躯干等某部位,通过力的作用预防、矫正畸形,治疗骨关节及神经肌肉疾患,补偿其功能的支具、支架、夹板等器械的总称。如膝关节矫形器、髋关节矫形器、手指关节矫形器等。生活辅助用具是指残疾者为增加生活独立性的辅助装置。如进食辅助用具、手杖、腋杖等。护理人员讲明使用器械操作流程、训练方法及注意事项。

(4)心理障碍护理:偏瘫患者常见抑郁心理、焦躁心理、情感障碍(主要表现为患者不能以正常方式表达自己的感情。情绪激动时可有哭泣或呆笑)。护理人员应利用治疗及各种检查、随访等时机勤沟通,鼓励患者表达内心的感受,根据患者个体情况给予正确的心理疏导,激发患者主动战胜疾病的信息,使其积极主动配合康复治疗。

(5)康复教育:①定期体格检查是预防卒中、偏瘫的重要措施。对年龄 40 岁以上的人群,特别是有高血压、糖尿病或卒中家族史的人,定期进行体格检查,及早发现及早治疗卒中的危险因素,可以预防卒中的发生。②加强身体锻炼是预防偏瘫的一项重要措施。

二、脊髓损伤患者的社区康复护理

(一)概述

脊髓损伤(SCI)是一种严重的致残性损伤,可部分或完全阻断大脑与身体其他器官的连续,常造成四肢瘫或截瘫。脊髓损伤的康复范畴不但包括颈、胸、腰和圆锥等脊髓节段,还包括马尾损伤的处理。导致脊髓损伤的常见原因有交通事故、暴力、跌伤、体育外伤等。康复治疗是脊髓损伤患者恢复期最主要的治疗手段。

（二）主要功能障碍

1.四肢瘫或截瘫　根据损伤平面的不同可发生四肢瘫或截瘫。完全性损伤表现为损伤平面以下的感觉运动功能完全丧失；不完全性损伤可表现为不同的临床综合征，如中央束综合征、前束综合征、马尾损伤综合征、圆锥损伤综合征等。

2.呼吸功能障碍　T_9 以上平面的 SCI 患者，出现呼吸功能障碍。SCI 患者容易发生夜间呼吸暂停（指呼吸暂停 10s 或以上），可使患者从熟睡中醒来。患者表现为严重打鼾或呼吸暂停；也可表现为白天嗜睡、工作谈话时入睡和晨起头痛、健忘、情绪改变等。颈髓损伤的患者，由于肺功能和咳嗽功能的降低，容易发生肺炎或肺不张，一些高位颈髓损伤的患者甚至需要终生携带呼吸机生活。

3.循环系统并发症　由于迷走神经从脑干发出，交感神经的发出水平在 T_6 以下，所以 T_6 以上平面损伤的 SCI 失去了对交感神经元兴奋与抑制的控制，从而影响到心血管系统的调节，可能出现一系列并发症：①心动过缓。心率低于 $50/min$，一般没有主观症状。②体位性低血压。常见于早期，患者发生于坐位双腿下垂时、坐起时和站起时，表现为头晕眼花等症状。③深静脉血栓形成或栓塞。常发生于早期，最常见的部位是肺。④水肿。由于截瘫或四肢截瘫导致肢体肌肉萎缩血流减缓，使滞留于组织间隙的液体增多而致水肿。

4.疼痛　在 SCI 患者最为常见临床症状，主要类型有①神经痛：是对神经的刺激、牵拉或压迫所导致的。如椎间盘突出压迫正中神经。②脊髓痛：是一种中枢神经痛，患者可在伤后数天或数周发生，脊髓空洞有时伤后数年引起脊髓痛，表现为损伤水平以下的感觉过敏或烧灼感。较难缓解。③运动系统疼痛：常发生于肩、颈、腰、手等部位，特点是活动时加重，休息时减轻。④内脏痛：胃、肠和膀胱等内脏受到牵拉痛。

5.神经源性皮肤　由于损伤平面以下的皮肤丧失了正常的神经支配，对压力的感受性和耐受性都降低，而且患者也不能自主调节体位，容易发生压疮。

6.排泄功能障碍　神经源性膀胱及直肠 SCI 患者表现为排泄功能障碍，颈、胸、腰髓损伤的患者，由于膀胱肌肉痉挛可导致小便次数增加而每次尿量减少，患者的排便反射尚可建立；骶髓和马尾神经损伤的患者，由于膀胱肌肉瘫痪而出现尿潴留，患者亦无排便反射。

7.脊髓空洞　脊髓空洞是 SCI 患者最严重的并发症，发病率并不高，其发生与 SCI 严重程度无关。以疼痛和麻木起病，有时与神经根型颈椎病混淆。

（三）脊髓损伤患者社区康复护理

1.康复护理评估　判断脊髓损伤程度，即运动、感觉及内脏功能障碍的程度，有无呼吸系统、泌尿系统及皮肤等并发症的发生，以及日常生活活动能力及心理、社会活动状况。SCI 平面是指最后一个正常脊髓平面，即最后一个保留双侧正常感觉和运动功能的平面。SCI 的功能预后与 SCI 的平面、病损分级、合并症、经济状况、ASIA（脊髓损伤水平评分）病损分级等因素相关。其中 ASIA 病损分级尤为重要，可分为 A、B、C、D、E 五级。ASIA A 为完全性损伤（运动和感觉完全性损伤）；ASIA B、C、D 为不完全性损伤，其中 ASIA B 为感觉不完全性损伤；ASIA C 为损伤平面以下半数以上的关键肌的肌力 <3 级；ASIA D 为损伤平面以下半数以上的关键肌的肌力 $\geqslant3$ 级；ASIA E 为基本正常。

2.康复护理措施

(1)恢复期运动功能康复:在骨折部位稳定、神经损害或压迫症状稳定、呼吸平稳后可进入恢复期治疗,这时要更多地依靠社区康复人员的帮助。主要包括①肌力训练:要进行上肢支撑力量训练、肱二头肌和肱三头肌训练以及握力训练,使用低靠背轮椅者,还要进行腰背肌的训练。根据损伤的不同采用不同的训练方法,包括徒手抗阻运动、滑板运动或助力运动等。②垫上训练:训练病人躯干和四肢的灵活性和力量,主要包括垫上支撑、垫上移动、转身和侧卧等。③转移训练:训练病人进行床上横向或纵向转移、床与轮椅间转移、轮椅与地之间的转移等。④步行训练:在进行坐位和站位平衡训练后,患者可借助平衡杠进行行走训练。身体正直,步法稳定。耐力增强后还可以练习跨越障碍,上下台阶等。

(2)被动运动:在主动运动能力基本恢复之前,必须经常给患肢各关节作全范围被动运动,以保持关节活度和牵伸软组织。伤后早期开始每日 1 次作被动运动,能防止下肢水肿的发生或使其迅速消散。后期痉挛严重者,通过反复的被动运动可以降低肌能力,以便于接着进行功能运动。已形成异生骨者,被动运动更是保存活度所必需,否则静止会加快活度丧失。当下肢恢复部分肌力时,仍须进行被动运动,但要先将关节主动活动至最大可能范围。然后再被动活动至全范围。由于截瘫患者易发生跟腱挛缩与下肢内收挛缩,必须重点牵伸跟腱,与将下肢外展,使两膝分开,以利于日后进行站走训练。

(3)呼吸系统的护理:高位脊髓损伤患者常出现肺炎或肺不张,护理人员要采用胸部叩击、体位引流、指导患者有效咳嗽等方法帮助患者排出呼吸道的分泌物,腹肌瘫痪的患者可使用腹带,以增加呼吸容量;必要时可行气管插管并用呼吸机辅助呼吸。情况好转后,进行呼吸机训练或经常变换体位,增加呼吸幅度。有夜间呼吸暂停的患者应停止饮酒和服用安眠药可缓解症状。

(4)循环系统的护理:①深静脉血栓形成和栓塞,定期测量大小腿的周径,如果单侧肢体肿胀,怀疑腿部血栓形成时,需注意防止栓子的脱落;不要增加活动量;不能做关节活动度练习;不要移动患肢。②水肿的预防,穿戴弹力袜,可穿至大腿根部,弹力袜可帮助血液回流心脏,防止血液滞留在腿部;每天做关节活动度练习,并且每 2～3h 变换腿的位置。③体位性低血压的预防,做起时可坐起后休息会儿,然后双腿放下;改变体位时,动作不要过快。

(5)膀胱功能训练:膀胱功能训练是通过使膀胱保持充盈,刺激膀胱壁的感受器,最大限度恢复膀胱功能。常用方法有①留置导尿法:留置尿管,定期夹闭和开放引流管。一般日间每 2～3h 放尿 1 次,开放导尿管时嘱病人做排尿动作并增加腹压或按下腹部,使尿液排出。可告诉患者一旦有尿意即可放尿一次。同时教会患者做收缩肛门括约肌及仰卧抬臀的动作以利于重建排尿功能。②间歇导尿法:每 4～6h 导尿 1 次,睡前导尿管留置并开放。每次导尿前半小时让患者试行自解。一旦开始自行排尿,则需测定残余尿量,若残余尿量逐渐减少,可适当延长导尿时间直至停止导尿。该法泌尿系感染率较低,合并症少,尤其适合女患者。

(6)皮肤的护理:必须经常保持皮肤清洁,避免身体局部长时间受压,要定时为患者翻身,已坐轮椅者要经常自己撑起身体。对有皮肤障碍者,尤其要注意预防褥疮,要经常视皮肤有无变红破坏。已允许起床的患者,要注意在治疗和活动过程中避免烫伤和挫伤、擦伤。使用支具或夹板者要警惕压迫和摩擦损伤局部皮肤。

(7)体位处理:为防止挛缩畸形,患者宜卧于有垫褥的硬板床上。身体要保持正确位置,其要点是按照疾病的特点,将肢体安放在与挛缩倾向相反方向的位置上,而且瘫痪肢体不要受压。仰卧膝下不宜放枕踝足要用尺板、沙袋或小腿后夹板保持于功能性中间位,并注意被褥下压的影响。要鼓励患者多采取俯卧位,逐渐增加俯卧时间,直到能在俯卧位睡眠,还不仅能防止和矫治下肢屈屈挛缩,亦有助于预防压疮发生和促进膀胱的排空。对痉挛较明显的患者,还要在卧床或长时间坐位时经常用枕头、软垫等将两膝适当分开。

(8)自主神经反射亢进的护理:多见于胸 6 平面以上的患者,脊髓休克期过后即可发生。主要由于损伤平面以下交感神经兴奋失控,一些诱因如:膀胱充盈、便秘、感染、痉挛、结石、器械操作等,引起交感神经节过度兴奋,导致高血压、头痛、出汗、面红、恶心、皮肤发红和心动过缓等。处理主要是:①及时检查发现去除诱因,将患者转移至床上,取坐位。②轻者可口服钙拮抗药,重者可静脉滴注 α 受体阻滞药或硝酸甘油。

(邢颖娜)

思 考 题

1.康复患者常见的早期正确摆放体位有哪些?

2.试述全身关节活动范围内的被动运动的具体方法。

3.患者,男性,65 岁,有高血压病史 10 余年,1 个月前因脑出血住院,住院期间接受系统的治疗护理,现已病情稳定回家康复。回家后到社区卫生服务中心继续接受康复措施,就诊时患者神志清楚,言语不清,右侧肢体偏瘫。请问社区护士应如何协助和指导该患者的康复?